GEFUNDENE LIEBE – MIT DEM WITWER

B. E. BAKER

IMPRESSUM

Purple Puppy Publishing
    Director: Bridget Baker
    Website: www.BridgetEBakerWrites.com
    email: bridgetebaker@gmail.com

Mailing Address:
    16419 Pecan Dr.
    Sugar Land, TX 77498

I

Als meine Freundinnen sieben Jahre alt wurden, glaubte keine einzige von ihnen tatsächlich noch an den Weihnachtsmann.
Ironischerweise war dies genau das Jahr, in dem ich zum Glauben an den dicken Kerl fand.

Ich war von Anfang an skeptisch gewesen. Ein fetter, bärtiger Mann rutscht Kamine hinunter oder klettert durch Fenster, um Kindern, die er nicht einmal kennt, Geschenke zu bringen? Ein Mann, der auf einem von einer Elchstärke angetriebenen, fliegenden Schlitten herumreist?

Ja, klar.

Ich habe mich schon immer zur Wissenschaft und Mathematik hingezogen gefühlt, da deren glasklare Antworten mir geholfen haben, aus der Welt schlau zu werden. Als Zweitklässlerin lernte ich während der Vorbereitungen eines Projekts für eine Wissenschaftsmesse Ockhams Rasiermesser kennen. Es besagt, dass – vorausgesetzt, alle anderen Dinge sind gleich – die einfachste Erklärung vermutlich die Richtige sein wird. Aus diesem Grund setzte mein Glaube am ersten Weihnachtstag nach meinem siebten Geburtstag ein. Dies zu einem Zeitpunkt, als alle meine Freunde endlich wussten, was mir längst klar gewesen war: Der Weihnachtsmann ist ein riesiger, fetter Hochstapler.

Immerhin wachte ich in diesem Jahr zu einem mit blinkenden Lichtern geschmückten Baum auf, unter dem eine ganze Lastwagenladung schicker, wunderhübsch verpackter Geschenke lag. Meine Optionen zur Erklärung dieses rätselhaften Ereignisses lauteten folgendermaßen: 1) Ein Mann in einem roten Anzug, der am Nordpol lebt, hatte mir in seinem magischen Sack Spielzeug mitgebracht. Oder 2): Papa hatte tatsächlich etwas von dem Geld, das er normalerweise in Bier investieren würde, für Geschenke aufgewendet, um mich zu überraschen. Die Gelegenheiten, zu denen Papa das Haus verlassen hatte, konnte ich an einer Hand abzählen – wenn ich die paar Schritte um die Ecke zu der Autowerkstatt, in der er arbeitete, oder den Fußmarsch zum Gemischtwarenladen für den Alkoholnachschub ausblendete.

Tatsächlich hätten meine kleine Schwester Gertrude und ich nicht einmal Hotdogs oder Ramen zu essen gehabt, hätte ich nicht gelernt, kleine Bargeldbeträge aus dem Zahltagsversteck meines Vaters zu entwenden. Trudy und ich zucken immer noch jedes Mal zusammen, wenn wir an einem Verkaufsstand für Hotdogs vorbeigehen.

Angesichts meines Wissensstandes war klar, dass der Weihnachtsmann existieren muss.

Ich stehe auf und räuspere mich. Nahezu einhundert Augenpaare wenden sich mir zu, und die Aufregung, die ich jedes Jahr zu Beginn der Santas Vertreter-Jahreszeit verspüre, erfüllt meine Brust. Bei der Tür stehen riesige Nussknacker Wache, und eine Girlande falscher Stechpalmenblätter drapiert jede Oberfläche. Ein glänzender, von Regenbogenfarben beleuchteter Baum – behangen mit den Zierelementen, die wir über die Jahre von dankbaren Eltern erhalten haben – schmückt den Konferenzraum. Dieser wirkt fröhlicher als sonst, besteht aber im Prinzip immer noch aus einem riesigen Tisch mit einem Podium ganz vorne und einer Hundertschaft an Metallklappstühlen, die sich dahinter aufreihen.

»Willkommen zum Organisationstreffen für das diesjährige Santas Vertreter-Programm, lokal gesponsert durch United Way. Ich freue mich sehr, dass Sie alle hier sind. Wir können es nicht erwarten, mit Ihnen zu arbeiten, um unzählige Kinder, die bisher in ihrem Leben nicht genug Schönes erleben durften, zum Staunen zu bringen. Mein Name ist Mary Wiggin, und ich bin die Präsidentin des Programms hier in Atlanta.«

Auf den Gesichtern der Freiwilligen um mich herum breitet sich ein Lächeln aus. Was wirklich beeindruckend ist, wenn man bedenkt, dass alle von ihnen auf harten Metallstühlen sitzen.

Ich fahre fort. »Wir sind hier, um die Leben möglichst vieler Kinder zu verbessern. Es erfüllt mich mit Stolz zu sagen, dass dieses Programm in jedem der acht Jahre, seit ich die Führung übernommen habe, beständig gewachsen ist, und ich hoffe darauf, nächstes Jahr dasselbe sagen zu können.«

Alle klatschen und ich warte, bis sie fertig sind.

»Viele von Ihnen haben schon Erfahrung und es freut mich so sehr zu sehen, wie Sie Jahr um Jahr zu uns zurückkehren. Ist unter den wiederkehrenden Unterstützern jemand, der sich an die Regel Nummer eins erinnert?«

Drei Hände schießen in die Höhe. Ich deute auf eine Frau in einem hellrosa Pullover geschmückt von einem Elch, der violetten Lippenstift trägt.

»Wir nominieren nur die Familien, die am stärksten von Armut betroffen sind?«, fragt sie.

Ich nicke mit dem Kopf. »Wir möchten sicherstellen, dass nur unterstützungsbedürftige Familien in unsere Liste aufgenommen werden. Hauptsächlich aus dem Grund, dass unsere Ressourcen begrenzt sind und wir möglichst vielen Leuten helfen wollen, aber das ist nicht unsere Regel Nummer eins. Erinnert sich jemand daran?«

Jetzt, da eine von ihnen falsch gelegen hat, sind alle nervös, was weitere Antworten betrifft. Nur eine Hand bleibt erhoben und die polierten grünen Fingernägel winken lebhaft wie bei einem Kind, das die Aufmerksamkeit eines Eiswagens auf sich ziehen will. »Ja, Paisley?«

Meine aufgeweckte Sekretärin von der Arbeit hilft mir das dritte Jahr in Folge mit der Durchführung des Programms. Für einen Teil ihres Einsatzes wird sie bezahlt, allerdings mit dem Mindestlohn. Ironischerweise scheint sie bei unserem echten Job, für den sie viel, viel besser bezahlt wird, nichts zu bewegen. Bei Santas Vertreter hingegen ist sie meine enthusiastischste Freiwillige. Wie es scheint, ist Paisley einfach für Weihnachten gemacht.

Sie strahlt über das ganze Gesicht. »Verdirb nicht den Zauber.«

»Genau, ja, das ist Regel Nummer eins. Wir möchten nicht, dass auch nur ein einziges der Kinder weiß, wo diese Geschenke wirklich herkommen. Dieses Programm funktioniert genau aus dem Grund, dass diese Kinder an die Kulturfiktion glauben, dass ein fröhlicher, fetter Mann mit einer liebenden, schwer arbeitenden Frau eine Schar winziger Elfen beaufsichtigt. Die Kids müssen glauben, dass jemand all die netten, richtigen und guten Dinge bemerkt hat, die sie dieses Jahr getan haben. Dass es jemanden gibt, dem sie wichtig sind. Wie würden sie sich stattdessen fühlen, wenn sie denken, diese Geschenke wären unserem Mitleid entsprungen?«

Paisleys Hand schnellt erneut nach oben und sie zappelt aufgeregt auf ihrem Stuhl herum. Ich unterdrücke mein Grinsen und rufe den korpulenten Herrn mit dem Vollbart auf, der hinter ihr den Arm in die Höhe streckt.

»Aber ist das nicht irgendwie gelogen?«, fragt er. »Ich meine ja nur, irgendwann finden sie es heraus und dann sind sie entweder wütend oder kommen sich wie Idioten vor.«

Ich runzle die Stirn. Ich hätte nie auf einen Mann vertrauen sollen, der auf seinem T-Shirt heulende Wölfe zur Schau stellt.

»Waren Sie je Empfänger von Weihnachtsgeschenken wie die aus unserem Programm?«

Er schüttelt den Kopf. »Nö, meine Eltern haben keine Almosen gebraucht.«

Ich beiße die Zähne zusammen. »Vertrauen Sie mir als eine Person, die unter den Empfängern war. Sie werden nicht wütend, wenn sie herausfinden, dass es anderen Menschen wichtig genug war, ihre Spende geheim zu halten.«

»Sie sind nur eine Person. Sie wissen nicht, welche Gefühle in allen anderen ausgelöst werden.«

Memo an mich selbst: vor dem Eröffnungstreffen nächstes Jahr Schleudersitze installieren.

»Ich kann nicht für alle sprechen«, sagte ich, »aber Sie auch nicht. Bei allem Respekt, nach zehn Jahren Erfahrung mit diesem Programm denke ich, Sie liegen falsch. Ich habe unzählige Reaktionen gesehen und die Rückmeldungen vieler Kinder gehört. Ich habe von Kindern auf beiden Seiten gehört, die Jahr um Jahr immer wieder teilgenommen haben. Viele von ihnen bleiben bis zum heutigen Tag involviert, genau wie ich. Wir lügen diese Kinder nicht an. Und jeder, der glaubt, bei Santas Vertreter gehe es um die Verbreitung einer Lüge, sollte gehen.«

Ich halte inne und werfe einen bedeutungsvollen Blick zur Hintertür. Niemand steht auf. »Falls nun alle bleiben, möchte ich Ihnen etwas mitteilen, das Ihnen vielleicht hilft zu verstehen, wie das alles funktioniert. Als ich noch jünger war, hat meine Mutter unsere Familie verlassen. Meine Schwester war noch nicht ganz vier Jahre alt. Nachdem Mama gegangen war, begann unser Vater, stark zu trinken. Jetzt habe ich eine Bezeichnung dafür, was er war: ein kaum funktionsfähiger Alkoholiker. Das waren schwere Zeiten für die Wiggin-Familie.«

Paisley streckt zwei Daumen nach oben und ich würde diese Präsentation am liebsten unterbrechen, um sie zu umarmen.

»An Weihnachten in diesem Jahr war ich alt genug, um zu wissen, dass der Weihnachtsmann nicht real war. Er war eine Lüge, und ich wusste, dass wir am Weihnachtsmorgen genau so aufwachen würden wie immer. Ich würde für meine Schwester Ramen kochen und wir würden so tun, als wäre es nicht der mieseste Tag des Jahres.«

Ich stelle Augenkontakt zu einem Dutzend Leute her und stelle sicher, dass sie mir alle zuhören.

»Aber es kam anders. Zum ersten Mal in einer sehr langen Zeit geschah mit uns etwas Großartiges. Der Weihnachtsmann war echt, und er brachte uns einen wunderschönen Baum mit einer Vielzahl von Geschenken darunter. Einmal pro Jahr wusste ich, dass – auch, wenn meine Eltern mich für wertlos hielten – irgendjemand von irgendwo sich um mich kümmerte. Als ich dann endlich herausfand, dass dieser jemand nicht der Weihnachtsmann war, sondern eine Gruppe außergewöhnlicher Menschen, die mir einen fantastischen Tag wünschten, bedeutete mir das mehr als die Fiktion vom Weihnachtsmann.«

Mir schießt eine Träne ins Auge, wie immer, wenn ich in dieser Jahreszeit zu diesem ersten Weihnachtstag zurückdenke. Ich wische sie weg.

»Santas Vertreter«, sage ich, »ist ein Programm, das es guten Menschen erlaubt, denen, die Liebe brauchen, ohne eigenen Nutzen etwas zu geben. Solche Dinge sollten wir das ganze Jahr über tun, aber das wäre eine unmögliche Aufgabe. Also geben wir uns mit einem Tag im Jahr zufrieden, an dem wir einen selbstlosen Dienst leisten und Kindern Liebe bringen, die diese Geste wirklich zu schätzen wissen. Der wahre Grund, warum wir die Kinder nie, wirklich niemals wissen lassen, woher die Geschenke kommen, ist ...«

Paisley winkt derart aufgeregt, dass ich mir Sorgen mache, sie könnte ihrem Sitznachbarn ins Auge stechen. Ein Rechtsstreit würde unsere gesamten Finanzmittel aufzehren und das Programm in sich zusammenfallen lassen. Ich seufze, aber meine Mundwinkel kräuseln sich dennoch leicht nach oben.

»Ja, Pais?«

»Falls die Kids herausfinden, dass all das einer wohltätigen Organisation entspringt, werden sie sich bevormundet fühlen. Wir möchten ihnen das Gefühl geben, dass sie geschätzt werden und die Mühe wert sind. Nicht, dass sie wegen Mitleid oder Schuldgefühlen Geschenke bekommen. Irgendwann sind sie alt genug, um zu realisieren, dass es irgendwo vielleicht einen echten Weihnachtsmann gibt. Aber der kann nicht zu allen kommen. Also helfen ihm ein paar andere Leute aus und erledigen einen Teil seiner Arbeit.«

Irgendwo könnte es einen echten Weihnachtsmann geben? Ich kann ein Lächeln nicht unterdrücken, denn abgesehen von ihrem kleinen Irrglauben hat sie ins Schwarze getroffen. Würde sie im Steuerbüro, in dem wir beide tätig sind, auch nur halb so viel Eifer an den Tag legen, wäre sie dort nicht mehr meine Sekretärin. Man hätte sie zur Geschäftsstellenleiterin befördert.

»Schön gesagt, Paisley. Ich danke dir. Wenn diese Kinder an den Weihnachtsmann glauben, glauben sie auch daran, dass sie jemandem wichtig sind. Wüssten sie, dass reiche Leute an arme Kinder spenden, die zu wenig Liebe bekommen, würden sie sich herabgesetzt fühlen. Was offensichtlich das Gegenteil von dem ist, was wir bezwecken.«

Während ich den Rest der Regeln durchgehe, fühlt sich mein Herz zunehmend beschwingt und ich habe endlich das Gefühl, dass die Weihnachtssaison uns erreicht hat. Schließlich ist es an der Zeit, die Nominierungsformulare und Anforderungen an die Sponsoren zu verteilen.

»Ich habe eine Liste von Freiwilligen, die wir von verschiedenen Kirchengruppen und Geschäften sowie Angestellten, Freunden und Nachbarn zusammengesammelt haben. Sie alle sind hier, weil Sie sich bereit erklärt haben, eine Familie zu unterstützen, Teil des Kernteams zu sein, das bei der Durchführung der gesamten Operation mithilft, oder beides. Ich weiß das sehr zu schätzen. Uns bleibt noch eine Woche, um Freiwillige zu sammeln. Danach werde ich die Nominierungen der Teilnehmer abschließen. Schreiben Sie bitte alle Informationen zu denen auf, die Sie bis jetzt gesammelt haben, und bringen Sie mir die Formulare. Je früher wir die Nominierungen erhalten, desto schneller können wir diese Personen kontaktieren, um ihre Erlaubnis einzuholen und sie um die Dokumente zu bitten, die wir brauchen, um sicherzustellen, dass unsere Bemühungen den Richtigen zugutekommen. Letztes Jahr haben wir fünfhundertzweiunddreißig Familien mit mehr als elfhundert Kindern geholfen. Dieses Jahr habe ich mir zum Ziel gesetzt, mehr als sechshundert Familien und fünfzehnhundert Kinder zu erreichen. Wenn Sie alle mithelfen, denke ich, dass wir es schaffen.«

Paisley verteilt die Nominierungsformulare und Karten mit einem Link zur Webseite, wo sie weitere Nominierungen einreichen können, nachdem sie heute Abend gegangen sind. »Ich danke Ihnen allen. Und bitte zögern Sie nicht, mich anzurufen, wenn Fragen auftauchen. Meine Telefonnummer und E-Mail-Adresse stehen beide auf dieser Karte, unter der Webseite. Ich versuche, so schnell zu antworten, wie es während der Festtage möglich ist. Ich möchte nicht, dass Details unserem Wunsch, diesen Kindern etwas Gutes zu tun, in die Quere kommen.«

Pais und ich übernehmen je eine Tür und die Leute überreichen uns ihre Formulare auf dem Weg nach draußen. Nachdem die Letzte winkend die Tür durchschritten hat, schließe ich hinter ihr ab und blase mit einer Ausnahme alle der nach Weihnachtsgebäck duftenden Kerzen aus. Paisley und ich machen uns sofort an die Arbeit und stellen eine Liste zu kontaktierender Personen zusammen. Einige Leute haben auch der Spalte der Freiwilligen Namen hinzugefügt, und mein Herz macht einen Freudensprung. Mehrere andere haben angegeben, dass sie bereit wären, mehr als eine Familie zu unterstützen.

»Mit den Nominierungen sind wir fast fertig«, sage ich zu ihr. »Warum übernimmst du nicht die Namen der Freiwilligen und aktualisierst die Tabelle für mich? Ich würde die Willkommensmail sehr gerne morgen versenden. Wir bekommen immer eine ganze Flut neuer Unterstützer, wenn das rausgeht. Und vielleicht könntest du unsere Zahlen und das Leitbild in die Facebook-Gruppe posten, hoffentlich wird der Beitrag so ein paarmal geteilt.«

Paisley ist ein echtes Genie, was Listen jeglicher Art betrifft. Gelegentlich überkommt mich das Gefühl, sie verwaltet diese Listen besser als der Computer. Wann immer ich dazu eine Bemerkung fallen lasse, sagt sie, ihre Eltern hätten sie bereits an Listen unterschiedlicher Dinge arbeiten lassen, bevor sie sprechen konnte. Ich habe ihr nie Fragen zu ihren Eltern gestellt, und viel mehr als das hat sie dazu nie zu sagen.

»Klar, Boss. Kommt sofort.«

»Ich bin hier nicht dein Boss, Pais. Du bist eine Freiwillige, genau wie ich.«

Sie rollt mit den Augen. »Allerdings bist du die Vorsitzende, und ich werde immer noch bezahlt. Aber wie du meinst.« Sie salutiert mir.

Paisley setzt sich mit einem frechen Grinsen im Gesicht an den Computer, und das Klacken ihrer Finger auf der Tastatur hat eine wohltuende Wirkung auf mich. Nach einer langen und ermüdenden Steuersaison ist es eine Erleichterung, mich einige Wochen lang auf die eine Sache zu konzentrieren, die ich mehr liebe als Steuern, bevor alles wieder von vorne losgeht.

»Äh«, sagt Paisley, »Ich habe auf dieser Liste etwas gefunden, das ein wenig komisch ist.«

Ich neige den Kopf zur Seite. »Komisch? Was meinst du damit?«

»Na ja, zuerst einmal muss ich einen Vergleich anstellen.« Sie durchquert den Raum und späht über meine Schulter auf die Liste der nominierten Familien, die ich soeben abschließe. »Da.« Sie deutet auf etwas. »Da steht Lucas Manning, richtig?«

Ich schiele zum Bildschirm meines Laptops und nicke. »Ja, Lucas Manning, an der Sunset Cove Nummer 236.«

»Kann dieselbe Person sowohl Nominierter als auch Freiwilliger sein?«, fragt sie.

Ich rümpfe die Nase. »Nein. Wenn diese Person ein legitimer Programmteilnehmer ist, sollte er oder sie es sich nicht leisten können, eine Familie zu unterstützen.«

Paisley kehrt zum Desktop-Rechner zurück, und ich folge ihr. Nach etwa einem Drittel der Listeneinträge taucht sein Name erneut auf. Lucas Manning, Sunset Cove Nummer 236.

»Oh je«, sage ich, »Was für ein Schlamassel. Wir müssen seinen Namen versehentlich mit übernommen haben. Also müssen wir die Originalformulare durchgehen und herausfinden, zu welcher Gruppe er tatsächlich gehört.«

Wir suchen und suchen und stellen tatsächlich fest, dass wir keinen Fehler gemacht haben. Sein Name und die Adresse wurden hier auf dem Formular nominierter Familien notiert, und jemand hat seinen Namen und die Adresse zusätzlich als Unterstützer angegeben.

»Und was jetzt?«, frage ich mich laut.

»Ist so etwas irgendwann schon mal passiert?«, fragt sie.

Ich schüttle den Kopf. »Nicht, dass ich wüsste.«

»Was machen wir also?«

Den Stier bei den Hörnern packen, nehme ich mal an. »Ich rufe ihn an und setze einen Termin zur Besprechung des Programms fest. Ich denke nicht, dass das ein Thema ist, das ich am Telefon ansprechen sollte. Denn falls er ein Sponsor ist, wird ihm die Nominierung sauer aufstoßen. Und wenn er zu den Nominierten gehört, wird er sich fragen, ob andere Leute etwas dagegen haben, dass er Dinge annimmt – immerhin wurde er ja auch als Unterstützer aufgelistet. Was für ein Durcheinander. Hoffentlich zeichnet sich die Antwort überdeutlich ab, wenn ich sein Haus erreiche, und ich kann es so oder so als standardmäßiges Vorgespräch behandeln.«

»Gute Idee«, sagt Paisley.

Ich wähle die gelistete Nummer, und das Telefon klingelt und klingelt. Schließlich schaltet es auf Voicemail um. Lucas Manning hat eine tiefe Stimme mit einer Spur eines Akzents, den ich nicht einordnen kann. Zumindest nicht nach nur zehn Worten. Ich hinterlasse eine Nachricht, in der ich ihn darum bitte, mich im United Way-Büro anzurufen.

Keine fünf Sekunden, nachdem ich den Anruf beendet habe, klingelt mein Telefon und auf dem Bildschirm erscheinen die Worte UNBEKANNTER ANRUFER. Vermutlich Lucas, der mich zurückruft.

»Wow, das war schnell«, sage ich.

»Mary?« Die Stimme meiner Chefin Shauna ist unverwechselbar, auch wenn sie nur meinen Namen übers Telefon sagt. »Was war schnell?«

Ich zucke zusammen – nicht, dass sie es sehen könnte. »Ihre Telefonnummer wurde als unbekannt angezeigt, und ich dachte, Sie wären jemand von Santas Vertreter, der mich zurückruft.« Was ziemlich dumm war, da ich ihm nur meine Büronummer angegeben hatte.

»Ah, okay. Sind Sie heute Abend beschäftigt? Ich hatte gehofft, wir könnten uns zum Abendessen treffen. Es ist wichtig, dass wir uns sprechen.«

»Das klingt ominös«, sage ich.

Sie lacht. »Nun ja, wir haben eine Menge Daten, die wir durchgehen müssen. Ich habe die Berichte unseres Analysten zu den Zahlen und Ergebnissen des Jahres erhalten.«

Mir dreht sich der Magen um. »Sie feuern mich doch nicht, oder?«

»Das würde ich kaum bei einem Abendessen tun. Ich müsste bis zum Ende des Essens warten, bevor ich es Ihnen sage, und das wäre eine wirklich unbehagliche Situation.«

Zudem würde sie nicht darüber witzeln, wenn es so

wäre. Ich entspanne mich ein wenig.»Wo möchten Sie sich treffen?«

»Bentleys, Punkt acht Uhr. Ziehen Sie sich etwas Hübsches an.« Shauna legt auf.

»War alles in Ordnung?«, fragt Paisley.

»Ich trage schwarze Hosen und einen roten Pulli. Zählt das als ›hübsch genug für Bentleys‹, was denkst du?« Es ist eines der besten Steakhäuser Atlantas, und ich war bisher nur einmal dort.

Paisley rümpft die Nase.»Nun ja, ich war ja noch nie dort, aber ...«

»So schlimm?« Ich seufze.»Shauna will mich sehen und sagt, ich soll sie dort treffen. Sie hat mich daran erinnert, mich hübsch anzuziehen. Als würde ich jemanden brauchen, der mir sagt, wie ich meine Hosenbeine richtig überziehe.«

»Seltsam. Andererseits bist du ihr aufgehender Stern. Wahrscheinlich ist es nur wieder ein Kunde, der speziell nach dir gefragt hat. Wenn sie dir mehr Arbeit aufhalst, musst du eine Gehaltserhöhung verlangen und ja, ich weiß, dass das jedem Zug deines Charakters widerspricht. Du arbeitest jetzt schon härter als irgendjemand sonst in diesem blöden Büro.«

Ich wünschte, es wäre so.»Für eine Lohnerhöhung würde sie mich auf keinen Fall herzitieren. Jedenfalls bleiben mir fünfundvierzig Minuten, bis ich dort aufkreuzen soll und es dauert fünfzehn Minuten, und der Weg zu meinem Haus für einen Kleiderwechsel dauert fünfzehn Minuten. Bentleys liegt gute zwanzig Minuten von zu Hause entfernt. Tut mir leid, dir einfach so den Laufpass zu geben, aber ich renne mal besser los.«

»Ich habe ein Cocktailkleid im Kofferraum. Wenn du

ganz nett fragst, könnte ich vielleicht davon überzeugt werden, es dir auszuleihen.«

Ich hebe eine Augenbraue. »Will ich überhaupt wissen, warum hinten in deinem Auto ein Kleid herumliegt?«

Sie grinst. »Ich bin Single und gern vorbereitet. Man weiß ja nie, wo die Nacht hinführt.«

Ich weiß immer, wo meine hinführen. Meine Nächte bewegen sich schnurstracks auf ein aufgewärmtes Fertigmenü zu einer Episode der Gilmore Girls zu. Aber das ist irgendwie armselig. Ich sollte ein Cocktailkleid in meinem Kofferraum bereithalten. Ich sollte spontan sein und mich darauf einlassen, auch mal Spaß zu haben.

»Ich bin auch Single«, sage ich, »und das Einzige, was ich in meinem Kofferraum habe, sind Wollmäuse, die sich zwischen alten Steuerakten verstecken.«

»Willst du das Kleid oder nicht?«, fragt sie.

»Vielleicht. Lass es mich mal ansehen.« Ich folge ihr nach draußen zu ihrem Auto.

Sie klappt den Kofferraumdeckel hoch und zieht einen schwarzen Beutel hervor. Danach zieht sie den Reißverschluss nach unten, um ein blutrotes Etuikleid mit schwarzer Paspelierung zu enthüllen. Ich schnappe nach Luft. »Ja, das würde ich liebend gerne tragen, aber ich bezweifle, dass ich reinpasse.«

Paisley isst wie ein Vögelchen und sieht dementsprechend aus, aber eine kurze Anprobe wird niemandem schaden. Falls das Kleid mir wie durch ein Wunder passen sollte, erspare ich mir eine Menge Unsicherheiten bezüglich des Verkehrs und der Zeit, die mir vor der Ankunft im Bentleys zum Umziehen bleibt.

Paisley gibt ein Schnauben von sich. »Ich kann mir vorstellen, dass es dir besser steht als mir, insbesondere mit deinen Farben. Na komm schon, dieses leuchtende Rot mit deinen blonden Haaren und haselnussbraunen Augen? Ganz zu schweigen von deiner goldenen Bräune. Erinnerst du mich daran, warum wir eigentlich befreundet sind?«

Ich mache mir nicht die Mühe, sie zu korrigieren, aber meine Haut ist eigentlich nicht sonnengebräunt. Mein Vater ist ein halber Italiener, daher ist meine Haut etwas dunkler als bei der durchschnittlichen weißen Person.

Ich rolle mit den Augen. »Offensichtlich habe ich dich die ganze Zeit über benutzt als Vorbereitung auf den Tag, an dem ich kurzfristig ein Cocktailkleid brauchen würde.«

Ich verlasse den Konferenzraum und gehe um die Ecke, um das Kleid in meinem Büro anzuprobieren. Paisley steht für alle Fälle neben meiner Tür Wache. Es ist spät genug, dass alle, die normalerweise hier arbeiten würden, weg sind, aber beim Reinigungspersonal möchte ich kein Risiko eingehen. Das Kleid besteht aus rotem Satin mit Elementen, die sich in vertikalen Streifen zwischen glänzend und nicht glänzend abwechseln. Es ist ein wenig eng, was bedeutet, dass es meine Brust bis in die Nähe des Schlüsselbeins drückt.

»Ich denke nicht, dass ich mich in der Öffentlichkeit so blicken lassen kann.«

»Du musst es mir wenigstens zeigen«, quengelt Paisley. »Na komm schon, lass es mich sehen. Bei mir gibt es keine aufregenden Neuigkeiten, also muss ich stellvertretend durch andere leben.«

Ich verlasse mein Büro.

Paisley pfeift und klatscht in die Hände. »Wärst du zu einem Date gegangen, statt deinen Boss zu treffen, würde ich dich definitiv dazu zwingen, das zu tragen. Aber da es nur so eine Arbeitssache ist, liegt die Entscheidung bei dir. Du darfst es dir gerne borgen, vorausgesetzt, du lässt es danach reinigen.«

Ich beiße mir auf die Lippe, während ich darüber nachdenke. »Das wäre sehr viel einfacher, als wenn ich versuche, vorher noch nach Hause zu fahren. Also würde ich es mir gerne borgen, wenn du dir sicher bist, dass es für dich okay ist.«

Sie nickt. »Absolut okay.«

»Danke.« Ich schlüpfe in meine langweiligen schwarzen Pumps und greife nach meiner Handtasche. »Eigentlich sollte ich die eingesparte Zeit dafür nutzen, dir mit dem Abschließen der Nominierungsliste zu helfen.«

Paisley zuckt mit den Achseln. »Mit den letzten paar Einträgen werde ich schon fertig, kein Problem. Bestell dir das Teuerste auf der Speisekarte. Frank & Meacham schuldet dir dafür, dass sie ohne Vorwarnung und mitten in der Nacht reingeschneit sind, ein richtig gutes Essen. Das war ja nicht während der Steuersaison.« Sie verzieht das Gesicht. »Diese Leute missbrauchen deine Arbeitsmoral.«

»Ich bestelle mir den Hummer und das Steak.«

»Oh Mann, dann musst du mir Essensreste mitbringen. Und schick mir Textnachrichten als Kompensation für die Leihgabe, lass mich am Geschehen teilhaben. Ich liebe Firmenklatsch.«

»Wird gemacht.« Ich ziehe meine hellbraune Lederjacke über das umwerfende rote Kleid und trete durch die Tür nach draußen.

Im Kopf gehe ich eine Liste der Dinge durch, die Shauna mir eventuell sagen muss. Es kann sich um keine Beförderung handeln, da sie die einzige Stufe über meiner

Position als leitende Angestellte besetzt. Ich kann mir auch nicht vorstellen, dass sie mich feuern würde. Meine Hände zittern. Könnte es sein, dass sie mich auf eine andere Arbeitsstelle versetzt? Es macht ein Gerücht die Runde, das Büro in London hätte mit Schwierigkeiten zu kämpfen. Ich kann meine kleine Schwester Trudy nicht alleine hier in Atlanta zurücklassen, und sie würde niemals mit mir nach London kommen. Wenn es das ist, worum es geht, werde ich ihr nein sagen müssen. Kann ich ihr nein sagen?

Ich bin tief in Gedanken und nur wenige Schritte von der Behaglichkeit meines Honda Accord entfernt, als ich mit jemandem zusammenstoße.

Mein Herzschlag beschleunigt sich und ich stolpere nach hinten, wobei ich in der kalten Luft blinzle, um meine Augen beim Fokussieren zu unterstützen. Starke Hände umfassen meine Oberarme und bringen mich ins Gleichgewicht zurück. »Mary?«

Ich blicke nach oben ins Gesicht meines Ex-Verlobten, Foster Bradshaw. Er wirkt genauso aristokratisch und perfekt wie immer. Es sollte mich nicht überraschen, ihn hier zu sehen – immerhin leitet er das Atlanta-Büro von United Way – aber für gewöhnlich ist er nach Geschäftsschluss nicht mehr anzutreffen. Seine dunklen Haare fallen ihm weich über Stirn und Ohren.

Der tiefblaue Pulli passt genau zu seinen Augen. Und das weiß er auch. Bei Foster ist nichts je dem Zufall überlassen.

»Das tut mir so leid, Foster. Ich habe dich nicht gesehen.«

»Offensichtlich.« Die Belustigung in seiner Stimme irritiert mich, oder vielleicht reagiert mein Körper auf das

Eau de Cologne, das mich in eine gereizte Stimmung versetzt. »Kannst du ein paar Minuten entbehren? Ich muss etwas mit dir besprechen.«

Stell dich hinten an, Kumpel. »Sorry, eigentlich nicht. Ich habe gerade einen Anruf von meinem anderen Boss erhalten, dem, der meine Rechnungen bezahlt. Ich muss los.«

»Immer bei der Arbeit, sogar noch nach dem Ende der Steuersaison. Typisch Mary. Nun, lass dich von mir nicht aufhalten, aber ich würde mich in den kommenden Tagen gerne mal austauschen, bevor der Wahnsinn losgeht.« Er lässt mich los und tritt zurück. »Sei vorsichtig. Es ist eisig da draußen.«

Ich sprinte regelrecht zu meinem Auto. Was auch immer mein Boss mir zu sagen hat kann nicht schlimmer sein, als auch nur eine weitere Sekunde in Fosters Gegenwart zu verbringen.

2

So spät am Abend ist nur wenig Verkehr unterwegs, und ich treffe mehr als zwanzig Minuten zu früh ein. Auf einem Eisfleck hinter einem Range Rover gerate ich kurzzeitig ins Rutschen, aber das ist nicht mein erster Winter hier. Ich fange mich wieder und gehe auf die Türen zu. Die enormen Nadelzweigkränze schaffen eine festliche Atmosphäre, insbesondere im Zusammenspiel mit den weißen Funkellichtern. Als die Portiers die Tür öffnen, rücken auf beiden Seiten des doppeltürigen Eingangsbereichs Stechpalmenbüsche in riesigen, klobigen Töpfen in mein Blickfeld.

»Ich treffe meine Chefin. Eine Reservierung für Shauna? Acht Uhr.«

»Es ist erst zwanzig vor acht, und Sie sind die Erste hier. Sie könnten an der Bar warten, bis Ihre Gesellschaft eintrifft«, schlägt die muntere Wirtin vor.

Ich hasse es, dass immer von meiner »Gesellschaft« gesprochen wird, als wäre eine Gruppe von Hochzeitsgästen auf dem Weg zu mir. Wie wäre es mit warten Sie, bis Ihre Begleitung da ist?

Ich klettere auf einen Barhocker und ziehe mein Telefon hervor, um Paisley eine Textnachricht zu schicken.

GESCHAFFT. SHAUNA NOCH NICHT HIER. NOCHMALS DANKE.

Da ich ohnehin warten muss, überprüfe ich auch noch meine E-Mails. Die Bundessteuerbehörde IRS hat endlich auf unsere Anfrage für eine verbindliche Auskunft reagiert. Ich bin gerade dabei, sie herunterzuladen, als der Barmann sich nach meiner Getränkebestellung erkundigt.

»Darf ich Ihnen einen Drink ausschenken?«, sagt er.

Ich mache mir nicht die Mühe, hochzublicken. Der Barmann hat einen ganz leichten australischen Akzent, aber die verbindliche Auskunft ist auf meinem Bildschirm aufgepoppt und sieht nach guten Neuigkeiten für meinen Klienten aus. »Nein, danke. Ich trinke nicht.«

»Wow, Sie haben mir nicht einmal ins Gesicht gesehen, bevor Sie mich abblitzen ließen. Das ist ein neuer Tiefpunkt.«

Ich blicke von meinem Bildschirm hoch und realisiere, dass das Angebot vom Barhocker neben mir kam und nicht von der anderen Seite der Bar. Der Mann, der mich nun anlächelt, hat graue Augen mit einer Spur von Hellblau und kurze karamellfarbene Haare mit einer grauen Schattierung an den Schläfen. Sein graues Polohemd spannt sich eng über der Brust und die Ärmel schaffen es kaum, seinen Bizeps zu bedecken. Den ich eigentlich nicht anstarren sollte. So lässig gekleidet befindet er sich entweder außerhalb seines Elements oder er ist derart stinkreich, dass es ihn nicht kümmert, was irgendjemand sonst davon hält. Angesichts der Muskelkraft in seinem Bizeps würde ich auf außerhalb seines Elements tippen. Meiner Erfahrung zufolge machen sich nur sehr wenige reiche Männer die Mühe, für den Muskelaufbau ausreichend regelmäßig zu trainieren. Foster und seine Kumpels taten es definitiv nicht.

Mein Blick huscht zu seinem Gesicht zurück, und ich erröte leicht. »Das tut mir so leid. Ich dachte, Sie machen nur Ihren Job.«

Er hebt die Augenbrauen. »Meinen Job? Zurückgewiesen und beleidigt in zwei Sätzen, und das sogar noch, nachdem Sie sich einen Augenblick Zeit genommen haben, um mich unter die Lupe zu nehmen. Das bedeutet dann wohl, ich habe eine unattraktive Stimme und ein schmieriges Äußeres.«

Ich rolle mit den Augen. »Sie sind Australier, nicht? Ich schätze mal, mit dieser Stimme sammeln Sie eine Menge Pluspunkte.«

»Ich bin jetzt seit fünfzehn Jahren hier. Die meisten Amerikaner hören nichts mehr davon.«

»Vielleicht erkenne ich den Akzent noch, weil ich mal in Sydney war«, sage ich. »Ich habe es geliebt.«

»Seit meinem letzten Besuch ist ein Jahrzehnt vergangen, aber es ist eine wunderschöne Stadt.«

»Ich möchte mich jedenfalls entschuldigen. Ich dachte, Sie wären der Barmann, der meine Getränkebestellung aufnehmen will.«

»Jetzt, da Sie wissen, dass es nicht so ist, ändert das Ihre Meinung?« Er lacht leise. »Besteht Interesse an einem kostenlosen Drink von mir?«

»Tut mir leid, ich trinke keinen Alkohol. Das habe ich noch nie«, sage ich.

»Noch nie? Dann gehören Sie also nicht zu den Anonymen Alkoholikern. Sind Sie Mormonin oder etwas in der Art?«

Ich hebe eine Augenbraue. »Wäre ich je bei den Anonymen Alkoholikern gewesen, würde ich Ihnen garantiert nicht davon erzählen und wäre ich eine Mormonin, würde ich von nichts anderem reden. Für mich ist es keins von beidem. Eigentlich hätte mein Vater bei den AA sein sollen und ist nie hingegangen. Dank seinem leuchtenden Beispiel hatte der Alkohol nie eine Anziehungskraft auf mich.« Ich spähe hinter ihn zur Tür.

»Sie warten auf jemanden. Ich verstehe schon.«

»Warum denken Sie, ich würde auf jemanden warten?«

Er blickt nach unten. »Abgesehen vom Klopfen mit den Zehen, den gezielten Blicken zur Tür und dem phänomenalen Kleid?«

Ich unterdrücke ein Lächeln. »Ja, abgesehen von diesen Dingen.«

»Die meisten Leute, die in einem Restaurant neue Bekanntschaften schließen möchten, würden Augenkontakt herstellen. Und Sie waren offensichtlich in Ihren Facebook-Post vertieft, bevor ich Sie angesprochen habe.«

Ich schnaube leise. »Ich habe bei Facebook nicht einmal ein Konto. Ich habe einem Kunden geantwortet.«

»Ah, eine hart arbeitende Frau, vielleicht sogar eine Chefin. Jetzt bin ich noch mehr am Boden zerstört, dass Sie mich abblitzen ließen. Zweimal.«

Diesmal gelingt es mir nicht, mein Lächeln zu unterdrücken. »Na schön. Er passt zwar nicht so ganz zur Festtagsstimmung, aber ich nehme einen alkoholfreien Piña Colada.«

»Ein Milchshake mit einem unerwarteten Twist für

eine Dame mit erlesenem Geschmack. Gefällt mir.« Er streckt dem Barmann zwei Finger entgegen und gibt ihm unsere Bestellung auf. »Eine alkoholfreie Piña Colada und einen Scotch auf Eis mit Pfefferminze.«

»Pfefferminze?«, frage ich.

Er tippt gegen die Bar. »Passt zum Fest, nicht? Also, verraten Sie mir Ihren Namen?«

»Mary. Ein weihnachtlicher Name, wenn ich so darüber nachdenke.«

Er lacht. »Und auf wen warten Sie? Einen Schafhirten? Einen Engel? Jemanden namens Joseph? Bitte sagen Sie mir, dass Sie nicht auch noch nach einer Herberge suchen, denn das wäre zu offensichtlich.« Seine Augen blitzen, als er das Gewicht zur Seite verlagert, einen Arm auf die hölzerne Bar gelegt.

»Was ist mit Ihnen?«, frage ich. »Sie sind in einem schicken Steakhaus und schlagen offensichtlich ein wenig Zeit tot. Sie warten mit Sicherheit auch auf jemanden.«

Er grinst. »Mein Schwippschwager ist spät dran, aber auch wenn es anders wäre, würde es ihm nichts ausmachen, eine Minute in Ruhe gelassen zu werden. Nicht, nachdem er sieht, mit wem ich mich unterhalte.«

Ach, bitte. Geben wir ihm etwas zu kauen. »Ich treffe mich mit einer Frau.«

Seine Augenbrauen heben sich. »In diesem Kleid? Also bin ich wohl ernsthaft auf dem Holzweg, oder?«

Ich schürze die Lippen und sehe ihm einen Augenblick lang beim Zappeln zu, bevor ich sage, »Sie ist mein Boss.«

»Mary?« Shaunas hohe, klare Stimme ist vom Empfangsbereich deutlich hörbar. »Sind Sie bereit?«

»Sie macht einen zähen Eindruck. Knallt mit der Peitsche, hm?«, sagt er. »Bevor Sie gehen, hätte ich liebend gern Ihre Telefonnummer, alkoholfreie Piña Colada-Mary.«

Ich rolle mit den Augen.

Der Barmann bringt uns unsere Drinks. Ich nehme einen kleinen Schluck von meinem und mustere den Mann. Er ist wahrscheinlich zu gutaussehend für mich, und dazu noch viel zu groß. Ich bin knapp über eins fünfzig. Er mit Sicherheit mehr als eins achtzig. »Wenn es uns bestimmt ist, uns zu verabreden, lässt uns das Schicksal wieder zusammenstoßen. Da bin ich mir sicher.«

Er schüttelt den Kopf. »Das Schicksal ist ein herzloser Mistkerl. Ich schmiede mir mein Glück lieber selbst.«

Ich stehe auf und schiebe meinen Hocker nach vorn. »Ich kenne nicht einmal Ihren Namen.«

»Er lautet Luke, was gut zu Mary passt, wie ich anfügen möchte. Beide Namen sind kurz und kommen im Neuen Testament vor.«

»Luke«, ruft eine dröhnende Stimme. »Tut mir leid, dass ich zu spät bin, aber ich habe einen solchen Hunger, dass ich eine ganze Kuh verspeisen könnte. Bist du bereit zu gehen?«

Luke dreht den Kopf in Richtung des Mannes, der ihm zuruft – einem riesigen Kerl mit gewölbter Brust und Vollbart. Ich nutze die Gesprächspause, um mich davonzumachen und zu Shauna zu stoßen. Als ich sie erreiche, schnappt sich die Kellnerin drei Speisekarten und bewegt sich auf den rückwärtigen Bereich des Restaurants zu. Ein grauhaariger Mann in einem umwerfenden kohlschwarzen Anzug geht neben Shauna her.

Meine Augen weiten sich. »Oh, ich habe nicht gewusst, dass sonst noch jemand dabei sein würde.«

Der Mann ergreift seine Aktentasche mit seiner

anderen Hand und streckt mir die Rechte entgegen. »Peter Meacham.«

Mein Kiefer sackt nach unten. Einer der beiden Gründer unserer Steuerberatungsfirma isst mit uns zu Abend? »Es freut mich sehr, Sie kennenzulernen, Sir. Was bringt Sie den ganzen Weg nach Atlanta?«

Er spricht nicht, bevor wir uns gesetzt haben. Danach aber verschwendet er keine Sekunde. »Ich halte nichts von Small Talk oder sinnlosem Geschwätz. Ich bin hier, weil Shauna zu Jahresbeginn das Büro in London übernimmt. Es geht allmählich unter, und dank ihres Organisationstalents und ihrer Arbeitsethik läuft das Atlanta-Büro wie eine gut geölte Maschine.«

Ich runzle die Stirn. »Das sind schlechte Neuigkeiten für mich, Sir. Ich habe die Zusammenarbeit mit Shauna wirklich geliebt.«

Shauna lächelt. »Ich werde dich vermissen, Mary. Ich hoffe aber, das heutige Abendessen ist für dich kein trauriger Anlass mehr, wenn du erst einmal gehört hast, was wir zu sagen haben.«

»Ich werde versuchen, den Kopf oben zu halten«, sage ich.

Die Kellnerin bringt uns die Speisekarte und wir werfen alle einen Blick darauf, um dann unsere Getränkebestellungen aufzugeben.

»Eigentlich bin ich jetzt schon bereit, zu bestellen«, sagt Shauna.

»Ich auch«, sage ich.

Die Kellnerin nimmt unsere Bestellungen entgegen und verschwindet dann.

»Zwei entschlussfreudige Frauen«, sagt Peter. »Was

auch genau der Grund ist, warum wir Sie heute Abend hergebeten haben, Mary.«

Ich blicke von Peter zu Shauna und wieder zurück. Peter zieht ein Stück Papier aus der Aktentasche und platziert es vorsichtig auf dem Tisch.

»Was ist das?«, frage ich.

»Die Angestellten von Frank & Meacham lieben Zahlen, Bilanzen und Ordnung. Einmal pro Monat schickt Shauna mir ihre Updates, wie Sie sich sicher vorstellen können. Aber davon abgesehen erstellt sie am Ende jeder Steuersaison für mich eine Tabelle, die eine Menge relevanter Statistiken enthält. Wissen Sie, wie viele zertifizierte CPAs unserer Firma aktuell im Atlanta-Büro tätig sind?«

Ich zähle meine Arbeitskollegen in Gedanken zusammen. »Achtzehn, ich selbst eingeschlossen.«

»Wie sieht es mit der Gesamtzahl der Buchhalter aus?« Peter tippt gedankenverloren gegen den Tisch.

Ich schüttle den Kopf. »So ungefähr zwanzig? Die kenne ich nicht so gut, da ich mich seit meinem zweiten Jahr auf das Steuerwesen konzentriere.«

Er deutet auf das Papier. »Diese Zeile sind Sie, Mary. Volumenmäßig sind Sie unsere beste Steuerberaterin, aber auch, was die Gesamtmenge an Steuerrückzahlungen und deren Gesamtbetrag angeht. Zudem arbeiten Sie am schnellsten, und Ihre Arbeitskollegen berichten regelmäßig, Sie wären ihnen bei Fragen und Anliegen jederzeit behilflich – blitzschnell und ohne sich zu beschweren. Ihre Peer-Review-Gutachten und Beurteilungen zum Jahresende sprengen die üblichen Messwerte.«

Ich öffne den Mund, ohne so recht zu wissen, was ich

eigentlich sagen möchte. »Vielen Dank, Sir. Ich liebe meine Arbeit, und vielleicht zeigt sich das.«

»Trotz allem beschweren Sie sich nie, haben für die Hilfestellung an Arbeitskollegen nie eine Gehaltserhöhung verlangt und Shauna berichtet, dass Sie sich all der Zusatzarbeiten und Buchprüfungen annehmen, die niemand sonst machen will.«

»Sie ist mit Abstand meine beste Mitarbeiterin«, sagt Shauna. »Und das wissen im Atlanta-Büro alle.«

»Wir haben Sie heute zum Essen eingeladen, weil wir Ihnen ein Angebot machen möchten«, sagt Peter. »Nach Shaunas Abgang werden wir jemanden brauchen, der hier das Ruder übernimmt. Wir sind uns alle einig, dass Sie die Beste für den Job sind.«

Mein Herz wird schwer, und mein Kopf beginnt unwillkürlich, sich zu schütteln. »Das kann ich nicht tun.«

Peters Augenbraue schnellt in die Höhe. »Sie können nicht?«

Shauna seufzt. »Ich hatte mich schon gewundert. Es gibt da etwas, das ich nicht erwähnt habe – Mary verbringt jedes Jahr ihre ganze Ferienzeit und den Großteil der Freizeit damit, ein Programm für den United Way durchzuführen. Es wird Santas Vertreter genannt. Damit stellen sie Geschenke und Essen für Familien bereit, die es sich nicht leisten können, sich selbst zu versorgen.«

Peter legt über dem Bericht die Hände gegeneinander. »Ich sehe keine Verbindung zwischen diesem zugegebenermaßen bewunderungswürdigen Engagement und unserer Beförderung.«

»In den drei Wochen vor Weihnachten nimmt die Durchführung des Programms fünfzig Stunden pro Woche in Anspruch, in den drei Wochen vor Thanksgiving mindestens fünfzehn. Als Steuerberaterin kriege ich das hin und habe sogar noch etwas Zeit übrig, um im Dezember die Verteidigung im Fall von Steuerprüfungen zu organisieren. Wenn ich aber das Büro leiten würde ...«

»Die Buchhaltungsaufgaben nehmen um die Feiertage zu«, sagt Shauna, »wegen all der erforderlichen Abschlussberichte zum Jahresende. Wenn sie meine Position übernimmt, kann sie während der Festtage nicht genügend Zeit in ihr Wohltätigkeitsprogramm investieren.«

Peter grummelt. »Sie haben etwas Beeindruckendes geschafft, junge Frau. Aber ich bin mir sicher, man wird Ihnen für Ihre vielen Dienstjahre danken und Ihnen das Beste wünschen. Davon abgesehen sind wir noch nicht einmal beim besten Part angelangt. Ihr aktueller Lohn liegt bei knapp unter achtzigtausend pro Jahr. Ihre Bezahlung wird sich auf beinahe eine Viertelmillion erhöhen, zusätzlich dazu werden Sie zur Partnerin, die zur Gewinnbeteiligung berechtigt ist. Das ist wirklich nicht etwas, das sie ausschlagen sollten.«

Ich umklammere meine Serviette auf dem Schoß. »Sie können sich gar nicht vorstellen, wie sehr mir das Angebot schmeichelt, Sir. Aber ich liebe meinen Job. Ich mag das Vorbereiten der Steuererklärungen und möchte es nicht aufgeben. Außerdem liegt der Verdienst eines durchschnittlichen CPA bei uns bei etwa achtzigtausend Dollar, aber basierend auf meiner Geschwindigkeit sind es bei mir eher hunderttausend.«

Shauna legt ihre Hand über meinen Unterarm. »Den Bonus hat Peter noch nicht einmal erwähnt.«

Peter räuspert sich. »Üblicherweise wird von neuen Partnern erwartet, dass sie sich einkaufen, aber das ist eine nominelle Gebühr von zehntausend Dollar. Allerdings erlauben wir ihnen, in dem Jahr, in dem sie zum Partner werden, von der Gewinnbeteiligung zu profitieren. Für Sie wäre das Enddatum der dreißigste Dezember. Dieses Jahr sollte der Bonus beinahe einhunderttausend Dollar betragen.«

Meine Augen weiten sich. »Für ein Ruhestandskonto?«

Shauna schüttelt den Kopf. »Nein, der Vorsorgeplan fällt für Partner zwar ebenfalls großzügig aus, wird aber separat gehandhabt. Wir können uns morgen hinsetzen und die Zahlen durchgehen. Sie kommen noch ans Treffen mit Bargain Booksy, richtig?«

»Ja, und das ist außerordentlich großzügig«, sage ich. »Aber mir geht es nicht so sehr ums Geld.«

Shauna grinst. »Das ist einer der vielen Gründe, warum wir Sie schätzen. Ihre Prioritäten sind nichts Geringeres als phänomenal, trotzdem denke ich, dass alle von Ihnen etwas zusätzliches Einkommen vertragen könnten.«

»Der United Way müsste für meine Position jemanden anstellen, und das würde sie genauso viel kosten, wie ich spenden könnte – oder fast so viel, nach dem Steuerabzug.«

»Buchhalter.« Shauna schüttelt den Kopf. »Nehmen Sie sich für Ihre Entscheidung etwas Zeit, Mary. Es ist eine große Entscheidung, und vor der Firmenweihnachtsfeier geben wir noch nicht einmal meinen Abgang bekannt. Solange wir einen Tag vorher Bescheid wissen, bleibt uns mehr als genug Zeit, einen anderen Kandidaten auszuwählen oder jemanden von einem anderen Büro ins Spiel zu bringen.«

Ich bin erleichtert, als unser Essen eintrifft und das Gespräch zur Qualität des Steaks und der Genauigkeit der gewünschten Garstufe wechselt. Ich frage Shauna zu ihren

Plänen nach dem Wechsel aus und möchte wissen, ob ihre Tochter aufgeregt ist. Wir besprechen Pläne zur Erweiterung des Atlanta-Büros sowie das Einstellungsprogramm. Es ist offensichtlich, dass Shauna es kaum erwarten kann, dass ich diese Position annehme, und zusätzliche finanzielle Mittel sind nicht zu verachten. Aber im Endeffekt brauche ich das Geld nicht. Das Santas Vertreter-Programm gibt mir einen Grund, morgens aufzuwachen. Eine Bestimmung und ein Ziel.

Nach dem Abendessen schüttle ich Peters Hand erneut. »Es war mir eine Freude, Sie kennenzulernen, und ich werde gründlich über Ihr Angebot nachdenken.«

Er nickt. »Tun Sie das. Wenn Sie diese Gelegenheit ausschlagen, kommt sie nicht wieder. Jedenfalls nicht in absehbarer Zukunft.«

Ich bin gerade im Begriff, nach draußen zu meinem Wagen zu gehen, als ich meinen Namen höre.

»Mary«, ruft eine tiefe Männerstimme mit einem kaum hörbaren australischen Akzent.

Als ich mich umdrehe, lächelt Luke mir entgegen. Seine Grübchen sind von hier aus sichtbar. Er winkt mir energisch zu und trabt auf mich zu. Mit der schwarzen Lederjacke, die er jetzt trägt, sieht er sogar noch besser aus als drinnen. »Mary, was für ein Zufall, dass ich dir hier über den Weg laufe. Wenn man sich ganz weit aus dem Fenster lehnt, könnte man es sogar Schicksal nennen, dass wir wieder zusammengewürfelt werden.«

Ach du meine Güte. »So ein Zufall ist es nun auch wieder nicht, da Sie zur selben Zeit und am selben Ort zu Abend gegessen haben wie ich.«

Er zuckt mit den Achseln. »Und wenn ich Ihnen sage, dass ich vor einer halben Stunde mit dem Essen fertig war und nur hier bin, weil ich mein Telefon vergessen habe?«

»Wirklich?«

Er schüttelt den Kopf. »Nein, obwohl das die interessantere Geschichte wäre. Die Wahrheit ist, dass ich keine zehn Minuten auf dieser Sitzbank bei der Tür gewartet habe. Seien Sie gewarnt, ich hätte vermutlich eine halbe Stunde gewartet.«

»Ich bin schnurstracks an dieser Bank vorbeigegangen.«

»Jepp, das sind Sie. Sie waren so damit beschäftigt, die Hand dieses alten Kerls zu schütteln, dass Sie mich nicht einmal bemerkt haben. Zählt das als mein drittes Abblitzen?«

Ich zähle an meinen Händen ab. »Nun ja, Nummer eins war Ihr Drink, den ich abgelehnt habe. Nummer zwei meine Annahme, Sie würden dort arbeiten. Nummer drei war, Ihnen meine Telefonnummer nicht zu geben, als Sie danach fragten. Also würde ich sagen, wir sind jetzt bei Nummer vier. Wenn Sie die Entwicklung weiterverfolgen möchten.«

»Da Sie mich nicht wirklich einen Angestellten genannt haben, denke ich nicht, dass der Punkt zählt. Und wie ich höre, sind aller guten Dinge drei.« Luke lächelt, und ich kann gar nicht anders, als seine hinreißenden Grübchen zu bemerken. Ich möchte mich momentan mit niemandem einlassen – nicht bei all den anderen Dingen, die mich beschäftigen – aber er sieht unfassbar gut aus.

»Oh, meinetwegen.« Ich grabe eine alte Quittung aus meiner Handtasche aus, dazu noch einen Kugelschreiber, und kritzle »Mary« und meine Nummer auf die Rückseite.

Unsere Hände reiben sich flüchtig, als er den Zettel

entgegennimmt, und ein elektrischer Impuls schießt meinen ganzen Arm entlang nach oben. Die Reaktion fällt derart heftig aus, dass ich nicht weiß, was ich damit anfangen soll. Um ein Haar hätte ich ihm die Nummer wieder entrissen. Ich habe keine Zeit, mich mit einem gerissenen Schlawiner abzugeben. Schon gar nicht zur Weihnachtszeit.

»Ich rufe Sie morgen an«, sagt er. »Ich würde Sie liebend gern zum Mittagessen ausführen.«

Ich sollte ihm sagen, ich wäre beschäftigt. Ich sollte nicht einwilligen. Zum einen wird das Spiel nicht so gespielt, zum anderen ist er etwas übereifrig. Ich beschließe, ihm eine Absage zu erteilen.

»Ich habe einen Heißhunger auf französisches Essen.« Die Worte fliegen ungeachtet meiner Pläne aus meinem Mund, aber als er wieder lächelt, komme ich zum Schluss, dass es das Risiko beinahe wert ist.

»Ich schätze mal, die Pommes von McDonald's zählen nicht?«, fragt er.

Ich schniefe. »Äh, nein. Ich dachte eher an La Madeleine's.«

»Ich habe keine Ahnung, wo das ist.« Er zieht sein Telefon hervor. »Wenn ich Ihnen eine Textnachricht sende, schicken Sie mir die Adresse zurück?«

»Ganz schön raffiniert. Damit stellen Sie sicher, dass die Nummer echt ist.«

Er zuckt mit den Achseln. »Das ist nicht mein erstes Rodeo, Lady.«

Mein Telefon piept. »Ich bin kein Wildpferd und habe nicht versucht, Sie abzuwerfen.«

»Gut zu wissen. Obwohl ein wenig Buckeln mich nicht stört.«

Ich hebe eine Augenbraue. »Solange Sie Respekt zeigen und zuhören.«

»Jawohl, Ma'am, das tue ich immer.«

»Dann haben wir ein Date, schätze ich mal.«

Seine perfekten weißen Zähne und die wunderschönen Augen sind kein schlechtes Bild, um den Abend zu beenden. Ich hüpfe in mein Auto und schließe die Tür, was mich aber nicht davon abhält, ihm beim Weggehen zuzusehen.

3

Peter und Shauna baten mich, das Angebot vertraulich zu behandeln. Also besteht meine Textnachricht an Paisley aus einer Lüge. SIND MEINE ZAHLEN DURCHGEGANGEN. VIELLEICHT WOLLEN SIE MICH IN DIE BUCHHALTUNG VERSETZEN.

Sie schreibt sofort zurück. FALLS DU GEHST, NIMM MICH MIT.

Ich lächle. Nähme ich die Beförderung an, würde Paisley mit mir aufsteigen. KLAR. OH, UND ICH HABE EINEN MANN KENNENGELERNT.

WAS?!?

ICH DENKE, ES LAG AN DEINEM KLEID. ER IST ALLERDINGS HEISS, ALSO DANKE.

Paisley liegt mir seit mehr als einem Jahr in den Ohren, ich solle auf ein Date gehen, seit Foster und ich uns getrennt haben. WIE HEISS?

Ich rolle mit den Augen – nicht, dass sie es sehen würde. HEISSER ALS FOSTER.

Ihre Antwort besteht aus lauter Emojis: Herzaugen, das Wow-Gesicht und Party-Konfetti. Ich schwöre, Paisley schreibt Textnachrichten wie eine Dreizehnjährige. Einen Augenblick später erscheinen drei Punkte und sie schreibt schon wieder. HAT ER EINEN BRUDER?

Heiliges Kanonenrohr. DAS HABE ICH NOCH NICHT GEFRAGT. WAHRSCHEINLICH NICHT.

ICH KRIEGE MICH NICHT MEHR EIN. DU SCHULDEST MIR EIN FOTO. ER MAG DICH WEGEN MEINEM KLEID. TRIFFST DU DICH MIT IHM?

Unser Date morgen kann ich nicht erwähnen. Sie würde mir vermutlich zum Restaurant folgen und versuchen, einen Blick auf ihn zu erhaschen. ER HAT NACH MEINER NUMMER GEFRAGT.

ICH BEVORZUGE HOCHZEITEN IM SOMMER.

Darauf antworte ich nicht einmal. Ich will sie nicht auch noch zu diesem Wahnsinn ermuntern. Am nächsten Morgen fahre ich nach meiner Joggingrunde zum Büro von United Way. Während der Ferienzeit habe ich mir meine Zeit zwischen United Way und Frank & Meacham aufgeteilt, indem ich morgens hierher kam und meinen echten Job während der Nachmittage erledigte. Es ist erst acht Uhr morgens, aber Foster taucht immer früh auf, und ich muss mit ihm reden.

Ich winke seiner Assistentin Heather zu, als ich an ihrem Schreibtisch vorbeigehe. Sie hebt eine Augenbraue, und ich schüttle den Kopf. »Ist er beschäftigt?«

Sie lächelt. »Mr. Bradshaw ist immer beschäftigt, aber er hat keine schlechte Laune.«

»Danke.« Ich klopfe gegen die Tür und trete ein.

Als Foster sich zu mir umdreht, setzt mein Herzschlag einen kurzen Augenblick lang aus. Wenn er mal wieder einen Haarschnitt braucht, kräuseln sich seine Haare um die Ohren und am Nackenansatz und ich möchte sie am liebsten berühren und glattstreichen. Ich vermisse es, jemanden in meinem Leben zu haben, dem ich die Frisur zurechtzupfen kann. Das ist nun ein Jahr her, aber manchmal spüre ich bei den seltsamsten Gelegenheiten immer noch einen Stich. Hin und wieder fragt er, ob ich zum Abendessen schon etwas geplant habe, und ich frage mich, ob wir einen neuen Versuch wagen sollten. Andererseits bin ich immer beschäftigt, auch wenn ich nicht wirklich beschäftigt bin. Denn er will Kinder. Und ich werde nie welche bekommen.

Foster lehnt sich auf seinem Stuhl zurück und sein Designeranzug verrutscht mit seinem Körper. Die meisten Vorsitzenden einer wohltätigen Organisation würden nicht jeden Tag einen zweitausend Dollar teuren Anzug tragen, aber Foster ist ein Konzernkind, daher besitzt er nichts anderes. »Freut mich zu sehen, dass du es gestern Abend auf den vereisten Straßen sicher nach Hause geschafft hast.«

»Da war kein Eis, keine Sorge.« Ich setze mich auf einen der einfachen schwarzen Stühle gegenüber seines bausteinförmigen Tisches. Foster ist fest entschlossen, den United Way aus der Steinzeit zu zerren. Bei den Möbeln hat er angefangen.

»Als ich sagte, wir müssten reden, habe ich damit nicht gemeint, dass du heute Morgen in aller Eile vor der Arbeit herkommen musst.«

Ich zucke mit den Achseln. »Wie der Zufall es will, muss ich auch mit dir reden.«

»Oh?« Seine Augenbrauen heben sich. »Worüber?«

»Ich kann anfangen, wenn du möchtest.«

»Die Ladys haben immer den Vortritt.« Foster mag etwas altmodisch sein, aber niemand hätte behauptet, er wäre kein Gentleman.

»Okay, nun ja, ich schätze mal, ich habe eine Frage. Das ist vertraulich, aber gestern Abend wurde mir bei Frank & Meacham eine Beförderung angeboten.«

Auf seiner Adlernase bilden sich winzige Falten. »Zu was? Einer noch besseren CPA?«

»Senior Partner und Leiterin der Atlanta-Zweigstelle.«

Er pfeift. »Das ist unglaublich, Mary. Ganz herzliche Gratulation.«

Ich schüttle den Kopf. »Ich habe nein gesagt.«

Er beugt sich nach vorn und stützt die Hände auf seinem Schreibtisch ab. »Warum würdest du das tun, Mary? Ich kenne niemanden, der seinen Job so sehr liebt wie du.«

»Eigentlich hat es viel damit zu tun. Ich liebe meinen Job, liebe es, Steuererklärungen von Menschen und Unternehmen vorzubereiten. Ich liebe die Sicherheit, die absolute Antwort, die Schönheit und Balance. Ich mag es, Leuten beim Geld sparen und beim Erreichen ihrer finanziellen Ziele zu helfen. Aber es ist nicht nur das. Würde ich diesen Job annehmen, könnte ich Santas Vertreter nicht mehr durchführen.«

Foster atmet langsam durch die Nase ein. »Du hast ihnen schon nein gesagt? Also absolut nein?«

»Ich hab's versucht«, sage ich. »Aber sie haben mich angewiesen, drei Wochen darüber nachzudenken.«

Seine Schultern sacken ein wenig nach unten und sein Blick senkt sich zum Schreibtisch. »Also ist das Timing nicht ganz so gut, für meine Neuigkeiten meine ich. Oder ... ich weiß es nicht. Vielleicht doch.«

Oh je. »Was ist los?«

»Der Präsident von United Way stellt seit Jahren die Santas Vertreter-Programme an verschiedenen Standorten nach und nach ein. Es besteht die Meinung, dass diese kein gutes Licht auf uns werfen und den Eindruck erwecken, wir würden christliche Überzeugungen auf Kosten anderer Religionen und Kulturen unterstützen.«

»Moment mal, wie bitte? Das ist blödsinnig. Der Weihnachtsmann ist nicht einmal ein christliches Konstrukt.«

Foster seufzt. »Mach es mir nicht noch schwerer, Mary. Santa ist die Kurzform von Saint Nicholas.«

Ich schließe die Augen und zwinge mich dazu, bis zehn zu zählen.

»Sei nicht so melodramatisch«, sagt er. »Wäre nicht vor zwei Jahren diese bedeutende anonyme Spende eingegangen, hätte man das Programm damals schon gekürzt.«

Die bedeutende anonyme Spende, auch bekannt als die Ersparnisse meines ganzen Lebens. Darauf lief es hinaus, entweder das oder das Ende von Santas Vertreter. Es ist schön zu wissen, dass meine Lebensersparnisse uns zwei Jahre erkauft haben. Seither habe ich mich bemüht, meine Konten wieder aufzufüllen, aber die haben sich noch nicht annähernd erholt.

»Stan hat mich gebeten, ihm einen Zeitplan für den phasenweisen Abbau zu erstellen. Ihm ist bewusst, dass wir es dieses Jahr noch nicht einstellen können, aber er möchte, dass wir eine Pressemitteilung für die Zeit direkt nach den Festtagen erstellen. Dadurch sollte die Community Zeit haben, den Abbruch zu verarbeiten, bevor es nächstes Jahr wieder auf die Festtage zugeht.«

Ich stöhne. »Das haben wir schon einmal gehört, und wir haben das Programm weiter durchgeführt. Sag ihm, du würdest es über fünf Jahre phasenweise abbauen oder etwas in der Art. In den nächsten paar Jahren geht er oder bekommt die Kündigung, und dann erzählen wir dem neuen Boss, wie großartig dieses Programm ist.«

»Ich habe zuvor dagegen angekämpft, weil ich stets einen starken Anführer mit dem Willen hatte, etwas zu bewegen. Wir stellten sicher, dass es beim Ressourcenaufwand eine neutrale Nettobilanz gab, und du hast umsonst gearbeitet. Mit deinem Abgang müsste ich einen Ersatz einstellen, was ein größeres Stück des Budgets erfordern würde. Ich denke, wir müssen realistisch bleiben, was diese Sache angeht.«

Ich beiße die Zähne zusammen. »Bestrafst du mich damit?«

An seinem Hals zeichnen sich die Adern ab. »Es ist mehr als ein Jahr vergangen, Mary. Natürlich bestrafe ich dich nicht. Hier geht es um begrenzte Ressourcen und darum, wie wir sie am besten verteilen. Auf eine Art, die United Way erlaubt, bis ins nächste Jahrhundert hinein zu wachsen und der Gemeinschaft zu dienen. Das Programm passt ohnehin nicht zu unserer Marke.«

»Ich sehe nicht, wie das Verteilen von Festtagsfreuden angeblich das Wachstum von United Way behindern soll. Es ist immer noch gute PR, richtig?«

»Du betrachtest das Ganze aus der falschen Perspektive. Das ist ein Fluchtweg für dich. Du kannst lebensverändernde Entscheidungen nicht von einer wohltätigen

Veranstaltung abhängig machen, die einmal im Jahr stattfindet«, sagt er. »Du hast so hart für deinen Job und dieses Programm gearbeitet, aber es wird Zeit, dich auf die eine Sache zu konzentrieren, die für dich wirklich zählt.«

»Santas Vertreter hat mein ganzes Leben verändert, Foster, und wenn du das nicht sehen kannst ...«

»Das weiß ich. Und du hast dich ein Jahrzehnt lang dafür revanchiert, während der letzten sieben Jahre hast du das Ding im Alleingang am Laufen gehalten.«

»Acht.« Ich verschränke die Arme über der Brust.

»Na schön, acht. Aber der Punkt ist, dass sich Dinge im Lauf der Zeit verändern und wir sie akzeptieren müssen. Es gibt genug andere wohltätige Organisationen, auch einige, die das ganze Jahr über Programme unterhalten und wo du einen gewaltigen Unterschied machen könntest. Aber dafür musst du von dieser Obsession ablassen.«

Mittlerweile glaube ich nicht mehr, dass wir noch über das Programm reden. »Ich habe losgelassen, Foster. Glaube mir, diese Entscheidung hat nichts mit dir zu tun. Es ist ja nicht so, als würde ich mich daran festklammern, damit ich eine Ausrede habe, um dich zu sehen. Ich habe dieses Programm fünf Jahre lang geleitet, bevor du überhaupt deinen aktuellen Job hattest. Nicht alles dreht sich um dich.«

Er starrt mich an. »Bist du dir sicher?«

Ich rolle mit den Augen. »Nimmst du mich auf den Arm? Ja, ich bin mir sicher. Und falls deine Neuigkeit die ist, dass du mir deinen Job offerierst, weil dir eine Versetzung angeboten wurde, solltest du sie annehmen. Zieh bitte weit, weit weg, damit ich dir nicht mehr auf dunklen Parkplätzen über den Weg laufen muss.«

Er schürzt die Lippen. »Dann wirst du dich darüber wohl nicht aufregen. Ich habe meiner Freundin Jessica einen Antrag gemacht, und sie hat ja gesagt. Wir haben beschlossen, eine einfache Hochzeitsfeier im Hinterhof meiner Eltern abzuhalten.«

»Moment mal.« Meine Augen weiten sich. »Du triffst dich mit jemandem?«

»Ich habe es nicht geheim gehalten, okay? Es war eher so, dass ich es unter dem Radar hielt, weil ich dich nicht verletzen wollte. Aber ich habe mir Sorgen gemacht, du könntest anderswo von unserer Verlobung hören und dass es ein ziemlicher Schock wäre.«

»Wie lange kennst du sie überhaupt schon?« Ich rechne in Gedanken durch, wann genau er mir den Antrag gemacht hat – einige Wochen vor Halloween. Letztes Jahr. Vierzehn Monate sind nicht mehr so frisch, schätze ich mal.

»Wir haben uns an einem Grillfest zum diesjährigen vierten Juli kennengelernt.«

»Du hast von einem Weihnachtsmädchen zu einer Vierter-Juli-Enthusiastin gewechselt?«

»Oh, ich bitte dich.« Foster verschränkt die Arme. »Sie mag den vierten nicht einmal. Ich bezweifle, dass sie auch nur den Fahneneid auswendig aufsagen könnte. Sie war ein Caterer an der Party, das ist alles.«

Ich bin über Foster hinweg, das bin ich wirklich. Ich habe ihn geliebt und er mich, aber er wollte etwas, das ich ihm nicht geben konnte. Ich freue mich für ihn, aber trotzdem ist es schwierig, die Worte, die die Gesellschaft von mir verlangt, mit meinem Mund auszusprechen.

Ich schlucke einmal und sage dann, »Glückwunsch. Ich

freue mich für dich und bin mir sicher, ihr beide werdet euch zusammen ein fantastisches Leben aufbauen.«

»Es ist alles sehr schnell passiert, aber es fühlt sich richtig an und wir sind beide überglücklich.«

Ich stehe auf und kann es kaum erwarten, mich auf die Arbeit zu stürzen, damit ich nicht mehr darüber nachdenken muss. »Nun, glücklicherweise musst du dir wegen Santas Vertreter keine Sorgen machen. Da ich ja nirgendwo hingehe, halte ich das Budget ausgeglichen und du musst sonst niemand einstellen. Wir denken uns irgendeinen blöden Ausstiegsplan aus und sagen, der Bürgermeister von Atlanta würde sich darüber aufregen oder etwas in der Art. Du kennst ihn doch, oder nicht? Könntest du das Programm mit ihm besprechen und sehen, ob er anbeißt?«

Foster erhebt sich ebenfalls. »Ein Rettungsversuch bei einem sterbenden Programm ist ein Fehler, und ehrlich gesagt bin ich mir nicht einmal sicher, ob ich es versuchen möchte.«

Meine Augenbrauen schießen in die Höhe. »Das zu beurteilen, steht dir nicht zu, fürchte ich. Ich bin die Vorsitzende dieses Programms, auch wenn ich auf meine Bezahlung verzichte.«

»Du sagst, du hättest keine Zeit oder Energie für Kinder. Trotzdem investierst du jedes Jahr all deine Zeit, Energie und dein Geld in diese Sache. Das sind nicht deine Kinder, weißt du. Und das werden sie auch nie sein.«

Er ist nur aufgestanden, um sein Argument zu unterstreichen. Nun, der Mist funktioniert bei mir nicht. Ich setze mich wieder und verschränke die Arme. Ich werde nicht gehen, bevor ich nicht zufriedengestellt und dazu bereit bin. »Diese Charakterisierung ist falsch, und das weißt du auch. Ich liebe Kinder, aber ich werde keine Kinder haben, denen ich nicht genug meiner Zeit widmen kann. Und ich liebe meinen Job. Ich werde kein Kind mit einer Mutter strafen, die nie da ist. Also habe ich keine Kinder, weil ich ihnen in meinem Leben nicht die höchste Priorität einräumen könnte.«

»Ich weiß, ich weiß. Deine Mutter hat ihren Job gewählt und deine Familie verlassen. Das hat deinen Vater zerstört. Aber wenn du deine Karriere wählst und dieser Laufbahn folgst, dann nimmst du eine angebotene Beförderung an. Versteck dich nicht hinter Ausreden.«

Ich knalle meine Hand gegen die Ecke seines Tisches. »Santas Vertreter ist keine Ausrede, Foster. Ich habe eine Chance, wirklich etwas zu bewirken. Wenn auch nur ein paar dieser Kids an etwas glauben, wenn sie daran glauben, dass jemand ihre guten Taten bemerkt, dann habe ich mehr für sie getan, als meine Eltern in achtzehn Jahren jemals für mich getan haben.«

»Nun, ich werde dir nicht bei der Rettung des Programms helfen können. Diesmal nicht. Ich habe mit den Hochzeitsplänen zu viel zu tun. Du wirst solide Argumente finden und Daten zusammenstellen müssen, die du Mr. Peters selber präsentierst.«

»Wann ist die Hochzeit? Du machst dir wahrscheinlich zu viele Gedanken. Der Typ hat normalerweise nicht viel zu tun.«

»Am dreiundzwanzigsten Dezember.«

Ich werfe die Hände hoch. »Bis dahin sind es nur noch ein paar Wochen.« Warum würden sie so schnell heiraten, und warum genau vor Weihnachten? Ich neige den Kopf zur Seite. »Wozu die Eile?«

»Wir wollen sichergehen, dass wir die Steuervergünstigung noch dieses Jahr bekommen, und meine Eltern gehen an Heiligabend auf eine transatlantische Ferienreise.«

»Nur so ein Gedanke«, sage ich, »Aber die zweitausend Dollar, die du sparen würdest, brauchst du nicht. Also warum nicht im Januar oder Februar? Oder mach etwas total Verrücktes und warte bis im März.«

»Jessica wollte nicht warten.«

»Warum denn nicht?« Das ergibt keinen Sinn. Fosters Familie würde für alle Kosten aufkommen und bei der Planung aller Details mithelfen. Ein paar tausend Dollar sind kein Grund, an Weihnachten so zu hetzen. Ich habe gesehen, dass Foster genauso viel für ein Paar neuer Schuhe ausgibt.

Es sei denn ...

Ich platze damit heraus, ohne darüber nachzudenken. »Ach du meine Güte, sie ist schwanger, nicht wahr?«

Foster verzieht das Gesicht. »Das ist ein Geheimnis, Mary. Respektiere es bitte.«

»Na ja, ich bin froh, dass du endlich alles bekommst, was ich dir nicht geben konnte.«

»Oh, das hättest du. Du wolltest es nur nicht.«

Ich presse meinen Kiefer zusammen, ohne ein weiteres Wort zu verlieren.

Ich bin über ihn hinweg, aber möglicherweise nicht ganz einverstanden damit, wie sich alles abgespielt hat. Ich wische nach einer fehlgeleiteten Träne und wirble herum, um dann durch seine Tür hinauszustürmen.

4

Foster folgt mir zur Eingangstür, aber im Korridor klingelt mein Telefon lautstark und schneidet ihm das Wort ab, bevor er überhaupt dazu kommt, etwas zu sagen. »Da sollte ich besser rangehen. Muss wohl ein Sponsor sein, denn sonst hat niemand diese Nummer.« Ich drehe ab und jogge um die Ecke zu meinem Büro.

»Hallo?«

»Mrs. Wiggin?«, fragt eine männliche Stimme.

Eigentlich Miss Wiggin, aber das passt schon. »Die bin ich. Wie kann ich Ihnen behilflich sein?«

»Hier spricht Mr. Manning. Sie haben mir eine Nachricht zum Santas Vertreter-Programm hinterlassen. Ich habe so etwas noch nie gemacht, also hoffe ich, dass ich nichts falsch gemacht habe.«

Absolut nicht hilfreich. Er war noch nie Teilnehmer? Oder eine Unterstützerfamilie? Uff. »Ja«, sage ich, »Ich habe Sie gestern Abend angerufen. Wir sind in einer etwas verwirrenden Situation, aber es wäre wohl einfacher, es

Ihnen persönlich zu erklären. Wäre es möglich, dass ich zu Ihnen fahre und wir uns irgendwann an diesem Nachmittag treffen?«

»Ich arbeite bis um sieben. Jetzt gerade sind die Abgabefristen wegen der Festtage extrem kurz. Sie versuchen, mein Projekt abzuschließen und noch ein wenig Extrazeit anzuhängen. Ich kann Sie danach treffen, wenn es Ihnen nichts ausmacht, zu mir zu fahren.«

Seine Stimme klingt vage vertraut, aber mir fällt niemand mit dem Namen Manning ein, der mir bekannt wäre.

»Ich habe nichts dagegen«, sage ich. »Welche Zeit würde Ihnen passen?«

»Wäre acht Uhr zu spät?«, fragt er.

Ich wühle mich durch den Papierkram auf meinem Schreibtisch, bis ich die richtige Seite der Nominierungsliste gefunden habe. »Das sollte passen. Lautet Ihre Adresse immer noch 236 Sunset Cove?«

»So ist es. Wir sehen uns dann.«

Ich lege auf und zwinge mich die nächsten paar Stunden, zu arbeiten, den Nominierungsbrief zu verfassen, Leitfaden und Regeln zu aktualisieren, den Aufruf für Freiwillige sowie Anmeldeformulare zu überarbeiten und Kirchen sowie andere Clubs zu kontaktieren, um nach Nominierungen und Unterstützerfamilien zu fragen. All das hätte ich in weniger als zwei Stunden schaffen sollen, werde aber dadurch verlangsamt, dass ich alle zwei Minuten auf die Uhr blicke.

Ich hätte niemals in das heutige Mittagessen mit diesem Kerl einwilligen sollen. Was habe ich mir dabei nur gedacht? Wenigstens treffe ich ihn im Restaurant. Wenn sich also eine Katastrophe anbahnt, kann ich mich unter dem Vorwand eines Notfalls verdrücken. Ich gehe in die Hocke und krieche regelrecht an Fosters Büro vorbei, wobei ich Heathers Kichern ignoriere. Es ist mir lieber, wenn Heather mich für einen Feigling hält, als mit Mr. Perfekt zu interagieren und ihm dabei zuzuhören, wie er wieder einmal all meine zahlreichen Schwachpunkte auf ein Podest stellt. Einmal im Jahr reicht dafür völlig aus.

Ich halte auf dem Parkplatz des La Madeleine's und schalte den Motor aus. Meine Hände umklammern das Steuerrad immer noch. Verschwende ich hier meine Zeit? Vielleicht sollte ich diese ganze Angelegenheit ausfallen lassen und in mein Büro fahren, um mich auf meine Bilanz-Aufsichtsratssitzung um drei Uhr vorzubereiten.

Nicht, dass ich mich vorbereiten müsste. Und mein Magen knurrt. Ich zwinge mich dazu, das Steuerrad loszulassen, steige aus dem Wagen und marschiere ins Restaurant.

Luke sitzt direkt nach der Eingangstür auf einer Bank, in verwaschenen Jeans und einem dunkelblauen T-Shirt, das sich an seine Brustmuskeln anschmiegt. Er liest ein Buch. Ein richtiges, echtes Buch, nicht etwas auf seinem iPad oder E-Reader oder Telefon. Ich erhasche einen Blick auf den Buchtitel, bevor er meine Anwesenheit bemerkt. *Percy Jackson – Diebe im Olymp.* Es gelingt mir nicht, ein Kichern zu unterdrücken.

Er blickt zu mir hoch und grinst, wobei seine hellen Augen meine finden. Wunderschöne weiße Zähne und Grübchen. Er hat von der genetischen Lotterie mehr als nur seinen gerechten Anteil zugeteilt bekommen. Er steckt das Buch in eine schwarze Tasche und steht auf, wobei er sich die Tasche über die Schulter wirft. »Du bist gekommen. Möglicherweise war ich ein wenig besorgt.

Normalerweise muss ich mich nicht so sehr anstrengen, um jemanden davon zu überzeugen, Zeit mit mir zu verbringen.«

Der Grund ist für mich deutlich sichtbar.

»Ich hoffe, du hast Hunger«, sage ich. »Denn ich bin am Verhungern und beim ersten Date würde es gegen die Etikette verstoßen, wenn du weniger isst als ich.«

»Ich bin immer hungrig. Ausgehungert sogar, also kannst du sorglos alles essen, was du möchtest.«

»Schön gesagt«, sage ich. »Das hier ist ein modifiziertes Büfett, also kannst du dir alles holen, wonach es einen hungrigen Wolf gelüsten würde.«

Er täuscht ein Knurren vor. »Perfekt. Ich neige dazu, alles in Reichweite zu beißen, wenn ich zu lange aufs Essen gewartet habe.«

Ich wähle einen Speckkuchen, einen Salat und eine Obstschüssel. Er hingegen belädt seinen Teller mit Pasta, Früchten, einem Salat und sowohl einem Hühnchen- als auch einem Pilzfriand.

»Ich hatte keine Ahnung, dass Wölfe Kopfsalat mögen«, sage ich, während der Kassierer uns aufruft.

»Wenn Erdbeeren oder Soße mit Mohnsamen involviert sind, mache ich eine Ausnahme.« Er übergibt dem Kassierer eine Kreditkarte, bevor ich ihn aufhalten kann. »Die Rechnung geht auf mich, ich bestehe darauf. Ich weiß, du bist eine beeindruckende Boss-Lady, aber ich gehöre nun mal zur alten Schule.«

»Danke. Für die Zukunft möchte ich aber anmerken, dass es mir nichts ausmacht, zu bezahlen.«

»Mir auch nicht. Wie wäre es damit? Solange ich dich anflehe, dir Zeit für mich zu nehmen, überlässt du die Rechnung mir. Wenn dir dann klar wird, was für ein guter

Fang ich bin und du mich um ein Date bittest, lasse ich dich auch ab und zu bezahlen.«

Luke folgt mir zu einem Tisch nah am Fenster, und wir setzen unser Essen ab. Ich platziere meinen Teller, das Trinkglas und das Besteck und stelle das Tablett dann über den Abfallkübeln beiseite, um auf dem Tisch Platz zu schaffen. Bei meiner Rückkehr isst Luke bereits, also mache ich mich ebenfalls über meinen Teller her. Ich wechsle ab zwischen einem Bissen des Speckkuchens, einer Gabel voll Salat und einem Obsthappen.

»Was machst du beruflich?«, fragt er.

»Ich ...«

»Moment, sag's mir nicht. Ich wette, ich kann es erraten.«

Das sollte unterhaltsam werden. »Sicher. Was denkst du, was ich mache?«

»Du bist entweder Hochzeitsplanerin oder Buchhalterin«, sagt er.

Mein Kiefer klappt nach unten. »Das kannst du nicht wissen.«

»Weil du alles auf deinem Teller in perfekt gleich große Stücke geschnitten hast und vom Salat zu diesem Eierkuchen und dann zu den Früchten wechselst, alles gleichmäßig aufgeteilt. Eine solche Präzision bedeutet, dass du eine Perfektionistin bist. Die tadellos sauberen Hosen und das Hemd mit Knöpfen verraten mir, dass du keine Künstlerin bist. Und du hast eine Handtasche, die eher einer modischen Aktentasche ähnelt.«

Ich durchbohre ihn mit Blicken. »Ich bin in der Buchhaltung.«

Er grinst. »Und was mache ich, was denkst du?«

»Du bist durchtrainiert und hast eine schwarze Tasche.

Du kannst dir fürs Mittagessen freinehmen und hast letzten Abend in einem Steakhaus gegessen, aber vermutlich nicht wegen der Arbeit. Du hast ein Polohemd getragen und dort jemanden getroffen, der nicht so ausgesehen hat, als würde er regelmäßig ein Steakhaus frequentieren.«

Er lässt die Armmuskeln spielen. »Du hältst mich also für durchtrainiert, hm?«

Ich rolle mit den Augen. »Und selbstbewusst, also tippe ich auf ... Besitzer eines Fitnesszentrums.«

Er zieht einen Stift hervor und zeichnet auf eine Papierserviette, zunächst einige Linien, die einen Galgen mit Schlinge bilden. Dann einen Kopf. »Du hast den Körper, Arme, Beine und – falls ich in großzügiger Stimmung bin – Finger und Zehen, bevor du tot bist.« Er legt sich die Hände um den Hals und tut so, als würde er ersticken.

»Echt jetzt?«

»Ich habe die Regeln nicht erfunden, Lady. Du siehst aus, als könntest du eine kleine Aufmunterung gebrauchen, und diese erste Einschätzung ist weit am Ziel vorbeigeschossen.«

Ich zerbreche mir den Kopf. Während des Wartens hat er Percy Jackson gelesen. Könnte er das Buch für die Arbeit gelesen haben? »Bist du im Verlagswesen?«

Er schüttelt den Kopf und zeichnet einen Torso. »Das war noch weiter daneben. Das kannst du besser.«

Ich blicke auf seine Hände. Schwielig und abgearbeitet. »Du machst etwas mit den Händen.«

Er zeichnet einen Arm.

»Das war nicht einmal ein Job«, protestiere ich. »Ich habe nur laut nachgedacht.«

»Du hast nach Informationen geangelt. Regeln sind Regeln.«

Ich runzle die Stirn. »Zimmermann? Künstler?«

Er zeichnet einen weiteren Arm und ein Bein. »Laut dem traditionellen Regelwerk hast du noch einen Rateversuch, bevor das Spiel vorbei ist.« Er zieht eine Linie über seinen Hals.

Na komm schon. »Na schön, du bist ein Installationskünstler.«

Das letzte Bein zeichnet er ganz langsam, fast schon schwermütig. »Wenigstens hatten wir dieses eine, episch gute erste Date. Gibst du auf?«

Ich seufze. »Ich dachte, ich hätte noch Finger und Zehen.«

»Vielleicht bin ich nicht in großzügiger Stimmung.«

»Gerade eben hast du für meinen riesigen Mittagsteller bezahlt.«

»Stimmt. Ich denke, der wird meine Reserven wohl aufgezehrt haben. Da ich also gewonnen habe und du verloren hast, schuldest du mir eine Art Pfand.«

Ich verdrehe die Augen. »Was schwebt dir vor?«

»Noch ein Mittagessen morgen?« Er grinst.

»Ich bin mir nicht sicher, ob ich mich auf so etwas einlassen kann, bevor ich dein Tätigkeitsfeld kenne. Was wäre, wenn du ein Meuchelmörder oder Direktor eines Beerdigungsinstituts bist?«

Er öffnet in gespieltem Entsetzen den Mund. »Ich *bin* Direktor eines Beerdigungsinstituts.«

Ich schüttle den Kopf. »Dann würdest du nach Formaldehyd riechen, diese Möglichkeit fällt also offensichtlich weg.«

»Äh, das wäre mein Einbalsamierer. Ich trage nur

düstere Anzüge und tue so, als würden mir all die trauernden Familien am Herzen liegen.«

»Das ist nur vorgetäuscht? Sie kümmern dich nicht wirklich?«

Er zuckt mit den Achseln. »Man kann sich nicht um die ganze Welt kümmern.«

»Wow, ich schätze nicht. Aber die Leute, die zu dir kommen, haben gerade einen geliebten Menschen verloren.«

Er rollt mit den Augen. »Oh, na schön. Ich bin kein Direktor eines Bestattungsunternehmens. Ich bin ein Kosmetiker.«

»Ach, hör doch auf.«

»Was ist?« Er streicht sich mit der Hand durch die Haare. »Warum könnte ich kein Kosmetiker sein?«

»Darauf werde ich nicht einmal antworten.«

Er grinst. »Na schön, ein Kosmetiker bin ich auch nicht.«

Gott sei Dank. »Dann gib mir einen Hinweis. Was ist das Schlimmste an deinem Job?«

Er tippt sich gegen die Unterlippe, und ich kann mich nicht davon abhalten, darauf zu starren, weil sie so voll ist. Für meine Verhältnisse sieht er viel, viel zu gut aus.

»Ich werde ständig darum gebeten, Leuten umsonst mit Dingen in ihrem Zuhause zu helfen.«

Meine Augen werden größer. »Du bist ein Klempner?«

Er schüttelt den Kopf. »Aber es wird nun wärmer.«

»Kabeltechniker?«

Noch ein Kopfschütteln. »Nein.«

»Ein Elektriker?«

»Bingo.« Er grinst, und mein Herzschlag setzt vorübergehend aus. Ein so wunderschönes Lächeln sollte eigentlich niemand haben.

»Wie hätte sich ein Elektriker gestern Abend ein Essen im Bentleys geleistet?«

»Na, na«, sagt er, »was für ein Snob du doch bist. Zufälligerweise bin ich sehr gut in dem, was ich tue. Ich bin der leitende Elektriker des neuen Citibank-Gebäudes.«

»Interessant.«

»Ist das beeindruckend genug, um ein zweites Date zu rechtfertigen?«

»Du sagst das so, als wäre ich eine dieser Tussis, die nur aufs Geld aus sind. Ich wollte nur sichergehen, dass du kein Stripper oder etwas in der Art bist.«

»Du denkst, ich könnte als Stripper arbeiten?« Seine Augenbrauen heben sich.

Ich erröte leicht. »Nein, ich habe nicht gesagt, dass ich so etwas denke. Ich meine nur, ich wollte mich vergewissern, dass du nichts Unangemessenes tust. Etwa eine Karriere als Hochstapler verfolgst.«

Seine Miene verfinstert sich. »Ich habe das Gefühl, deine letzten paar Dates sind nicht so gut verlaufen. Davon abgesehen – wäre ich ein Hochstapler, würde ich es wohl kaum zugeben, oder?«

Vermutlich nicht. »Vielleicht sollte ich deine Behauptung testen, bevor ich zu einem zweiten Date einwillige. Ich habe im Abstellraum ein defektes Licht. Falls du wirklich ein Elektriker bist, kannst du es reparieren. Und ich bitte hier nicht um einen lästigen Gefallen. Ich komme nur meiner Sorgfaltspflicht nach.«

»Hast du schon versucht, die Glühbirne zu ersetzen?«

»Ziemlich frech«, sage ich. »Ich bin keine komplette Idiotin. Selbstverständlich habe ich die überprüft.«

Er grinst. »Ich repariere dein Licht, wenn du mir mit einer Kleinigkeit hilfst.«

»Und die wäre?«

»Ich bezahle seit neun Jahren keine Steuern, und die Steuerbehörde wird jedes Jahr hartnäckiger.«

Ich richte mich abrupt kerzengerade auf. »Machst du Witze? Das klingt gar nicht gut. Neun Jahre?«

Er legt seine Hand über meine, und mein Herz rast noch schneller. »Du solltest dein Gesicht sehen! Mary, beruhige dich, das war ein Witz. Hast du in der Abstellkammer wirklich ein defektes Licht?«

Ich nicke wie betäubt mit dem Kopf.

Er schnieft. »Ich hatte wirklich gedacht, du machst auch einen Witz. Und es wäre mir eine Freude, dir mit dem Licht in der Abstellkammer behilflich zu sein. Dafür brauche ich nicht einmal eine halbe Stunde. Mit einem Drehverbinder schaffe ich es möglicherweise in fünf Minuten.«

»Also.« Ich räuspere mich, während mein Herzschlag sich wieder beruhigt. »Du bezahlst deine Steuern?«

»Mir drängt sich der Eindruck auf, das wäre ein rotes Tuch«, sagt er.

»Äh.« Ich seufze. »Ja, das wäre es. Was vermutlich den Eindruck erweckt, ich wäre stockkonservativ. Wenn du wüsstest, wie oft Kunden durch meine Tür kommen, die seit Jahren nichts bezahlen.« Ich schüttle den Kopf.

»Dir scheint dein Job wirklich wichtig zu sein.« Er nimmt den letzten Bissen seiner Pasta.

Ich blicke von meinem leeren Teller zu seinem. Er hat drei Hauptgerichte verspeist. Heiliger Strohsack. »Ich liebe meinen Job, aber die Existenz eines jeden dieser Menschen steht auf der Kippe, wenn sie zulassen, dass die

Dinge sich so weit entwickeln. Es ist nervenaufreibend. Ich weiß nicht, wie solche Leute überhaupt noch funktionieren.«

»Also arbeitest du bei einer Steuerberatungsfirma?«, fragt er.

Ich nicke. »Ja, ich reiche Steuererklärungen ein. Aber jetzt habe ich diese große Baustelle, mit der ich mich herumschlagen muss.«

Er neigt den Kopf zur Seite. »Was für eine? Mit Baustellen kenne ich mich ziemlich gut aus. Vielleicht könnte ich behilflich sein.«

Ich lasse den Blick über das Restaurant schweifen. Ich sehe ansonsten niemanden, den ich kenne, und ein Elektriker und ich würden sich ohnehin nicht in denselben gesellschaftlichen Kreisen bewegen. »Ich war letzten Abend im Bentleys, weil meine Chefin nach London zieht, um die dortige Zweigstelle aufzumöbeln. Darüber mussten sie mit mir reden.«

Er legt beide seiner Hände mit den Handflächen nach unten auf den Tisch. »Aber du ziehst nicht um?«

Ich schüttle den Kopf. »Meine Chefin ist zum Studieren nach Oxford gegangen und mit einem Briten verheiratet. Sie kennt sich mit ihrem komplizierten Steuercode und der Kultur aus, also ist sie die ideale Kandidatin, um dem ersten europäischen Ableger unserer amerikanischen Firma zu neuen Höhenflügen zu verhelfen.«

»Welche Auswirkungen hat das auf dich?«

Ich zucke mit den Achseln. »Sie war schon meine Mentorin, bevor ich überhaupt meinen Collegeabschluss in der Tasche hatte. Sie hat mich mit meinem ersten Praktikum in die Arbeitswelt eingeführt, also werde ich sie offensichtlich vermissen. Vielleicht ist das der Grund, warum mir nun mit ihrem Abgang ihr Job angeboten wird. Die wollen, dass ich das komplette Büro leite.«

»Ist das nicht etwas Wunderbares?«, fragt er. »Eine große Beförderung, richtig?«

Ich nicke. »Die Bezahlung ist deutlich besser, so viel ist sicher, aber ich weiß es einfach nicht.«

»Geld ist nicht alles.«

»So etwas sagen Menschen, die genug davon haben.«

Er zuckt mit den Achseln. »Ich bin ein Elektriker.«

»Stimmt.« Ich nicke. »Mehr Geld macht die Dinge einfacher, trotzdem bin ich mir nicht sicher.«

»Wenn die Lohnerhöhung dir zugutekommen würde, wo liegt dann das Problem?«

»Zunächst einmal liebe ich, was ich mache. Ich mag die einfache Zweckmäßigkeit davon, Teilstücke in die Hand zu nehmen und sie einzusetzen, und ich mag es, Menschen zu helfen. Das Lächeln im Gesicht der Leute, wenn ich ihnen sage, ich hätte einen zusätzlichen Tausender für sie herausgeschlagen, oder manchmal auch nur ein paar hundert Dollar. Die Erleichterung, wenn jemand die Steuererklärungen jahrelang aufgeschoben hat, wir alles durchgehen und einen umsetzbaren Ratenzahlungsplan erstellen. Das deutliche Erfolgsgefühl, wenn ich mich durch eine dieser grauenhaften Kisten voller Belege und Notizen wühle und alles in Stapel sortiere oder einem Kunden die komplizierte Steuererklärung für sein Geschäft überreiche, hübsch verschnürt mit einer Schleife.«

»Dann lehne das Angebot ab«, sagt er. »Es mag ja ein abgedroschenes Klischee sein, das Reiche propagieren, damit Arme sich besser fühlen sollen, aber es stimmt trotzdem. Geld ist wirklich nicht alles.«

»Der Firmenleiter sagt, wenn ich ablehne, bekomme ich dieses Angebot kein zweites Mal. Und ich habe keine Ahnung, was für eine Art von Führungsperson sie stattdessen einstellen würden. Was, wenn er oder sie eine Katastrophe ist? Als Präsidentin des Büros könnte ich vermutlich immer noch ein paar Steuererklärungen bearbeiten und wäre dazu noch eine Partnerin der Firma, was eine ganze Menge an Zusatzleistungen mit sich bringt. Ich hätte sogar die Kontrolle über neue Büros und Strategien und das letzte Wort bei der Rekrutierung neuer Angestellter. Wir könnten endlich gleich viele Frauen einstellen wie Männer.«

»Dann solltest du vielleicht annehmen.« Er deutet auf das Dessertbüfett. »Würde ein Keks dir dieses furchtbare Dilemma erleichtern? Dein Arbeitsplatz liebt dich so sehr, dass man dich befördern will. Aber du bist nicht sicher, ob der superschicke Lebensstil und das viele zusätzliche Geld dir zusagen werden.«

Ich lasse mich in meinen Stuhl sinken. »Kekse helfen immer.«

»Ich wusste, dass du diese Art von Mädchen bist.«

Ich tippe mit den Fingern auf dem Tisch herum. »Aber den schwierigen Teil habe ich dir noch nicht einmal erzählt. Ich leite ein wohltätiges Programm, das ich absolut liebe und mein aktueller Job beansprucht während des Frühlings und im Frühherbst die meiste Zeit. Aber der Sommer verläuft ziemlich ruhig und ich habe fast die ganzen Festtage frei. Nehme ich die Beförderung an, bekomme ich keine Feiertage mehr zugesprochen und kann das Wohltätigkeitsprogramm nicht durchführen.

Und als wäre es nicht schon schlimm genug, etwas zu verpassen, das ich liebe, hat mir der Leiter der Nonprofit-Abteilung mitgeteilt, dass das Programm mit meinem Abgang eingestellt wird.«

Er atmet tief aus. »Nun ja, wenn dir das Geld egal ist und du diesen Job und das gemeinnützige Programm liebst ... ich denke, es ist relativ klar, dass du das Angebot ablehnen solltest. Bete um einen guten Boss und falls du einen schlechten bekommst, bleib in deinem Büro und schwelge in fiesen Gedanken über ihn oder sie.«

»Wie wäre es mit diesem Dessert?«, sage ich. »Denn ich denke, dass du recht haben könntest. Und jeder, der herausfindet, was ich vorhabe, wird mich für eine Idiotin halten.«

Er hebt die Augenbrauen. »Du hast dich gerade entschieden, so schnell? Es überrascht mich, dass du so viel Wert auf die Meinung eines Fremden legst.«

Ich stehe auf und zeige auf das Dessertbüfett. »Ich habe mich nicht wegen dir entschieden. Dieser Gedanke spukt mir schon den ganzen Tag im Kopf herum. Meine Gründe, den Job anzunehmen, sind: Geld, Stolz und Bequemlichkeit. Nichts davon wiegt meine Gründe auf, warum ich ablehnen sollte. Das zu tun, was ich bei der Arbeit und in meiner Freizeit liebe, zählt mehr als ein gut aufgefülltes Bankkonto. Immerhin habe ich genug Geld für alles, was ich brauche. Ich sollte damit zufrieden sein.«

Wir durchqueren den Raum und ich beäuge Reihe um Reihe wunderschöner französischer Süßigkeiten. Ich deute auf eine Erdbeertorte, und Luke bestellt einen Heidelbeer-Muffin und eine Sahneschnitte mit Erdbeeren.

»Meiner bescheidenen Meinung nach ist die Zufriedenheit ein unterschätzter Wert«, sagt Luke, während er dem Kassierer das Geld überreicht.

»Was meinst du?« Ich setze mich mit meiner Erdbeertorte hin und nehme einen Bissen.

»Sich an dem zu freuen, was man schon hat, trägt viel dazu bei, die Welt zu einem besseren Ort zu machen. Wenn man sich ständig wünscht, etwas Besseres zu haben, wird man mit der Gegenwart nie zufrieden sein.«

»Wie genau jetzt, wenn ich meine Wahl beim Dessert bereue?«

Er grinst. »Du könntest es direkt gegenüber für eines von meinen eintauschen.«

»Ich habe von dem hier schon einen Bissen genommen.«

Luke zuckt mit den Achseln. »Ich habe schon immer gefährlich gelebt. Ich werde mich deinen Läusen tapfer entgegenstellen.«

Ich beäuge meine Optionen. Einen Heidelbeer-Muffin, mit rohem Zucker bestreut und eine perfekt geschichtete Schnitte mit Sahne, Beeren, Blätterteig und einem gezuckerten Überzug mit Mandeln. »Diese Erdbeerschnitte sieht fantastisch aus.«

Er sticht seine Gabel hinein, trennt einen perfekt portionierten Bissen ab und reicht ihn mir dann.

»Du bestehst also nicht darauf, mich zu füttern?«

»Sind wir ins Jahr 1954 zurückgefallen, ohne dass ich es bemerkt hätte? Du bist fähig, dich selbst zu füttern. Ich würde dich niemals auf diese Art herabsetzen.«

Seine Schnitte ist um Längen besser als meine Torte. Ich schiebe meinen Teller über den Tisch, und er überreicht mir seinen. »Für die Zukunft möchte ich festhalten, dass ich gewonnen habe.«

Ich huste. »Entschuldigung, du hast was gewonnen?«

»Nun, ich habe beim ersten Versuch auf den richtigen Job getippt.«

»Du sagtest Hochzeitsplanerin.«

»Hochzeitsplanerin oder Buchhalterin.«

Ich verdrehe die Augen.

»Und offensichtlich habe ich mir das beste Dessert ausgesucht.«

»Moment, du hast also das beste Dessert gewählt und ich habe es mir genommen. Was passiert, wenn ich gewinne?«

Er nimmt einen Bissen meiner Erdbeertorte. »Dann darfst du sie behalten.«

»Also lass mich das im Interesse des Aufstellens von klaren Dating-Regeln mal klarstellen. Wenn ich gewinne, behalte ich mein Dessert.«

Er nickt.

»Wenn du gewinnst, darf ich mir das Dessert nehmen, mit dem du gewonnen hast?« Ich hebe eine Augenbraue.

Er lächelt. »So haben es meine Eltern immer gemacht.«

»Haben?«

Er blickt auf die traurige kleine Erdbeertorte hinab, von der ein Bissen fehlt. »Mutter ist vor zwei Jahren von uns gegangen.«

»Das tut mir so leid«, sage ich.

»Mein Vater kann damit auch nicht so gut umgehen. Er ist einsam. Die Ärzte sagen zwar, an einem gebrochenen Herzen könne er nicht sterben, aber er tut sein Möglichstes, sie eines Besseren zu belehren.«

»Lebt er in Australien?«, frage ich.

Er schüttelt den Kopf. »Er und meine Mutter sind vor sieben Jahren hierhergezogen. Manchmal frage ich mich, ob das ein Teil des Problems ist. Sie wollten näher bei mir sein, aber beide von ihnen haben ihre Freunde in Perth vermisst.«

»Wie oft kannst du ihn sehen?«, frage ich.

»Fast jeden Tag. Er lebt in der betreuten Wohngemeinschaft bei Townsend, neben dem neuen Hilton. Eigentlich sollte ich vorbeischauen und ihn besuchen, bevor ich mich wieder an die Arbeit mache.« Er blickt auf seine Uhr.

»Welche Zeit ist es?«, frage ich.

»Viertel nach eins.«

Ich nehme mir noch einen großen Bissen und stehe dann auf. »Ich habe eine Besprechung, auf die ich mich vorbereiten sollte.«

»Dann ist das Timing ja gut.« Er fordert mich mit einer Handbewegung auf, als Erste hinter dem Tisch hervorzurutschen, dann folgt er mir aus dem Restaurant nach draußen. Er begleitet mich zu meinem Auto.

Er beugt sich zu mir hin, und die Zeit steht still. Ich begreife, dass er mich küssen wird, und mein Herz rast – bis zu dem Moment, in dem er an mir vorbeigreift und meine Autotür öffnet.

Mein Herzschlag stockt. Kein Kuss. Nur die zuvorkommende Geste eines Gentlemans.

Sein Atem erzeugt eine weiße Wolke in der kühlen Luft. »Viel Glück mit deiner Besprechung.«

Ich hoffe, ihm ist nicht aufgefallen, dass ich mich mit geöffneten Lippen und erwartungsvollen Augen zu ihm gedreht hatte. Ich senke den Blick zur Autotür und schiebe mich auf meinen Sitz. Danach ziehe ich die Schlüssel hervor und werfe die Handtasche auf den Beifahrersitz. »Ich hoffe, deinem Vater geht es gut. Man sollte annehmen, mit seinem Akzent und all dem wickelt er alle Frauen um den Finger.«

»Es ist schwirig, wenn man jemanden verloren hat. Während der ersten paar Jahre kann man an nichts anderes denken als die verlorene Liebe. Es entwickelt sich schon fast zu einem Muster – der Kummer, die Reue, die Sehnsucht.«

Er hört sich nach einem wirklich guten Sohn an, jemandem, der sich lange mit der Gefühlswelt seines Vaters auseinandergesetzt hat.

»Mein Vater kam nie darüber hinweg, dass meine Mutter gegangen ist«, sage ich. »Und sie ist nicht einmal gestorben.«

Er schüttelt den Kopf. »Es ist mir nicht einmal wichtig, ob er über Mama hinwegkommt. Für mich wäre es in Ordnung, wenn er nie eine andere Frau kennenlernt. Ich wünschte mir nur, er würde versuchen, ein paar Freundschaften zu schließen oder irgendetwas anderes zu tun, als im Bett zu liegen und sich Krimiserien anzusehen.«

»Krimiserien machen mich depressiv, und ich habe nicht vor kurzem die Liebe meines Lebens verloren. Ich kann mir kaum vorstellen, wie deprimierend es nach dem Tod meiner Frau wäre.«

Luke zuckt leicht zusammen und zieht sich vom Auto zurück.

Ich weiß nicht, was ich Falsches gesagt haben könnte, aber er winkt nicht einmal zurück, als ich davonfahre.

Dank Paisleys Tüchtigkeit dauert die Vorbereitung auf die Besprechung mit Bargain Booksy lediglich zehn Minuten. Nachdem ich mit der Überprüfung des Dossiers fertig bin, werfe ich einen Blick aufs Telefon und sehe zwei Textnachrichten von Luke.

HIER IST LUKE, SORRY, DASS ICH SO KOMISCH WAR, ALS DU GEGANGEN BIST. LANGER TAG.

Die Tatsache, dass ihm sein eigenes Verhalten aufgefallen ist, ist vielversprechend.

ICH HATTE EINE GUTE ZEIT MIT DIR. DARF ICH DICH MORGEN WIEDERSEHEN?

Ich tippe eine Antwort, so schnell ich kann, wobei ich über das ganze Gesicht strahle. KLAR. ZEIT? ORT? INDISCHES ESSEN?

ICH LIEBE INDISCH, JA. MITTAG?

Ich beobachte das Telefon, bis sich die Punkte in eine Nachricht verwandelt haben. AUTSCH. IMMER NOCH UNSCHLÜSSIG, WAS MICH ANGEHT?

WARUM MEINST DU? Frage ich.

ICH WURDE IN DIE MITTAGESSEN-ZONE GESCHOBEN.

Ich gluckse vor Lachen und bin froh, dass er mich nicht hören kann.

»Wie war dein Mittagessen?«, fragt Paisley hinter mir.

Ich zucke zusammen und schiebe mein Telefon in die oberste Schublade. »Ich habe keine Ahnung, was du meinst.«

»Mich kannst du nicht übertölpeln. Wir haben United Way gleichzeitig verlassen, und du hast für den Weg hierher ewig gebraucht. Also hast du diesen Kerl von gestern Abend zum Mittagessen getroffen.«

Ich unterdrücke ein Lächeln.

»Und du magst ihn.« Sie setzt sich auf meine Schreibtischkante. »Raus damit.«

»Da gibt es nichts, womit ich rausrücken könnte«, sage ich. »Ich habe eine Pause eingelegt, um zu essen.«

Ihre Augenbrauen schießen in die Höhe. »Ach du meine Güte, du magst ihn wirklich! Ansonsten würdest du mir davon erzählen.«

Ich schüttle den Kopf.

»Oh, na komm schon«, sagt sie. »Du kannst gar nicht damit aufhören, es zu vertuschen, weil du wie eine Bekloppte lächelst und kaum etwas davon mitbekommen hast, was ich in der letzten halben Stunde gesagt habe.«

»Ich freue mich nur, wieder an Santas Vertreter zu arbeiten.«

Paisley deutet auf mein Hemd. »Bist du dir sicher? Du hast da nämlich ein kleines bisschen Erdbeertorte am Aufschlag, und du isst am Mittag nie ein Dessert, außer auf einem Date.«

Ich blicke nach unten, und sie hat recht. Ich fluche und haste zur Toilette, um mein Hemd zu säubern.

Paisleys Stimme verfolgt mich durch den Korridor. »Du schuldest mir immer noch ein Foto!«

Bei meiner Rückkehr verbleiben noch fünf Minuten bis zu meiner Besprechung. »Pais, könntest du Shauna eine Nachricht zukommen lassen? Sag ihr, ich muss sie diesen Nachmittag sprechen und versuch, mir nach dieser Besprechung wenn möglich fünfzehn Minuten freizuschaufeln, okay?«

Paisley nickt. »Natürlich, aber was soll ich ihr sagen, worum es geht?« Sie grinst unschuldig. Dadurch weiß ich, dass sie versucht, mir Details aus der Nase zu ziehen.

Ich habe Shauna versprochen, die ganze Sache geheim zu halten. Was bedeutet, dass ich auch Paisley nicht davon erzählen kann.

»Nicht alles ist erwähnenswert«, sage ich. »Trag einfach nur die Zeit im Kalender ein.«

Paisley brummt missbilligend, aber ich weiß, dass sie sich darum kümmern wird.

Mein Kunde trifft verspätet ein, aber der Vertreter der Steuerbehörde zeigt sich kulant und die Besprechung geht schnell voran. Noch ein Treffen, dann sollten wir einen akzeptablen Kompromiss erreichen. Immerhin handelt es sich bei meinem Kunden nicht um ein riesiges Konglomerat. Ich begleite den Kunden nach draußen, und als ich mein Büro erreiche, haftet am Bildschirm eine selbstklebende Notiz. Darauf steht: Treffen mit Shauna um vier Uhr dreißig.

Es ist jetzt vier Uhr.

Ich setze mich an meinen Schreibtisch, schließe die Augen und lege mir in Gedanken meine Worte zurecht. Ich schätze das Angebot und bin mir ihrer Rolle als meine langjährige Mentorin und Vorkämpferin bewusst. Ich schätze auch ihre Hilfe und ihr Interesse an mir und werde sie furchtbar vermissen, aber ich möchte kein Büro leiten. Ich möchte einfach nur Steuererklärungen vorbereiten.

Das Läuten meines Telefons lässt mich hochschrecken und ich greife automatisch nach dem Hörer.

»Ich versuche seit etwa zwei Stunden, dich anzurufen«, sagt meine kleine Schwester Trudy.

Mein Mobiltelefon lag in der Schublade. Ich klatsche mir gegen die Stirn.

»Was ist los?«, frage ich.

»Troy ist im Krankenhaus. Es sieht nicht gut aus, Mary. Kannst du zu uns kommen?«

»Natürlich. Ich bin gleich da.«

5

Ich stopfe mein Telefon in meine Tasche und bewege mich im Laufschritt an den Weihnachtsstern-Pflanzen vorbei, die eine Ecke fast aller Schreibtische schmücken. Auf meinem Weg durch den Flur zu Shaunas Büro hätte ich einen davon beinahe umgestoßen. Als ich den Kopf durch die Tür strecke, steht sie mit weit aufgerissenen Augen auf, obwohl ich eine halbe Stunde zu früh komme.

»Mary, Sie sehen bestürzt aus. Geht es Ihnen gut?«

Ich schüttle den Kopf. »Der kleine Junge meiner Schwester, Troy, liegt im Krankenhaus.«

Shaunas Augen weiten sich erneut. »Ich nehme an, Sie wollten mich bezüglich des Jobs sprechen?«

Ich nicke.

»Darüber können wir uns später noch unterhalten. Gehen Sie zu Ihrer Schwester.«

Bevor ich Zeit habe, mich umzudrehen und zu gehen, überwindet sie die Distanz zwischen uns und zieht mich in eine Umarmung. Sie lässt mich nicht mehr los, bis ich mich ihr entziehe.

»Danke«, sage ich. »Das habe ich gebraucht. Ich bin mir sicher, er wird wieder gesund, aber er ist erst dreieinhalb. Sie hat mir keine Details erzählt und sagte nur, dass sie mich braucht.«

»Du warst immer für sie da, das kommt wieder in Ordnung. Mit Troy auch.«

Ich nicke und blinzle die Tränen weg. Ich werde es wirklich vermissen, Shauna um mich zu haben. Ich hoffe, man findet einen guten Ersatz für sie. Jemanden, der sich an den Namen meines Neffen erinnert und die Menschen sieht, nicht nur Nummern im Büro.

Auf dem Weg zum Krankenhaus komme ich ohne Strafzettel davon, obwohl ich das Tempolimit die ganze Zeit über um fast dreißig Stundenkilometer überschreite. Vielleicht ist das ein gutes Zeichen.

Als ich die Stationstheke im vierten Stockwerk des Krankenhauses erreiche, bin ich außer Atem. Ich gehe fünf Tage die Woche laufen. Warum geht mir schon die Puste aus, wenn ich nur einige Treppenstufen hochjogge? Das ist beschämend.

Ich flitze den Korridor entlang, bis ich auf einer der großen, metallenen Krankenhaustüren den Namen Troy auf einem mit schwarzem Filzstift beschrifteten, dort befestigten roten Stumpf entdecke. Ich schiebe die Tür leise auf und schleiche mich hinein. Meine Schwester sitzt am Krankenhausbett und wiegt den winzigen Troy in ihren Armen. Er wimmert leise. Ich warte bei der Tür, bis er in den Schlaf entglitten ist und Trudy ihn ins Bett gelegt hat. Sie schleicht sich auf Zehenspitzen zu meiner Position und zieht den Vorhang zu.

Nachdem ihre Lippen die Worte »hol Essen« geformt haben, folge ich ihr durch die Tür hinaus. Sie schließt diese fast vollständig und neigt den Kopf nach rechts, in Richtung der Stationstheke. Dorthin folge ich ihr. Trudy hält an und winkt, um die Aufmerksamkeit des Personals zu erwecken. »Troy schläft nun endlich. Ich hoffe, das bleibt so, aber rufen Sie mich bitte auf meinem Mobiltelefon an, falls ich immer noch unten bin, wenn er aufwacht. Ich versuche mal, etwas zu essen aufzutreiben.«

»Ich kann Ihnen ein Tablett bringen«, bietet eine kleine, mit einem Bob ausgestattete Krankenschwester mir an.

Trudy schüttelt den Kopf. »Ich möchte nicht, dass er aufwacht und mich essen sieht ... na ja, Sie wissen schon.«

Essen? Was ist falsch daran, wenn Troy sieht, wie sie etwas isst? »Was ...«

Trudy unterbricht mich. »Ich erkläre es in einer Minute.«

Eine großgewachsene, dunkelhäutige Krankenschwester mit gütigen Augen gluckst zur Antwort. »Ich verstehe.« Sie notiert sich Trudys Mobilnummer. Ihr Namensschild identifiziert sie als Patty. »Ich warte vor seiner Tür auf Geräusche.«

Trudy ergreift Pattys Hand und drückt sie. »Herzlichen Dank.«

Um Pattys Augen bilden sich Falten, als sie lächelt. »Ich weiß, das alles jagt einem Angst ein, aber es kommt wieder in Ordnung, ganz ehrlich. So etwas kommt öfter vor.«

Auf dem Weg zur Cafeteria passieren wir eine Box voller Plüschtiere – der Grinch zuoberst – die Schachteln für Schenkungen von Spielsachen und den Wünsch-Dir-Was-

Baum. Trudy sagt kein Wort, als wir die Treppe hinabgehen, die Ecke umrunden oder uns durch die Warteschlange schlängeln. Ich suche mir heute nun bereits zum zweiten Mal von einem Cafeteria-Buffet etwas aus, und diesmal sind meine Optionen deutlich unattraktiver. Als wir uns dann hinsetzen und sie ihr Essen wie ein streunender Köter in sich hineinschlingt, ertrage ich die Stille nicht mehr.

»Du hast mir am Telefon nichts erzählt. Was ist los?«, frage ich.

»Ich sag's dir schon noch. Ich bin einfach nur hungrig. Ich hatte seit unserer Ankunft hier keinen Bissen zu essen.«

»Wie lange ist das her?«, frage ich. »Und wenn es schon länger her ist, wo um alles in der Welt steckt dann Chris?« Zwar mag ich ihren Ehemann nicht allzu sehr, aber er ist wie Kaugummi, der unter ihrer Schuhsohle klebt – stets bereit, einen Schlamassel anzurichten.

Trudy verzieht das Gesicht. »Chris hat uns letzten Monat verlassen.«

Meine Kinnlade klappt nach unten. »Nein. Das kann er unmöglich getan haben.«

Sie schluckt langsam und nimmt einen weiteren Bissen, ohne meinen Blick zu erwidern.

»Warum, warum nur hast du mich nicht angerufen?«, frage ich. »Du musst durcheinander gewesen sein. Am Boden zerstört.«

Sie nickt.

»Warum erfahre ich dann erst jetzt davon?« Ich berühre ihren Arm. »Gertrude?«

»Ich konnte dir nichts sagen. Du hast mir schon immer eingetrichtert, ich sollte sicherstellen, dass ich bereit bin, mein Leben selbst in die Hand zu nehmen, wenn es schiefgeht. Du hast mich für eine Idiotin gehalten, weil ich ihn geheiratet habe.«

»Das ist nicht wahr«, sage ich halbherzig. »Genau genommen dachte ich, er wäre der Idiot, nicht du.«

Sie seufzt schwer. »Du hast ein Diplom und eine Karriere und hast gesagt, Chris zu lieben wäre ein Fehler. Dass ich nicht sofort ein Kind bekommen und mich um ein Diplom bemühen soll, oder wenigstens einen Job, der stabil genug ist, um mit meiner Karriere voranzukommen. Aber ich habe dich ignoriert. Die Liebe war mir wichtiger als Sicherheit und jetzt ist Chris weg und alles, was mir bleibt, ist Troy. Mein liebes, süßes Baby und kein Job, kein Geld, kein Plan.«

»Du hast mich.«

Sie lässt ihre Gabel und den Löffel fallen und starrt auf ihre Füße. »Troy ist krank, Mary. Wirklich krank, so etwa für den Rest seines Lebens, wie der Doktor sagt.« Ihr Hals schnürt sich zusammen, und die letzten Worte verlassen kaum noch ihre Lippen. »Tut mir leid, dass ich dir all das an den Kopf werfe, während du dein Programm oder was auch immer durchziehst, aber ich wusste nicht, was ich tun sollte. Das weiß ich nie.«

Ich möchte sie schütteln und ihr sagen, dass ich sie immer lieben werde, egal was geschieht. Ich möchte sie wissen lassen, dass ich sie niemals mit »hab's dir doch gesagt« verurteilen würde. Gerade jetzt kann sie nichts brauchen, was sich nach Vorwürfen oder einer Schelte anhört – auch nicht aus dem Grund, dass sie mich nicht früh genug angerufen hat. Trudy braucht Unterstützung, also lasse ich meine ganze Frustration entweichen und komme direkt zum Knackpunkt. »Was ist los? Warum genau ist Troy krank?«

»Er war pausenlos durstig und hat einen Becher Milch nach dem anderen getrunken, und als uns die Milch ausging, Becher um Becher mit Wasser. Ich schätze mal, er hat auch viel Gewicht verloren und beklagt sich, dass ihm der Körper wehtut. Da sind auch ein paar Blutergüsse, die wir uns nicht erklären können.«

»Und?« Ich möchte sie anschreien, weil sie mich nicht angerufen und ihn nicht schneller ins Krankenhaus gebracht hat, beiße mir aber auf die Zunge.

»Heute hat er das Bewusstsein verloren, also bin ich schleunigst mit ihm hierhergefahren. Ich habe Chris angerufen und er glaubt, ich hätte das alles erfunden.«

Ich hänge ihm keinen der kreativen Flüche an, die mir im Kopf herumschweben. Ich rufe Chris nicht an, um ihn anzuschreien. Ich balle die Hände unter dem Tisch, wo Trudy sie nicht sehen kann, zu Fäusten und atme dann langsam aus. Ich bin stolz darauf, wie ruhig ich klinge, als ich sage: »Was meinen die Ärzte dazu?«

Sie erschaudert. »Zuerst dachten sie, er hätte Leukämie, aber nachdem einige Tests durchgeführt wurden, oh Mary, wenigstens ist es keine Leukämie, aber er wird ein Leben lang jeden einzelnen Tag davon betroffen sein. Troy ist Diabetiker. Typ I. Er wird für immer auf Insulin angewiesen sein, und wenn ich bei seiner Ernährung und Medizin versage und er sich nicht verantwortungsvoll verhält und isst, könnte er seine Füße und sein Augenlicht verlieren.« Sie bricht in Tränen aus. »Es ist alles so schrecklich.«

Insulin ist teuer. Ihn zu testen, einzuschätzen und zu pflegen ist teuer. Ich schüttle den Kopf. »Haben sie gesagt, wie viel es kosten würde, ihn zu stabilisieren und die ganze Ausstattung zu kaufen, die er braucht? Ich meine deinen absetzbaren Betrag?«

Trudy schüttelt den Kopf und flüstert, »Ich habe keine Krankenversicherung.«

»Moment mal, was? Was ist mit Medicaid oder CHIP?«

Eine Träne rollt über ihr Gesicht. »Chris wollte nicht dafür bezahlen, da wir alle gesund waren. Er verdient zu viel für Medicaid, und da wir immer noch verheiratet sind, steht es mir auch nicht zu.«

Ich schließe die Augen und atme einmal, dann ein zweites Mal tief ein und aus. »Was sagen sie, wie viel du brauchen wirst, Gertrude?«

»Na ja, nur für seine Behandlung hier wird es wahrscheinlich zwan-zwan...« Sie beginnt erneut zu weinen, und ich klopfe ihr auf den Rücken, bis sie sich beruhigt hat. »Zwanzigtausend.«

Ich nicke. »Das ist okay. Ich kann helfen. Das kommt schon in Ordnung.«

»Einer der Kinderärzte hat uns von einem neuen Protokoll für Kinder unter sieben erzählt, die diese Diagnose bekommen.«

»Okay«, sage ich. »Und?«

»Er sagte, wenn wir es uns irgendwie leisten können, müssen wir es versuchen.«

»Und?« Ich wünschte, sie würde einfach damit rausrücken.

»Die Aufnahme kostet fünfzigtausend, und dann noch einmal Kosten von fünfzigtausend während des ersten Jahres«, sagt sie, »aber sie sehen verblüffende Resultate bei der Konsistenz des Blutzuckerspiegels. Anscheinend ist es der wechselhafte Blutzuckerspiegel, der Nervenschäden verursacht und die Lebensdauer verkürzt.«

Ich nicke. »Das von Chris hast du mir nicht erzählt.«

Ihr Mund klappt auf, und sie schüttelt den Kopf.

»Und du bist schon den ganzen Tag hier.«

»Ja.« Ihr Blick wandert überall hin, nur nicht zu meinem Gesicht.

»Du hast mich nicht angerufen, bis du Geld gebraucht hast.«

Trudy verdreht ihre Papierserviette, bis diese beginnt, sich in Fetzen aufzulösen. Es ist nicht das erste Mal, dass sie mich um Geld bittet, aber das erste Mal mit einem so hohen Betrag. »Ich will dich nicht fragen, aber ich weiß nicht, wen ich sonst fragen könnte.«

Ich lehne mich mit einem Stöhnen in meinem Stuhl zurück. »Ich rege mich nicht darüber auf, dass du mich um Geld bittest, Trudy! Ich rege mich auf, weil du mich nicht schon früher um Hilfe gebeten hast.«

Ihre Augenbrauen ziehen sich zusammen und ihre Unterlippe bebt – genau wie jedes Mal, wenn Vater uns angeschrien hat, sie eine schlechte Testnote erhielt oder von mir zum Geburtstag nur eine neue Zahnbürste geschenkt bekam. Es bricht mir schon wieder das Herz.

»Ich bin deine Familie. Ich bin für dich da. Du hättest mich in der Sekunde anrufen sollen, in der Chris angefangen hat, zu einem Arschgesicht zu werden. In der Sekunde, in der dir der Gedanke kam, Troy wäre krank.« Ich hebe ihr Kinn, bis sie mir in die Augen blickt. »Du und Troy braucht einen Ort, an dem ihr bleiben könnt, richtig?«

Sie schüttelt den Kopf.

»Natürlich braucht ihr das. Du kannst bei mir einziehen. Ich habe ein Haus mit drei Schlafzimmern, und die anderen zwei benutze ich nicht einmal. Davon abgesehen habe ich vielleicht eine Möglichkeit, dir das benötigte Geld sehr schnell zu verschaffen, und wenn nicht, kann ich einen Kredit aufnehmen oder einen Pensionsfonds auflösen, okay?«

Trudy springt über den Tisch, um mich zu umarmen, und stößt dabei meine fade Suppe um und verteilt sie über den Boden. Sie hat sich in zwanzig Jahren kein bisschen verändert. Trotz ihrer Unachtsamkeit und ihrer Unfähigkeit, im Voraus zu planen, liebe ich sie und würde alles für sie tun. Sie sinkt gegen mein Schlüsselbein und schluchzt so geräuschvoll wie immer. Ich streichle ihr langsam die Haare, bis sie damit aufhört.

Nachdem Trudy etwas ruhiger geworden ist und etwas gegessen hat, kehrt sie ins obere Stockwerk zurück und ich treffe mich zu einer Besprechung mit dem Finanzbüro. Die von ihr zitierten Zahlen sind nicht falsch, und wie es aussieht, stellt diese klinische Studie tatsächlich den neuesten Stand der Behandlungen von Kindern mit Typ I dar.

Vermutlich ist es ein Glücksfall, dass ich Shauna noch keine Absage erteilt habe. Denn obwohl Geld nicht alles ist, spielt es doch eine ziemlich wichtige Rolle, wenn man es braucht. Wie es aussieht, werde ich diese Beförderung nun doch nicht ablehnen.

6

Als ich mit dem Ausfüllen des Papierkrams der finanziellen Verantwortung für die Frau im Geschäftsbüro fertig bin, laufe ich wieder ins vierte Stockwerk hoch. Beim Erreichen von Troys Zimmer keuche ich schon wieder. Ich erstelle mir eine mentale Notiz mit der Anweisung, meiner üblichen Route einige Treppenstufen hinzuzufügen.

»Hast du für den ganzen Weg hier hoch die Treppe genommen?«, fragt Trudy mich.

Ich nicke.

»Was ist denn mit dir los?«, fragt sie. Troy ist nun wach, und sitzt auf dem Schoß seiner Mutter. Sie verlagert ihn so, dass er mich sehen kann. »Tante Mary erledigt die Dinge immer auf die harte Tour.«

Sagt die Frau, die sich mit all dem alleine abgemüht hat, bis sie mich aus finanziellen Gründen unbedingt anrufen musste. Ich schiebe meinen Ärger beiseite. Wenn man bedenkt, was für einen Tag sie hatte, lasse ich es Trudy durchgehen.

Ich gehe auf sie zu, die Augen auf Troys Engelsgesicht fokussiert. »Tante Mary sitzt bei der Arbeit den ganzen Tag, also versucht sie aktiv zu sein, wann immer sie es kann.«

»Tante May May spielt.« Troy schlüpft vom Schoß seiner Mutter und marschiert dorthin, wo ich stehe, die kurzen Ärmchen in die Höhe gestreckt. Ich beuge mich hinüber und hebe ihn unter den Achselhöhlen hoch, vorsichtig darauf bedacht, den Infusionsport nicht zu bewegen. Zwar ist dieser momentan mit keinen Schläuchen verbunden, aber ich kann mir vorstellen, dass ein Stoß oder ein Ziehen trotzdem schmerzhaft wären.

»Wie geht es dir, Kleiner? Bist du ein braver kleiner Prinz?«

Er nickt und lehnt den Kopf gegen meine Schulter. »Die haben mich den ganzen Tag gestochen, und ich habe nur ein bisschen geweint.«

»Ich hoffe sehr, dass sie dir Jell-O gebracht haben.«

»Nö.« Er schüttelt deprimiert den Kopf.

Krankenschwester Patty klopft zweimal, als hätten wir nach ihr geläutet, und tritt mit einem mit Abendessen beladenen Tablett durch die Tür. »Wir müssen dich wieder an die Geräte anschließen, kleiner Mann. Und während wir dich überwachen, darfst du diesen blauen Jell-O haben, wenn du brav dein Abendessen isst.«

Trudy runzelt die Stirn. »Ist das zum jetzigen Zeitpunkt nicht gefährlich?«

Patty grinst. »Darin ist kein Zucker, keine Sorge. Wir kümmern uns darum.«

Trudy und ich lesen Troy die von ihm gewünschten

Bücher aus der Auswahl vor, die das Krankenhaus verfügbar hatte, und dann stecken wir ihn ins Bett.

»Ich würde ja mit dir hierbleiben«, sage ich, »aber ich habe heute Abend um acht eine Besprechung.«

»Santas Vertreter?«, fragt sie.

»Ja, tut mir leid. Ich könnte falls notwendig absagen?«

Sie lächelt. »Ich habe Glück, eine Schwester wie dich zu haben. Das sage ich dir nicht oft genug. Du hast mehr als genug getan. Nein, geh zu deiner Besprechung.«

Ich lege eine Hand auf ihre Schulter. »Du wirst klarkommen, und weißt du, Troy hat auch Glück, dich als Mama zu haben.«

»Du würdest eine wundervolle Mutter abgeben«, sagt sie. »Das dachte ich schon immer.«

Ich schüttle den Kopf. »Niemals. Ich liebe meinen Job, wie du dich vielleicht erinnerst?«

»Manche Leute tun beides, weißt du.«

»Aber nicht gut. Ich habe nie eine Person getroffen, die eine wirklich gute Mutter ist und gleichzeitig eine erfolgreiche Karriere bewältigt.«

»Was ist mit Shauna?«, fragt Trudy.

»Shauna liebt ihre Tochter, aber sieht sie nur etwa fünf Stunden die Woche. Das kann ich nicht. Und das werde ich nicht tun.«

»Du bist überhaupt nicht wie unsere Mutter, weißt du. Und wie Papa bist du auch nicht.«

Ich brauche die Psychoanalyse meiner Schwester bezüglich meines Gehirns nicht, herzlichen Dank. Schon gar nicht angesichts der Tatsache, dass sie eine Stunde zuvor dem Zusammenbruch nahe war.

»Ich rufe dich morgen an, um die Details deines Einzugs bei mir auszutüfteln.«

»Wir haben für den gesamten Monat Dezember bezahlt«, sagt Trudy. »Und Chris muss sich damit abfinden, dass er die Nebenkosten übernimmt. Vielleicht sollten wir bis nach Weihnachten warten. Ich finde, Troy hat auch so schon genug durchgemacht.«

Ich zucke mit den Achseln. »Wie du meinst.«

Bis ich dann meinen Wagen erreiche, bleiben mir weniger als zwanzig Minuten bis zu Mr. Mannings Haus. Glücklicherweise hat sich der Verkehr weit genug beruhigt, dass ich zwei Minuten zu früh bei meinem Ziel ankomme. Mein GPS führt mich zu einem Wohnmobilstellplatz am Rand von Decatur. Dieser liegt in einer überraschend guten Gegend, praktisch umrundet von Villen oder den villenähnlichsten Gebäuden, die man so nahe dem Platz findet. Ich frage mich, wie sehr es die Nachbarn ärgert, dass sich inmitten ihrer schicken Wohnsiedlung ein Wohnmobilstellplatz breit gemacht hat.

Auf einem Schild beim Vordereingang des Stellplatzes sind die Worte »Die Bucht« zu lesen. Der dort hängende Mechanismus hat sich teilweise gelöst, was dazu führt, dass eine Seite des Schildes sich erschreckend weit seitwärts neigt.

Ich bin mir ziemlich sicher, herausgefunden zu haben, welches der korrekte Antrag war. Ich hätte eine Menge Zeit sparen können, hätte ich daran gedacht, diese Adresse anhand von Google Maps zu überprüfen. Man lernt nie aus, schätze ich mal. Da ich nun allerdings den neuen Job annehmen werde, werde ich mich nicht mehr mit solchen Situationen herumschlagen müssen. Das ist nun mein letztes Jahr, in dem ich mich um alles kümmere. Ich schlucke meine Enttäuschung hinunter, da nun nicht der passende Zeitpunkt ist, um in Selbstmitleid zu zerfließen. Ich fahre auf den Wohnmobilstellplatz und passiere einen Parkplatz nach dem anderen, bis ich denjenigen mit der Bezeichnung 236 erreicht habe.

Ich parke meinen Wagen neben einem auf Betonziegeln ruhenden, alten Mustang und durchwühle die Rückbank meines Sedans nach einem Formular, das den Besitzer zur Teilnahme berechtigt. Wenn ich schon den ganzen Weg hier rausgefahren bin, kann ich genauso gut die vorläufige Beurteilung durchführen und Mr. Manning die Materialien überlassen, die er für die Anmeldung seiner Familie zum diesjährigen Weihnachtsprogramm benötigt. Ich steige die Treppe zur Tür hoch und klopfe leise für den Fall, dass im Inneren Kinder schlafen. Als die Tür sich öffnet, starre ich verblüfft auf Lukes Gesicht. Es gelingt mir nicht, den Blick abzuwenden, und ich habe keine Ahnung, was ich sagen soll.

Seine hellen blaugrünen Augen gleichen einer Meereswelle, die bei diesem Licht über einem weißen Sandstrand bricht, und seine Haare wirken leicht zerzaust. Wie kommt es dazu?

Lukes Mund klappt nach unten und er wirft einen Blick über meine Schulter, als erwarte er, hinter mir noch jemanden zu erblicken.

»Äh«, plappere ich, bevor ich die Frage endlich stelle: »Was tust du hier? Und wo ist Mr. Manning?«

»Ich bin Mr. Manning«, sagt er mit seinem subtilen australischen Akzent, und plötzlich fällt der Groschen. Die Stimme am Telefon, die ich nicht ganz einordnen konnte – weil ich sie zu dem Zeitpunkt erst einmal gehört hatte. »Lucas Manning, aber ich ziehe Luke vor.«

Die Welt hört auf, sich im Kreis zu drehen, und nichts ergibt mehr einen Sinn. Der Mann, den ich in der Bar beim Bentleys getroffen habe? Er ist Lucas Manning, der Typ, der auf beiden Listen von Santas Vertreter aufgetaucht ist?

»Mary, was machst du hier? Warum diese seltsame Reaktion auf meinen Namen?« Er tritt nach draußen, was mich dazu zwingt, mich wieder einige Stufen nach unten zurückzuziehen.

»Ich würde dich ja hereinbitten, aber es ist ein einziges Durcheinander, und ich habe eine Besprechung in einigen …« Er blickt auf seine Armbanduhr. »Nun, eigentlich genau jetzt.«

Er hat immer noch keine Ahnung, warum ich hier bin. »Du bist Lucas Manning.« Ich neige den Kopf und lasse den Blick über seinen Wohnwagen schweifen. »Weil du mir nie deinen Nachnamen verraten hast.« Ich kratze mir mit meiner freien Hand den Kopf. »Eigentlich hast du mir deinen Vornamen auch nie wirklich verraten.«

»Ich stelle mich üblicherweise als Luke vor. Bei Leuten mit dem Namen Lucas ist dies ziemlich geläufig.« Seine Augen wandern nach unten zu meinem Klemmbrett, und endlich fällt auch bei ihm der Groschen. »Moment mal, dieses Wohltätigkeitsprogramm, das du jedes Jahr leitest. Das ist Santas Vertreter?«

Ich nicke.

Das Lachen dröhnt in seinem Bauch und erzeugt über die nahe gelegenen Anhänger und Wohnwagen ein Echo.

»Das ist nicht lustig«, sage ich. »Und wenn du erst einmal realisierst, warum ich hier bin …«

Er zieht mir das Klemmbrett aus den Händen. »Was ist das?« Er blickt nach unten auf die Formulare, und ich balle die Hände zu Fäusten. Er ist ein leitender Elektriker.

Er lädt mich zum Abendessen ein, lebt aber hier? In einem Caravan auf diesem Wohnmobilstellplatz?

»Du hältst mich für einen angeblichen Teilnehmer des Programms?« Seine Augenbrauen schießen steil in die Höhe.

»Dein Name wurde in beiden Kategorien aufgeführt. Aus diesem Grund kam ich persönlich her, um herauszufinden, auf welche Liste du gehörst.« Mein Blick driftet unbeabsichtigt zum Türrahmen seines Wohnmobils hinter ihm.

Er lacht leise. »Diese naseweisen Kirchengänger. Ich sollte vermutlich dankbar sein, dass ich ihnen nicht egal bin, aber um Frauen kennenzulernen, ist es nicht gerade hilfreich, oder?«

Ich zucke mit den Achseln. »Schau mal, wenn du mir sagst, du kommst dafür nicht in Frage, lösche ich dich von der Liste. Ganz einfach.«

Er schnaubt. »Ich bin nicht gerade Bill Gates und auch nicht Jeff Bezos, aber für ein subventioniertes Weihnachten bin ich nicht anspruchsberechtigt.«

Ich klatsche mir gegen die Stirn. »Natürlich nicht. Du hast ja nicht mal Kinder.«

Er räuspert sich. »Ich komme nicht in Frage, weil ich mehr als genug verdiene. Wir leben in einem Wohnmobil, weil es für mich so praktischer ist, da ich mich oft von Auftrag zu Auftrag bewege. Wäre ich aber arm, würde ich mich definitiv qualifizieren.«

Wir?

Luke drückt die Tür hinter sich weiter auf, und ich höre die vertrauten Geräusche der Bubble Guppies, die durch den Türrahmen strömen. Und vorhin hat er Percy Jackson gelesen. Nicht, weil er im Verlagswesen tätig ist.

Nicht, weil er es liebt, wenn mythologische Geschichten temporeich zum Leben erweckt werden. Natürlich waren Kinder der Grund. Ich bin so bescheuert.

»Natürlich hast du Kinder. Tut mir leid. Ich habe keine Ahnung, wie mir das entgehen konnte.«

»Ich habe sie nicht erwähnt. Normalerweise warte ich damit bis zum zweiten Date. Du wärst überrascht, wie oft Frauen von einem Vollzeitvater abgeschreckt sind. Du natürlich nicht, schließlich organisierst du ein wohltätiges Programm für Kinder.«

»Es kommt recht selten vor, dass der Vater das Sorgerecht hat«, sage ich. »Das ist vielleicht die größere Überraschung.«

Luke runzelt die Stirn. »Ich denke, der Vater erhält das Sorgerecht in beinahe einhundert Prozent der Fälle, bei denen die Mutter stirbt.«

Meine Augen treten hervor. »Es tut mir so, so unglaublich leid. Ich schaffe es heute einfach nicht, meinen Fuß aus dem Fettnäpfchen zu ziehen.«

»Es war ein seltsamer Tag«, sagt er. »Ich denke, du bist entschuldigt. Beth ist seit fast vier Jahren weg, und ich spreche immer noch nicht gern darüber. Das ist wahrscheinlich mein Fehler. Es könnte auch der Grund sein, warum ich bis zum zweiten oder dritten Date warte, bevor ich Frauen davon erzähle. Sieh mal, sobald sie wissen, dass ich Kinder habe ...«

»Dann musst du ihnen erzählen, was mit ihrer Mutter passiert ist.«

Er nickt. »Und das ist so etwas wie ein Konversations-Killer.«

»Das nehme ich an.« Tatsächlich ist unser aktuelles

Gespräch effektiv zum Stillstand gekommen. Ich wippe auf meinen Füßen vor und zurück.

»Na ja, da ich nun weiß, dass nicht jede Sekunde eine verstaubte Sachbearbeiterin auftauchen wird, darfst du gerne eintreten.«

»Oh, das ist lustig. Immerhin bin ich die verstaubte Sachbearbeiterin.«

Er zuckt mit den Achseln. »Etwas weniger verstaubt, als ich erwartet hatte.«

»Was für ein überschwängliches Kompliment«, sage ich, »aber ich kann nicht bleiben. Ich habe eine Menge Papierkram, mit dem ich heute nicht fertig wurde und den ich heute Abend abarbeiten muss. Aber wenn du und deine Kinder immer noch mithelfen möchtet, durch Santas Vertreter einer Familie die Weihnachtsfeier zu finanzieren, ist es mir eine große Freude sicherzustellen, dass du auf der angemessenen Liste bleibst und von der anderen gelöscht wirst.«

Er grinst. »Das wäre großartig.«

Er winkt mir zu, als ich in meinen Wagen steige, und schlüpft dann wieder ins Innere zurück.

Ich hätte es ihm ins Gesicht sagen und persönlich erklären sollen. Aber es war ein langer Tag, und ich habe gekniffen. Als ich mein eigenes Haus erreicht habe und in die Garage fahre, ziehe ich mein Telefon hervor. Ich schließe die Augen und denke an Lukes Grübchen. Seine wunderschönen Augen, die geistreichen Scherze. Es ist Jahre her, seit ich mich das letzte Mal so sehr auf ein Date gefreut habe wie auf das morgige Mittagessen.

Als ich meine Augen dann wieder öffne, habe ich bereits eine Textnachricht von Luke erhalten, bevor ich ihm überhaupt eine geschickt habe. Es ist ein Foto von

Lukes grinsendem Gesicht neben einem kleinen Jungen, der ihm aus dem Gesicht geschnitten ist und die Zunge herausstreckt. Auf der linken Seite zieht ein dunkelblondes Mädchen mit Zöpfen eine Entenschnute, die Lippen geschürzt und ein freches Funkeln in den Augen.

Ich wünschte, er hätte mir kein Foto geschickt. So wird es umso schwieriger für mich, zu tun, was ich tun muss. Aber diese wunderhübschen Kinder verdienen eine gute Mutter. Luke verdient eine Frau, die den Platz seiner ersten Ehefrau einnehmen kann, nicht eine, die sich am liebsten am Schreibtisch festketten lassen würde. Nicht eine, die die Mathematik-Wettbewerbe verpassen wird und keine Zeit haben wird, bei der Wissenschaftsmesse mitzuhelfen. Diese Kinder verdienen eine Mama, die sie mit frischen Keksen und einem Glas Milch erwartet, wenn sie von der Schule nach Hause kommen.

Meine Mutter hat uns für ihren Job verlassen, und das würde ich meinem Kind nie im Leben antun. Würde ich meinen Job nicht so sehr lieben, wäre diese Entscheidung nicht so hart. Aber ich werde nie ein eigenes Kind verlassen, denn ich werde niemals eines haben.

Ich sollte bis morgen warten, damit es nicht so schmerzhaft offensichtlich ist. Sollte mir eine bessere Ausrede ausdenken. Aber dafür fehlen mir die Energie und die Geduld.

Ich schreibe Luke eine Textnachricht zurück. BEI DER ARBEIT KOMMT ETWAS DAZWISCHEN. ICH SCHAFFE ES NICHT ZUM MITTAGESSEN. TUT MIR ECHT LEID.

Das Telefon klingelt in meiner Hand, und die Anruferkennung teilt mir mit, dass es sich um Luke handelt. Ich bin so überrascht, dass ich es zwischen den Sitz und die

Mittelkonsole meines Wagens fallen lasse. Nun könnte ich den Anruf nicht einmal entgegennehmen, wenn ich es wollte, was nicht der Fall ist. Ich schiebe den Sitz nach hinten und fummle einige Minuten lang unter meinem Sitz herum, bis sich meine Finger endlich darum schließen. Mein Anrufbeantworter teilt mir mit einem Signalton mit, dass eine neue Nachricht eingegangen ist.

Nein danke.

Ich bin in der Küche, als eine Textnachricht eintrifft.
RUF MICH ZURÜCK.

Ich antworte nicht. Ein Bär macht sich nie vom Acker, wenn man ihn weiter füttert.

DU HAST KEINE BESPRECHUNG. KOMM MORGEN MIT MIR ESSEN.

Da ich nicht antworte, schickt er noch eine.
SPRICH WENIGSTENS MIT MIR DARÜBER.
Ich bleibe standhaft.
MEIN AKZENT IST SCHULD, NICHT WAHR?

Ich unterdrücke ein Lächeln, schalte das Telefon stumm, und stecke es in die oberste Schublade meines Nachttischs. Danach schnappe ich mir einen großen Becher Eiscreme und lasse mich aufs Sofa plumpsen. Der heutige Tag war wie eine Fahrt mit der Achterbahn, was bedeutet, dass es morgen nur besser werden kann. Ich zünde eine Kieferbalsam-Kerze an und schalte dann eine meiner Lieblingsfolgen der Gilmore Girls ein, in der Lorelai und Luke endlich ein richtiges Paar werden. Durch das Fiasko mit Rory und Dean spule ich im Schnelldurchlauf, und am Ende bin ich beinahe so weit, dass ich wieder lächeln kann. Ich würde mich noch sehr viel besser fühlen, wenn Lorelai nicht in einen Kerl namens Luke verliebt wäre. Aber letzten Endes habe ich es deutlich besser als sie. Es ist ja nicht so, dass ich jahrelang heimlich in jemanden verliebt gewesen wäre, ohne es mir selbst oder ihm gegenüber eingestehen zu können.

Ich kenne mich selbst einfach ganz gut und möchte Luke oder mir selbst keinen weiteren Schaden zufügen, indem ich einer Beziehung nachjage, die nirgendwo hinführt.

Ich putze mir die Zähne und steige ins Bett, bevor ich ein letztes Mal mein Telefon checke und dann die Lampe ausschalte. Ich möchte die Sache nicht unnötig verkomplizieren, aber aus irgendeinem Grund enttäuscht es mich, dass er keine weiteren Textnachrichten geschickt hat.

7

Ich putze mir am folgenden Morgen die Zähne, als Luke mir endlich wieder schreibt. WORUM GEHT ES BEI DER BESPRECHUNG?

Ich rolle mit den Augen, trotzdem huscht ein Lächeln über mein Gesicht. ICH TREFFE MICH MIT EINZELHÄNDLERN BEZÜGLICH DER SPENDEN FÜR DAS SV-PROGRAMM.

WANN IST SIE ZU ENDE?

Er ist hartnäckig, das muss man ihm lassen. KEINE AHNUNG.

ICH BIN GNÄDIGERWEISE BEREIT, AUF MORGEN ZU VERSCHIEBEN, ABER ICH WILL EIN UPGRADE. EIN ABENDESSEN.

Mein Herz flattert und ich möchte am liebsten im Badezimmer herumtanzen, vor dem Spiegel posieren und möglicherweise sogar Paisley wonnetrunken eine Nachricht schreiben. Offensichtlich finde ich ihn attraktiv, und er ist lustig, und das Ganze ist aufregend. Aber ich kann mir keinen Kopf machen wegen etwas, von dem ich weiß, dass daraus niemals etwas werden kann. Ich schließe die Augen und stelle mir mich selbst als Mutter vor. Wie ich all meine Zeit damit verbringe, Wäsche zu waschen, Haare zu kämmen und meine Mutterrolle allmählich zu hassen beginne. Ich will meine Karriere nicht aufgeben und möchte auch meinen Kindern gegenüber keinen Groll hegen.

Ich will nicht meine Kinder verlassen, wie sie es getan hat, oder wie mein Vater zusammenbrechen.

Meine Hände sind steif und ich muss das Geschriebene immer wieder löschen und neu schreiben, aber schlussendlich ringe ich mir die Wörter ab. Mein Zeigefinger schwebt zitternd über dem Sendeknopf. Ich schlucke schwer und drücke senden.

LUKE, DARAUS WIRD NICHTS WERDEN. TUT MIR LEID.

ZWISCHEN UNS BESTEHT EINE CHEMIE. ICH WEISS, DASS DU SIE AUCH SPÜRST. WAS IST PASSIERT? AN MEINEN KINDERN KANN ES NICHT LIEGEN. DIE SIND HINREISSEND.

Das Foto war süß und ich werde wie ein Monster klingen, wenn ich ihm sage, dass es die Kinder sind. Ich lege das Telefon mit der Vorderseite nach unten auf die Theke. Bis es erneut summt.

DU MAGST KEINE GRÜNEN EIER MIT SPECK, ICH VERSTEH'S JA. ABER PROBIER SIE, PROBIER SIE, UND VIELLEICHT …

Ach du meine Güte. Er unterstreicht nur die Tatsache, dass er der Vater zweier kleiner Kinder ist. Niemand sonst würde direkt zu einem Text von Dr. Seuss übergehen. Ich verstehe die Bezugnahme nur, weil Troy das Buch so sehr liebt.

JA, VIELLEICHT. WENN MAN DAVON ABSIEHT, DASS ICH SIE NICHT PROBIEREN WILL, NICHT IN EINEM BOOT ODER EINEM HAUS ODER MIT EINER MAUS.

Ich behalte mein Telefon gut zwanzig Minuten lang im Auge, bevor ich beschließe, mich nicht weiter damit zu quälen und mich für die Arbeit fertig zu machen. Er schreibt mir nicht zurück, während ich ins Büro fahre und auch nicht, als ich mich an Heather und Fosters Büros vorbei schleiche, um zu meinem eigenen zu gelangen.

Ich gratuliere mir selbst dazu, dass ich das vollbracht habe, ohne bemerkt zu werden, und stoße einen tiefen Seufzer der Erleichterung aus. Ich beginne mit dem ermüdenden Prozess eines Telefonanrufs, gefolgt von einem E-Mail und Brief an jede unserer benannten Personen, wobei ich nach jedem Kandidaten auf mein Telefon schiele. Es sollte mich eigentlich nicht kümmern, immerhin habe ich ihm gesagt, dass die Sache für mich gegessen ist. Ich kann mich nicht mehr mit ihm verabreden.

Ich werfe schon wieder einen Blick auf mein Telefon. Was ist nur mit mir los? Ich versuche, Luke zu vergessen, indem ich mich in eine Detailerklärung der Aspekte der Steuererklärungen verbeiße, die ich mir ansehen muss. Das ist etwas, mit dem ich umgehen kann und mit dem ich mich auskenne. Einer der Gründe, warum ich so gut darin bin, dieses gemeinnützige Programm durchzuführen.

Ich sitze über einen Stapel von Papieren gebeugt da, als ich an meiner Tür ein Klopfen vernehme. Ich schiele noch einmal auf mein Telefon, bevor ich hochblicke. Nichts.

Denn Luke steht auf meiner Türschwelle, einen Strauß Rosen in den Händen. Wunderschöne Rosen – weiß mit rosafarbenen Rüschenrändern.

»Ich weiß nicht, was ich falsch gemacht habe und du sagtest, du magst keine grünen Eier mit Speck. Also habe ich mir gedacht, ich bringe stattdessen Blumen mit. Sollte dein Interesse an mir einfach nicht so groß sein, lasse ich dich in Ruhe.« Seine Finger ruhen auf seinem Herzen. »Hand aufs Herz. Aber ich habe mich nicht mehr so sehr für jemanden begeistert, seit, nun ja.« Er fährt sich mit den Fingern seiner freien Hand durch die Haare. »Seit Jahren, wenn ich ehrlich bin. Und du schienst mich beinahe so sehr zu mögen, wie ich dich mag, bevor du gesehen hast, wo ich lebe. Ich möchte dir nur versichern, dass ich weder ein Fürsorgefall noch ein Hochstapler bin. Als Nachweis habe ich sogar den Geburtschein, die Sozialversicherungskarte und meinen Führerschein mitgebracht.« Er deutet mit einem schiefen Grinsen auf seine Gesäßtasche.

Ich lasse mein Gesicht in meine Hände sinken. »Darum geht es überhaupt nicht. Es ist etwas komplizierter als das und hat nichts mit deiner Adresse oder der Tatsache zu tun, dass dein Zuhause auf Rädern steht.«

»Was ist es dann?« Er macht einen Schritt in mein Büro und legt die Rosen vorsichtig auf den Rand meines Schreibtischs.

»Schau mal, die Sache ist die ...«

Foster erscheint in der Tür. »Äh, wer ist das?« Er sieht so selbstgefällig aus und ich denke darüber nach, wie er alles, was er von mir wollte, knapp ein Jahr, nachdem ich mit ihm Schluss gemacht hatte, von einer neuen Eroberung bekommen hat.

In meiner Brust kocht die Wut. Foster hält mich für eine Versagerin, er denkt, ich wäre defekt. Er denkt, niemand würde mich wollen, da ich mich nicht in eine Kugel verwandeln und ein Baby rausschlüpfen lassen werde. Ich stehe auf, hebe die Rosen hoch und halte sie mir vors Gesicht, um ihren leichten, süßen Duft einzuatmen. »Habe ich nicht den süßesten festen Freund?«

Luke runzelt zunächst die Stirn. Er muss aber etwas auf meinem Gesicht erhascht haben, denn er zwinkert und wendet sich Foster zu. »Luke Manning, Freund der Extraklasse. Schön, Sie kennenzulernen. Sie müssen der Mann sein, der plant, Marys unglaubliches Santas-Vertreter-Programm in den Sand zu setzen.«

Foster verzieht das Gesicht und verlagert sein Gewicht, wobei sich seine Augen in Lukes Richtung verengen.

Ich bin beeindruckt davon, wie Luke ihm direkt und absolut unbeeindruckt in die Augen starrt. Da Luke ein Polohemd mit Cargohosen und Arbeitsschuhen trägt und Foster einen seiner unzähligen Designeranzüge, ist es noch beeindruckender, dass Luke angesichts des stechenden Bradshaw-Blicks nicht einknickt.

»Foster Bradshaw. Ich bin der Präsident der United Way-Zweigstelle hier in Atlanta, aber meine Familie ist seit vielen Jahren in der Ölbranche. Und ich setze nichts in den Sand. Ich kümmere mich nur um eine Anordnung, die an mich weitergeleitet wurde.«

»Liegt die Verantwortung denn nicht beim Präsidenten?« Luke lehnt sich gelassen gegen den Türrahmen, als handle es sich um sein Büro.

»Meine Familie mag einen großen Einfluss haben«, sagt

Foster selbstzufrieden, »Aber ich markiere nicht den Obermacker.«

Luke blickt mit weit geöffneten Augen und einem schiefen Lächeln zu mir. Er dreht sich langsam um, um sich Foster zuzuwenden. »Leider habe ich meine Stammbaumtabelle heute beim Verlassen des Hauses vergessen. Die Führung einer kompletten Zweigstelle von United Way hört sich nach einer Heidenarbeit an. Ganz so fleißig bin ich nicht, tatsächlich könnte man mich fast schon faul nennen. Ich bin finanziell unabhängig seit dem Tag meiner Entdeckung der Schlüsselkomponente von LED-Glühbirnen.«

Ich lache kopfschüttelnd, ansonsten würde Foster sich bedroht fühlen und sich über den armen Luke hermachen.

»In seiner Freizeit ist Luke ein Stand-up-Komiker«, sage ich. »Aber mal ernsthaft, er arbeitet als leitender Elektriker für das Citibank-Gebäude in der Innenstadt. Was bedeutet, dass er es ziemlich gut versteht, mit seinen Händen umzugehen.«

Fosters Nüstern blähen sich. »Dieses Gebäude ist ein Schandfleck. Ich habe die Petition gegen den Abriss des alten Stonefield-Gebäudes unterzeichnet.«

Luke zuckt mit den Achseln. »Als ich ins Spiel kam, waren all diese Entscheidungen längst getroffen worden. Ich bin weder der Architekt noch erfülle ich eine spezielle Rolle. Ich bin nur da, um sicherzustellen, dass die Lichter bei der Eröffnung in zwei Wochen allesamt funktionieren.«

Foster betrachtet Luke von oben herab. »Jedenfalls bin ich hinunter gekommen, um nachzusehen, ob Mary die Zeit hätte, für mich eine Projektion durchzuführen – jetzt, da meine wunderschöne Verlobte und ich bis zum Jahresende verheiratet sein werden.«

Ich weiß, die Steuererklärungen für meinen Ex sollte ich nicht mehr erledigen. Uff. »Vielleicht solltest du einen neuen Steuerberater auftreiben?«

Fosters Kinnlade klappt nach unten. »Warum?« Er wendet sich Luke zu. »Stört es Sie, dass Mary meine Steuererklärungen bearbeitet? Denn das ist ein echtes Kompliment. Sie ist die Beste, so einfach ist das.«

Luke fixiert Foster mit seinen Augen. »Davon höre ich zum ersten Mal.«

Ich seufze. Diese Sache wird allmählich anstrengend. »Na schön, aber nächstes Jahr suchst du dir einen anderen. Bis wann brauchst du die Unterlagen?«

Foster atmet schwer aus. »Gott sei Dank. Ich hätte nicht erwartet, dass ich innerhalb der nächsten ein bis zwei Wochen jemanden finden würde. Und mir ist bewusst, dass die vierteljährlichen Zahlungen nicht vor Januar fällig werden. Aber ich würde zu gern ein Gefühl dafür entwickeln, wie meine sich bis zum Jahresende entwickeln werden. Danach kann ich – falls notwendig – einige wohltätige Spenden ausrichten.«

Ich unterdrücke den Reflex, mit den Augen zu rollen. »Klar, maile mir das Zeug mal.«

»Wenn es dir lieber ist, könnte ich auch alles ausdrucken, und wir sehen es uns während des Abendessens gemeinsam an. Dabei könnten wir uns gleichzeitig bezüglich einiger Last-Minute-Details für Santas Vertreter austauschen.«

Ein Abendessen mit Foster werde ich mir auf gar keinen Fall antun. Vorher sterbe ich in Zeitlupe an ... Lepra. Davon abgesehen bietet er nur an, mich auszuführen, weil Luke hier ist. Ich habe nie jemanden getroffen, der mehr dazu geneigt hätte, auf alles, was er als sein Eigentum betrachtet, zu pissen. Was Foster zu einem Hund macht. Die Analogie geht für mich immer noch absolut in Ordnung.

Ich schüttle den Kopf. »Ich kann nicht. Luke und ich haben schon etwas geplant.«

Luke saugt geräuschvoll Luft durch seine Zähne. »Tut mir leid, Mann. Mein Revier.«

»Revier?«, fragt Foster, wobei jeder Aspekt seines Gesichts seine absolute Abscheu widerspiegelt. »Was ist Mary in diesem Szenario? Der letzte Keks in der Dose?«

Luke grinst. »Wenn ich an ihr lecke, gehen Sie dann und lassen uns in Ruhe?«

Ich gluckse in gar nicht damenhafter Weise.

Luke lächelt, aber Foster wirkt unbeeindruckt. »Ihr beide seid perfekt füreinander.« Er stürmt durch den Korridor davon, aber zum ersten Mal hat jemand die Überhand über Foster gewonnen.

Mein Lächeln lässt sich nicht zurückhalten.

»Wohin möchtest du zum Mittagessen?«, fragt Luke. »Wie ich hörte, hat Georgia Brown's großartigen Speck. Ich bin sicher, sie wären bereit, ihn grün einzufärben.«

»Hier gibt es kein Georgia Brown's. Nur in Washington D. C.«

Seine Augen blicken himmelwärts. »Eine Nebenwirkung der häufigen Standortwechsel.«

»Setz dich, Luke.«

Er setzt sich.

»Tut mir leid, dass du in diese Sache reingezogen wurdest, aber ich schätze sehr, dass du bereit warst, mir zuliebe mitzuspielen. Zwischen mir und Foster wurde es nach unserer Trennung ziemlich hässlich, und eben gerade hat er mir erzählt, er würde heiraten.«

Luke zuckt mit den Achseln. »Ich bin zufrieden damit, deinen falschen Partner zu spielen. Eigentlich würde ich sogar einen annehmbaren echten Partner abgeben, wenn du mal auf meine Anrufe reagieren oder, du weißt schon, mich dir Essen kaufen lassen würdest. In Grün oder auch nicht.«

»Was das angeht.« Ich stöhne. »Ich kann es unmöglich aussprechen, ohne wie ein Troll zu klingen. Aber ich kann nicht mit dir ausgehen, weil du Kinder hast. Zuckersüß, aber Kinder. Ich verabrede mich mit niemandem, der Kinder hat oder welche will.«

»Warte.« Er schielt demonstrativ auf das Foto von mir und Troy auf meinem Schreibtisch, auf dem wir beide die Zunge herausstrecken. Er hebt die Augenbrauen. »Du magst Kinder nicht?«

Ich schüttle den Kopf. »Das ist es nicht. Ich mag sie, eigentlich liebe ich sie normalerweise auch. Aber ich liebe meine Karriere und kann keine mittelmäßige Mutter sein. Wenn ich also je welche hätte, würde ich mich entweder hassen, weil ich ihnen nicht gerecht werde oder ihnen grollen, weil sie mich meine Karriere gekostet haben.«

Luke kratzt sich am Kopf. »Ich könnte schwören, ich habe ein- oder zweimal gehört, dass Frauen tatsächlich beides hinbekommen. Aber vielleicht bilde ich mir das nur ein.«

»Versuch zu verstehen, was ich sage, Luke. Ich bin mir sicher, deine Kinder sind absolut entzückend, aber diese Angelegenheit ist für mich nichts Neues. Meine Eltern waren mehr als nur schrecklich und ich werde mir nie im

Leben erlauben, in ihre Fußstapfen zu treten. Kannst du das verstehen?«

Er zuckt mit den Achseln. »Nicht wirklich, aber vielleicht fühlst du dich damit besser. Ich bin nur bis Januar hier. Auch wenn es also zwischen uns gewaltig knistern würde, wird meine Arbeit bei der Citibank abgeschlossen sein und ich fahre zum nächsten großen Auftrag.«

Meine Augen werden schmal. »Sagst du also, jegliche Beziehung zwischen uns wäre von Anfang an zum Scheitern verdammt gewesen? Warum hast du dir dann überhaupt die Mühe gemacht, dich mit mir zu verabreden?«

Luke lehnt sich auf seinem Stuhl zurück. »Hast du je die Festtage als Single verbracht?«

Das habe ich. Partys, Versammlungen, Feierlaune. Und während alldem ist man alleine, während Paar um Paar lächelt und sich aneinanderschmiegt und schmust.

Ein echt mieses Gefühl.

Er zuckt mit den Achseln. »Schau mal, du willst dich nicht mit jemandem verabreden, der Kinder hat, ich verstehe das. Das kommt tatsächlich ziemlich oft vor. Trotz all ihrer großen Worte lieben die meisten Frauen keine fremden Kinder. Das ist okay. Aber meine sind keine Monster und es könnte ganz nett sein, zu deiner Firmenfeier ein Date mitzubringen. Ich hätte bei meiner nichts gegen ein heißes Date einzuwenden.« Er zwinkert.

Ich seufze. »Na schön, also gehen wir ein paar Wochen lang miteinander aus, amüsieren uns prächtig, und dann nimmst du deine Kinder mit und gehst. Ist es das, was du vorschlägst?«

Er nickt. »Und ich fühle mich nicht schlecht, weil du am Boden zerstört sein wirst. Und mach dir keine Sorgen, dass du eine emotionale Bindung zu mir entwickelst und die Aufzucht meiner Dämonenbrut am Hals hast.«

»Ich denke nicht, dass sie eine Brut sind.« Ich tippe mir mit meinem Kugelschreiber gegen die Lippe. Das Problem ist, dass ich zu anhänglich werde, aber wenn ich weiß, dass sie wegziehen ... »Was ist, wenn ich dich zu sehr mag? Ich könnte depressiv werden, wenn du wegziehst.«

Er lacht. »Wenn dir jemand sagen würde, dass der Becher Eiscreme im Laden der letzte wäre, der je produziert wird, weil dein Präsident diese spezifische Marke aus dem Grund verboten hat, dass sie zu gut wäre. Würdest du ihn essen? Oder dich davonmachen, weil du wüsstest, du wärst traurig, wenn du ihn nie mehr haben kannst?«

Ich rolle mit den Augen. »Natürlich würde ich ihn essen.«

Er deutet auf mich. »Ich würde sehr gerne die nächsten paar Wochen mit dir verbringen. Und da du nie ein Elternteil für meine Kinder sein wirst, brauchst du dir keine Sorgen zu machen. Wir können einfach die letzten Löffel Eiscreme zusammen genießen.«

Meine Mundwinkel kräuseln sich nach oben. »Dann sehen wir uns später noch zum Abendessen?«

Er grinst so breit, dass ich beinahe seine Backenzähne sehen kann. »Heute ein Mittagessen, heute Abend ein Abendessen. Nach oben sind keine Grenzen gesetzt, Baby.«

Mein Herz pocht erneut, und diesmal zwinge ich es nicht zur Ruhe.

»Jetzt gerade schaffe ich es nicht zu einem Mittagessen. Ich habe zu viel Zeit verloren und muss schleunigst zu meinem echten Job. Ein Abendessen ist aber machbar.«

»Das Lokal suchst du aus«, sagt er, »aber du lässt mich bezahlen. Abgemacht?«

»Sicher, aber nur, wenn du mir eines versprichst.«

Er steht auf. »Was denn?«

»Keine grünen Eier oder Speck.«

Er lacht schallend. »Ich verspreche es. Texte mir deine Adresse, dann hole ich dich um halb acht ab.«

Ich hätte nein sagen sollen. Hätte schlau sein sollen. Ich sollte nicht einen ganzen Kübel Eiscreme essen, ganz egal, wie gut sie schmeckt. Aber der Gedanke daran sorgt während des gesamten restlichen Tages dafür, dass ich wie eine Idiotin grinse.

8

Ich möchte sofort nach meiner Ankunft im Büro Shauna sprechen, aber anscheinend ist sie für mehrere Tage abwesend. Vermutlich bereitet sie sich auf ihren großen Umzug vor. Ich erwäge den Gedanken, sie anzurufen oder ihr eine Textnachricht zu schreiben, denn ich muss ihr mitteilen, dass ich den Job annehme, bevor sie eine andere – vermutlich bessere – Besetzung finden. Ich brauche dieses Geld. Oder, genauer ausgedrückt: Troy braucht es.

Ich mache früher mit der Arbeit Schluss, was keine große Sache ist, da ich technisch gesehen während der letzten Wochen des Jahres nicht einmal arbeiten müsste. Jedenfalls nicht, bis ich die große Beförderung annehme. Auf halbem Weg zur Tür hinaus schicke ich Paisley nach Hause, was ihr Gesicht zum Strahlen bringt.

»Ich habe so viele Weihnachtseinkäufe zu erledigen. Ich fange mal besser damit an.«

Ich ächze. »Erwähne mir gegenüber keine Einkäufe.«

Sie grinst. »Viele Familien?«

Ich schüttle den Kopf. »Nein, dieses Jahr ist es nur eine.« Ich füge nicht hinzu, dass es daran liegt, dass ich mein ganzes Geld und noch etwas mehr für Troy ausgebe.

»Wow, das sieht dir gar nicht ähnlich. Waren es letztes Jahr nicht fünf? Möglicherweise übernehme ich noch mehr, falls wir nicht ausreichend viele Sponsoren finden. Für den Augenblick aber haben wir dreimal mehr Sponsoren als Nominierungen.«

»Das ist gut. Es bedeutet, dass die Neuigkeiten die Runde machen.«

Ich nicke. »Meine Einkaufsprobleme hängen damit zusammen, dass ich mit Freunden und Familie noch nicht einmal angefangen habe.«

»Ich mag Nordstrom's«, sagt Paisley. »Oder Weihnachtskekse.«

Ich rolle mit den Augen. »Da könnte ich dir genauso gut ein Bündel Geldscheine in die Hand drücken.«

»Jawohl!« Sie lässt die Hände in die Höhe schnellen. »Warum habe ich nicht daran gedacht?«

»Du bist schamlos.«

»Hey, was besorgst du für deinen zukünftigen Verlobten?« Sie tanzt den Shimmy.

»Süß, aber Pais ...« ich senke die Stimme. »Er hat zwei Kinder.«

Ihre Gesichtszüge entgleisen. »Du machst Witze.«

Meine Lippen pressen sich zu einer schmalen Linie zusammen und ich verschränke die Arme. »Nein, und halte dich fest. Er ist Lucas Manning.«

Ihre Kinnlade klappt nach unten. »Moment mal, der Kerl, der gleichzeitig arm und reich ist?«

Ich lache. »Weder noch. Aber er wohnt tatsächlich in

einem Wohnmobil, da er arbeitsbedingt oft unterwegs ist, also haben die Frauen aus der Kirche ...«

Paisley zuckt leicht zusammen. »Ist nicht wahr.«

Ich nicke. »Sie haben angenommen, er wäre arm.«

»Oh. Mein. Gott. Nun ja. Also ist er heiß. Hat Kinder und ist karitativ tätig.« Sie streckt die Hände aus, um sie dann wie die Waagschalen einer Waage zu heben und zu senken. »Was machst du also?«

Ich erröte. »Offensichtlich habe ich ihm gesagt, dass ich mich nicht mit ihm verabreden kann.«

»Warum haben deine Wangen dann das Purpurrot der Schmach angenommen, das die fast schon ostergrüne Färbung deiner Augen betont?« Paisley beugt sich zu mir und legt beide Hände auf ihren Schreibtisch. »Ich glaube, deine blöde Keine-Kinder-Regel gerät langsam ins Wanken.«

»Sie ist nicht blöd«, sage ich. »Sie ist vernünftig und hält mich davon ab, zu meiner Mutter zu werden.«

»Also wirst du ihn nicht mehr treffen?«, fragt Paisley.

Ich senke den Blick. »Wir gehen heute Abend essen.«

»Wie bitte?!«

Ich bringe sie zum Schweigen. »Nicht so laut. Menschenskind. Er reist in ein paar Wochen ab, okay? Für einen neuen Job. Also habe ich mir gedacht, was ist falsch daran, mich während der Weihnachtssaison mit jemandem zu treffen?«

Paisleys Lächeln lässt sich nur als verschlagen beschreiben.

»Hör auf damit.« Ich verziehe das Gesicht. »Dieses Lächeln nervt.«

Sie lächelt noch breiter. »Der ist viel klüger, als Foster es je war.«

»Foster hat an der Yale studiert«, sage ich automatisch. »Er ist sehr klug.«

»Ja, ja.« Paisley wedelt mit der Hand. »So schlau, dass er seine Nase nicht von seinem Ellbogen unterscheiden kann. Aber klar, Foster ist gewitzt. Ich sage nur, Lucas Manning ist schlauer.«

»Zur Kenntnis genommen.« Ich schnappe mir meine Handtasche und gehe auf die Tür zu.

Paisley folgt mir nach draußen, mit beschwingten Schritten und einem Glitzern in den Augen. Als ich in mein Auto klettere, summt das Telefon.

ICH BRAUCHE IMMER NOCH EIN FOTO.

Ich kopiere das Bild, das Luke mir geschickt hat, und leite es an sie weiter.

OMG. JA. MARY, DU SOLLTEST WEIHNACHTSKARTEN MIT DIESEM KERL VERSCHICKEN.

Ich sende ihr ein Augenroll-Emoji.

NA GUT, WENN NICHT, KANN ICH IHN MIR DANN AUSLEIHEN?

Paisley ist absurd.

NIMMST DU IHN ZU FOSTERS HOCHZEIT MIT? BITTE SAG JA. ICH MÖCHTE SO SEHR, DASS FOSTER IHN KENNENLERNT.

Ich seufze. Sie wird niemals aufgeben. ICH GEHE NICHT ZU FOSTERS HOCHZEIT. ABSOLUT AUSGESCHLOSSEN, DASS ICH EINE EINLADUNG BEKOMME. ABER SIE HABEN SICH SCHON GESEHEN.

Paisley schickt mir das Emoji mit der kreischenden blaugelben Person. IST FOSTERS KOPF EXPLODIERT? SAG MIR, DASS SEIN KOPF EXPLODIERT IST.

ICH KANN NICHT DEN GANZEN TAG DAMIT VERBRINGEN, DIR ZU SCHREIBEN, WEISST DU. ICH BESUCHE TROY, UND HEUTE ABEND HABE ICH EIN DATE MIT LUKE.

Paisley schickt mir das Gif eines Babys, das einen Wutanfall bekommt. Ich schwöre, sie ist total durchgeknallt. NA GUT. TRAG DIE HOCHHACKIGEN SCHWARZEN SCHUHE MIT RIEMCHEN UND ICH LASSE DICH IN RUHE.

Ich schüttle den Kopf und fahre in Richtung Krankenhaus los. Glücklicherweise bin ich früh genug gegangen, um dem Pendelverkehr auszuweichen, und lasse meinen Wagen um halb fünf auf einen Parkplatz vor dem Krankenhaus rollen. Ich lege einen schnellen Stopp im Geschenkeshop ein, um ein Plüschtier zu kaufen. Zu meiner Freude haben sie einen flauschigen Grünen Frosch mit Punkten auf dem Rücken und ich hoffe darauf, dass Troy Frösche immer noch liebt. Kinder können wankelmütiger sein als Erwachsene, und ihre Obsessionen wechseln von einem Augenblick auf den anderen.

Als sich die Lifttüren zu Troys Etage öffnen, erfüllt das glückliche Gequietsche eines Kleinkinds den Korridor. Troy und Trudy singen beide ein albernes Lied, sein Lieblingslied, über fünf gepunktete Frösche. Wahrscheinlich hat es mit zehn Fröschen begonnen, aber es fällt schwer, mehr Wiederholungen als die strikt notwendige Anzahl mitzumachen.

Ich drücke die Tür auf und schüttle den grünen Frosch vor Troy.

Das Quieken bestätigt mir, dass er ihn sehen kann.

»Tante May May! Ist das für mich?«

Ich gehe um die Tür herum, damit er mich auch sieht. »Wie hast du gewusst, dass ich es war?«

Er zuckt mit den Achseln. »Sonst bringt mir niemand Geschenke. Und ich liebe Frösche.«

Er ist so ein kluges kleines Kerlchen. »Du wirst eines Tages ein Steuerberater sein, nicht wahr. Genau wie ich?«

Seine grünen Augen weiten sich. »Du zählst Dinge, richtig? Ich lerne es. Eins, zhei, dei, vier, fünf, sechs.«

»Wie hast du das denn gelernt?«, frage ich.

Er runzelt die Stirn. »Sie stechen mich mit einer Nadel und es tut weh. Das machen sie ganz oft. Also zähle ich jedes Mal. Heute sechsmal.«

»Ich habe Glück, einen so tapferen Neffen zu haben«, sage ich. »Ich freue mich, dass du das Zählen so gut lernst, aber es tut mir leid, dass sie dich stechen.«

Er wippt mit dem Kopf auf und ab, und ich überreiche ihm den Frosch. »Das ist nicht einfach irgendein Frosch. Er hat mich angefleht, dass ich ihn dem Geschenkeshop abkaufe. Zuerst habe ich abgelehnt, aber dann hat er gesagt, er verrät mir seinen Namen, wenn ich ihn kaufe.«

»Wie heißt er?«, fragt Troy, seine Augen so rund wie die einer Eule.

Ich flüstere. »Er sagte, sein Name ist Hoppy.«

Troy nickt und wiederholt das Wort.

»Außerdem braucht er jeden Tag einen Kuss. Wenn du das tust und dich an seinen Namen erinnerst, ist er für dich da und lässt sich jedes Mal umarmen, wenn du Angst hast, traurig oder einsam bist. Und ihn in den Arm zu nehmen, hilft dir auch dabei, dich besser zu fühlen, wenn sie dich stechen.«

Troy drückt Hoppy gegen seine Brust.

»Trudy, hast du über den Zeitrahmen meines Angebots

nachgedacht?«, frage ich. »Ich nämlich schon. Du wirst so viel besser dran sein, wenn die Angelegenheit geregelt ist – besser heute als morgen.«

Sie verschränkt die Arme. »Vor Weihnachten breche ich nicht alle Zelte ab.«

»Aber mein Haus ist viel größer, schöner, und ich würde dir beim Umzug helfen. Es ist immer besser, Dinge sofort zu erledigen, als zu warten.«

Sie schüttelt den Kopf. »Ich werde im Januar darüber nachdenken.«

»Bis dann hast du noch eine Monatsmiete bezahlt!«

»Ich werde die Miete nicht bezahlen müssen, weil Chris sich darum kümmert.«

Na endlich. Die Sache, die mir schon den ganzen Tag auf dem Magen liegt, wurde angesprochen. Sie wird nicht ausziehen, weil sie immer noch darauf hofft, dass der Pegeltrinker, der sie verlassen hat, wieder zurückkommt. Angesichts der Einmischung der mürrischen älteren Schwester, die ihm den Versager vor Augen führen wird, der er tatsächlich ist, wird es höchstwahrscheinlich nicht dazu kommen. Ich möchte sie anschreien, aber vor Troy kann ich das nicht tun. Wahrscheinlich wäre damit ohnehin niemandem geholfen.

»Ich wollte nur nachsehen, wie es dir geht, Troy. Und deiner Mama sagen, dass die Sache, die wir besprochen haben, in Ordnung geht. Also kannst du die klinische Studie in Angriff nehmen.«

Sie nickt, und eine Träne rollt ihre Wange hinab. »Ich weiß, du willst das Beste für mich. Aber ich bin mir nicht sicher, ob du mit deiner Definition richtig liegst.«

»Dein Glück ist alles, was ich je wollte«, sage ich. »Aber du wählst deinen Weg selbst. Meine Unterstützung ist mit keinen Bedingungen verknüpft. Wenn du entscheidest, dass du mich brauchst, bin ich da.«

Sie durchquert den Raum und zieht mich für eine enge Umarmung an sich, was mein Herz erwärmt. Aber die kleinen Arme, die sich um die Rückseite meiner Knie verschränken, geben mir beinahe den Rest. Ich greife hinüber und hebe Troy hoch, der immer noch Hoppy umklammert. Ich gebe ihm einen Kuss auf die Stirn. »Ich bin sehr stolz auf dich, weil du superbrav bist.«

»Danke, Tante May May. Kommst du morgen?«, fragt er.

»Ich habe morgen eine große Versammlung mit Freiwilligen, komme aber vorher noch vorbei, wenn ich es kann.«

Die Fahrt vom Krankenhaus zu meinem Haus dauert fünfzehn Minuten. Ich fahre mehrmals rechts ran und beginne, Luke eine Textnachricht zu schreiben, in der ich ihm eine Absage erteile. Immerhin sind wir keine Eiscreme und die Analogie ergibt keinen Sinn. Was wir tun, ist dumm. Er zieht weg, und ich werde niemals eigene Kinder haben und schon gar nicht jemanden heiraten, der welche hat. Wäre er geschieden, käme ich ironischerweise vielleicht damit klar, denn dann wäre ich niemals ihre Mutter. Diese Bürde läge auf den Schultern von jemand anderem. Aber es ist ja nicht so, als ob ich ihm einfach sagen könnte, dass ich mit im Boot wäre, wenn seine Frau noch leben würde und er sie verlassen hätte.

Das heiße Duschwasser löst etwas von meiner Anspannung, ausgelöst durch das Drama bei der Arbeit, Troys Krankheit und das bevorstehende Date. Obwohl ich zu lange unter dem siedenden Strahl stehe, bin ich immer noch eine halbe Stunde zu früh für meine Verabredung bereit. Ich beschließe, im gepflegten Wohnzimmer meines Hauses zu sitzen und bis zu seiner Ankunft zu lesen. Natürlich käme ich damit sehr viel schneller voran, würde ich nicht bei jedem vorbeifahrenden Auto hochblicken.

Ich frage mich, was Luke wohl fährt. Der Mustang auf seinen Sockeln kann es nicht sein, und etwas anderes habe ich nicht gesehen. Ich hoffe, es ist kein Motorrad. Das wäre ein kompletter Alptraum. Ich habe die Zahlen zu den Motorradunfällen gesehen, und egal wie man es dreht und wendet – die Dinger bedeuten Ärger.

Ich blicke auf meine Uhr. Luke ist sechs Minuten zu spät. Die meisten Leute machen daraus keine große Sache, rufe ich mir in Erinnerung. Eine Menge Leute, die ich kenne, gehen von der Annahme aus, sie kämen rechtzeitig zu jedem Anlass, wenn sie innerhalb von fünfzehn Minuten nach dem vereinbarten Zeitpunkt eintreffen. Mein Vater und meine Schwester haben beide das Gefühl, alles unter einer halben Stunde wäre noch lobenswert.

Ich hasse es trotzdem.

Ich bin vermutlich angespannter als üblich, meine Gedanken sind bei Troy und der Frage, ob er sich an seine neue Situation gewöhnt und ob es meiner Schwester gut geht. Wie überzeuge ich sie davon, den Amboss in Gestalt von Chris, den sie um den Hals trägt, loszuwerden, damit sie mit ihrem Leben weitermachen kann?

Ein roter Ford Raptor fährt an meinem Haus vorbei, stoppt und legt den Rückwärtsgang ein, um in die Einfahrt zu rollen. Wo um alles in der Welt hatte er den gesteckt? Ich blicke auf meine Uhr. Elf Minuten zu spät. Das bedeutet, dass er vermutlich einer dieser rücksichtslosen, egoistischen Idioten ist, die auf einer Schonfrist von fünfzehn Minuten bestehen.

Oder vielleicht hatte er ein paar Probleme mit den winzigen Menschen, von denen ich mir einzureden versucht habe, dass es sie nicht gibt.

Ich lasse die Hände über meinen Pulli gleiten, um ihn zu glätten, und schiele hastig in den Spiegel, um mich zu vergewissern, dass mein Make-up nicht verschmiert ist. Ich trage fast nie roten Lippenstift, aber in Kombination mit diesem speziellen moosgrünen Pulli verleiht er meinen Augen eine einzigartige olivgrüne Farbe. Zumindest hat Foster mir das früher erzählt. Nicht, dass seine Meinung noch von Bedeutung wäre.

Er joggt in hübschen Hosen und einem cremefarbenen, teilweise von einer braunen Lederjacke bedeckten Hemd die Stufen hoch. Bevor er überhaupt die Gelegenheit zum Klopfen erhält, öffne ich bereits die Tür.

»Wow!« Er zuckt zusammen. »Das hat mich erschreckt.«

»Tut mir leid«, sage ich. »Ich habe dich kommen sehen und dachte mir, dass ich deine Fingerknöchel schone.«

Er hebt die Augenbrauen. »Dein letzter Weichei-Freund hatte möglicherweise Fingerknöchel aus Porzellan.« Er hebt beide Hände und klatscht mit der linken Hand gegen die rechte. »Aber diese Babys hier sind zäh.«

Nachdem ich die Vordertür abgeschlossen habe, nimmt er meine Hand in seine und ich folge ihm zum Auto, wobei ich wie eine Idiotin grinse. Glücklicherweise ist es dunkel genug, dass er es vermutlich nicht sieht.

Er öffnet die Tür auf der Beifahrerseite für mich. »Also. Deinem Benehmen nach zu schließen wolltest du dort nicht einmal hin, hast mich aber vom Fenster aus beobachtet?«

Ich erröte.

Er geht um den Wagen herum zur Fahrerseite und wirft einen Blick auf mein Gesicht, während er in den Wagen gleitet. »Hey, ich habe mir nur einen Spaß erlaubt. Ich wollte dich nicht durcheinanderbringen.«

»Ich habe ein paar harte Tage hinter mir.« Ich schnalle den Sicherheitsgurt fest. »Aber es geht mir gut.«

»Ich und meine Fingerknöchel kommen mit hart klar. Wo drückt der Schuh?«

»Überall.« Ich schäme mich, wenn meine Stimme zittert. »Nach dem Mittagessen mit dir neulich habe ich beschlossen, die Beförderung abzulehnen.«

»Sag mir einfach, wo wir hinfahren, und erzähl dann weiter.«

»Oh, stimmt. Ich suche das Lokal aus. Willst du immer noch Indisch?«

»Ich wohne noch nicht lange hier und kenne mich in deinem Stadtteil nicht aus. Vielleicht hast du einen Restaurantvorschlag?«

»Klar. Ich mag das Lokal am Bleaker.« Ich gebe ihm einige grundlegende Anweisungen, um mein Viertel zu verlassen, und nach ein paarmal Abbiegen erreichen wir die Schnellstraße. »Auf dieser bleibst du jetzt bis Bleaker, dann ist es zu deiner Rechten.«

»Perfekt. Jetzt kommen wir mal zur Reaktion deiner Chefin zurück, als du ihr gesagt hast, sie könne ihren Job nehmen und ihn sich sonst wohin schieben.«

Ich lache. »Na ja, so weit bin ich nie gekommen.«

»Nein?«, fragt er. »Warum nicht? Kalte Füße? Spätmanifeste Gier?«

»Spätmanifeste Gier? Du bist ganz schön schräg.«

»Du liebst es.« Er nimmt meine Hand in seine, und mein Herz flattert auf eine Weise, an die ich mich gewöhnen könnte. Ich lehne mich in den Sitz zurück und atme aus. »Ich bin nicht gierig geworden. Eigentlich das Gegenteil. Kurz, bevor ich abgelehnt hätte, habe ich einen Anruf von meiner Schwester bekommen.«

»Und?«

»Mein Neffe wurde kürzlich mit Diabetes Typ I diagnostiziert. Bis in einigen Wochen ist er noch nicht einmal vier, und die Ärzte sagen, eine so frühe Diagnose wäre sehr, sehr selten. Der arme kleine Kerl macht eine schwere Zeit durch. Logischerweise hasst er es, ständig gestochen zu werden, und versteht nicht, warum er nicht mehr pausenlos Goldfisch-Cracker essen kann wie vorher. Wie jeder andere Dreijährige in Amerika.«

Er drückt meine Hand. »Das tut mir so leid. Das ist schrecklich.«

»Außerdem hat meine Schwester Trudy mir bis gestern nichts davon gesagt, aber ihr schwachköpfiger Mann hat sie beide verlassen. Sie will nicht einmal bei mir einziehen, da sie dummerweise immer noch daran glaubt, der Arsch komme wieder nach Hause zurück.«

»Wow«, sagt Luke. »Einfach nur wow. Das ist ganz schön viel auf einmal.«

»Es ist gut, dass ich meiner Chefin nicht gesagt habe, dass ich die Beförderung ablehne. Denn Trudy wird sehr viel Hilfe brauchen.«

Luke hebt eine Augenbraue. »Deine Schwester heißt Trudy?«

»Eigentlich Gertrude. Ich weiß, für einen jungen Menschen ist der Name schrecklich. Meine Mutter hat meine Schwester nach ihrer Großmutter benannt und hat dann die komplette Familie sitzen lassen. Wenn sie schon einem Kind einen grauenhaften Namen zumutet, sollte sie wenigstens den Anstand haben, zu bleiben und es zu verteidigen, wenn die anderen Kinder Witze zu reißen beginnen.«

»Deine Mutter hat euch im Stich gelassen? Wann?«

»Trudy war ein Baby. Ich stand kurz vor der Einschulung.«

»Seht ihr euch noch?«

Ich schüttle den Kopf. »Sie ruft alle paar Jahre mal an. Gesehen habe ich sie seit zehn Jahren nicht mehr.«

»Das tut mir leid.«

»Mittlerweile ist es mir egal.« Das ist eine Lüge. Es wird mich immer beschäftigen.

»Mütter, die ihre Kinder vorsätzlich verlassen, werde ich nie verstehen können.«

»Mama wurde in der High School mit mir schwanger. Hat meinen Vater geheiratet, obwohl sie das nicht wollte. Sie wollte die Welt sehen und wir haben sie festgehalten. Die Arbeit als Lastwagenfahrerin war das Einzige, was sie je gemocht hat – die Freiheit, die Kontrolle. Ich höre mich an wie eine Frau aus der Jerry Springer-Show.«

Sein Daumen reibt leicht die Innenseite meines Handgelenks. »Du könntest nicht bei Jerry Springer sein.«

»Nein?«

Er schüttelt den Kopf. »Zu viele Zähne, und du hast keine herausgewachsenen Ansätze in den Haaren. Außerdem wurden sie diese Woche gewaschen.«

»Mach mit den Komplimenten nur so weiter, und du wirst nicht erahnen, wo dieser Abend noch hinführen könnte.« Ich sauge an meinen Zähnen und lasse das schiefe Lächeln einer Irren aufblitzen.

Er lacht.

»Wie auch immer, damit wollte ich sagen, dass meine

Schwester Geld braucht. Ich habe die Möglichkeit, es für sie zu beschaffen, was ich auch tun sollte. Also muss ich den neuen Job jetzt annehmen. Was okay sein sollte, wenn man davon absieht, dass mein scheußlicher Ex – den du heute kennengelernt hast – das Santas Vertreter-Programm in die Tonne kippen wird, wenn ich nicht mehr da bin, um es durchzuführen.«

»Vielleicht ist das Glück im Unglück«, sagt Luke.

»Fang du nicht auch noch damit an.«

»Moment mal«, sagt Luke. »Womit soll ich nicht anfangen?«

»Mein Vater, meine Schwester und jede andere mir bekannte Person mit Ausnahme meiner Sekretärin Paisley ist der Auffassung, meine Obsession mit dem Programm wäre ungesund. Sie halten mich seit einer Weile dazu an, damit aufzuhören.«

Luke fährt auf einen Parkplatz direkt vor dem Bombay Palace. Er schaltet den Motor aus und dreht sich, um mir direkt ins Gesicht zu sehen. »Du hast keine Obsession. Wenn es so wäre, könntest du an nichts anderes mehr denken. Du bist engagiert, und das ist eine lobenswerte Eigenschaft. Ich wollte sagen, warum nicht eine Stiftung gründen, die nur Santas Vertreter durchführt, statt United Way unterstellt zu sein? Dann brauchst du keinen Vorgesetzten und eigentlich auch sonst niemanden, der dir sagt, was du zu tun hast.«

»Oh nein, das könnte ich nicht.«

Noch während ich die Worte ausspreche, realisiere ich, dass sie möglicherweise unwahr sind. United Way stellt mir ein Kopiergerät und einen Büroraum zur Verfügung, aber alles andere mache ich: Informationen an die Allgemeinheit verteilen, damit Nominierungen eingereicht werden. Das Durchleuchten der Nominierten, Freiwillige auftreiben, Bemühungen koordinieren, Regeln aufstellen und deren Durchsetzung kontrollieren. Wozu brauche ich eigentlich United Way?

»Ich bin anderer Meinung. Nenn es, wie du willst, aber offensichtlich hängt die ganze Sache jetzt schon an dir.«

Was ist, wenn er recht hat?

»Ein kleines Problem gibt es. Mit diesem neuen Job kann ich nicht mehr als einige Stunden pro Woche während der Weihnachtssaison investieren. Außer, ich finde einen anderen Freiwilligen, der all meine Aufgaben übernimmt. Das wäre aber eine echte Herausforderung. Ansonsten würde das alles nie und nimmer erledigt. Das Programm macht zu viel Arbeit, und die Begeisterung der Allgemeinheit ist dafür nicht groß genug.«

Bevor Luke die Tür auf meiner Seite öffnen kann, ziehe ich diese bereits am Griff auf und klettere hinaus. Dabei fällt mir auf, dass er hinten im Auto zwei Kindersitze hat. Als Vater ist er echt süß. Was großartig wäre, wenn ich mir Kinder wünschen würde.

Als wir eintreten, hält sich kein einziger anderer Gast im Restaurant auf. Allzu belebt ist es dort nie, aber aus irgendeinem Grund sieht es am Mittwochabend besonders düster aus. Ich hasse Menschenmengen, und sollte dieses Lokal je bankrott gehen, würde ich möglicherweise heulen. Okay, ich würde heulen.

Ich setze mich an einen der leeren Tische im Wissen, dass Jay demnächst mit den Speisekarten herkommen wird. »Da du noch nie hier warst, verrate ich dir etwas. Ihr Chicken Pakora ist unglaublich. So sehr, dass ich dir möglicherweise den Finger abhacken würde, wenn du nach dem letzten Stück greifst. Und das Korma ist großartig, wenn du es etwas milder magst. Das Einzige, was mein Neffe Troy essen würde. Für das Naan könnte man sich hinknien, und mein persönlicher Favorit unterscheidet sich nur minimal vom üblichen Tikka Masala und wird Hühnchen Makhani genannt. Das Hühnchen wird gehackt und gesiedet und ... oh mein Gott. Es ist lebensverändernd.«

Luke grinst wie ein Idiot.

»Was ist?«

»Du bist so süß, wenn du etwas magst.«

»Mary!«, ruft Jay. »Du hast diesmal einen Freund mitgebracht, und einen gutaussehenden noch dazu.« Jay streckt Luke seine Hand entgegen, dieser ergreift sie und schüttelt sie kräftig. Nach diesem Austausch von Männlichkeit überreicht uns Jay eine Speisekarte. »Dieses Mädchen ist ein Juwel, wissen Sie. Sie sollten sie mit beiden Händen festhalten.«

Luke sieht zum ersten Mal seit unserem Kennenlernen unbehaglich aus.

»Wir sind beide am Verhungern«, sage ich. »Könntest du unsere Getränke- und Essensbestellungen gleichzeitig aufnehmen?«

»Natürlich.« Jay zückt schwungvoll seinen Notizblock. »Was darf es sein?«

»Ich denke, wir brauchen ein bisschen von allem.« Luke blickt auf die Speisekarte. »Zweimal Pakora, da ich nicht erstochen werden möchte.«

Jay lacht. »Mary liebt ihr Pakora. Allerdings mag sie es scharf. Können Sie mithalten, was denken Sie?«

Luke erwidert meinen Blick. »Ich gelobe, es zu versuchen.«

»Was kommt zum Pakora noch dazu?« Jay deutet auf die Karte.

»Da wir uns in Marys Domäne bewegen, sollte sie vielleicht drei Gerichte für den Tisch auswählen und wir teilen sie uns?«

»Gute Idee«, sagt Jay.

Ich wähle Kheema Samosas, eine in Teigtaschen gebackene Vorspeise, Hühnchen Makhani, Saagwala und Korma plus einige Stücke Naan. Die Zubereitung dauert ewig, wie immer, aber ich befinde mich in guter Gesellschaft und das Gewicht der letzten paar Tage fällt von meinen Schultern ab.

Ich habe gerade eben das Pakora, den geschöpften Reis und das Makhani auf meinem Teller aufgegessen, als Lukes Telefon klingelt. »Hallo?«

Seine Stirn legt sich in Falten.

»Nein, vorhin ging es ihm gut.«

Eine Pause.

»Wie oft?«

Pause.

»Ich bin gleich da. Danke, dass du mich angerufen hast. Du hast das Richtige getan.«

Ich bedeute Jay, herzukommen. »Wir müssen all das einpacken lassen. Luke hat einen familiären Notfall.«

»Ja, tut mir so leid«, sagt Luke zu mir, »aber Chase ist am Erbrechen. Ziemlich viel sogar. Ich muss mich vergewissern, dass es ihm gut geht.«

Ich lege eine Hand auf seine und seine Augen weiten sich leicht, dann seufzt er.

»Das wird schon wieder«, sage ich. »Alle Kinder fangen sich eine Magen-Darm-Grippe ein. Ist nicht lustig, aber das kommt wieder in Ordnung.«

Jay bringt uns unsere Mitnehmboxen. Luke überreicht ihm eine Karte und ich beginne, die Boxen mit dem Essen zu füllen, das wir nicht einmal angerührt haben.

»Besteht die Möglichkeit, dass ich beim Haus vorbeifahre und nach ihm sehe, bevor ich dich nach Hause bringe?«, fragt er.

Ich schüttle den Kopf. »Nein, geh nur. Ich kann mir von hier aus einen Uber bestellen. Es ist wirklich keine große Sache.«

Er runzelt die Stirn. »Stört dich die Vorstellung, in Gegenwart meiner Kinder zu sein, so sehr?«

Mein Unterkiefer fällt herab. »Natürlich nicht, darum geht es überhaupt nicht. Wie selbstsüchtig wäre ich denn, wenn ich sagen würde, hey Chase, dein Papa ist hier, aber jetzt muss er mit mir wieder weg. Ich versuche, rücksichtsvoll zu sein und keine aufmerksamkeitsheischende Chaotin.«

Er schüttelt den Kopf. »Mein Schwippschwager wird da sein, also kann ich dich nach Hause fahren, sobald es ihm besser geht. Davon abgesehen besagt meine Regel fürs zweite Date, dass ich etwas für dich reparieren muss, um meine Männlichkeit zu beweisen. Ich dachte mir, im Kleiderschrank gibt es vielleicht ein defektes Licht oder so.« Er zwinkert.

»Es wäre großartig, wenn ich tatsächlich sehen könnte, was ich tragen werde. Während der letzten Wochen war das ein einziges Ratespiel.«

»Dein Pulli passt ganz gut«, sagt er.

»Das war nur ein Witz, Luke. Ich habe Taschenlampen.«

»Ja, selbstverständlich. Als zusätzlicher Bonus hast du die Gelegenheit, meine Tochter Amy kennenzulernen.

Nachdem du neulich vorbeigekommen bist, hat sie um ein Kennenlernen gebeten.«

Ich sollte protestieren. Ich möchte nicht in die Leben seiner Kinder verwickelt werden. Ich wäre dadurch in einer heiklen Lage, und solchen Situationen gehe ich aus dem Weg. Aber er wirkt so aufrichtig, und es ist ein krankes Kind mit im Spiel und ich bezweifle, dass er nicht darauf bestehen wird, mich den Uber nehmen zu lassen. Was bedeutet, dass ich seinen armen Sohn im Grunde genommen zwinge, auf den Papa zu warten, falls ich ihm einen Korb gebe.

»Na gut«, sage ich. »Ich komme mit, aber nur, wenn du versprichst, dass ich einen Uber von deinem Haus nehmen kann, falls er in Tränen ausbricht und den Vater nicht gehen lassen möchte. Ich werde nicht einem Baby den Abend vermiesen, nur damit du mich nach Hause kutschieren kannst.«

»Abgemacht«, sagt Luke.

9

Auf dem Heimweg höre ich Luke seine Angst nicht an, aber seine Hände umklammern das Steuerrad des Raptors etwas zu fest und er hockt stocksteif auf seinem Sitz.

»Tut mir leid, dass ich unser Date ruiniert habe«, sagt er. »In ein paar Tagen sollte es Chase wieder gut gehen, denke ich. Ich würde dich zu gerne am Samstagabend entschädigen. Hast du dann zufälligerweise noch nichts vor?«

»Üblicherweise hebe ich mir die Samstagabende für meinen festen Freund auf«, sage ich. »Er ist eigentlich recht flexibel, aber Samstagabend möchte er für sich haben.«

Luke dreht den Kopf ruckartig herum und starrt mich an. Dann lacht er. »Das hätte ich dir beinahe abgekauft. Ist das also ein Ja oder ein Nein?«

»Klar, ein neuer Versuch am Samstag.«

»Puh! Ich hatte mir schon Sorgen gemacht, ich hätte

meine Chancen wegen einer Magenverstimmung verspielt.«

»Gute Eltern räumen ihren Kindern immer die höchste Priorität ein. Es ist dein Job, entsprechend zu handeln.« Wie ich am eigenen Leib erfahren habe, sehen es nicht alle Eltern so. »Bitte entschuldige dich nicht dafür, ein guter Vater zu sein. Nicht bei mir.«

»Danke.«

Ich sollte ihn ablenken, bevor Luke das arme Steuerrad zu Staub zerquetscht. »Wie läuft es mit dem Citibank-Auftrag? Bist du schon bald fertig?«

Er dreht die Augen himmelwärts. »Sagen wir einfach, nicht jeder, der von der Vertragsfirma für Elektroarbeiten angeheuert wurde, könnte eine Glühbirne wechseln. Und erst recht nicht dein Schranklicht reparieren.«

»Bei einem so großen Auftrag, was tust du da, wenn deine Leute die Arbeit nicht machen können?«

Er zuckt mit den Achseln. »Es ist ein Alptraum, aber nicht das erste Mal, dass ich es mit dieser Problematik zu tun habe. Eigentlich kommt das sogar ziemlich oft vor. Lizenzierte Elektriker sind teuer. Und die, die in die Bresche springen, unterbieten sich gegenseitig, um den Auftrag zu bekommen. Wenn sie ungelernte statt gelernte Arbeiter einsetzen können, erhöht sich die Gewinnspanne.«

»Steht dein Ruf auf dem Spiel, wenn es schiefgeht?«

»Das ist der Nachteil, wenn man Projektleiter für elektrische Arbeiten ist. Ich habe die Hälfte jedes Arbeitstages damit verbracht, diesen Leuten zu zeigen, wie sie ihre eigene Arbeit machen, ohne einen Stromschlag abzubekommen oder die Stromkreisläufe zu überlasten. Es ist ein frustrierendes Gemurkse. Wir hätten vor zwei

Wochen fertig werden sollen, aber stattdessen habe ich eine Tagescrew und eine Nachtcrew, die die Dinge flicken, die sie anfangs verpfuscht haben.«

»Ich habe nie besonders viel über die Arbeit nachgedacht, die in irgendeiner meiner Lampen steckt. Oder den Steckdosen, oder überhaupt irgendetwas in meinen beiden Büros. Oder zu Hause, wenn wir schon dabei sind.«

»Das solltest du auch nicht. Wenn deine Crew während des Baus ihre Arbeit gemacht hat, wirst du es auch nie, abgesehen von der gelegentlichen Fehlfunktion eines Lichts.«

»Ich nehme an, du sorgst dafür, dass keiner bei der Citibank je darüber nachdenken muss?«

»Das ist der Plan. Ich bin ziemlich gut darin geworden, die Männer zu identifizieren, denen ich zutrauen kann, mir mit den Qualitätschecks zu helfen und welche Männer oft beaufsichtigt werden müssen. Immerhin arbeiten wir mittlerweile nur noch die Einträge der Mängelliste ab.«

Meine Augenbrauen heben sich. »Mir war nicht klar, dass ihr so nahe an der Ziellinie seid.«

»Die Einweihung steht kurz bevor.«

»Moment mal, heißt das, du gehst schon früher? Vor Januar?«

»Sorgst du dich wegen meiner Abreise? Hast du nicht gestern erst noch versucht, mir den Laufpass zu geben?« Er grinst.

Ich versteife mich. »Überhaupt nicht. Aber wenn du zu Weihnachten nicht mehr hier bist, muss ich die Familie, die ich für dich im Visier hatte, neu zuweisen.«

»Du hast mir bereits eine Familie zugeteilt?«

Ich nicke. »Drei Kinder. Zwei Jungs und ein Mädchen.

Zwölf, sieben und drei Jahre alt. Der Dreijährige liebt Raketen, und der Zwölfjährige will Brettspiele. Nachdem ich mehr als ein Dutzend Tweens durchgegangen bin, die sich alle Mobiltelefone oder iPads wünschen, war diese Anfrage erfrischend anders.«

»Was ist mit der Siebenjährigen?«

Ich seufze. »Ihre Mutter hat ›irgendetwas‹ geschrieben. Ich hasse es, wenn sie das tun, aber es kommt ziemlich oft vor. Ich weiß nie, ob die Mutter faul ist und ihr Kind nicht kennt oder die Familie so wenig hat, dass absolut alles sie glücklich machen würde. So oder so ist es traurig.«

»Keine Sorge. Wir recherchieren ein wenig und denken uns für alle drei etwas Tolles aus.«

»Wenn du nicht schon früher abreist«, sage ich.

Er schüttelt den Kopf. »Nein, mein nächster Job beginnt am 15. Januar. Ich lasse mir zwischen den Aufträgen gerne einige Wochen Zeit für den Fall, dass es bei einem zu Verzögerungen kommt. Auch, wenn es nicht mein Fehler ist, geht gelegentlich etwas schief.«

»Außerdem ist es Neujahr. Und du hast erwähnt, dass dein Vater hier lebt. Werden du und deine Kinder ihn nicht vermissen? Und den erwähnten Cousin?«

Luke zuckt mit den Achseln. »Ich versuche immer, drüben in Atlanta einen Job für den Herbst zu ergattern oder nehme mir einige Wochen frei, damit wir zu Besuch herkommen können. Mein Bruder ist auch hier, arbeitet aber ständig. Die Familie ist wichtig und meine Kinder vermissen ihre Cousins und meinen Vater, und ihren Onkel, aber das Abenteuer lieben sie auch. Dauert ein Auftrag länger als sechs Monate, nehme ich meinen Vater manchmal mit. Allerdings hasse ich es, ihn mehrere

Monate lang durch die Weltgeschichte zu zerren, und es regt meinen Bruder auf.«

»Was ist mit der Schule? Bringt das nicht den Lehrplan deiner Kinder durcheinander?«

»Nein, jedenfalls noch nicht. Chase ist vier und Amy fünf. Ich habe sie in einer Vorschule angemeldet und sie liebt es. Das Programm der katholischen Kirche von St. Paul ist ziemlich gut. Aber sie ist ein Freigeist und ich halte für sie eine Vollzeitkraft bereit, die sie während meiner Arbeitszeiten betreut. Eine qualifizierte und engagierte Person.«

»Aber wenn es so weit ist, meldest du sie in der Schule an? Und bleibst wenigstens während des Schuljahres an einem Ort?«

Er zuckt mit den Achseln. »Wahrscheinlich. Sie können beide schon ziemlich gut lesen, also weiß ich, dass sie keinen Rückstand haben werden. Mir bleiben neun Monate, bevor für Amy der Schulbeginn ansteht. Vielleicht suche ich mir dann ein längeres Engagement, vielleicht auch ein Programm für den Unterricht zu Hause. Entschieden habe ich mich noch nicht.«

Er biegt in die Cove ein.

Meine Hände sind feuchtkalt und mein Herz rast. Warum macht es mich so nervös, seine Kinder zu treffen? Es ist ja nicht so, als ob es jemals meine wären. Ich hänge nur während der wenigen Wochen, die ihm hier in Atlanta bleiben, mit Luke herum. Beruhige dich, Mary. Es ist alles okay. Mein Kopf weiß, dass es in Ordnung geht, aber mein Herz hört ihm nicht allzu gut zu.

Luke parkt hinter dem großen Wohnmobil, was erklärt, warum ich seinen Truck bei meinem ersten Besuch nicht gesehen habe. Er öffnet erneut die Tür auf meiner Seite und bietet mir beim Hinausklettern seine Hand an, was hilfreich ist, da sich das Führerhaus des Raptor ziemlich weit über dem Boden befindet. Er lässt nicht los, als seine beiden Füße den Boden berühren. Er verschränkt unsere Hände und zieht mich während des fünf Meter langen Fußwegs zur Hintertür des Wohnmobils hinter sich her, als wäre ihm bewusst, dass ich einen kleinen Anstoß brauche.

Luke lässt meine Hand hoch, um die Stufen zum Eingang hochzusteigen, die ziemlich schmal sind. Das musste er, aber ohne seine Hand in der meinen fühle ich mich irgendwie wie im Freiflug. Ich lasse mich einfach treiben und bin nervös. Möglicherweise mag ich Luke bereits ein wenig zu sehr. Das wäre die einzige Erklärung dafür, dass ich mich jetzt schon so gestresst fühle, ohne das Innere seines Zuhauses gesehen und seine Kinder kennengelernt zu haben.

Ich rufe mir in Erinnerung, dass sie vier und fünf sind. Sie mögen jeden, der Yoda nachahmen oder Milch durch die Nase prusten kann. Ich schaffe das.

Er hält auf der Türschwelle an und winkt mich zu sich hoch. »Komm rein. Draußen ist es eiskalt.«

Meine Füße triumphieren über das Gehirn und ich hüpfe zur Türöffnung hoch. Ich nehme einen tiefen Atemzug und trete ein. Das Innere des Wohnmobils ist schöner, als ich erwartet hatte. Der Wohnraum ist klein, aber mit den Ausbuchtungen auf beiden Seiten fühlt es sich weniger einengend an, als ich erwartet hätte. Es gibt eine Kücheninsel mit einem Spülbecken, und entlang der Wände gibt es ein Zweiersofa und zwei große Kinostühle, die einem großzügig bemessenen Fernsehgerät zugewandt sind. Ein kleiner Tisch und zwei sich an die Wand anschmiegende Stühle runden den Raum ab, und alles ist aus dunklem Holz geschnitzt und von ziemlich guter Machart.

»Ich höre sie hinten in meinem Schlafzimmer.« Luke deutet auf das braune Ledersofa. »Wenn du hier warten möchtest, darfst du das gerne.«

Ich setze mich und ziehe mein Telefon hervor. Ich frage mich, womit Leute sich die Zeit vertrieben haben, bevor es Telefone gab. Vielleicht haben sie die Wände angestarrt? Ich bin beinahe mit einer E-Mail fertig, in der ich eine örtliche Restaurantkette über die Details eines Kompromiss-Angebots informiere, den unsere bevorzugte Anwaltskanzlei für sie ausarbeitet, als ich ein leise scharrendes Geräusch aufschnappe.

Ich stehe auf und wende mich dem Geräusch zu, das von den Küchenschränken kommt. Oh nein, bitte, bitte, lass ihn keine Mäuse haben. Ich erschaudere.

»Magst du Froot Loops?«, fragt eine winzige, gedämpfte Stimme.

Ich schrecke hoch und blicke mich um. Ich sehe niemanden, aber das Geräusch stammt definitiv nicht von einer Maus. Gott sei Dank.

»Ich mag Froot Loops tatsächlich, aber ich persönlich finde die Golden Grahams etwas besser.« Die Frage muss von seiner Tochter Amy gestellt worden sein. »Darf ich erfahren, wer mir diese Frage stellt?«

Unter der Küchentheke öffnet sich eine Schranktür, und ein kleines Mädchen mit dunkelblonden Zöpfen streckt sich und klettert heraus. Ihre beiden Zöpfe sind struppig, als hätte man sie an diesem Morgen geflochten, und müssten durchgekämmt werden. Sie saugt an ihrem Daumen. Hat Luke nicht gesagt, sie wäre fünf? Ich bin ja keine Expertin, aber ich denke nicht, dass Fünfjährige das noch tun sollten.

»Kann ich ein paar Froot Loops haben?«, fragt sie.

»Ich weiß nicht«, sage ich. »Das musst du vermutlich deinen Papa fragen.«

Sie verzieht das Gesicht und ihre tiefblauen Augen verengen sich. »Er sagt, die sind fürs Frühstück, aber wir haben seit fast einer Woche keine mehr gehabt. Tante Becca hat heute endlich welche gekauft, aber nicht früh genug fürs Frühstück.«

Dieses arme kleine Mädchen. Ihr Bruder saugt die ganze Zeit und Energie auf und alles, was sie will, sind ein paar Schalen ihrer Lieblings-Frühstücksflocken. Wäre diese Beziehung ernst, würde ich mir Sorgen machen, dass ich Luke auf die Zehen trete, aber das muss ich nicht. Falls ihm mein Umgang mit seinen Kindern nicht gefällt? Tja.

Ich stehe auf und gehe in die Küche. »Du wärst eines Tages eine ausgezeichnete Anwältin, weißt du das?«

Sie zuckt mit den Achseln. »Mein Papa sagt, ich sollte Schuhverkäuferin werden.«

Ich lache leise. »Warum?«

Sie schiebt die Unterlippe nach vorne. »Ich liebe Schuhe und ich bin gut im Überreden, dass er mir mehr kauft, als ich brauche.«

Ich verberge mein Lächeln, indem ich mich dem Wohnzimmer zuwende. Nachdem ich mein Gesicht gezwungen habe, einen neutralen Ausdruck anzunehmen, drehe ich mich zurück. »Kleine Amy, vielleicht kannst du mir helfen. Wo ist die Schmuggelware, diese Froot Loops?«

Sie deutet auf den Schrank oberhalb des Kühlschranks. »Was ist Schuggelware?«

Ich unterdrücke ein Lachen. »Schmuggelware. Das bedeutet etwas, das du eigentlich nicht haben dürftest.«

Ihre Augenbrauen heben sich. »Oh, ich kann sie haben. Nur nicht, wenn ich mein Abendessen nicht aufgegessen habe.«

Meine Unterlippe sinkt herab. »So, so, so. Du hast dein Abendessen nicht aufgegessen?«

Sie blickt zu Boden. »Nein, ich meine, ich kann sie nicht nach dem Abendessen haben.«

Ich kichere. Sie ist köstlich. »Wie es scheint, kennt jemand, der auch hier lebt, dich ziemlich gut. Offensichtlich hat diese Person die Froot Loops weit genug oben hingestellt, dass du nicht rankommst, hm?«

Sie nickt, ihre Augen sind schwermütig und ihr Ton resigniert. »Und all die Stühle in diesem blöden Haus auf Rädern sind am Boden festgemacht, also kann ich nicht mal einen rüberschieben, um hochzuklettern.«

Ich lasse den Unterkiefer herabsinken und reiße die Augen in gespieltem Entsetzen weit auf. »Wenn ich das nächste Mal herkomme, bringe ich einen Schraubenzieher mit. Du musst doch eine Möglichkeit haben, ein bisschen ungezogen zu sein, meinst du nicht?«

Ihre Augen glitzern. »Machst du das wirklich?«

Ich grinse. »Klar. Aber fürs Erste kann ich stellvertretend nach ihnen greifen. Warum holst du dir nicht eine Schüssel und ich fülle sie, bevor dein Papa zurückkommt.«

»Okay.« Amy drängelt an mir vorbei und reißt eine Schublade auf. Ich hätte in einer Schublade keine Schüsseln erwartet, aber die Schränke kann sie ohne Klettern nicht erreichen, schätze ich mal. Das hier ist ein kinderfreundliches Haus, auch wenn es auf Rädern steht.

Amy schlingt die Frühstücksflocken hinunter und schlürft ihre Milch, als ich vom hinteren Teil des Wohnmobils Schritte vernehme. Ich deponiere ihre Schale im Spülbecken und drehe mich mit etwas zu Luke um, von dem ich hoffe, dass es ein unschuldiges Lächeln ist.

»Was führt ihr beiden hier im Schilde?«, fragt er.

Ich zucke mit den Achseln und Amy beobachtet mich. Einen Sekundenbruchteil später heben und senken sich ihre Schultern auf exakt dieselbe Weise. Ich verschränke aus einer Laune heraus die Arme, und sie tut es mir nach. Es gelingt mir nicht, das Grinsen von meinen Lippen fernzuhalten.

Luke hebt eine Augenbraue und starrt mich an, und danach dreht er sich, um Amy anzustarren. Fünf Minuten später bricht sie in unkontrolliertes Gekicher aus.

»Was ist so witzig, junge Lady?« Luke betritt die beengte Küche, womit er den kleinen Raum vollständig ausfüllt. Er schielt zu mir, und Amy wendet sich mir zu und beißt sich auf die Lippe.

»Deine hübsche Freundin hat mir Froot Loops gegeben!« Amy dreht sich zu mir und flüstert. »Es ist immer besser, zu gestehen, als erwischt zu werden. Erst recht bei meinem Papa.«

Ich flüstere zurück. »Ich kann nicht glauben, dass du mich so einfach den Wölfen zum Fraß vorwirfst.«

»Den Wölfen?« Sie zuckt mit den Achseln. »Ich bin fünf.«

Luke lacht. »In Ordnung, Amy. Ich weiß es zu würdigen, dass du meine wunderschöne Freundin unterhalten hast, während ich nach Chase sehe. Er fühlt sich etwas besser, also hat Tante Becca gesagt, dass ich meine Freundin nach Hause bringen kann. Kannst du geduldig sein, bis ich zurückkomme?«

Amy hebt das Kinn. »Liest du mir etwas vor, wenn du nach Hause kommst?«

Er lächelt. »Mache ich.«

»Fünf Bücher?«

Lukes Augenbrauen heben sich. »Wir sind gerade erst mit Percy Jackson fertiggeworden.«

»Und jetzt liest du mir nur Bücher für Babys vor.« Sie macht ein finsteres Gesicht.

Er schüttelt den Kopf. »Keine Babybücher, aber altersgerechte. Ich werde dir zwei von Dr. Seuss vorlesen.«

»Drei«, kontert Amy.

Luke seufzt schwer. »Ich lese dir drei vor, aber kein Bonus, keine Extras und kein Gebettel.«

Amys Blick huscht seitlich zu meinem Gesicht. »Ich bin fünf. Wegen dem Betteln kann ich nichts versprechen.«

Sie bringt mich zum Lachen.

Luke geht zur Tür. »Bist du bereit zum Gehen, Mary?«

Ich durchquere ebenfalls den Raum. »Ja, danke.«

Luke geht die Stufen hinab, aber bevor ich ihm folgen kann, ergreift Amys winzige Hand die meine. »Du kommst zurück, oder?«

Mein Herz zieht sich schmerzhaft zusammen. Wie könnte ich ihr nein sagen? Sage ich aber ja, wird sie mich immer und immer wieder fragen. Für ein kleines Kind ist nichts jemals genug. »Nun ja, dein Papa hat eine Menge Arbeit, und ich auch. Ich bin sicher, wir sehen uns wieder, weiß aber nicht, wann genau.«

Ihr allerliebstes Gesicht verfinstert sich, ihre Mundwinkel fallen und die Schultern sinken schlaff herab.

Ich knie mich vor ihr hin. »Amy, du und dein Papa, ihr werdet dieses Jahr einigen Kindern helfen ... Kinder, deren Eltern ihnen nicht viel zu Weihnachten kaufen können. Ich bin die, die für die Vorbereitungen des ganzen Programms zuständig ist.«

Sie wackelt zustimmend mit dem Kopf, weicht jedoch meinem Blick aus.

»Was ist los?«, frage ich.

»Nichts.«

Ich lasse ihre Hand los und greife unter ihr Kinn, um es anzuheben, bis sie mir in die Augen blickt. »Du kannst es mir sagen, wenn dir etwas im Kopf herumgeistert.«

»Morgen ist die Weihnachtsaufführung meiner Schule. Ich darf den Engel spielen, und das mache ich richtig gut, obwohl meine blöden Flügel aus Pappe sind und Collins den ganzen Glitzer für die Kronen der drei Weisen genommen hat.« Glücklicherweise kehrt der lebhafte Ausdruck auf ihr Gesicht zurück.

»Pappe? Engel können mit Pappeflügeln nur fliegen, wenn sie funkeln«, sage ich.

»Das habe ich Mrs. Hassan ja gesagt!«

Tsk. »Ich hatte vor langer Zeit ein Engelskostüm mit echten Flügeln, aus weißen Federn gemacht.«

Sie keucht und klatscht die Hände zusammen. »Hast du es noch?«

»Ich bin mir nicht sicher«, sage ich. »Ich kann nachsehen. Aber auch, wenn ich sie aufbewahrt habe – falls dein Umzug morgen Abend stattfindet, bin ich mir nicht sicher, wie ich es dir rechtzeitig geben könnte. Vielleicht können sie rüberflattern.«

»Alle meine Freunde werden ihre Papas *und* Mamas da haben. Sogar die, bei denen die Eltern sich nicht mehr gernhaben, sie kommen trotzdem. Sie sitzen nur weiter auseinander, und manchmal schreien sie.«

»Tut mir so leid, dass deine Mama nicht da sein kann«, sage ich. »Ich bin mir sicher, sie ist genauso traurig wie du.«

»Oben im Himmel?«, fragt sie.

Ich nicke. »Glaubst du an den Himmel?«

»Na ja, das ist dort, wo die Engel wohnen. Und meine Mama musste irgendwo hin und sie war eine richtig gute Mama. Darum denke ich ja, sie ist wahrscheinlich im Himmel. Darum habe ich mir ausgesucht, ein Engel zu sein.«

Ich lächle. »Ich muss jetzt gehen, aber bis bald.«

Diesmal ergreift Amy mit beiden Händen meine. »Bitte warte.«

Luke steigt kopfschüttelnd die Stufen hinab. »Amy, du musst Mary gehen lassen, sonst will sie nie mehr zurückkommen.«

Amy lässt meine Hand fallen, als hätte sie sich daran verbrannt. Ihre nächsten Worte höre ich kaum. »Könntest du morgen Abend zu meiner Vorführung kommen, Mary? Die ist spät, also kannst du es vielleicht nach der Arbeit machen. Vor sieben fängt sie noch nicht mal an. Du kannst sogar kommen, wenn du die Flügel nicht findest. Meine sind blöd, aber ich habe einen richtig tollen Heiligenschein aus goldenen Pfeifenputzern, und ich kann meinen Text, so richtig, richtig, superduper toll gut.«

Luke geht in weniger als einem Monat. Wenn die Dinge enden, weil es Zeit zum Gehen ist, wird es nicht meine Schuld sein. Vielleicht tut es ihr gut, jemanden dort zu haben, auch wenn diese Person nicht permanent verfügbar bleibt.

»Ich schätze, ich kann hingehen, wenn dein Papa einverstanden ist.«

Luke nickt. »Ich habe nichts dagegen. Ich habe gehört, die Aufführung ist wundervoll. Du würdest wirklich etwas verpassen, wenn du nicht kommst. Und Amy braucht offensichtlich deine Flügel.«

Die Fahrt zu meinem Haus dauert nur zehn Minuten.

»Wo ist dein neuer Job?«, frage ich.

»Louisville.«

»Oh Mann, wenn ich du wäre, hätte ich mir für den Winter ein warmes Örtchen ausgesucht.«

Er klatscht sich gegen die Stirn. »Konntest du das nicht vor zwei Monaten erwähnen?«

Einige Minuten von meinem Stadtviertel entfernt fahren wir an einem großen weißen Haus im Kolonialstil vorbei. Die gesamte Silhouette des Gebäudes wird von funkelnden weißen Lichtern erhellt. Gewaltige Eichen umsäumen den Rundweg und spenden ihm im Frühling und Sommer, wenn sie von Blättern bedeckt sind, Schatten.

»Ich bin seit zwanzig Jahren in dieses Haus verliebt.«

Luke wirft einen seitlichen Blick darauf. »Warum?«

»Dort lebte einmal eine Familie mit drei Kindern und einem Hund. Sie hatten glänzende Haare und hübsche weiße Zähne und haben die Blätter zu Haufen zusammengerecht, um dann hineinzuhüpfen. Sie erschienen mir immer so glücklich. Früher habe ich so getan, als wären sie meine Familie. Es schadet auch nicht, dass das Haus perfekt ist, mit so ziemlich allem, was ein Haus haben sollte.«

Luke blickt seitlich zu mir. »Wie kommst du darauf?«

Ich erröte leicht. »Es stand vor einigen Jahren zum Verkauf, und ich habe es mir möglicherweise angesehen. Es hat einen riesigen Pool mit einem Sprungbrett, ein mit blühenden Weinreben bewachsenes Kuppelgewölbe und eine riesige, eigens angefertigte Schaukel. Die gesamte untere Etage ist mit diesen wunderschönen Hartholzböden ausgestattet, und die Küche und alle Badezimmer haben zueinander passende, mit Glimmer gesprenkelte Arbeitsplatten. Mir ist bewusst, dass heutzutage alle auf Weiß stehen, aber ich habe mich nie von den dunklen Hartholz-Schränken abgewandt. Und die dort wurden speziell angefertigt.« Ich seufze. »Es ist dumm, ich weiß, und das Haus veraltet, aber es ist immer noch mein Traumhaus. Die Träume eines kleinen Kindes sterben langsam, schätze ich.«

»Du liebst es so sehr?«

»Es gibt sogar in jedem Raum Fenster, damit es mit all dem Dunklen im Haus nicht wie eine Höhle aussieht. Ich konnte es mir damals nicht wirklich leisten und bezweifle, dass es in absehbarer Zeit wieder zum Verkauf steht. Was eigentlich so am besten ist, denn wofür würde ich eine Villa mit einem Pool brauchen?«

Luke lacht. »Schwimmst du nicht gern?«

Ich schüttle den Kopf. »Blöd, oder?«

»Das Herz will, was das Herz will.«

Er hat recht. Und ich habe furchtbare Angst, dass mein Herz sich darauf einstellt, in einigen Wochen gebrochen zu werden, wenn Luke und seine Kinder nach Louisville weiterziehen. Als wir vor meinem aktuellen, bescheidenen, aber behaglichen Zuhause anhalten, reiße ich die Tür des Trucks auf und rase über die Veranda.

Lukes Augen weiten sich, aber er jagt mir nicht zur obersten Stufe nach.

Warum habe ich sabotiert, was sich zu einem großartigen ersten Kuss hätte entwickeln können? Das war ein Verteidigungsmechanismus, vermute ich. Derselbe Instinkt schreit mich an, ich solle diese ganze Sache abwürgen. Nachdem ich Luke zugewinkt habe, schließe ich die Tür und schließe ab, um mich dann mit geschlossenen Augen dagegen zu lehnen. Ich sollte eine Nachricht schreiben oder ihn anrufen, um ihm zu sagen, dass ich die Eiscreme ins Tiefkühlfach zurückgestellt habe. Oder dass ich an seinem grünen Ei mit Speck kein Interesse habe.

Ich sollte jetzt sofort den Schaden begrenzen.

Ich sollte es, tue es aber nicht. Ich rufe das Foto auf, das er mir geschickt hat, und starre sein lächelndes Gesicht an. Danach werfe ich auch noch einen Blick auf Amys Bild. Ich kann Luke in ihren Augen erkennen.

Statt Luke eine Nachricht zu schicken, in der ich ihm einen Korb erteile, verbringe ich die folgenden zwei Stunden damit, in meinem Abstellraum herumzuwühlen und jede Schachtel in meinem Besitz auf den Kopf zu stellen. Nach zweieinhalb Stunden finde ich sie. Leicht verfärbt nach Jahren der Einlagerung, aber immer noch flauschig und mehrheitlich weiß.

Meine alten Engelsflügel.

10

Paisley schafft es am Donnerstagmorgen nicht ins United Way-Büro, da Shauna zurück ist und darauf bestanden hat, dass die Buchprüfungsunterlagen bis Ende der Woche für ein Office-Review bereitliegen. Als ich dann also Donnerstagnachmittag durch die Tür trete, hockt sie einem Adler gleich auf der Kante meines Schreibtischs.

»Und?« Ihre Augenbrauen wackeln wie die eines irren Bösewichts in einem Acme-Zeichentrickfilm.

»Guten Nachmittag, Paisley. Wie geht es dir heute?«

Sie steht auf. »Oh, komm schon. Du hast mir weder gestern Abend noch heute Morgen eine Nachricht geschrieben. Ich verdiene ein paar Details. Mein Kleid hat diese ganze Sache ins Rollen gebracht, ein Gefallen, den du übrigens immer noch nicht erwidert hast.«

Ich seufze. »Tut mir leid. Es ist eine verrückte Woche.«

»Eine verrückt *gute* Woche?«

»Ich bin von seinem Truck zu meinem Haus gerannt,

damit er nicht einmal auf den Gedanken kommen konnte, mir einen Gutenachtkuss zu geben.«

Ihre Kinnlade klappt herunter. »Was um alles in der Welt ist mit dir los? Ich habe vierundzwanzig Stunden lang über seinem Bild gesabbert, und du *läufst weg?*«

»Er hat Kinder, und eines davon hat gestern Abend gekotzt, was unser Date abgekürzt hat. Nicht mein Fehler.«

Paisley platziert eine Hand auf der Hüfte. »Ja und? Hattest du Angst, du könntest krank werden?«

»Ich habe bei Santas Vertreter momentan so viel zu tun, da liegt kein Magenvirus drin.«

Paisley lässt sich auf einen Stuhl plumpsen. »Du bist eine echt trübe Tasse, weißt du?«

»Ja, ich weiß. Aber ich habe seine Tochter kennengelernt, und sie will, dass ich heute Abend zu ihrer Weihnachtsaufführung gehe.«

Paisley steht auf und marschiert zu ihrer Arbeitsnische, um dann mit einer braunen Schachtel voller Akten zurückzukehren. Diese lässt sie geräuschvoll auf meinen Schreibtisch plumpsen. »Das ist die beste Neuigkeit, die ich heute gehört habe. Ich bin mir sicher, sie ist zuckersüß.«

»Sie ist wirklich reizend«, sage ich. »Und sie will sich meine Flügel borgen, damit sie in der Aufführung einen Engel spielen kann – den hat sie sich ausgesucht, weil ihre Mutter einer ist.«

Paisleys Gesicht nimmt einen ernsteren Ausdruck an, als sie sagt, »Ooooh, wenn das nicht das Süßeste ist, was du je gehört hast, ist dein Herz aus Stein.«

Ich nicke. »Ich weiß, ich weiß.«

»Also gehst du hin?«

»Ich habe ihr gesagt, ich werd's versuchen.«

»Aber?«

Ich deute auf die Schachteln. »Aber ich habe eine Menge Arbeit und kann nicht immer tun, was ich tun möchte.«

Ich verbringe den ganzen Nachmittag damit, die Fallakten für die für nächsten Monat angesetzte Nachprüfung durchzusehen. Ich werde sie mir in der Woche, in der die Besprechung stattfindet, erneut ansehen müssen, also ist das eine totale Verschwendung meiner Zeit. Warum ziehe ich die Entscheidung in die Länge? Warum marschiere ich nicht in Shaunas Büro und teile ihr mit, dass ich die Beförderung annehme?

Wäre mir dieses Angebot im Frühling oder sogar im Sommer unterbreitet worden, hätte ich wohl nicht so sehr mit mir gerungen, es anzunehmen. Jetzt aber, Anfang Dezember, verbringe ich jeden einzelnen Vormittag damit, an Santas Vertreter zu arbeiten. Ich treffe mich und führe Telefongespräche mit Familien, die es kaum erwarten können, zu helfen. Ich führe sie durch den Prozess, damit sie die nötigen Unterlagen für eine Teilnahme einreichen können. Ich lese über ihre Kinder, ihre geliebten, kostbaren, kleinen Kinder und stelle mir die Magie vor, die sie am Weihnachtsmorgen erleben werden, wenn das Unmögliche geschieht.

Tief in meinem Inneren hasse ich es, die Angelegenheit fallen zu lassen, obwohl ich weiß, dass es nicht Trudys Schuld ist.

Mein Telefon klingelt und statt darauf zu warten, dass Paisley rangeht, nehme ich den Anruf entgegen. Alles, was mir einen Grund liefert, Shauna noch nichts von meinem Plan erzählen zu müssen.

»Hallo?«

»Mary?«, fragt Trudy. »Ich bin's.«

Ich kichere. »Hallo ich, wer bist du?« Trudy sagt immer »Ich bin's« und ich täusche immer vor, ich wüsste nicht, wer sie ist. Nach all diesen Jahren ist es nicht einmal mehr lustig, aber so läuft es bei uns nun einmal.

Trudy ringt sich ein Lachen ab. »Ha ha, aber im Ernst. Ich bin mit dem ganzen Papierkram für Troys klinische Studie fertig geworden. Morgen erstatten sie uns auf jeden Fall Meldung, aber sie glauben, er könnte eventuell schon nächste Woche mit der kontinuierlichen Insulinüberwachung – die Kleinkinderausgabe davon – anfangen.«

»Das ist unglaublich«, sage ich.

»Na ja, gewissermaßen. Die Sache ist die, für den Anfang brauchen wir ...«

»Du brauchst das Geld. Wie viel genau?«

»Sechzigtausend Dollar.«

Ich kneife mir in den Nasenrücken und spiele kurz mit dem Gedanken, ihr zu sagen, sie würde das Geld nur bekommen, wenn sie nicht länger auf die Rückkehr ihres idiotischen Ehemannes wartet. Falls sie bei mir einzieht, gehört das Geld ihr. Die Terroristentaktik mag nicht meine beste Entscheidung sein, also versuche ich nicht, mich durchzusetzen. »Ich habe heute eine Besprechung mit meiner Chefin. Ich werde mal sehen, ob ich von ihr einen Vorschuss bekommen kann, der diese Sache hoffentlich bereinigt – nach dem Steuerabzug. Ich rufe dich heute Abend oder morgen zurück.«

»Danke, Mary. Du hast keine Ahnung, wie viel mir das bedeutet.«

Ich hänge auf, obwohl ich anderer Meinung bin. Ich weiß genau, was das bedeutet. Für sie bedeutet es sechzigtausend Dollar, dasselbe wie für mich. Auch wenn meine Chefin mir keinen Vorschuss auf meinen Bonus gibt, kann ich den Betrag von meinem individuellen Rentenkonto abheben. Ich muss dafür einfach nur einen ungeheuer hohen Strafabzug in Kauf nehmen. Für ein derart leichtsinniges Verhalten rüge ich Kunden regelmäßig. Vielleicht entwickle ich dadurch ein wenig mehr Mitgefühl für ihre Idiotie.

Ich folge dem Korridor und klopfe an Shaunas Tür.

»Komm herein«, sagt sie.

Ich stecke meinen Kopf herein, und Shaunas Kopf hebt sich über einem Stapel Papiere, von dem ich mir ziemlich sicher bin, dass es sich um die Vorabberichte für das Quartal sowie das Jahresende handelt.

»Was brauchen Sie?«, fragt sie.

»Ich habe viel nachgedacht«, sage ich.

»Warten Sie mal.« Shauna durchquert den Raum und schließt die Tür. »Okay, Sie haben nachgedacht und bitte, bitte sagen Sie mir, dass Sie den Job annehmen.«

»Eigentlich hatte ich vor, Ihnen zu sagen, dass ich das nicht tue.«

Shauna stützt eine Hand auf ihre Hüfte. »Das haben Sie nicht gut durchdacht. Sie gehen die Sache emotional an.«

Ich strecke eine Hand aus, um sie zu stoppen. »Aber der Sohn meiner Schwester ist wirklich krank, und ehrlich gesagt brauche ich das Geld. Also nehme ich an, wenn der Job noch zu haben ist.«

Sie strahlt. »Natürlich. Wir sagten ja, dass Ihnen für die Entscheidung noch Wochen bleiben. Ich bin so froh, dass Sie diejenige sein werden, die meinen Platz einnimmt. Ich weiß, Sie lieben Steuererklärungen, aber die können Sie immer noch bearbeiten, zumindest eine Handvoll. Und Sie erhalten die Gelegenheit, die Komplexen auf ihre Fehlerfreiheit zu prüfen, was ohnehin mehr Spaß macht als die Routinefälle.«

Ich mag die Routinearbeit. Ich helfe Leuten mit ihrem Leben. »Ich schätze schon.«

»Zudem können Sie einige Ihrer Kunden behalten, kommen aber jeden Tag zu einer geregelten Zeit hier raus, statt in den Monaten vor Ablauf der Steuerfrist unter Papierbergen und Millionen von Formularen begraben zu werden.«

»Das ist mir auch bewusst. Ich möchte wirklich ungern so undankbar erscheinen. Ich schätze Ihre Empfehlung sehr.«

»Sie sind immer noch betrübt wegen Ihrer gemeinnützigen Sache.« Ihre Stimme ist ausdruckslos.

»Das bin ich. Aber ich werde damit klarkommen, das schwöre ich.«

Sie lehnt sich gegen ihren Schreibtisch. »Sie werden die beste Chefin sein, die dieses Büro je hatte.«

»Nicht besser als Sie«, sage ich, loyal wie ich bin.

Sie schnaubt. »Was die Steuern angeht, sind sie weitaus kompetenter, und Sie werden einen großartigen Job machen.«

»Da ist noch eine Sache«, sage ich.

Shauna umrundet mich, um sich wieder auf ihren Schreibtischstuhl zu setzen und bedeutet mir mit einer Geste, es ihr nachzutun. »Und was wäre das?«

»Ich weiß, dass ich da etwas Schreckliches verlange. Aber mein Neffe hat sich für eine klinische Studie qualifiziert, die möglicherweise viele der erlittenen Nebeneffekte einer Diabeteserkrankung vom Typ I in Zukunft lindern wird. Eine so frühe Diagnose ist bei einem Kind extrem selten, und er leidet darunter. Diese Studie konzentriert sich ausdrücklich auf die ganz kleinen Kinder.«

Shauna tippt mit ihren Fingern gegen den Schreibtisch. »All das klingt nach guten Neuigkeiten. Warum spüre ich ein *Aber?*«

»Weil Sie gewieft sind. Das ›Aber‹ sagt aus, dass klinische Studien eine Menge Geld kosten. Mehr Geld, als ich zur Verfügung habe.« Oder gespart, wenn man bedenkt, dass ich das Santas Vertreter-Programm bei der letzten Schieflage am Leben erhalten habe. Da ich bereits weiß, wie sie darüber denkt, erwähne ich es nicht. »Ich hatte gehofft, ich könnte auf meinen diesjährigen Vorschuss einen Bonus erhalten.«

Shauna atmet schwer aus. »Nun ja, der einzige Grund, warum es möglich sein könnte, wäre die Tatsache, dass es sich bei Frank & Meacham um eine relativ kleine Firma handelt. Ich sollte diese Berichte heute Abend mit Peter durchgehen, bevor er nach New York zurückfliegt. Würdest du dich uns wieder anschließen und sein Angebot annehmen, wäre er äußerst erfreut. Es wäre der perfekte Zeitpunkt, die Neuigkeiten über Ihren Neffen zu verbreiten und zu erklären, warum Sie den Vorschuss brauchen.«

Ich nicke. »Sollte er sich weigern, wie sicher sind wir uns dann, dass ich in etwa einem Monat einen riesigen Haufen Geld bekomme?«

»Sie erwägen einen kurzfristigen, ungesicherten Kredit?«

Ich nicke erneut. »Wenn ich keinen Vorschuss

bekommen kann, wären die Zinsen dafür besser als die Strafzahlungen auf meinem individuellen Rentenkonto.«

»Gehen Sie besser mal nach Hause und ziehen Sie sich um. Peter isst nur bei den Besten der Besten. Heute Abend besteht er auf das Uchi.«

»Ich liebe das Uchi. Um welche Zeit treffen Sie ihn dort?« Bitte frühzeitig, bitte bitte frühzeitig.

»Um sechs.«

Nicht so toll, könnte aber schlimmer sein. Falls notwendig kann ich mich früh verdrücken und meinen inneren Nascar beschwören, um es für Amys Aufführung zu St. Paul's katholischer Kirche zu schaffen. Ich fahre nach Hause und werfe mich in ein tannengrünes Cocktailkleid sowie offene schwarze High Heels. Es ist nur 16:45.

Ich schlage den Standort des neuen Citibank-Gebäudes nach. Es liegt nicht allzu weit vom Uchi entfernt, was ich als eine Art Zeichen verstehe. Ich sollte vorbeischauen und diese Flügel abgeben nur für den Fall, dass sich mein Abendessen in die Länge zieht. Außerdem würde ich Luke zu gern in seinem Element sehen. Ich stelle das Auto auf einem einen Block entfernten, gebührenpflichtigen Parkplatz ab und wandere zur Baustelle. Ihn mir mit Schutzhelm und Werkzeuggürtel vorzustellen, macht mich ein wenig schwindelig.

Ich gehe die Vordertreppe hoch und durchquere den Eingangsbereich, bevor ich von einem Mann mit gewölbter Brust und Vollbart aufgehalten werde. »Ma'am, sie können hier nicht rein. Das ist ein Arbeitsbereich.«

»Äh, ich suche Luke Manning.« Ich spreche deutlich und artikuliere jedes Wort, damit er mich versteht. »Er leitet auf dieser Baustelle den Bereich Elektrizität.«

»Ich spreche Englisch, Lady.« Der Mann spuckt wenige

Zentimeter vor meinen Füßen eine braune Soße auf den Boden. »Aber er ist nicht hier.«

Man könnte darüber streiten, ob er wirklich Englisch spricht, aber ich möchte es nicht auf die Spitze treiben. Das Gesicht dieses Mannes teilt mir mit, dass ich nicht hier sein sollte, und ich gebe ihm widerwillig Recht. Trotzdem kann ich mich nicht davon abhalten zu fragen »Heißt das, er ist momentan nicht anwesend? Oder arbeitet er nicht hier?«

Der breitbrüstige Mann wischt sich mit einer Hand den Mund ab. »Er ist für den elektrischen Scheiß verantwortlich. Ja, er arbeitet hier. Zumindest ein paar Stunden die Woche.« Er lacht, und einige der anderen Männer stimmen mit ein.

»Nun, danke. Es war nett, Sie alle kennenzulernen.«

Ein Mann auf dem Baugerüst über der Tür, wo das Wort Citibank in Blau und Rot hervorsticht, sagt, »Der Schönling redet nie von irgendwem. Sind Sie seine Freundin?«

»Sagen Sie etwa, dass er nicht bei Ihren Rentier-Spielen mitmacht?«, frage ich, meine Augen mit vorgetäuschter Unschuld geweitet. »Das ist so schade. Ich bin mir sicher, die Arbeit mit euch Jungs ist die reine Freude. Aber um Ihre Frage zu beantworten, nein, Luke ist nur ein Freund.«

Aus allen Richtungen ertönt Pfeifen und Gejohle. Der Mann auf dem Gerüst schwingt sich zu Boden. »Luke mag dumm genug sein, um in der Freundeszone zu enden, aber ich führe Sie gerne aus. Der Name ist Xander. Wie heißen Sie?«

»Es ist so nett, Sie kennenzulernen, Xander. Ich heiße Ver.«

»Sehr erfreut, Ver.«

»Ich habe vergessen, Ihnen meinen Nachnamen zu verraten«, sage ich. »Der lautet Gisses.« Ich wirble um hundertachtzig Grad herum und marschiere zu meinem Auto zurück. Das Gelächter, das mich verfolgt, wandelt sich bald zu schrillen Pfiffen und Gejohle, aber ich werde nicht langsamer und blicke nicht zurück.

Meinem unbedachten Abstecher zum Trotz erreiche ich das Uchi zehn Minuten zu früh. Ich warte an der Bar, und dieses Mal gibt es keinen Augenkontakt mit gutaussehenden Männern, geschweige denn eine Annäherung, um mit mir zu sprechen oder mir einen Drink zu spendieren. Ich bin kurz davor, rastlos auf und ab zu gehen, als Shauna mit fünf Minuten Verspätung eintrifft. Sie winkt mich zu sich und sagt der Kellnerin »Bitte weisen Sie uns einen Tisch zu, dann bestelle ich Sushi für alle, während wir warten.«

Ich entspanne mich ein wenig. Es scheint, als wäre Shauna motiviert, diese Sache voranzutreiben. Sie und ich gehen die Berichte zum Jahresende durch, während wir darauf warten, dass Peter auftaucht. Dieser erscheint dann endlich fünfunddreißig Minuten nach sechs Uhr.

Genau jetzt sollte ich los zu Amys Aufführung. Es ist nur so, dass Trudy und Troy mich auch brauchen. Wenn ich diesen Vorschuss nicht bekomme, wäre ich gezwungen, meine Rentenkonten zu plündern – etwas, von dem ich geschworen habe, es nie zu tun. Alternativ müsste ich mir einen kurzfristigen Kredit mit hohen Zinsen beschaffen. Ich bin ein Kleenex-Tuch, das in zwei Richtungen gezerrt und demnächst entzweigerissen wird.

Sobald wir mit den Quartalsberichten fertig sind, wird unser Essen serviert, und sowohl Shauna als auch Peter schwärmen davon, wie wunderschön es angerichtet ist. Mir fällt zu meinem Essen kein einziger positiver Gedanke ein. Es ist zehn vor sieben, und ich muss von hier abhauen.

»Mr. Meacham«, sage ich, »Shauna hat Ihnen die gute Nachricht noch nicht verraten, aber ich habe intensiv darüber nachgedacht und ...«

Shauna sagt, »Mary will den Job nicht unbedingt, da sie ihre Steuererklärungen und ihre Ferien am Jahresende liebt. Allerdings hat sie eine Investitionsmöglichkeit und brennt darauf, diese auszutesten. Ich denke, wir können sie überreden, den Job anzunehmen, wenn wir ihr irgendwie vor den Ferien einen Vorschuss geben können, um bei diesem Geschäft einzusteigen.«

Mein Unterkiefer klappt nach unten. Was tut sie da?

Peters Lachen beginnt tief in seinem Bauch, um dann von seinen Lippen zu entweichen. Es ist so laut, dass ich mir beinahe die Ohren zuhalte. »Ich mag Eigeninitiative, wissen Sie. Harte Verhandlungen von der ersten Stunde an.«

Er tätschelt sich den Bauch. »Sie haben sogar gewartet, bis ich Essen im Bauch hatte, bevor Sie mich damit überfallen haben, hm?«

»Eigentlich«, sage ich, »habe ich Interesse am Job, aber ...«

»Sie war besorgt, dass Sie Ihre Investition nicht als vernünftig einschätzen würden. Ich habe ihr aber versichert, Sie würden sich nicht in die Einzelheiten vertiefen.« Shauna starrt mich bedeutungsvoll an. Die Nachricht ist klar: Lass mich die Sache handhaben.

Ich lehne mich zurück und verschränke die Arme. »Was denken Sie, Sir?«

Er lächelt. »Ich denke, ich würde es begrüßen, wenn Sie mir diese Jahresberichte erklären. Sehen wir mal, wie sehr Sie für die große Beförderung bereit sind. Hauen Sie mich aus den Socken.«

Ich habe das Glück, dass Shauna und ich die Berichte gerade erst durchgegangen sind, ansonsten würde ich jetzt eine Bauchlandung hinlegen. »Na ja, was die Socken angeht, da bin ich mir nicht ganz sicher. Ich denke aber, ich kriege es irgendwie hin.«

Zwar beeindrucke ich Peter Meacham nicht, er scheint das Angebot aber auch nicht zurückziehen zu wollen. Unglücklicherweise ist der Jahresbericht in etwa so lang wie die Schriftrollen von Qumran. Als wir endlich damit durch sind, blicke ich auf meine Uhr. Sieben Uhr zweiundvierzig. Ich stöhne innerlich. Auch wenn ich mich jetzt sofort auf den Weg machen würde, könnte ich es niemals rechtzeitig schaffen. Ich stelle mir Amys Gesicht vor. Das arme Kind wird am Boden zerstört sein, und die Schuld daran trage allein ich.

Gegen Viertel nach acht neigt sich das Abendessen endlich dem Ende zu. Mein Vorschuss wurde mit keinem Wort erwähnt. »Besteht zufälligerweise eine Chance auf diesen Vorschuss, Sir?«

Peter grinst. »Sie wollen den Job, und das freut mich. Auf den Vorschuss aber werden Sie warten müssen wie wir alle auch. Vertrauen Sie mir, erstaunliche Investitionsmöglichkeiten ergeben sich oft. Sehr oft. Haben Sie das Geld dann erst einmal in der Hand, wird es mehr als genug Möglichkeiten geben und Sie danken mir vermutlich noch dafür, dass ich Sie davon abgehalten habe, ihr Geld in dieser zu versenken.«

»Die Sache ist die«, sage ich, »Ich habe nicht ...«

Shauna berührt meinen Arm. »Ich habe ja versucht, es ihr zu sagen, es war von Anfang an nicht die beste Option. Wenn Sie aber wirklich beharrlich ist, kann Sie immer noch ihr Rentenkonto leeren oder einen Eigenkapitalkredit aufnehmen.«

Ich reiße mich zusammen, bis ich meinen Wagen erreicht habe. Dann aber bricht der Damm und ich schluchze über dem Steuerrad. Ich hätte das komplette Abendessen auslassen und zu Amys Aufführung gehen können. Aber die Arbeit ist meine Priorität, und daran habe ich nichts geändert. Amy ist nicht mein Kind und ihr Vater nicht mein fester Freund, warum fühlt es sich also so schrecklich an, es verpasst zu haben?

Dies ist genau der Grund, warum ich erst gar nicht mit einem Vater hätte ausgehen sollen. Immerhin wird mich Luke nach diesem Abend nicht mehr drängen, so viel kann ich mir selbst gewissermaßen garantieren. Ich bezweifle, dass er überhaupt noch mit mir spricht.

Ich sollte direkt nach Hause fahren. Als der Tränenfluss dann aber allmählich versiegt, werfe ich einen Blick nach hinten auf die fedrigen Flügel, die sich über die Hälfte meines Rücksitzes ausbreiten. Die blöden Flügel, die ich niemals hätte erwähnen und schon gar nicht stundenlang hätte suchen sollen. Oder zu Lukes Arbeitsplatz fahren. Ich hoffe wirklich, keiner dieser Kontraktarbeiter wird erwähnen, dass ich vorbeigeschaut habe. Seit unserem Aufeinandertreffen habe ich den Verstand verloren, und es ist an der Zeit, die Dinge wieder in die richtigen Bahnen zu lenken.

Ich wende meinen Wagen heimwärts, aber irgendwie bin ich auf halbem Weg zu Lukes Wohnwagen, bevor mir klar wird, was ich tue. Es mag irrational sein, aber ich möchte mich entschuldigen. Nicht bei Luke, sondern bei Amy. Dem frühreifen kleinen Mädchen, das Froot Loops liebt und sich mit Argumenten dafür einsetzen wird, diese auch zu bekommen. Diesem winzig kleinen Wesen, das sich in Schränken versteckt und mit ihrem Vater zusätzliche Gutenachtgeschichten ausgehandelt hat. Das kleine Mädchen, das mir trauervoll und unmissverständlich gesagt hat, ihre Mutter würde zu ihren Aufführungen kommen und die sich einen Engel aussucht, weil ihre Mama einer ist.

Das Schlimmste daran ist, dass ich dieses kleine Mädchen war. Nur hatte meine Mutter keine gute Ausrede – wie etwa ihren Tod – vorzuweisen. Zu meiner Wissenschaftspräsentation kam keine Mutter. Zu meinen Mathematikwettbewerben auch nicht. Keine Mutter bei meiner Abschlussfeier von der High School oder dem College. Ich habe feierlich gelobt, nie auch nur annähernd wie meine Mutter zu sein.

Jetzt ist Amys Enttäuschung meine Schuld.

Als ich die Cove erreiche, fahre ich an Lukes Wohnmobil vorbei und bemerke den Raptor, der dahinter geparkt wurde. Ich parke mein Auto einige Plätze entfernt und lege eine Hand auf den Türgriff. Nur kann ich mich nicht dazu durchringen, die Tür zu öffnen. Ich will mich entschuldigen, will erklären, womit ich beschäftigt war. Wenn ich aber wirklich darüber nachdenke, was ich getan habe ...

Ich habe versucht, mein Opfer zugunsten meiner Schwester leichter zu machen. Wollte die Notwendigkeit von Strafsteuern oder hohen Zinsen vermeiden. Und es hat nicht einmal funktioniert.

Was ist in letzter Zeit mit mir los? Ich bin eine Wirtschaftsprüferin, aber irgendwie habe ich dadurch aus den Augen verloren, was wirklich zählt – und das Geld ist es nicht. Es geht auch nicht darum, meinen Plan für die Altersvorsorge auf Kurs zu halten. Was zählt, ist sicherzustellen, dass meine Schwester und ihr Sohn versorgt sind. Schließlich ist das der Grund, warum ich niemals selber Kinder bekommen werde. Für die Sicherheit, nach der ich mich schon immer gesehnt habe.

Ich schnappe mir einen selbstklebenden Zettel und schreibe eine kurze Nachricht: Sag Amy, es tut mir leid. M. Ich klebe den Zettel an den Flügeln fest und lasse sie auf den Stufen des Wohnmobils liegen.

Ich weiß nicht, was ich mir gedacht habe. Ich bin nicht die Art von Mädchen, die sich an einem Becher Eiscreme erfreuen kann, obwohl sie weiß, dass es der letzte ist. Ich bin das Kind, das den Becher halb geschmolzenen Eises am Ende mit seinen eigenen Tränen füllt.

11

Luke schickt mir am Freitag zwei Nachrichten: Ein Bild von Amy mit Pappeflügeln und einem breiten Pepsodent-Lächeln und ein weiteres, auf dem Amy einen Schlafanzug mit meinen weißen fedrigen Flügeln trägt. Auf dem zweiten Bild winkt sie. Ich tippe fünfzehn Antworten und lösche alle davon, ohne sie abzusenden.

Offensichtlich ist er verärgert. Das ist sein gutes Recht. Ich schaue am Freitag bis Mitternacht die Gilmore Girls und schlafe auf dem Sofa ein, ohne mir die Zähne zu putzen.

Samstags wache ich immer auf und laufe im Park, der ganz in der Nähe meines kleinen blauen Hauses liegt, zwölf Kilometer. Ich habe keinen Hund, der gemeinsam mit mir laufen könnte, und auch keinen Joggingpartner, aber das hat mich nie gestört. Bis heute.

Auf den ersten eineinhalb Kilometern zähle ich drei Läufer mit Hunden und zwei joggende Paare. Single-

Jogger? Ich und eine Lady, die keinen Tag jünger als siebzig sein kann. Ich möchte aufhören zu zählen, aber das will mir einfach nicht gelingen. Ich laufe schneller und schneller, fünfzehn Kilometer anstelle meiner üblichen zwölf. Als ich endlich zu meinem Haus zurückgehe und dort zusammenklappe, strömen die Zahlen einer Litanei gleich durch meinen Kopf. Acht Leute beim Laufen mit einem Hund. Neun gemeinsam joggende Paare. Drei Singles, mich selbst eingerechnet.

Ich trinke ein Glas Orangensaft und warte darauf, dass ich vor der Dusche nicht mehr schwitze, als mein Telefon aufleuchtet. Acht Uhr dreißig an einem Samstag, und Luke ruft mich an. Ein echter Vollblut-Papa.

Ich möchte rangehen und ihm sagen, wie leid es mir tut. Möchte ihn fragen, ob Amy am Boden zerstört war oder meine Abwesenheit überhaupt bemerkt hat. Ich möchte rangehen und ihn anbetteln, dass er nicht in einigen Wochen wegfährt. Was auch genau der Grund ist, warum ich den Anruf überhaupt nicht entgegennehme.

Stattdessen verfasse ich eine Gruppennachricht an Paisley, Trudy und meine beste Freundin von der Schule, Addy. MÄDELSABEND? ICH KÖNNTE WIRKLICH EINEN BRAUCHEN.

Addy schreibt sofort zurück. BIN DABEI.

Paisley meldet sich als Nächste. ZUM TEUFEL JA!

Ich lächle. Sie ist so jung.

Trudy ruft mich an, statt zu schreiben.

»Hallo?«

»Hey, ich bin's.«

»Tut mir leid, ich kenne keine Ichs.«

»Ich bin deine kleine Schwester! Ger-trude.« Sie betont jede Silbe ganz langsam. »Du weißt schon, wir hatten dieselben Scheißeltern. Papa, der jeden Tag auf dem Sofa weggedriftet ist? Wir haben jeden Tag Ramen gegessen außer freitags, wenn wir uns mit Hot Dogs vollstopften?«

»Oh«, sage ich, »*Das* ich. Ich erinnere mich ganz vage. Okay, worum geht es?«

Sie seufzt. »Ich würde liebend gerne ausgehen, aber ich denke nicht, dass ich für Troy eine Babysitterin finde.«

Ich klatsche mir gegen den Kopf. Natürlich ist sie verhindert. Ich bin so ein Trottel.

»Wir sind erst seit einer Nacht vom Krankenhaus zurück«, sagt sie. »Ich will nicht, dass er ausflippt.«

Ich sollte mich entschuldigen. Sollte ihr sagen, dass sie selbstverständlich nirgendwo hinkann. Trotzdem gelingt es mir nicht, die folgenden Worte zurückzuhalten. »Was ist mit Chris? Einen Abend sollte er übernehmen können, wenn du schon mit all dem alleine fertigwerden musstest.« Ich bin so wütend auf ihn, weil er eine komplette Platzverschwendung ist. Wer zum Teufel schaut denn nicht einmal im Krankenhaus vorbei, wenn der eigene Sohn krank ist?

»Chris weiß es noch nicht.«

Mein Kopf wirbelt so schnell, dass er sich beinahe loszulösen scheint. Bevor ich wieder das Wort ergreife, atme ich einige Male tief ein und aus, damit ich sie nicht anschreie. »Dein aktueller Beziehungsstatus ist mir egal. Er hat das Recht zu erfahren, was mit seinem Sohn los ist, Trudy.«

»Er hat eine Freundin, Mary. Ich habe ihn gefragt, warum er mich betrogen hat. Da sagte er, seit ich Troy bekommen habe, wäre ich so eine Spaßbremse geworden, dass er wieder mit einer Frau zusammen sein musste, mit der er Spaß haben kann. Ich kann meine Familie nicht retten, wenn ich nicht herausfinde, wie ich wieder zu so einer Frau werden kann. Und den Blutzuckerspiegel zu überwachen und einen Dreijährigen dazu zu bringen, dass er sein Insulin nimmt, ist kein Zuckerschlecken.«

Ich fluche. Natürlich ist Trudy keine Spaßrakete. Chris entsagt seinen Verbindlichkeiten und überlässt es ihr, alles für die Familie zu tun. Das macht es ihr unmöglich, eine spaßige Person zu sein. Aber jetzt gerade verschwende ich nicht meine Zeit mit einer Erklärung.

»Er ist ein Verlierer, Trudy. Wenn er Glück hat, mache ich mich nur auf die Jagd nach ihm und kastriere ihn. Wenn du anrufst und mir sagst, dein Sohn wäre krank, steht es mir nicht zu, zu sagen ›Oh, das kommt jetzt aber ungelegen. Vielleicht rufst du mal an, wenn das nächste Mal etwas Schlimmes passiert. Vielleicht rege ich mich dann weniger darüber auf.‹ Das funktioniert so nicht, denn die Familie ist nicht irgendeine Party, die rund um die Uhr läuft. Bei der Familie geht es darum, da zu sein, wenn der Mist am Dampfen ist.«

Und jetzt habe ich für meinen zweiten Akt meine Schwester zum Weinen gebracht.

»Du bist ohne ihn besser dran, Trudy, und meiner Meinung nach ist er ein kompletter Idiot. Trotzdem verdient er es zu erfahren, was eigentlich los ist. Du kannst nicht die Teile deines Lebens, die sich um Troy drehen, vor ihm verbergen. Bei diesen Dingen geht es nicht um dich und deine Unsicherheit, oder deine Beziehung, nicht einmal um seine Freundin. Dein Job ist es, sicherzustellen, dass Troy all die Unterstützung bekommt, die er braucht. Schluck deine Angst hinunter und ruf deinen Mann jetzt sofort an. Nicht, damit er bei etwas, das ziemlich sicher ein überfälliger Mädelsabend ist, für dich auf deinen Sohn aufpassen kann. Sondern damit er eine Chance bekommt, das Richtige zu tun.«

Trudy flüstert »Was, wenn er das nicht tut?«

»Du kannst nur deine eigenen Handlungen kontrollieren. Wenn er es nicht tut, na ja ... wenn ich mit ihm fertig bin, musst du dir keine Sorgen mehr machen, dass er eine Freundin haben könnte.«

Trudy lacht schallend. Von ihrer üblichen, sprudelnden Freude ist dieses Lachen weit entfernt, aber das nehme ich in Kauf. »Und hey, ich weiß, das kommt jetzt später, als du es dir erhofft hast ... aber ich sollte das Geld, das du brauchst, bis Mittwoch oder Donnerstag nächster Woche bekommen können.« Ein Eigenkapitalkredit dauert zu lange – Monate, wie sich herausgestellt hat. Wenn ich aber mein Rentenkonto plündere, sollte das trotz der Abzüge ausreichen.

»Danke, Mary. Du wirst nie wissen, wie dankbar ich bin. Ich rufe Chris heute an, das schwöre ich.«

»Wehe, wenn nicht. Ich sehe morgen nach euch, und wenn du es ihm bis dahin noch nicht gesagt hast, rufe ich ihn selber an. Das mit der Kastration war ein Witz, ich möchte lieber nicht ins Gefängnis. Aber ich bezweifle, dass es noch etwas anderes gibt, das weiter von Spaß entfernt sein wird als jegliches Gespräch zwischen ihm und mir.«

Nach dem Duschen fahre ich zum Büro für Santas Vertreter. Ich weiß, Paisley wird dort bereits mit den Kandidaten auf mich warten, damit ich diese kennenlernen kann. Das ist eine meiner Lieblingsbeschäftigungen. Als Luke also erneut anruft, tue ich so, als hätte ich nichts gehört. Er hinterlässt keine Sprach- oder Textnachricht, also ist es relativ einfach, ihn zu ignorieren.

Paisley macht es mir ein wenig schwerer. »Dein Telefon leuchtet wie eine römische Kerze an Neujahr. Was ist los?«

Ich erröte.

»Luke, nicht wahr? Warum bist du nicht darüber gebeugt, die Finger hektisch bemüht, dem großen Kerl ein paar witzige Sprüche zurückzuschreiben?«

Ich rolle mit den Augen.

»Wenn du nicht aufpasst, bleiben deine Augen so.«

»Oh, bitte. Das ist nur etwas, das Mütter behaupten.«

»Na ja«, meint Paisley, »da deine Mutter sich wie eine Versagerin abgesetzt hat, dachte ich mir, vielleicht hast du ja noch nicht davon gehört. Aber mal im Ernst, warum antwortest du nicht?«

»Er schreibt nicht«, sage ich. »Er *ruft an*.«

Paisleys Kinnlade klappt hinunter. »Wie alt ist er, sechzig?«

Ich nicke. »Ich weiß! Heutzutage ruft man nicht an, nicht mehr. Und ich habe die Aufführung seiner Tochter verpasst und habe keine Ahnung, wie ich mich bei ihm entschuldigen soll. Eigentlich will ich das nicht einmal. Ich ärgere mich darüber, dass ich in dieser Situation bin und denke, ich sollte es wohl einfach beenden. Wir wären für heute Abend verabredet, aber da ich nun alles ruiniert habe, ist das ja offensichtlich vom Tisch. Er hat es überhaupt nicht erwähnt. Nicht einmal, um das Wo, das Was oder das Wann zu besprechen.«

»Darum also der Mädelsabend?«

Ich nicke.

Paisley beißt sich auf die Lippe und spricht das Thema nicht mehr an, und das ist der Punkt, an dem ich weiß, dass ich wahrscheinlich recht habe. Ich habe es hoffnungslos verbockt, was eigentlich keine große Sache sein sollte. Aber irgendwie ist es das doch.

Gegen fünf haben Paisley und ich sechzehn Familien abgearbeitet und elf davon unserer diesjährigen Liste hinzugefügt. Paisley geht, um sich für unseren Mädelsabend vorzubereiten, aber ich bleibe noch, um eine Liste der Paarungen vorzubereiten, die ich den Sponsorenfamilien e-mailen muss. Als ich damit fertig bin, fühle ich mich in jeder Hinsicht gelassener.

Ich bin keine Mutter. Die Einzigen, denen ich etwas schulde, sind meine Schwester und ihr Sohn. Und diese Verpflichtung erfülle ich, auch wenn meine Altersvorsorge dadurch ein wenig zurückgeworfen wird. Oder auch mehr als nur ein wenig.

Mein Telefon piept, und es ist eine Nachricht von Addy. BEN IST KRANK UND WILL MICH ZU HAUSE HABEN. GEHT ES MORGEN?

Addys aufmerksamkeitssüchtiger Mann würde mich in den Wahnsinn treiben. Er ist krank, also muss sie zu Hause bleiben, und dann was? Ihm Hühner-Nudelsuppe in den Mund löffeln? Ich rolle mit den Augen, aber bevor ich antworten kann, hat Paisley es bereits getan.

BEN KANN EINE ZITRONE LUTSCHEN.

Ich grinse. MORGEN. FÜR MICH OK.

Paisley sendet eine Vielzahl bunter Emoticons, was mich zur Annahme führt, dass sie mit der Verschiebung einverstanden ist.

Während der Fahrt nach Hause bin ich beinahe erleichtert. Nach meiner langen Joggingrunde und dem langen Samstag in meinem zweiten Büro sehne ich mich nach Entspannung, statt tanzen zu gehen. Ich fahre in die Garage und marschiere durch die Tür in meine Küche.

Ich ziehe die Stiefel aus und lasse sie bei der Tür stehen. Danach öffne ich den Reißverschluss meines Rocks und drapiere diesen über der Rückenlehne eines Stuhls. Ich werfe die Bluse auf den Beistelltisch und – nachdem ich das Schlafzimmer erreiche – ziehe ich mir ein Metallica-T-Shirt, große, von Foster entwendete Flanellhosen und die flauschigen rosafarbenen Hasenpantoffeln an, Paisleys Geschenk zum letzten Weihnachtsfest.

Niemand liebt Weihnachten so sehr wie Pais. Tatsächlich überrascht es mich, von ihr keinen kompletten, rosafarbenen Hasenanzug ausgehändigt zu bekommen. *Eine Weihnachtsgeschichte* ist ihr Lieblingsfilm.

Bisher habe ich heute nur ein Schinkensandwich sowie eine Schüssel Mehrkorn-Cheerios zu mir genommen. Nach dem Fünfzehn-Kilometer-Lauf brauche ich etwas zu essen. Ich suche in Gedanken das Innere meines Kühlschranks ab, um zu sehen, was ich kochen könnte. Rühreier. Toastbrot mit Marmelade. Ein Salat mit hartgekochten Eiern. Ich öffne das Tiefkühlfach und realisiere, warum nichts davon verführerisch geklungen hat, als ich einen Becher Blue Bell-Eiscreme mit doppelter Schokolade erspähe. Normalerweise esse ich relativ naturbelassene Lebensmittel, und über Foster bin ich hinweg, Luke kenne ich kaum, und Geld ist nur Geld. Trotzdem war es eine lange Woche.

Ich schnappe mir den Becher und ziehe eine Schüssel in Erwägung. Da ich aber die Umwelt liebe, sollte ich direkt aus der Verpackung essen. Ich plumpse aufs Sofa und stelle eine Episode der Gilmore Girls ein. Diejenige, in der Jess endlich Rory küsst, eine meiner Lieblingsfolgen. Der bekloppte Dean gerät aus der Fassung, aber das ist es absolut wert. Ich habe erst einige Mundvoll gegessen, als es an die Tür klopft. Ich pausiere die Serie genau in dem Moment, in dem Jess kurz davor ist, sie zu küssen. Das Timing dieser Person macht mich sauer, wer auch immer das sein mag.

Ich schlendere mit der Eiscreme in der Hand zur Tür. Wer würde um sechs Uhr abends an einem Samstag herkommen? Wahrscheinlich ist es Paisley mit Blockabsätzen und einem Christbaumpulli, der tatsächlich leuchtet. Das Mädchen liebt ihren Eierkognak. Es wäre absolut typisch für sie, wenn sie versuchen würde, mich zu überzeugen, dass ich beide Abende ausgehe. Und dabei hätte sie noch das Gefühl, sie täte mir einen Gefallen.

Ich schwinge die Tür auf mit den Worten »Ich bin zu müde, Pai...«

Lukes Arm ist erhoben, als hätte er gerade erneut klopfen wollen. Er trägt keinen Christbaumpulli, aber derjenige, den er tatsächlich anhat, strahlt mit einer festlichen Preiselbeerfärbung. Seine Augen wandern von meinem Gesicht abwärts zu den Zehen und dann wieder nach oben.

»Äh, hey, Mary. Ich habe dich am Telefon nicht für eine Bestätigung erreicht, aber ich dachte, wir hätten ein Date.«

Ich erzwinge ein Lächeln und hoffe, dass an meinen Zähnen keine Schokolade klebt. Als wäre das jetzt gerade mein größtes Problem.

12

Er runzelt die Stirn. »Ich nehme an, wenn du in Zukunft meinen Anruf nicht entgegennimmst, weiß ich, dass unsere Verabredung abgesagt ist.«

»Ich habe die Flügel für Amy dagelassen, nachdem ich die Aufführung verpasst habe. Ich dachte ...« Ich verstumme, denn was habe ich mir gedacht? Wir hatten eine Verabredung geplant, aber dann bin ich letztes Mal so schnell zurück ins Haus gerast, dass ich mir nicht sicher war, ob die nun vom Tisch ist oder nicht. Und als ich dann bei Amys Aufführung einen Totalausfall hatte und seine Anrufe nicht beantwortet habe, dachte er, alles wäre in bester Ordnung?

»Aber ja«, sagt Luke. »Ich würde liebend gerne reinkommen, damit wir im Warmen darüber reden können.«

»Oh, sicher.« Ich öffne die Tür etwas weiter und kippe zur Seite, damit er sich an mir vorbei ins Wohnzimmer drängen kann. Er hat irgendeine Kiste dabei, und ich wundere mich über den Inhalt, bis ich bemerke, dass mein

Rock, die Bluse und meine Stiefel über den ganzen Raum verteilt herumliegen. Ich habe seit Tagen das Geschirr nicht abgewaschen und müsste dringend mal wischen. Mein Gesicht rötet sich und ich möchte weglaufen und mich verstecken, Luke anschreien, oder vielleicht auch beides.

»Du dachtest wirklich nicht, dass wir heute Abend verabredet sind, oder?«

Ich schüttle den Kopf. »Nicht, nachdem ich Amys Aufführung verpasst habe, nein.«

»Du sagtest, du würdest versuchen, zu kommen. Du arbeitest in zwei Jobs und hast die Flügel vorbeigebracht, was eine nette Geste war. Amy hat den ganzen Tag so getan, als wäre sie wahlweise ein Engel oder ein Vogel. Chase spielt den Kater, wann immer sie ein Vogel ist, also gab es viel Gekreische. Aber alles in allem würde ich sagen, es war eine gute Idee, die Flügel herzubringen.«

»Ich bin froh, dass sie Freude daran hat.« Meine Finger spüren ein brennendes Verlangen, das Geschirr abzuwaschen. Meine Füße drängen darauf, in den begehbaren Kleiderschrank zu marschieren und mich zu verstecken oder wenigstens diesen lächerlichen Pyjama auszuziehen. Lukes Präsenz hält mich an Ort und Stelle fest.

»Bist du am Donnerstag bei der Baustelle vorbeigekommen?«, fragt er.

Ich nicke. »Ja. Mir wurde am späten Donnerstagabend noch eine Arbeitsbesprechung aufgehalst, um mich auf die neue Beförderung vorzubereiten, und ich befürchtete, ich könnte Amys Aufführung verpassen. Ich dachte, vielleicht könnte ich die Flügel bei dir abgeben, da die Baustelle am Weg lag.«

Luke strahlt. »Das war wirklich aufmerksam. Tut mir

leid, dass ich dich verpasst habe. Ich war gerade gegangen. Du hast bei den Jungs einen dauerhaften Eindruck hinterlassen. Tut mir leid, dass sie so furchtbar zu dir waren.«

Ich hebe eine Augenbraue. »Woher weißt du, wie eklig sie waren?«

Er grinst, wodurch beide Grübchen sichtbar werden, und ich schmelze ein kleines bisschen. »Eine begründete Vermutung, aus irgendeinem Grund werden sie als Gruppe in Gegenwart von Frauen immer zu Widerlingen. Es scheint, als würden sie kollektiv den Verstand verlieren. Das tut mir leid.«

»Sollte ich mich umziehen?«, frage ich.

Luke streift seinen Mantel ab. »Du sagtest, du wärst müde, als du die Tür geöffnet hast. Warum bestellen wir nicht einfach Pizza und machen es uns hier bequem. Es sei denn, du möchtest, dass ich gehe?«

Ich schüttle den Kopf. »Nein, schon gut. Ich dachte nur, du wärst gekränkt, und Amy auch.«

Er runzelt die Stirn. »Amy war traurig, aber du hast ihr gesagt, du würdest es versuchen und erklärt, dass du viel Arbeit hast. Die Einladung kam ja quasi in letzter Minute.«

»Vielleicht sollte ich die Kleider wechseln.«

»Wenn dir unwohl ist, solltest du es tun, aber zieh dich nicht für mich um. Ich finde, du siehst großartig aus.«

Ich verhaspele mich. »An diesem zwanzig Jahre alten T-Shirt und den gebrauchten Pyjamahosen ist nichts Großartiges.«

Er zuckt mit den Achseln. »An dir macht es etwas her. Du siehst so schön aus wie an diesem ersten Abend, als ich dich in dem roten Kleid gesehen habe.«

»Das stimmt hoffentlich nicht.«

»Es ist meine Wahrheit.« Luke zieht das Telefon hervor. »Welche Pizzeria magst du?«

»Sorrento's ist gut und in der Nähe. Da wir bei mir zu Hause sind, kann es auf meine Rechnung gehen.« Ich schnappe mir mein Telefon und wähle die Nummer, wobei ich mich zur Küche drehe, damit er keinen Einspruch erheben kann. »Ja, hier spricht Mary Wiggin. Ich möchte eine große Pizza, eine Hälfte mit Ananas und Speck und ...« Ich drehe mich um, um Luke zu fragen, was er möchte, aber er ist nicht mehr dort.

Er steht direkt hinter mir. Er zieht mir das Telefon aus der Hand und sagt, »Eine Große komplett mit Ananas und Speck. Dazu Laugen- und Zimtstangen. Und ich möchte mit einer Kreditkarte bezahlen.«

Ich versuche, ihm das Telefon wieder zu entreißen, aber er wehrt mich mühelos ab.

»Es ist mein Haus«, quieke ich. »Mein Telefon. Meine Pizzeria!«

Für einen so großen Mann bewegt er sich schnell. Jedes Mal, wenn ich in die Nähe meines Telefons gelange, dreht er sich und entschlüpft mir.

»Was warst du früher?«, frage ich. »Ein Quarterback?«

Er rattert eine Nummernsequenz und ein Fälligkeitsdatum hinunter und drückt dann auf »Anruf beenden«. Danach wirft er mein Telefon aufs Sofa und streckt beide Hände hoch. »Waffenstillstand! Ich rufe den Waffenstillstand aus.«

Ich stütze eine Hand auf die Hüfte. »Du kannst keinen Waffenstillstand ausrufen, wenn die Bombe schon hochgegangen ist. Außerdem hast du angefangen.«

»Nein, habe ich nicht«, sagt er. »Davon abgesehen habe ich noch eine Rechnung offen. Du hältst mich für arm. Du hast versucht, mich und meine Kids für eine Gratis-Weihnachtsfeier anzumelden.«

Ich seufze.

»Sieh mal, ich versuche ja nur, wie ein Gentleman aufzutreten. Ich weiß, so etwas ist heutzutage nicht mehr populär, aber ich gehöre noch zur alten Schule. Ich kann keine Babyrobbe bewusstlos schlagen und zum Abendessen nach Hause schleppen, aber ich kann für Pizza bezahlen, wenn du einen entspannten Abend zu Hause brauchst.«

Mein Herz flattert, wenn ich daran denke, dass wir nur noch einige Wochen lang Essen nach Hause bestellen können, bevor er wieder weg ist. Was – wie ich mir nun in Erinnerung rufe – der einzige Grund ist, warum ich überhaupt mit jemandem wie ihm ausgehe.

»Was schaust du gerade?«

Ich erröte schon wieder wie eine Idiotin. »Eine alte Serie über eine Mutter und ihre Tochter.« Eine sehr viel bessere Mutter, als ich sie habe und eine Tochter, die fast immer alles richtig macht. Ich schaue mir Elternpornos an, schätze ich mal. Ich gehe ins Wohnzimmer und nehme die Fernbedienung, um den Fernseher auszuschalten, bedauerlicherweise genau vor dem besten Teil. »Das habe ich schon viel zu oft gesehen.«

Luke hebt eine Augenbraue. »Warte mal, du dachtest, unser Date wäre abgesagt. Ist das dein Trennungsfilm?«

»Wir haben uns nicht getrennt«, sage ich.

Nun schießen beide seiner Augenbrauen in die Höhe. »Na ja, das weiß ich. Aber du wusstest es nicht.«

Ich schüttle den Kopf. »Du und ich, wir sind nicht einmal miteinander ausgegangen.«

Er berührt in gespieltem Entsetzen mit einer Hand

seine Brust. »Es ist erst einige Tage her, seit du deinem Ex verkündet hast, ich wäre dein fester Freund.«

»Das ist sowieso nicht mein Trennungsfilm«, sage ich. »Das wäre *Während du schliefst.* Oder *Männerzirkus.*« Ich atme geräuschvoll aus. »Gilmore Girls als Trennungsfilm? Es ist nicht einmal ein Film.«

»Nun ja, solange es nicht den Untergang unserer Liebe signalisiert, würde ich es sehr gerne mit dir schauen«, sagt er.

»Äh, ich bezweifle wirklich, dass du es mögen würdest. Wir müssen es eindeutig der Postleitzahl für romantische Frauenfilm-Komödien zuordnen.«

Er setzt sich auf die Couch. »Ich mag Frauenfilme, zumindest einige davon. Die lustigen mit Grips. *E-Mail für dich* und *Kate & Leopold* zum Beispiel.«

Ich setze mich neben ihn und drücke ein Kissen an meine Brust. »Na ja, diese Folge kannst du nicht sehen. Die würde die komplette Serie ruinieren. Du musst am Anfang beginnen.« Ich suche die erste Folge auf Netflix und drücke abspielen, aber da ich nun nur dreißig Zentimeter von ihm entfernt auf meiner Couch sitze, wandern meine Augen zu unserer Kleidung. Mein schäbiger Pyjama im Vergleich zu seinem wunderschönen roten Pullover und den dunklen Jeans. »Ich gehe mich schnell umziehen. Bin gleich wieder da.«

Luke wackelt mit dem Kopf, was ich als Zustimmung auffasse.

Als ich dann in meinem Schlafzimmer stehe, lähmt mich die Unentschlossenheit. Hosen oder ein Rock? Eine Bluse oder ein figurbetonendes T-Shirt? Oder sollte ich ein Kleid anziehen? Das würde vermutlich den Eindruck vermitteln, dass ich es zu sehr versuche.

Schließlich entscheide ich mich für einen taubengrauen Kaschmirpulli und ziehe ihn mir über den Kopf. Ich habe mich gerade eben in ein Paar schwarzer Leggings gezwängt, als mir klar wird, dass ich in diesem Outfit zu einer Pfütze zusammenschmelzen werde. Ich ziehe beide Teile wieder aus und werfe sie auf einen Haufen. Als Nächstes versuche ich einen Rock und eine rote Bluse, aber das schreit zu sehr »schaut mich an, schaut mich an.« Ich kann nicht von einem Pyjama zu einem Ensemble für einen Mädelsabend wechseln. Zu mitleiderregend. Also werfe ich diese Teile ebenfalls in die Ecke. Ich probiere noch mehrere andere Outfits an, bevor ich mich für ein figurbetontes weißes T-Shirt und ein Paar leichter schwarze Cargohosen entscheide. Ich trage kein Pyjama mehr, aber dieses Outfit schreit nicht heraus, dass ich es zu sehr versuchen würde.

Beim Öffnen der Tür realisiere ich, dass Luke mein Geschirr abwäscht. Wenn man sich den Haufen so ansieht, beschäftigt er sich schon seit einer Weile damit. Ich gehe näher heran und realisiere, dass er beinahe fertig ist. Und der Boden wurde offensichtlich gewischt. Mir bleibt nicht einmal die Zeit, gegen seine Hilfsarbeit zu protestieren, bevor die Türklingel läutet.

Luke joggt zur Tür und unterschreibt die Rechnung, während ich die Pizza vom Lieferanten entgegennehme.

»Frohe Weihnachten, Dave.«

Dave grinst mich an. »Schön zu sehen, dass du mal eine Große bestellst.«

Ich rolle mit den Augen und trage die Pizza zu einer Küchentheke, die nun glänzt wie ein frisch geprägter Penny. Als ich dann die Teller aus dem Küchenschrank ziehe, hat Luke die Tür zugemacht und abgeschlossen und trocknet die letzte Schüssel ab.

»Luke. Du kannst nicht mein Haus putzen.«

»Warum nicht?«

»Es ist peinlich. Vielleicht sogar schlimmer als der Pyjama.«

»Warum?«, fragt er und wirkt aufrichtig verdutzt. »Du hast einen Vollzeitjob und ein Vollzeit-Wohltätigkeitsprogramm am Laufen und sagtest, du wärst erschöpft. Ich dachte, du würdest dich über etwas Hilfe freuen. Es sei denn ... habe ich etwas falsch abgewaschen?«

Ich schüttle den Kopf. »Du hast alles richtig gemacht.«

Er lächelt.

»Aber wir verpassen die Gilmore Girls, und das ist eine unverzeihliche Sünde.«

»Ich habe während dem Aufräumen zugeschaut«, protestiert Luke.

Ich stöhne. »Du bist einer von diesen Leuten.«

Luke legt vier Scheiben Pizza auf seinen Teller und trägt ihn durch den Raum. »Was bedeutet das?«

»Ich ziehe es vor, mich als effizient einzuschätzen.«

»Aber ich fühle mich dadurch schuldig.« Ich nehme mir ein Stück. »Möchten Sie etwas trinken, Mister Effizienz?«

»Ich nehme an, du hast kein Bier, da du ja sagtest, du würdest nicht trinken?«

Ich schüttle den Kopf. »Tut mir leid.«

»Schon gut. Wurzelbier?«

Ich schnappe mir zwei Mineralwasser und trage sie zum Sofa, zusammen mit meiner Pizza und der Box mit den Brotstangen.

»Schau dir die Serie an«, sage ich.

Luke setzt alles auf dem Kaffeetisch ab und greift sich seinen Teller. Die Menge an Essen, die er vertilgt, ist beeindruckend, sogar für mich. Und ich gönne mir dank meines Laufens heute zwölfhundert Kalorien extra.

»Wie bleibst du so gut in Form?«, frage ich.

»Du denkst, ich wäre gut in Form?« Seine großen blauen Augen weiten sich. »Ich möchte ehrlich sein. Ich bin beim Erklimmen deiner Verandastufen aus der Puste gekommen.«

Ich rolle mit den Augen. »Na schön, dann antworte eben nicht.«

»Ich bin bei der Arbeit ziemlich aktiv, und mit den Kiddos zu Hause auch. Tatsächlich hebe ich einige Male die Woche Gewichte im Y. Aber im Großen und Ganzen würde ich sagen, ich hatte ziemliches Glück, was die genetischen Aspekte betrifft.«

Das kann man wohl laut sagen.

Er isst seine Pizza zu Ende und greift sich das Geschirr, um alles davon in die Küche zu tragen. Ich pausiere die Serie.

»Warum hast du angehalten?«, fragt er.

Ich zucke mit den Achseln. »Es ist respektlos, nicht aufzupassen.«

Er pfeift. »Du meinst es ernst mit dieser Serie. Nun ja, da du ohnehin auf Pause gedrückt hast, ist das vielleicht ein guter Zeitpunkt, mir dieses defekte Schranklicht zu zeigen.« Er geht zum Eingang und hebt seine Kiste auf. Warum habe ich nicht realisiert, dass er plante, mein blödes Licht zu reparieren?

Äh, das Licht in meinem Hauptschlafzimmer, wo überall Kleiderhaufen herumliegen? Entweder wird er mich für eine Chaotin halten oder denken, ich wäre komplett durchgedreht, als ich zum Umziehen in mein Schlafzimmer gegangen bin. Ich bin mir nicht sicher, was davon schlimmer ist.

»Mary?«

»Nein, ja, ich meine, sicher. Ich zeige dir, wo es ist.« Ich gehe langsam zu meinem Schlafzimmer und versuche herauszufinden, wie ich es fertigbringe, ihn aufzuhalten und erst noch aufzuräumen.

»Warte.« Ich halte an und drehe mich zu ihm, um eine Hand auf seine Brust zu legen. Meine Finger schmiegen sich an seine harten Muskeln an und ich möchte seinen Pulli packen und ihn nahe an mich heranziehen. »Ist das nur eine Masche, damit ich dir etwas schulde und du deine Steuern umsonst erledigt bekommst?«

Luke grinst, aber sein Lächeln hat etwas Seltsames an sich. Ich komme nicht darauf, was es ist.

»Denn wenn es so wäre, müsste ich dir sagen, dass ich die beste Sachbearbeiterin meiner Firma bin, und es ist eine gute Firma. Eine der besten des Landes. Wenn ich deine Steuern erledigen soll, kostet dich das mehr als eine Schranklichtreparatur. Als Selbständiger erst recht.«

Seine Augen wandern zu meinem Mund hinab, und ein Schauder durchläuft meinen Körper. Er beugt sich langsam zu mir, so langsam, dass eine Hälfte von mir davonlaufen und die andere Hälfte ihn packen und zu mir ziehen möchte. Küss mich endlich!

»Vertrau mir«, flüstert er, seine Worte wenige Zentimeter von meinen Lippen entfernt. »Sollte ich dich je darum bitten, meine Steuern zu bearbeiten, bezahle ich mit weit mehr als einer simplen Schrankreparatur.«

Falls er mich bitten *sollte?* Bin ich etwa nicht gut genug? Ich stütze eine Hand auf meine Hüfte und bewege mich rückwärts, bis ich gegen die Tür stoße. »Ich bin eine ausgezeichnete Wirtschaftsprüferin. Du könntest dich glücklich schätzen, deine Steuern von mir bearbeitet zu bekommen.«

Er wirft den Kopf in den Nacken und lacht. »Das glaube ich dir, absolut. Ich sage dazu nur, dass meine Steuern extrem komplex sind, und darüber nachzudenken beschert mir schreckliche Kopfschmerzen. Ich möchte dich einfach nicht mit Kopfschmerzen assoziieren.«

»Oh«, sage ich und wünsche mir plötzlich, ich hätte zwischen uns nicht so viel Freiraum geschaffen.

Luke durchquert diesen Freiraum und presst seinen Mund so rasch gegen meinen, dass mir keine Zeit bleibt, mir den Kopf zu zerbrechen. Von meinen Zehen breitet sich eine freudige Erregung bis zum Haaransatz aus, und ich erbebe. An diesem Punkt verschränkt er die Arme um mich, als versuche er, mich zu wärmen. Er hat keine Ahnung, dass er für das Zittern verantwortlich ist. Ich kollabiere gegen ihn und meine Hand schlängelt sich um seinen Hals und durch die Haare, aber er zieht sich viel zu früh mit einem Räuspern zurück.

»Nicht, dass ich nicht damit zufrieden wäre, all das zu tun. Aber diese Kiste ist ziemlich schwer.« Er stemmt sie in die Höhe und legt sie dann wieder ab. »Vielleicht fokussieren wir uns für den Augenblick auf den Schrank und kommen später wieder darauf zurück.«

Das Blut strömt in mein Gesicht und ich wirble herum, um die Tür zu öffnen. Allerdings gehe ich nicht hindurch, da ich vergessen hatte, was für eine Unordnung hier herrscht. Uff. Wenn ich darum bitte, hindurchzurasen und aufräumen zu können, wäre das ganz schön seltsam. Da ich ihm bereits gesagt habe, er könne meine Lampe reparieren, müsste ich einfach darauf hoffen, dass er nicht zu voreingenommen ist. Er hat bereits ein Spülbecken voller Geschirr für mich abgewaschen. Wie viel schlimmer könnte es denn werden?

Als ich durch den Raum gehe, betrachte ich ihn mit den Augen einer Fremden aufs Neue. Mein Bett ist nicht gemacht. Mein Nachttisch liegt unter unzähligen Listen von United Way und Arbeitsakten begraben. Eine Hautlotion, Taschentücher, eine Lampe, Schmuck sowie ein Sammelsurium kurioser Dinge bedeckt meinen Nachttisch. Ich zucke zusammen. Auch ohne diese Dinge wäre da noch der riesige Kissenberg auf dem Boden neben meinem Bett und mehrere kleinere Kleiderberge, die scheinbar wahllos überall herumliegen – auf meiner Kleiderkommode, auf dem Boden bei der Tür und nahe dem Fußende meines Bettes.

Ich stöhne. »Normalerweise ist es nicht so unordentlich. Wie ich sagte, war es eine lange Woche.«

»Ich bin ein Kerl«, sagt Luke. »Mich wirft nichts aus der Bahn. Aber hast du zufälligerweise einen Schemel zur Hand? Oder eine kurze Leiter?«

»Ja, klar. Ich gehe einen holen, aber das hier ist das Licht, das nicht funktioniert.« Ich deute durch das Hauptbadezimmer, das Gott sei Dank recht sauber ist, in Richtung der Schranktür.

Ich hole einen Schemel für ihn und mache mich dann daran, mein Schlafzimmer aufzuräumen, während er auf den Schemel klettert und sich an der Schranklampe zu schaffen macht. Er kommt heraus, um nach der Sicherung zu fragen, und ich zeige ihm die Garage, die immerhin tadellos aussieht. Weniger als acht Minuten später – das weiß ich, weil ich die Uhr im Auge behalte – schaltet sich das Schranklicht ein.

»Gute Arbeit.« Ich klatsche. »Das ging ja schnell.«

Er kommt mit seiner Werkzeugkiste heraus. »Jetzt die Zimtstangen und Gilmore Girls.«

Nachdem wir dann beide wieder auf dem Sofa Platz genommen haben, hebe ich die Pause auf. Er schaut sich die Serie pflichtbewusst an, während ich hauptsächlich ihn beobachte. Seine hohen Wangenknochen und das kantige Kinn, das so spät am Abend stoppelig ist, bringen mein Herz zum Flattern. Als wir die Zimtstangen dann aufgegessen haben, schalte ich das Licht aus und setze mich wieder aufs Sofa. Ich möchte aber nicht zu offensichtlich sein, also sitze ich auf dem entfernten Ende und stütze mich auf die Armlehne auf der linken Seite.

Er lacht, als Lorelai und ihre Mutter in der Küche zu streiten beginnen. »Magst du diesen Film, weil die Großmutter ein Alptraum ist?«

Den wahren Grund kann ich ihm nicht wirklich verraten – dass die Mutter keinen Grund hat, für ihre Tochter zu kämpfen, es aber trotzdem tut. Das klingt zu erbärmlich.

Kurz vor dem Ende der ersten Folge verlagert er das Gewicht, um die Beine zu strecken. »Ich erfriere hier. Wie ist dein Thermostat eingestellt?«

»Ich kann dir eine Decke holen«, sage ich.

Er seufzt. »Der Spruch war ein Schuss in den Ofen. Den werde ich wohl aus dem Angebot streichen müssen.« Er tätschelt neben sich das Sofa. »Es wäre mir lieber, wenn du hier rüberkommst und mich aufwärmst.«

Mein Herzschlag beschleunigt sich und Adrenalin

schießt durch meinen Körper. Ich rutsche hinüber, und sein linker Arm umfasst mich und zieht meinen Kopf gegen seine Brust. Sein Atem zerzaust meine Haare und ich schmiege mich etwas enger an ihn. Als die erste Folge geendet hat, drehe ich mein Gesicht zu Luke, um zu fragen, ob er noch eine sehen möchte, aber seine Augen ruhen nicht auf dem Fernseher.

Sie starren in meine, während sein Kopf langsam herabsinkt. Ich könnte mich ihm entziehen, und vielleicht sollte ich das, aber ich tue es nicht. Seine vollen, wunderschönen, halb lächelnden Lippen senken sich weiter und weiter herab, und ich räkle mich ihm entgegen, bis unsere Lippen endlich aufeinandertreffen. An diesem Punkt schließe ich die Augen und ergebe mich dem Gefühl eines Männermunds auf meinem.

Seine Lippen üben zunächst einen leichten Druck aus und ziehen sich dann zurück. Meine unregelmäßigen Atemzüge erfüllen den Raum für die Dauer eines Herzschlags, dann einen weiteren. Aber bevor ich meine Augen wieder öffne, versiegeln seine Lippen meinen Mund erneut, diesmal härter, fordernder. Als ich meinen linken Arm zu seiner rechten Schulter hebe und ihn näher zu mir ziehe, stöhnt er gegen meine Lippen.

In meiner Brust kribbelt etwas, und als seine Arme meine Taille umfassen und mich noch enger an sich ziehen, greife ich mit beiden Händen nach seinem Gesicht. Es ist lange her, seit ich jemanden geküsst habe. So lange, dass ich vergessen habe, wie sehr ich es vermisste.

Luke weiß genau, was er tut. Er küsst mich leicht und zieht sich dann lange genug zurück, dass ich leise wimmere, bevor er seinen offensiven Vorteil nutzt. Seine

Hand berührt flüchtig die nackte Haut zwischen meinem T-Shirt und meiner Hose, und ich schmelze innerlich. Ich platziere seine Hand am unteren Ende meines Shirts, bereit für mehr.

Bis Luke versteinert. Ich weiß nicht warum, bis sich der Nebel teilweise aus meinem Gehirn verflüchtigt und mir klar wird, dass sein Telefon »The Eye of the Tiger« spielt. Seine starken Hände bringen mich in eine aufrechte Position und greifen dann in seine Tasche. Er fischt das Telefon heraus und sagt »Ja?«

Warum ignoriert er sein Telefon nicht einfach? Ich bezweifle, dass es mir aufgefallen wäre, wenn ein kompletter Baptistenchor auf meiner Veranda Weihnachtslieder angestimmt hätte.

»Nein, der Doktor sagte, er würde es nur am ersten Tag brauchen. Kekse gehen in Ordnung, wenn er welche will, und Seven-up auch. Aber zum jetzigen Zeitpunkt wären vermutlich auch Spaghetti oder Getreideflocken okay. Er hat seit mehr als vierundzwanzig Stunden nichts mehr erbrochen.«

Seine Kinder. Natürlich, aber was für ein Stimmungskiller. Mein Kopf klärt sich rasch und ich rutsche zum entfernten Sofaende zurück. Ich spule Gilmore Girls Folge zwei zurück zum Anfang und pausiere dann.

Luke legt auf. »Tut mir leid. Meiner Cousine war nicht ganz klar, wie sie mit Chase umgehen sollte.«

»Oh, schon okay. Ich verstehe das total«, lüge ich. Mit kotzenden Kindern kenne ich mich überhaupt nicht aus, Gott sei Dank. Er ist ein toller Vater, was für die Welt großartig ist. Nur eben nicht großartig für mich.

»Warum bist du weggerannt?« Er lächelt mich an und tätschelt das Sofakissen.

»Ich bin recht müde. Vielleicht sollten wir es für heute gut sein lassen. Davon abgesehen klang das so, als würde Chase dich brauchen.«

Luke grinst noch breiter und rutscht näher heran. »Du bist eifersüchtig.«

»Das ist lächerlich.«

Er lächelt so breit, dass auf beiden Seiten seiner Zähne eine kleine Lücke entsteht. »Du bist eifersüchtig auf meine Kinder.«

Ich schiebe mich so weit gegen die Armlehne zurück, wie ich kann. »Bin ich nicht. Das wäre idiotisch.«

»Du bist es.«

»Nennst du mich etwa blöd?«

Er prustet und schüttelt den Kopf. »Überhaupt nicht. Aber ich habe dein Gesicht gesehen, und ich mag ja recht eingerostet sein, aber diesen Ausdruck kenne ich.«

Ich rolle mit den Augen, und als er erneut auf mich zu rutscht, stehe ich auf. »Ich bin nicht eifersüchtig, aber ich bin eine Pragmatikerin. Ich wollte es dir diesen Montag sagen.« Ich nehme einen tiefen Atemzug und atme wieder aus. »Das hier wird nicht funktionieren.«

Luke neigt den Kopf. »Für etwas, das nicht funktioniert, hat sich dieser Kuss für mich ziemlich gut angefühlt.«

Ich schüttle energisch den Kopf. »Nein, was ich damit sagen will, ist, du hast Kinder und damit komme ich nicht klar. Außerdem ziehst du weg.«

»Ich ziehe weg. Bald.«

Ich nicke. »Genau. Wie ich gesagt habe, ist diese ganze Sache«, ich gestikuliere von ihm zu mir und wieder zurück, »zum Scheitern verurteilt. Du wirst mit der Suche nach einem sexuellen Abenteuer einfach warten müssen, bis du in Kentucky angekommen bist.«

Luke schwankt mit geweiteten Augen auf dem Sofa nach hinten. »So ist es überhaupt nicht. Fühlt es sich für dich so an? Ich hatte gehofft, du würdest zur Weihnachtsaufführung meiner Tochter kommen, um Himmels willen. Wenn es das ist, was man mit jemandem tut, den man nur benutzt, dann ...«

»Nein, nein, das meine ich doch gar nicht. Schau mal, ich sage ja nur ...« Ich setze mich wieder aufs Sofa. In meinem Kopf ist alles ein riesiges Durcheinander. Foster heiratet jemanden mit Kinderwunsch. Ich bekomme eine Beförderung, die ich nicht mehr will, seit ich gesagt habe, ich würde sie annehmen – aber es ist nicht so, als ob mir das irgendeine Hilfe wäre, schließlich muss ich für den süßen kleinen Troy mein Rentenkonto leeren. Ich werde auf immer und ewig arbeiten.

Dann geht mir ein Licht auf, und ich bin peinlich berührt, dass ich nicht schon früher daran gedacht habe. Herrschaft nochmal, ich bin eine Wirtschaftsprüferin. Aber es war eine lange Woche, und mir ist vieles durch den Kopf gegangen. Ich kann das Geld als Prorogation beziehen. Ich benutze dieses Geld, und solange dieselbe Summe innerhalb von dreißig Tagen in einen anderen Pensionsfonds geht, bin ich keine Strafabzüge schuldig. Ich strahle.

»Und jetzt bist du superglücklich? Ich bin gerade etwas verwirrt.«

Ich hocke auf dem Rand des Sofas, dreißig Zentimeter von Luke entfernt. Ich möchte, dass er meine Hand in seine nimmt. Ich möchte, dass er mich zu sich zieht und küsst, bis ich wieder meinen eigenen Namen vergesse. Aber das wäre nicht hilfreich und würde morgen wieder alles verschlimmern. »Was ich meinte, ist, dass du wegziehst und ich nicht. Es wird dich, deine Kinder und mich nur verletzen, wenn wir uns weiter treffen. Also muss dies unser Abschied sein.«

Seine Augenbrauen schießen in die Höhe. »Du hast mich für eine Schrankreparatur benutzt, nicht wahr? Das passiert mir andauernd.«

»Ich meine es ernst.« Ich schlage leicht nach seinem Vorderarm, und er ergreift meine Hand. Ein elektrischer Impuls schießt durch meinen Arm und ich erschaudere. Ich ziehe meine Hand ein Stück zu mir.

»Ich auch. Ich weiß nicht, was wir tun und ich weiß, dass du mich nicht heiraten willst, okay? Damit kann ich leben, da ich bald wegziehe.«

»Dann sind wir auf derselben Wellenlänge.«

»Nein.« Er schüttelt den Kopf. »Sind wir nicht. Denn du versuchst alle zwanzig Minuten, mit mir Schluss zu machen, und ich denke an dich, jeden Tag – vom Moment an, in dem ich erwache bis zur Minute, in der ich mich schlafen lege. Ich kann einfach nicht begreifen, warum du so tun möchtest, als hätten wir uns nie getroffen. Das kann ich nicht. Ich möchte lieber einen Donut essen, während ich gegenüber der Bäckerei wohne, statt mir einzureden, sie würde nicht existieren, weil ich ja wieder wegziehe.«

Ich entziehe mich seiner großen, schwieligen, männlichen Hand und verschränke die Arme. »Ich habe es satt, entweder ein Süßgebäck oder Eiscreme zu sein. Und wir stecken in einer Sackgasse fest, weil ich mich nicht mit dir verabreden kann. Es würde zu schmerzhaft. Um auf deine

Analogie zurückzukommen, ich möchte mich später nicht mit der leidgetränkten, qualvollen Diät herumschlagen.«

Luke fährt sich mit den Fingern durch die Haare. »Na gut. Wir verabreden uns nicht mehr. Aber Amy liegt mir pausenlos in den Ohren, dass ich dich einladen soll. Ich weiß, du möchtest keine Ersatzmutter sein, aber würdest du wenigstens morgen zum Abendessen vorbeischauen?«

Genau das ist der Punkt, der gegen Kinder spricht. Man gibt ihnen den kleinen Finger und sie verlangen mehr, mehr, mehr. Es ist nie genug, weil Kinder alles brauchen. Und ich kann ihnen nicht alles geben, also ist es besser, ich gebe ihnen gar nichts.

Ich muss Luke sagen, dass ich nicht zum Abendessen kommen werde. Ich werde diesen Schlamassel, den wir beide angerichtet haben, nicht noch komplizierter machen. Ich werde mich nicht noch tiefer in sein Leben verwickeln lassen. Dafür fehlen mir die Zeit und die Energie, was auch der Grund ist, warum mein Haus auseinanderfällt und alles in einem so peinlichen Chaos versinkt. Das ist es, was ich sagen muss. Es erscheint mir recht harsch, also versuche ich es mit einer etwas taktvolleren Methode.

»Ich kaufe morgen Weihnachtsgeschenke ein«, sage ich, »für meine eigene Familie und Freunde sowie die mir zugewiesene Familie. Ich bin mir nicht sicher, wie lange das dauert.«

Luke wirft die Hände in die Luft und grinst. »Perfekt. Wir hatten dasselbe vor. Wir könnten gemeinsam einkaufen und dann zu mir fahren. Ich grille.«

Er klebt an meinem Schuh wie Kaugummi. Wirklich heißer, echt sexy Kaugummi, den ich eigentlich nicht abschaben möchte, obwohl mir klar ist, dass ich es tun sollte.

»Na schön.« Ich gebe nach, hebe jedoch einen Finger und wedle damit vor seinem Gesicht herum. »Aber es ist kein Date!« Und danach trete ich definitiv den Rückzug an. Was mir leichtfallen wird, da mein Leben mit dem neuen Job, Troys medizinischen Bedürfnissen und Santas Vertreter demnächst extrem geschäftig wird.

13

Meine Hände zittern, als ich nach oben greife, um an die Tür zum Wohnmobil zu klopfen, in dem Luke und seine zwei Kids wohnen – und nicht wegen der Kälte. Der leichte Schneefall hat heute Morgen ein Lächeln auf mein Gesicht gezaubert. Ich liebe den Schnee, und mein Mantel ist ausreichend warm. Meine Hände zittern, weil ich hätte absagen sollen. Ich sollte nicht noch mehr Zeit mit Luke oder seiner Tochter Amy verbringen.

Ich atme langsam ein und aus und hebe erneut die Faust, aber bevor ich klopfen kann, öffnet sich die Tür.

Der Mund steht mir offen.

Amy grinst zu mir hoch, die dicken, rostbraunen Haare zu makellosen Zöpfen geflochten. Nicht eine struppige Stelle, kein einziges deplatziertes Haar. »Hey, Mary! Ich habe dich durchs Fenster gesehen und gewartet, dass du klopfst, aber das hast du nie. Ich hatte das Warten satt.«

Ich werfe einen Blick hinter Amy zu der Stelle, an der ihr Vater steht. Auf seinem klassisch attraktiven Gesicht liegt ein gedankenverlorener Ausdruck. »Wahrscheinlich hat sie eine Textnachricht beantwortet oder so, Schatz. Es ist nicht höflich, Leuten zu sagen, dass man sie angestarrt hat oder dachte, sie würden sich zu langsam bewegen.«

Amy runzelt die Stirn. »Sie muss doch wissen, dass ich sie gesehen habe oder warum ich die Tür geöffnet habe, Papa?«

Er schüttelt den Kopf. »Komm herein, Mary. Falls wir je Chase' Schuh finden, sind wir bereit zu gehen. Die Erholung vom Mittagessen hat etwas länger gedauert als gedacht, da Chase seine komplette Schüssel Spaghetti auf den Boden ausgeleert hat.«

»Es war ein Unfall«, quengelt eine Stimme, von der ich vermute, dass sie Chase gehört, aus dem anderen Raum.

Luke dreht die Augen himmelwärts und taucht hinter mir durch die Tür ab, die er letztens sein Schlafzimmer nannte. Mein Herzschlag beschleunigt sich ein wenig, als ich daran denke, wie sein Schlafzimmer wohl aussehen mag. Sein Bett. Ich schüttle den Kopf, um meine Gedanken zu klären.

»Wo hast du ihn zuletzt gesehen?«, frage ich Amy.

Sie stützt eine Hand auf die Hüfte und neigt den Kopf, genau wie ihr Papa. »Wenn wir uns daran erinnern könnten, würde ich nicht suchen.«

Ich grinse. »Also, wo hast du gesucht?«

»Komm doch mit«, sagt Amy. »Du kannst mir helfen, in meinem Zimmer zu suchen.«

»Du hast ein eigenes Zimmer?« Ich folge ihr durchs Wohnzimmer und durch eine Tür in einen kleinen Raum mit in die Wand eingebauten Stockbetten.

Sie rümpft die Nase. »Seit er aus dem Gitterbett raus ist, müssen ich und Chase teilen.«

Ich lache. »Das leuchtet ein. Dein Papa will wahrscheinlich seinen Freiraum.«

Sie seufzt wie ein Teenager. »Was ist mit mir? Ich will mein eigenes Zimmer, und jetzt muss ich diese winzig kleinen Schubladen mit ihm teilen.« Sie deutet auf fünf Schubladen direkt gegenüber der Stockbetten.

»Ich finde nicht, dass sie so winzig klein aussehen.« Ich gehe in die Hocke und schaue unter dem Etagenbett nach. Kein sofort offensichtlicher Schuh, aber ein blauer Hase, ein grüner Weihnachtsstrumpf und ein rotes Feuerlöschfahrzeug blockieren meinen Sichtbereich. Ich ziehe sie hervor und bemerke einen roten Stride Rite-Turnschuh, der in die hintere Ecke gequetscht wurde. Ich lege mich flach hin und schiebe mich in seine Richtung, wobei mein Mantel sich am Bettgestell reibt. Das ganze Herumkriechen lässt mich in meinem Mantel schwitzen. Ich hätte ihn auszuziehen sollen.

Ich quetsche mich drei weitere Zentimeter vorwärts, und endlich schließen sich meine Finger um den Schuh. Ich krieche rückwärts ins Freie und richte mich auf den Knien auf, den Schuh triumphierend in die Luft gestreckt.

Amys Mund bildet ein kleines »o« und wir verlassen gemeinsam das Wohnzimmer.

»Ich denke, ich habe ihn gefunden«, sage ich laut und vielleicht etwas zu stolz.

Luke räuspert sich und ich bemerke, dass er nahe der Vordertür auf dem Boden sitzt und den Fuß eines kleinen Jungen in einen abgewetzten braunen Schuh schiebt. Mein Fundstück ist offensichtlich viel zu klein.

Chase, nun an beiden Füßen mit Schuhen ausgestattet,

springt hoch und grinst mich an. Eine Sekunde später schleudert er einen kleinen blauen Gummiball, der gegen meine Nase prallt.

»Fang ihn«, sagt er mit Verspätung.

Mein Sichtfeld wird von explodierenden Sternen durchzogen und ich hebe eine Hand zu meiner Nase. Von dieser tropft kein Blut, das ist immerhin schon mal ein Anfang.

»Chase, nein! Wir bewerfen niemanden mit Bällen, schon gar nicht einen Gast.« Luke eilt zu mir und berührt meine Hand. »Geht es dir gut?«

Ich nicke und komme mir dämlich vor, weil eine Hand immer noch mein Gesicht bedeckt, aber ich spüre den Schmerz trotzdem. »Schon gut. Ich habe mich nur erschreckt.« Ich zwinge meine Hand zurück an meine Seite, aber mein rechtes Auge tränt so stark, dass ich erneut nach oben greifen und die Tränen wegwischen muss.

»Du weinst«, ruft Amy laut. »Chase, du musst dich entschuldigen.«

Chase' pausbäckiges kleines Gesicht wird immer länger. Er wendet sich der Ecke des Raums zu und bricht selbst in Tränen aus.

Amy schreit Chase an, was dazu führt, dass er noch heftiger weint.

Luke lacht, anstatt zu schreien. Er geht neben Amy in die Hocke. »Das hilft uns nicht, Häschen. Bitte hör auf, ihn anzuschreien.«

Amy ballt die Hände zu Fäusten und stampft mit dem Fuß auf, hört jedoch auf zu brüllen.

»Chase, komm zu Papa. Ich weiß, du schämst dich jetzt, aber kleine Männer entschuldigen sich immer, wenn sie etwas Falsches getan haben. Meine Freundin, Miss Mary, ist zu uns gekommen, um gemeinsam einzukaufen. Sie wird nicht bleiben, wenn wir ungezogen sind und ihr Bälle ins Gesicht werfen.«

Chase schüttelt den Kopf, weigert sich jedoch, seine Ecke zu verlassen.

Luke flüstert mir zu, »Tut mir leid. Ich weiß, das ist ärgerlich, aber ich kann nicht einfach darüber hinwegsehen. Dann wird das Kind verzogen und hört nicht mehr zu. In einer Minute gibt er nach, und wenn er sich dann entschuldigt hat, können wir los. Das kommt schon in Ordnung.«

Ich habe genug Zeit mit Troy verbracht, um zu wissen, dass er sich schämt. Trudy besteht ebenfalls darauf, dass er sich entschuldigt, bevor wir weitermachen.

Ich gehe zu Chase, der sich der Ecke zugewendet hat, und hocke mich hin. »Hallo, Chase. Ich heiße Mary. Ich bin nicht verärgert wegen dem Ball. Ich habe einen Neffen, der ist fast gleich alt wie du und liebt Bälle auch. Normalerweise bin ich beim Abblocken schneller.«

Er neigt den Kopf etwas. »Dein Neffe wirft auch oft Bälle? Im Haus?«

Chase' dunkle, dunkle Haare und nahezu schwarze Augenbrauen umrahmen Augen, die praktisch goldfarben sind. Er muss seiner Mutter ähneln. »Wie alt bist du, Chase?«

Er dreht sich wieder zur Wand, und ich höre seine gemurmelten Worte kaum. »Vier.«

»Mein Neffe heißt Troy und ist nur noch zwei Monate lang drei Jahre alt, also ist er nicht so vernünftig und artig wie du. Seine Mutter sagt ihm immer, er darf nicht mit Bällen werfen, aber manchmal vergisst er das.«

Chase nickt. »Ich auch.«

»Ich vergesse manchmal Dinge.«

Er dreht sich um und mustert prüfend mein Gesicht. »Du auch? Was denn so?«

Ich zucke mit den Achseln. »Ich habe bei der Arbeit viele Dinge zu erledigen. Viele Zahlen, die ich mir ansehen muss und viele Formulare, die ausgefüllt werden sollen. Manchmal vergesse ich eines davon. Tatsächlich habe ich während der Steuerperiode eine andere Person, deren einziger Job es ist, meine Arbeit zu überprüfen, damit ich nichts vergesse.«

Chase' Augen weiten sich. »Ist es deine Mama?«

»Nein, genau genommen habe ich meine Mutter seit mehr als zwanzig Jahren nicht gesehen.«

Chase' Mund klappt auf. »Warum nicht?«

Mir wird bewusst, dass seine Mutter kurz nach seiner Geburt gestorben ist und wünschte, ich könnte mir die Zunge abbeißen. »Meine Mutter war nicht gern eine Mama«, sage ich unbeholfen. »Es hat sie echt traurig gemacht, und nach einiger Zeit hat sie unsere Familie verlassen.«

Er nickt. »Meine Mama wollte nicht weg, aber sie musste in den Himmel zurück. Gott hat sie gebraucht.«

In meinem Herzen entsteht ein kleiner Riss. »Tut mir leid, das zu hören. Ich bin mir sicher, sie vermisst euch sehr.«

»Tut mir leid, dass deine Mama extra gegangen ist.«

Das hat bisher niemand zu mir gesagt, wahrscheinlich nie. Meine Augen füllen sich mit Tränen und ich blinzle sie weg, bevor ich diesem winzigen Menschen Angst einjage. »Mir auch, Kumpel. Aber das war vor langer Zeit, und jetzt geht es mir gut.«

Er streckt eine Hand aus und legt sie mir auf die Schulter. »Bist du sicher?«

Ich nicke. »Das bin ich.«

»Tut mir leid, dass ich mit dem Ball dein Gesicht getroffen habe«, sagt Chase. »Du bist ziemlich nett.«

Ich zwinge meinen Lippen ein Lächeln auf. »Das war eine sehr nette Entschuldigung.« Ich stehe auf. »Ich wette, dein Papa lässt uns jetzt zum Kaufhaus fahren. Freust du dich aufs Einkaufen?«

Chase zuckt mit den Achseln. »Eigentlich nicht. Papa sagt, wir kaufen nichts für mich, nicht mal das Zeug für einen Dollar.«

Ich blicke zu Luke, und er nickt. »Wir haben nur sehr begrenzt Platz und haben schon alles, was wir brauchen, richtig?«

Amy grinst. »Nicht alles.«

Luke packt Chase und Amy in warme Mäntel ein, und ich kann es nicht lassen. »Was ist es, das du nicht hast, Amy?«

»Nicht das schon wieder.« Luke verdreht die Augen himmelwärts.

»Ein Hündchen«, sagt Amy. »Wir haben nicht mal ein einziges Haustier. Nicht mal einen langweiligen, lahmen Fisch. Papa sagt, das Wasser würde beim Fahren zu sehr herumschwappen. Aber ein Hund schwappt überhaupt nicht herum.«

Lukes Stimme klingt völlig erschöpft, als er sagt, »Du kannst keinen Hund ...«

»In einem Wohnwagen haben.« Amy stampft mit dem Fuß auf. »Papa, ich weiß. Du hast es nur zig Millionen Mal gesagt.«

Amy zieht ein Paar Handschuhe aus ihrer Tasche, und mir fällt auf, dass der eine blau ist, der andere grün. »Aber wir könnten eine Katze haben, vielleicht. Eine Katze würde man kaum bemerken.«

Luke hebt Chase hoch und öffnet die Tür. »Vielleicht irgendwann, okay? Wenn du älter bist und dich um das Tier kümmern kannst, aber noch nicht jetzt.«

Amy stapft zum Truck ihres Vaters und wartet geduldig, während er Chase auf einen Kindersitz schnallt. Nachdem dieser gesichert ist, klettert sie in den Truck und auf ihren eigenen Sitz, um sich dann selbständig anzuschnallen.

»Du bist immer noch in einem Fünfpunktgurt?«, frage ich.

Sie rollt mit den Augen. »Frag lieber nicht. Papa ist ein bisschen paranoid.«

Ich wende mich Luke zu und reiße die Augen auf. »Paranoid, hm?«

Er zuckt mit den Achseln. »Sie saugt alles auf wie ein Schwamm. Ganz zu schweigen von den technischen elektrischen Begriffen, die sie benutzt. Ich schwöre, wenn ich sie zu einem Auftrag mitnehmen könnte, könnte ich etwa die Hälfte meiner Leute entlassen.«

Ich klettere auf den Passagiersitz und schnalle mich an.

»Wenn ich mal groß bin, arbeite ich mit meinem Papa. Er hat schon gesagt, dass er mir eine Anstellung gibt.«

Ich nicke. »Es ist toll, dass du schon weißt, was du machen möchtest. Ich hatte in deinem Alter keine Ahnung. Ich dachte, ich würde eine berühmte Ballerina werden.«

Amys Augen weiten sich. »Kannst du tanzen?«

Ich schüttle den Kopf. »Nicht mal ein bisschen. Ich habe nicht einmal den Macarena hingekriegt.«

»Den was?«

Ich lache. »Das ist ein altes Lied, das du nicht kennen würdest. Ich bin so schlecht, dass sie mich lachend von der Bühne geworfen hätten, wäre ich je zum Vortanzen gegangen.«

Luke gluckst. »Das bezweifle ich.« Er schaltet den Truck ein und greift dann hinüber, um meine behandschuhte Hand in seine zu nehmen, bevor er auf die Hauptstraße rollt. Mein Herz überschlägt sich und ich schließe die Augen. Ich habe die Festtage schon immer mehr geliebt als den ganzen Rest des Jahres, aber mit dem Beginn des neuen Jobs, den ich nicht einmal will, im Januar und Lukes Abreise wird dieses Neujahrsfest absolut ätzend.

Wir sind weniger als einen Kilometer vom Wohnmobilstellplatz entfernt, als Chase sagt, »Wir sind ewig in diesem Truck. Wie weit fahren wir?«

Luke gluckst vergnügt. »Zu Target. Es sind noch vier Kilometer bis dort. Denkst du, du bringst es irgendwie fertig, so lange zu überleben?«

Chase quengelt. »Ich weiß nicht, weil ich nämlich verhungere!«

Luke lächelt. »Nämlich. Und wie kannst du schon Hunger haben? Du hattest vor einer Stunde dein Mittagessen.«

Ich habe genügend Zeit mit Troy verbracht, um zu wissen, dass es keine Rolle spielt, vor wie kurzer Zeit Chase gegessen hat. Nicht für ein Kind. Tatsächlich hat sich Troy einmal über seinen Hunger beschwert, als wir gerade erst vom Parkplatz der IHOP-Restaurantkette losfuhren.

Ich bin ziemlich stolz auf mich, als ich zwei Tüten Froot Loops aus meiner Handtasche ziehe. »Falls es für euren Papa okay ist, habe ich euch ein paar Snacks mitgebracht.«

Wäre Amy ein Emoji, hätte ihr Gesicht Herzen anstelle von Augäpfeln. Nach Lukes Nicken reiche ich die Tüten nach hinten.

Keine zwei Sekunden, nachdem die beiden zu essen begonnen haben, meldet sich Chase wieder zu Wort. »Ich habe Durst.«

Ich ziehe zwei Schnabeltassen aus meiner Tasche und reiche sie nach hinten, ohne um Erlaubnis zu bitten. Alle Väter erlauben Wasser, richtig?

»Äh, Mary Poppins, was hast du für mich mitgebracht?«, fragt Luke. »Ich fühle mich hier drüben ein bisschen ausgeschlossen.«

»Meiner Tasche haftet eine gewisse Magie an. Sie mag ja nur eine Prada-Kopie aus Mexiko sein, aber meine Schwester Trudy nennt sie meine magische Tantentasche.«

»Deine Schwester heißt Trudy?« Amys Nase rümpft sich und sie kneift leicht die Augen zusammen.

Ich unterdrücke ein Lachen. »Ja, das war nicht gerade die beste Entscheidung meiner Mutter.«

»Ich wäre so wütend auf meine Mutter, wenn sie mich so genannt hätte.« Amy lächelt. »Ich mag Amy. Und Mary mag ich auch.«

Ich nicke. »Nun ja, mein Vater hat mich nach seiner Mutter benannt, also durfte meine Mutter den Namen fürs nächste Kind aussuchen.«

»Du hattest Glück, dass du zuerst geboren wurdest.« Amy knabbert geräuschvoll an einem Froot Loop.

»Damit hast du nicht Unrecht, Mädchen. Du hast gar nicht Unrecht.« Aus mehr Gründen, als ihr bewusst ist.

Als wir Target erreichen, haben beide Kinder ihre Tüten geleert. »Danke«, sagt Amy zu mir, als sie mir den leeren wiederverschließbaren Beutel überreicht. Sie starrt Chase bedeutungsvoll an, aber dieser lässt seine Tüte zu Boden fallen und wirft sich in die Arme seines Vaters. Sie seufzt und schüttelt den Kopf. »Man könnte meinen, er hat überhaupt keine Manieren.«

Diesmal lache ich, und Luke ebenfalls. »Chase, sag Miss Mary danke.«

»Danke«, sagt er. »Ich mag Müsli.«

Chase hält auf dem nassen Bürgersteig Lukes Hand fest, aber statt hinüberzugehen und Lukes andere Hand zu ergreifen, blickt Amy zu mir hoch. »Darf ich deine Hand halten, Miss Mary?«

Mein Herz erwärmt sich ein wenig und ich schaffe es knapp, durch die Watte zu sprechen, die in meinen Hals gekrochen ist. »Klar.«

Keine von uns beiden stolpert oder rutscht auf dem Weg aus, aber als wir den Eingangsbereich des Geschäfts erreichen und die Tür aufgleitet, möchte ich nicht mehr loslassen. Ich tue es aber doch, damit ich meine Liste aus der Manteltasche ziehen und nach einem Einkaufswagen greifen kann.

»Was suchst du?«, fragt Amy mich.

»Ich habe eine Familie mit zwei Mädchen.« Ich gebe nicht zu, dass ich mir jedes Jahr mindestens eine Familie mit zwei Mädchen aussuche. Genau wie meine eigene.

»Ich schätze, das ist einfacher, weil ich keine Ahnung habe, was ich für Jungs kaufen würde.«

»Kann ich dir dann beim Einkaufen helfen? Papa hat gesagt, wir hätten ein Mädchen, das sieben ist, und ich bin für mein Alter echt erwachsen. Du und ich können die Sachen aussuchen und wir können die Jungs blöde Legos und so holen lassen.«

»Magst du keine Legos?«, frage ich.

Amy schüttelt den Kopf. »Chase hat seine mal draußen gelassen und ich bin auf eins draufgetreten. Ich habe sie alle weggeworfen, bevor er von seinem Schläfchen aufgewacht ist, und niemand hat es je bemerkt.«

Lukes Kinnlade sinkt herab. »Du hast sie weggeworfen? Ich wusste nicht, wo sie hin sind.«

Amys Augen streifen von einer Seite zur andern, und dann starrt sie auf ihre Füße.

»Wenn mich etwas in den Finger schneidet, würde ich es auch wegwerfen«, sage ich. »Das war vernünftig, finde ich.«

»Legos kosten ein Vermögen«, sagt Luke. »Und übrigens. Du kannst nicht einfach die Sachen anderer Leute wegwerfen.«

Amys Unterlippe schiebt sich vor. »Du hast meine Barbie weggeworfen.«

»Du hast die Unterseite ihrer Füße weggeschnitten«, sagt Luke. »Sie war kaputt.«

»Sie hatte es satt, ständig Stöckelschuhe zu tragen«, sagt Amy. »Sie war nicht kaputt. Sie war verbessert.«

Luke grinst unwillkürlich. »Es geht darum, dass du keine Sachen mehr wegwirfst, ohne mich zu fragen. Okay?«

Amy nickt. »Entschuldigung. Aber können Mary und

ich einkaufen gehen und ihr holt das langweilige Zeug für Jungs?«

Luke sieht zu mir hoch, sichtlich nervös angesichts der Vorstellung, mich mit einem seiner Kinder gehen zu lassen. Das hier sollte mit ihm verbrachte Zeit sein, keine Babysitter-Stunde. Ich schiele unten auf Amys eifrigen Gesichtsausdruck. Ihre Augen leuchten mich von unten her an und ihre Zähne verfangen sich an der Unterlippe.

Ich nicke Luke zu. »Für mich ist es okay. Ich hätte gerne ihre Hilfe, wenn ich etwas für meine Schwester aussuche. Mit einem Namen wie Gertrude braucht sie dieses Jahr wirklich ein gutes Weihnachtsgeschenk.«

Luke schnieft. »Treffen wir uns in einer Stunde hier, in der Nähe der Einkaufswagen?«

»Wir können uns nicht hier treffen, du Tollpatsch. Das wäre an der Kasse vorbei.« Ich betrachte ihn aus schmalen Augenschlitzen. »Versuchst du, mich dazu zu bringen, dass ich die Sachen deiner Familie kaufe?«

»Vielleicht sollten wir uns bei den kleinen Hunden treffen«, sagt Amy mit einem Funkeln in den Augen.

Luke stöhnt. »Du willst nur eine Ausrede, um mich um ein weiteres Paar Schuhe anzubetteln. Wir haben schon genug Schuhe für eine Armee fünfjähriger Mädchen.«

»Ich brauche rote«, jammert sie. »Die zu meinem Weihnachtskleid passen.«

Luke wirft beide Hände in die Luft. »Mary, vielleicht kannst du helfen. Sie hat schwarze Sonntagsschuhe, braune Schuhe, weiße und ein funkelndes goldfarbenes Paar. Denkst du, sie braucht noch eines?«

»Du warst gerade erst in meinem Schrank. Ich kann nicht glauben, dass du mir diese Frage stellst.« Ich neige den Kopf zur Seite. »Hast du die Reihen von Schuhen nicht gesehen, Luke? Natürlich braucht sie rote Schuhe.«

Amy lächelt und hebt eine Hand, um mich abzuklatschen.

Luke grummelt in sich hinein. »Ich hätte wissen sollen, dass das eine furchtbare Idee war. Amy gibt so schon den Takt an. Das Letzte, was sie braucht, ist eine Komplizin.«

»Ich brauche keine Kompolizin.« Amy blickt zu mir hoch. »Ich brauche eine Lehrerin.«

»Ich glaube, du meinst Mentorin«, sage ich. »Und es wäre mir eine Freude, dir den Weg zum Schuhvergnügen zu zeigen.«

Ich schiebe den Wagen die Gangreihe entlang, bevor Luke zu einem Gegenargument ansetzen kann.

»Du verstehst Mädchen nicht«, sagt Amy über die Schulter. Dann flüstert sie mir zu, »Was ist ein Vergnügen?«

»Ich weiß, was du da tust.« Luke zwinkert. »Du kannst nicht ewig vor mir davonrennen, weißt du.«

Allerdings brauche ich nicht ewig weiterzurennen. Nur bis Januar. Der Gedanke macht mich zutiefst traurig.

14

Amy und ich verbringen ziemlich viel Zeit damit, uns Plüschtiere anzusehen. Sie liebt Hunde. Flauschige Hunde, kleine Hunde, große Hunde, Hundewelpen, gescheckt und schwarz und weiß. Sie liebt alle von ihnen, zumindest in der Spielzeugform.

»Was ist mit Katzen? Die hier ist ziemlich süß.« Ich drücke ein flauschiges, mehrfarbiges Plüschkätzchen und schüttle es vor ihr.

Sie runzelt die Stirn. »Katzen spielen nicht Stöckchenholen. Katzen machen keine Kunststücke. Ich brauche kein ungezogenes Haustier. Ich habe schon einen Bruder.«

Das bringt mich zum Lachen. »Ich hatte nie einen Bruder.«

Amy hebt eine Augenbraue. »Du verpasst nicht viel.«

»Bist du kein Fan von Chase?«

Amy zuckt mit den Achseln. »Ich liebe ihn. Er ist nur unordentlich und müffelt irgendwie und wirft immer mit

Sachen. Und ich wünschte, ich hätte stattdessen eine Schwester.«

Ich nicke. »Ich liebe meine Schwester sehr, aber als wir noch klein waren, war sie unordentlich und stinkig und hat oft mit Dingen geworfen. Als sie dann älter war, hat sie meine Sachen geborgt und kaputt oder dreckig gemacht oder sie verloren.«

»Hast du sie angebrüllt?«

Ich schüttle den Kopf. »Das tat mein Vater schon oft genug.«

»Mein Papa brüllt manchmal.«

»Oft? Oder nur manchmal?«

Amy tätschelt dem mehrfarbigen Kätzchen den Kopf. »Nicht oft, aber manchmal wird er richtig wütend, wenn wir ihm nicht zuhören, oder nichts essen, oder Sachen kaputt machen.«

Ich lächle. »Schreit er mehr oder umarmt er dich mehr?«

Sie drückt das Kätzchen an sich. »Definitiv mehr Umarmungen.«

»Dann klingt das nach einer ziemlich guten Balance. Mein Papa hat uns nicht oft genug umarmt, also hat meine Schwester die meisten Umarmungen von mir bekommen. Was ganz in Ordnung war, weil ich auch welche gebraucht habe.«

»Du klingst wie eine gute große Schwester.«

Ich hebe beide Augenbrauen. »Woher weißt du, dass ich die große Schwester bin?«

Amy rümpft die Nase. »Du hast es gesagt, glaube ich. Aber auch, wenn du nichts gesagt hast, kann ich es sehen. Große Schwestern lernen Sachen wie Snacks in der Tasche mitbringen.«

Sie hat nicht ganz Unrecht. Amy sucht sorgfältig für jedes der Mädchen ein Plüschtier aus, eine Krabbe mit einem Baby für den Fünfjährigen.

»Kleine Kinder spielen gerne mit Babykram«, sagt sie.

Ich lache nicht darüber, da sie keinen Scherz gemacht hat. Für die Siebenjährige wählt sie ein Plüschpferd.

»Warum ein Pferd?«, frage ich.

»Ich weiß nicht, ich habe einfach ein gutes Gefühl dabei. Ich glaube, wenn ich älter bin, werde ich Pferde echt mögen.«

Und für die Dreizehnjährige besteht sie auf einen weißen Hasen mit einer Schleife.

»Sie ist ein Teenager«, gebe ich zu bedenken. »Möglicherweise will sie keinen Plüschhasen.«

Amy drückt den Hasen eng an sich. »Jeder, der Eltern hat, die einem nichts kaufen können, will etwas Weiches umarmen. Auch wenn sie älter ist. Sie wird ihn mögen, das weiß ich einfach.«

Ich werfe ihn in den Einkaufswagen und wähle ein paar zusätzliche Dinge für die Teenagerin aus. Halstücher, Sonnenbrille, Kopfhörer, eine Handtasche und etwas unkomplizierte Kosmetik wie Lipgloss und Nagelpolitur. Amy sucht Spielzeuge aus, und einige weitere Dinge wählen wir gemeinsam. Weiche, flauschige Decken, Pantoffeln und Bademäntel. Letzten Endes finden wir uns in der Schmuckabteilung wieder.

Amy studiert die Halsketten genau und wählt für den Fünfjährigen eine mit einem Delfinanhänger und einem Kristall. Ich helfe ihr mit einem Satz Halsbänder für die Siebenjährige, aber bei der Teenagerin scheint sie sich für nichts entscheiden zu können.

»Was ist denn?«, frage ich.

Sie seufzt und späht mit einem betrübten Ausdruck in den Schaukasten aus Glas. »Ich weiß nichts über Schmuck für alte Leute.«

Ich grinse. »Ich bin mir nicht sicher, ob dreizehn als alt durchgeht, aber vielleicht sollten wir auf Nummer sicher gehen. Ich wette, eine Uhr würde ihr gefallen.«

»Wenn wir ihr eine Uhr besorgen, sollte ihre Schwester auch eine bekommen.«

Für eine Fünfjährige ist Amy ziemlich scharfsinnig. Wir legen den Delfinanhänger zurück und suchen uns Uhren für beide Schwestern aus, und dann noch eine für den Bruder.

»Du möchtest also ein Hündchen, aber falls dein Papa nein sagt«, sage ich, »Worum bittest du Santa sonst noch?«

Amy tippt sich mit einem Finger gegen die Lippe. »Sonst will ich nicht wirklich etwas.«

»Wie wäre es mit einem der Roboterhunde? Ich hörte, die sind ganz nett.«

Amy verdreht mir gegenüber die Augen. »Sind sie nicht. Ich will etwas, das meine Hand lecken kann.«

Meine Lippen kräuseln sich. »Ich mag es nicht, wenn Hunde mich ablecken. Wer weiß schon, wo diese Zunge sonst noch war?« Ich schiebe den Einkaufswagen zum Treffpunkt mit Luke und Chase hinüber. »Es muss doch etwas geben, das du gerne hättest – abgesehen von einem Hund.«

Amy blickt auf ihre Schuhe und ich realisiere, dass wir nie die funkelnden roten Schuhe gefunden haben, die sie haben wollte.

»Oh nein, wir müssen deine Schuhe finden, und das besser richtig schnell.«

Ihre Augen beginnen zu glänzen und wir eilen gemeinsam zur Schuhabteilung. Ich setze mich neben sie auf den Boden und helfe ihr beim Anprobieren einiger Schuhe. Wir finden das perfekte Paar, aber die sind zu klein, also winke ich eine Angestellte herbei. »Können Sie die eine Nummer größer aus dem Lager holen?«

»Ich kann es versuchen«, sagt die Frau.

»Wir müssen dieses Paar unbedingt finden«, sage ich, »denn sie passen perfekt zu ihrem Weihnachtskleid.«

Die Frau lächelt. »Ich werde mein Bestes geben. Ich bin sicher, Sie hören das andauernd, Ma'am, aber Ihre Tochter hat die schönsten Augen überhaupt.«

Ich halte inne, unsicher, ob ich ihre Aussage korrigieren soll. Als ich aber dann zu Amy schiele, lächelt diese übers ganze Gesicht. »Ich danke Ihnen«, sagt sie.

»Entschuldige bitte«, sage ich. »Sie wusste es offensichtlich nicht.«

»Ich weiß, war das nicht toll?«, fragt Amy.

»Äh, klar.« Ich schätze mal, für ein Mädchen, das nie eine Mutter um sich hat, könnte es sich schön anfühlen, etwas Normales zu tun. Ich sollte es wissen. Auch ich hatte nie eine Mama. Nicht, dass ich je losgezogen wäre, um funkelnde Schuhe oder so etwas zu kaufen.

Amy klatscht die Hände zusammen. »Und jetzt weiß ich, was ich zu Weihnachten will.«

»Was denn?«, frage ich.

Sie greift hinüber und nimmt meine Hand in ihre. »Ich will, dass du bleibst und meine Mama bist. Meine war supernett, aber sie ist gestorben, als Chase geboren wurde. Und ich war wegen einer neuen Mama so geduldig, aber jetzt habe ich das Warten echt satt. Und diese Lady dachte, du siehst wie meine Mutter aus und du weißt, dass man Froot Loops mitbringen soll, wenn wir irgendwo hingehen, und Wasser.« Sie blickt mit ernster Miene zu mir hoch, und ihre wunderschönen Augen verlieren sich in meinen.

Und ich habe keine Ahnung, was ich sagen soll.

15

Meine Augen weiten sich, und ich scheine das Blinzeln verlernt zu haben. »Na ja, ich bin mir nicht sicher, ob das etwas ist, das der Santa dir mitbringen kann.«

Sie blickt nach unten auf den Boden und ihre winzigen Schultern sinken herab. »Wenn ich keine neue Mama haben kann, dann bitte ich wohl um ein Haus, das sich nicht bewegt. Ich habe es satt, tolle Freunde zu finden, und dann kann ich nie einen behalten.«

Ich greife hinüber und nehme ihre Hand. »Das kann ich verstehen.«

Sie blickt zu mir hoch. »Wenn ich hierbleiben würde, wärst du meine Freundin, richtig? Auch wenn du nicht meine Mama sein willst?«

Es ist nicht so, dass ich nicht ihre Mutter sein möchte. Ich will ihr verraten, dass ich das sehr gerne wäre, aber das kann ich nicht sagen. Es steht mir nicht zu, und ich kann keine Kinder haben. Aber ein kleines Mädchen, das eine

Freundin will? Mein Herz erbebt. »Auch, wenn du nicht bleibst, werde ich immer deine Freundin sein, Amy.«

»Was willst du zu Weihnachten haben?« Ihr Mund klappt auf, und die Augen beginnen zu leuchten. »Willst du ein Hündchen? Ich könnte kommen und mit ihm spielen, und sogar mit ihm spazieren gehen, wenn du willst.«

Ich lache. »Äh, nein. Aber das erinnert mich an etwas. Wir müssen deinen Papa und Chase beim großen Plastikhund treffen.«

»Aber meine Schuhe!«

Wie gerufen erscheint die Frau aus dem rückwärtigen Bereich, eine kleine Box in der Hand. Als Amy die neuen Schuhe anprobiert, passen sie perfekt.

»Oh, ich liebe sie«, sage ich.

»Du willst vielleicht nicht meine Mama sein«, sagt Amy. »Aber für irgendjemanden wärst du richtig gut, weil du so viel mit deiner Schwester üben konntest.«

Meine Lungen versagen, und meine Hände zittern. Ich wäre eine furchtbare Mutter, da ich – genau wie meine eigene – ständig Dinge wegen der Arbeit verpassen würde. Ich kann nicht sprechen oder Amy auch nur in die Augen blicken, also werfe ich ihre Schuhe in den Wagen und setze mich in Bewegung. Sie folgt mir, einen Augenblick lang in gesegneter Weise still.

Wir sind nur drei Meter vom Hund entfernt und Luke ist noch nicht da.

Meine Stimmbänder erlangen endlich ihre Funktionstüchtigkeit wieder. »Du verdienst die beste Mutter der Welt.«

Amy runzelt die Stirn. »Ich brauche nicht die Beste, einfach eine Gute wäre schon okay. Tante Linda sagt, keine Mutter ist perfekt und alle müssen auf ihrem Weg dazulernen. Ich bin super geduldig, ich versprech's.«

Ich gehe vor ihr in die Hocke und streife ein verirrtes Haar hinter ihr Ohr. »Du bist ein ganz entzückendes kleines Mädchen und es besteht kein Zweifel, dass du eine perfekte Tochter wärst. Ich bin mir sicher, dein Papa findet bald eine Mutter für dich.«

»Was ist mit einem Hündchen für dich?«, fragt Amy. »Mein Papa kauft mir keins, aber vielleicht würde er mich eins für dich holen lassen. Du bist eine Erwachsene, und Papa sagt, dein Haus hat keine Räder drunter.«

Ich stehe wieder auf und klopfe mir die Hosen ab. »Es ist nicht immer einfach, erwachsen zu sein. Ich arbeite viel, und für mich allein wäre es schwierig, mich um einen Hund zu kümmern. Außerdem pinkeln Hundewelpen überall hin und kauen auf allem herum. Würde ich einen bekommen, würde er meine Schuhe fressen und den Teppich ruinieren.«

Sie nickt. »Wie wäre es dann mit einem Hamster? Ich habe gehört, für die kann man ganz leicht sorgen. Und sie können auf nichts herumkauen, das nicht in ihrem Käfig ist.«

Ich schüttle den Kopf. »Das ist eine gute Idee, aber ich brauche kein Haustier. Tatsächlich fällt mir kein einziges Ding ein, das ich zu Weihnachten haben möchte. Ich habe alles, das ich mir überhaupt wünschen könnte. Ich denke, das ist der Grund, warum der Santa nicht so oft zu Erwachsenen kommt. Die haben fast alles, was sie haben möchten.«

An diesem Punkt kommt Luke auf uns zu und schiebt den Einkaufswagen, in dem Chase vorne sitzt, vor sich her. Seinen Mantel hat er über eine Seite des Wagens geworfen und das blaue Polohemd spannt sich straff über seiner Brust. Ich beiße mir auf die Lippe, als ich mir in Erinnerung rufe, wie sich seine Brustmuskeln unter meiner Hand angefühlt haben. Möglicherweise hat sie recht. Was ich wirklich will, ist, dass Luke nicht wegzieht. Und keine Kinder hat. Obwohl ... wenn ich an Amy und Chase denke, kann ich mir nicht wirklich wünschen, dass er sie nicht hätte. Das fühlt sich falsch an. Die beiden sind so niedliche, süße Kinder.

»Seid ihr Ladys fündig geworden?«

Amy zeigt ihm die Dinge, die wir gefunden haben, eins nach dem anderen. Luke zeigt sich angemessenen beeindruckt, aber Chase beginnt damit, Dinge aus dem Wagen zu werfen, und am Ende laufen wir im Eiltempo zur Kasse. »Ist schon okay, Kumpel, wir gehen jetzt. Okay?«

Ich beginne damit, die Dinge für meine Mädchen aus dem Wagen zu ziehen, aber Luke stoppt mich. »Ich kümmere mich darum. Wenn du darauf bestehst, kannst du bei mir zu Hause zusammenrechnen, was du mir schuldest.« Hinter uns wird die Warteschlange immer länger.

»Bitte lass mich bezahlen«, wiederholt er.

Sein Angebot lässt mich zurückschrecken, aber ich möchte an der Kasse nicht ein großes Drama daraus machen. »Du hast zwei Kinder, und ich bin mir sicher ...«

Er schüttelt den Kopf. »Geht schon in Ordnung, das verspreche ich.«

Ich lasse es dabei bewenden, aber nachdem wir die Kinder auf den Kindersitzen festgeschnallt haben und die Geschenke unter der Abdeckplane im hinteren Teil des Trucks verstaut sind, fällt mir einige Blocks weiter die Straße entlang eine große Aushängetafel auf. Ich flüstere Luke etwas zu. »Hast du Zeit für Chuck-e-Cheese?« Ich neige den Kopf in Richtung der Tafel. »Ich lade euch ein, da du vorher bezahlt hast.«

Er hebt eine Augenbraue. »Warst du in den letzten zwei Jahrzehnten mal im Chuck-e-Cheese? Bei diesem Geschäft ziehst du vermutlich den Kürzeren.«

Ich neige den Kopf zur Seite. »Wie schlimm kann es schon sein?«

Er dreht sich um, um einen Blick nach hinten zu werfen, bevor er das Fahrzeug wendet. Während er die Kinder betrachtet, sagt er, »Hey ihr beiden, Miss Mary möchte wissen, ob ihr Chuck-e-Cheese mögt. Sie sagt, sie war noch nie da und fragt, ob es dort Spaß macht.«

Freudige Jubelschreie und Kindergebrüll erfüllen das Fahrzeug. Ich schließe kurz die Augen, um mich zu fragen, ob ich mir wohl die Ohren bedecken kann, ohne sie zu beleidigen. Nachdem es still genug geworden ist, damit wir wieder etwas hören können, sage ich, »Ich denke, das war ein ja.«

Luke lacht. »Das würde ich auch sagen.«

Als wir auf dem Parkplatz des Restaurants zum Stehen kommen, ist Chase so aufgeregt, dass er sich Lukes Armen entwindet und es sich nicht nehmen lässt, über das matschige Gelände zu rennen. Luke rast ihm nach einem entschuldigenden Blick in meine Richtung hinterher.

Amy steht an einer trockenen Stelle und streckt mir die Hand entgegen, nachdem sie runtergeklettert ist.

»Danke, dass du uns hergebracht hast«, sagt sie.

Ich ergreife ihre Hand. »Ihr tut mir einen Gefallen. Ich habe vorher keine Froot Loops bekommen, also sterbe ich fast vor Hunger.«

Amy neigt den Kopf. »Ja, klar. Papa bringt uns nie hierher. Er hasst Chuck-e-Cheese, also weiß ich, dass es deine Idee war.«

Luke blickt nach hinten zu mir und grinst von einem Ohr zum anderen, während Chase ihn zum Eingang zerrt. Mit seinen großen Grübchen und den perfekten Haaren sieht er so gut aus, dass ich es kaum ertrage.

»Wir sollten uns besser beeilen«, sage ich.

Amy schlottert. »Es ist kalt.«

Wir eilen ins Innere, wo unsere Hände gestempelt werden und ich feststelle, dass Luke richtig lag. Hier abzuhängen, wird nicht billig, und es ist ein Tollhaus. Wir bahnen uns mit den Ellbogen den Weg an einem anderen Paar vorbei, um uns einen Tisch zu sichern. Dort können wir dann auf etwas warten, von dem ich annehme, dass es sich um wirklich fantastische Pizza handelt. Wahrscheinlich, aber nicht wirklich. Ich lege unsere Mäntel über die Rückenlehnen unserer Sitzecke, damit niemand auf komische Gedanken kommt, während wir uns Getränke holen.

Ich bin unterwegs zur Station mit den Getränkespendern, Amy auf meinen Fersen, als Luke zu uns herüberkommt und neben Amy in die Hocke geht. »Wir wäre es, wenn du mit Chase spielen gehst und ihr mich ein Weilchen mit meiner Freundin Amy reden lasst?«

Amy setzt eine finstere Miene auf. »Sie ist auch meine Freundin. Sie hat es versprochen.«

Luke nickt. »Sie ist deine Freundin, und du hast sie schon so ziemlich den ganzen Tag beansprucht. Ich denke, nun bin ich für einige Minuten an der Reihe. Könntest du mit Chase spielen gehen?« Er tippt ihr mit einer Karte auf die Nase.

Sie schnaubt, nimmt die Karte jedoch. Allerdings

rennt sie nicht damit davon. Stattdessen wendet sie sich mir zu. »Gehst du nachher gleich nach Hause?«

Ich blicke zu Luke. Wir hatten nicht mal über das Abendessen geredet, und da wir nun hier essen, bin ich mir nicht sicher, was ich vorhabe.

Er greift hinüber und nimmt meine Hand in seine. Er hat meine Hand schon vorher im Truck gehalten, aber mit ausgezogenen Handschuhen ist es etwas anderes. Seine Finger sind warm und mein Herz rast, als sich unsere Finger ineinander verschränken. »Kannst du noch etwas länger bleiben?«

»Ja«, sage ich. »Ich schätze schon.«

Amy strahlt mich an und hüpft dann davon, um Chase zu finden. Die beiden beginnen damit, kleine, schwammartige Bälle über eine Querstange zu werfen.

Luke lässt meine Hand los, um unsere Getränkegläser aufzufüllen. Nachdem wir unser Sprudelwasser dann aber zum Tisch getragen haben, greift er über die laminierte Tischplatte hinweg und verschränkt die Finger beider Hände mit meinen.

»Danke, dass du ein kinderfreundliches Lokal vorgeschlagen hast. Ich weiß, du bist nicht gerade ein Fan, aber du warst ziemlich verständnisvoll.«

Ich blicke nach unten auf unsere miteinander verwobenen Finger. Meine kleinen Hände und seine großen, schwieligen. Ich zeichne die Schwielen auf den Seiten seiner Finger nach. »Eigentlich mag ich Kinder, wie du dich vielleicht erinnerst?«

Er presst die Lippen zusammen. »Ich dachte, du hättest gesagt, du würdest dich mit niemandem verabreden, der Kinder hat.«

Ich beiße mir auf die Lippe. »Das habe ich, aber nicht, weil ich sie nicht mag.«

»Also hast du nichts dagegen?«

Ich rolle mit den Augen. »Nun ja, ich würde all meine Regeln brechen, wenn ich tatsächlich mit dir ausgehen würde, richtig? Aber das hier zählt nicht, du gehst ja bald.«

Er grinst. »Ich möchte nicht, dass du schreiend von hier wegläufst – obwohl ich mir nicht sicher bin, ob die Angestellten dieses Tollhauses dir einen Vorwurf machen würden – aber es fühlt sich irgendwie so an, als ob wir uns tatsächlich verabreden. Jedenfalls für mich.«

Mein Herz schlägt einen Purzelbaum. »Meine Eltern haben mit uns so schlechte Arbeit geleistet, Luke. Du hast ja keine Ahnung.«

Luke drückt meine Hände fester. »Aus diesem Grund weißt du, wie man es richtig macht.«

Ich schüttle den Kopf. »Meine Mutter hat sich nur für die Arbeit interessiert. Sie hat uns verlassen, weil sie nicht beides tun konnte, oder vielleicht wollte sie das auch nicht. Und als sie dann wegging, ist mein Vater komplett daran zerbrochen. Er begann zu trinken und Trudy und ich, wir mussten uns einfach irgendwie alleine durchschlagen. Ich will nicht riskieren, dass ich möglicherweise tief im Inneren genauso bin. Das kann ich nicht. Verstehst du?«

Er senkt den Kopf, die Augen auf mich gerichtet, bis ich seinen Blick erwidere. »Nicht wirklich, denn ich sehe dich, Mary. Ich kenne dich noch nicht lange, aber du ähnelst nicht annähernd der Frau, die du beschreibst.«

»Du verstehst es nicht. Mein Vater hat mir immer gesagt, ich wäre genau wie sie. Meine Mutter ist vielleicht für eine unpopuläre Karriere gegangen, aber sie hat es geliebt, Lastwagen zu fahren. Sie liebte es, die Welt zu sehen und das Erfolgsgefühl, wenn sie ihre Ladung abgegeben hat. Sie hat es mir erzählt und ich erinnere mich daran. Mein Vater hat recht. Ich bin wie sie, und obwohl ich nicht geplant hatte, zur Karrierefrau zu werden, bin ich es doch. Ich liebe meinen Job und will arbeiten, und werde immer arbeiten wollen. Ich dachte immer, ich wäre mehr wie meine kleine Schwester – sie hat einen kleinen Jungen und bleibt mit ihm zu Hause. Ich liebe Troy und sie liebt es, mit ihm zu Hause zu sein, aber das bin nicht ich. Ich bin nicht wie sie. Ich bin, na ja, wie meine Mutter es war.«

Luke räuspert sich. »Ich möchte dich nicht aufregen und versuche auch nicht, argumentativ zu sein, ganz ehrlich. Aber sagst du wirklich, mit den Kindern zu Hause zu bleiben wäre die einzige Möglichkeit, um eine gute Mutter zu sein?« Seine Augenbrauen steigen in die Höhe.

Ich entziehe ihm meine Hände und lehne mich in der Sitzecke zurück. »Das sage ich nicht, nicht direkt. Aber wenn ich Kinder hätte, würde ich eine enge Beziehung zu ihnen haben wollen. Und jetzt gerade verbringe ich so viel Zeit bei der Arbeit, und die restliche Zeit entweder mit dem Laufen oder mit Freiwilligenarbeit. Ich möchte nichts davon aufgeben. In meinem Leben bleibt nicht genug Zeit, um zweimal im Monat Kuchen zu backen, und schon gar nicht, um Kinder zu haben. Nicht so, wie ich mich um sie kümmern möchte.«

Die Pizza wird gebracht, bevor Luke antworten kann, und die Kinder werden darauf aufmerksam. Sie schießen hitzesuchenden Pfeilen gleich auf unseren Tisch zu, wobei sie in Menschengruppen hinein- und wieder hinausflitzen. Chase huscht sogar zwischen den Beinen eines großgewachsenen Vaters durch, und ich unterdrücke ein Lachen, als der Mann beinahe umkippt.

Als sie bei uns angekommen sind, starrt Amy trotzig ihren Vater an, während sie neben mir in die Sitznische schlüpft. Luke grinst sie an und legt ein Pizzastück auf ihren Teller. Er spricht weder die Kinder noch die Arbeit oder sonst etwas Vergleichbares an. Wir unterhalten uns, wir lachen und als die Pizza verputzt ist, reite ich sogar auf einem Plastikpferd, während Amy zusieht und klatscht.

»Wie findest du Chuck-e-Cheese?«, fragt Amy. »Macht es so viel Spaß, wie du gedacht hast?«

»Ich hatte eine Menge Spaß.«

Amy verengt die Augen. »Du hast nicht mal irgendwas gemacht. Du bist nur dort gesessen und hast die ganze Zeit geredet.« Sie ergreift meine Hand und zerrt mich zur Chuck-e-Cheese-Kabine, wo eine Maschine ein Bild von uns zeichnet. Als Nächstes machen wir uns auf zu einer Fahrt auf einem Eisenbahnwagen, auf dem mein Hintern nur knapp Platz findet. Ich lache darüber, während Luke einen Schnappschuss knipst.

Ich werfe eine Hand hoch. »Echt jetzt?«

»Ja, Papa, du hast uns nicht mal gewarnt.« Amy hüpft von der Eisenbahn und stellt sich direkt neben mich. Ihre Lippen formen das größte Lächeln, das überhaupt möglich ist. Luke schießt noch einige zusätzliche Bilder.

Amy streckt die Hand aus. »Jetzt mache ich eins von dir.«

Bevor ich dagegen protestieren kann, wirft Luke Amy das Telefon zu und hebt mich hoch, seine Arme unter meinen Achselhöhlen und Knien.

Ich quietsche, und Amy knipst Bilder. Ich bin völlig schockiert, als Luke mich küsst, aber ich erwidere den

Kuss kurz, bevor ich gegen seine Brust drücke und er mich am Boden absetzt.

Als ich zu Amy blicke, kichert sie. »Ich habe nicht gewusst, dass mein Papa dich liebt.«

»Oh nein ...«, beginne ich zu sagen, aber Lukes Augen finden meine und die Worte sterben auf meinen Lippen.

»Ich kann nicht glauben, dass du nie herkommen konntest, als du klein warst.« Amy seufzt. »Du als Kind tust mir so leid. Aber wenigstens kannst du jetzt herkommen, wann immer du willst.« Amys Augen sind weit aufgerissen, voller Überzeugung, dass mein Herz angesichts all der verlorenen Erinnerungen an Chuck-e-Cheese bricht.

Luke ergreift meine Hand, und etwas schwellt in meiner Brust. Wüsste ich es nicht besser, würde ich sagen, dass es mein Herz war, das wie das Grinch-Herz um drei Nummern wächst. Meinem Vater waren wir nie wichtig genug, dass er uns hierhergebracht hätte, statt mehr Bier für sich zu kaufen. Luke hingegen kümmert sich um seine Kinder, und sie kümmern mich. Ich will es nicht, tue es aber trotzdem.

Luke und ich verbringen die folgenden Minuten damit, den Rest unserer Credits zu verbrauchen. Ich habe unseren Bedarf klar überschätzt. Anfängerfehler. Luke wirft mit Chase Basketbälle in einen Korb, immer und immer wieder und ich gehe dorthin, wo meine Fähigkeiten geschätzt werden. Als die auf den Karten gespeicherten Punkte endlich verbraucht und unsere Taschen voller Tickets sind, gehen wir zum Ticketmampfer. Nachdem die Kinder ihre für eine Handvoll klebriger Süßigkeiten eingetauscht haben, gehen wir nach draußen zum Wagen.

»Warum bist du beim Spinnen-Bot so gut?«, fragt

Chase mich. Ich habe für die beiden eine Handvoll Tickets nach der anderen gewonnen, nachdem sie realisiert hatten, dass ich unschlagbar darin bin, ins Schwarze zu treffen. »Du kommst sicher ständig hierher.«

Amy verdreht die Augen. »Sie war noch nie hier, Dummkopf.«

»Nenn deinen Bruder nicht Dummkopf.« Luke sagt dies, als hätte er dasselbe bereits millionenfach ausgesprochen.

Chase scheint unbeeindruckt. »Du warst noch nie hier? Warum kannst du das denn?«

Ich lache. »Wir sind nicht zu Chuck-e-Cheese gegangen«, sage ich, »aber mein Nachbar hatte ein altes Videospielsystem namens Playstation, und du siehst hier den fünf Jahre in Folge ungeschlagenen Call of Duty Champion der gesamten Nachbarschaft.«

Chase' Augenbrauen steigen in die Höhe. »Echt?«

Ich nicke. »Eine echte Waffe hatte ich nie in der Hand, aber Mannomann, mit falschen kann ich richtig gut umgehen.«

»Cool«, sagt er. »Papa lässt mich nicht mal eine Luftpistole haben.«

»Du würdest dir wahrscheinlich das Auge ausschießen.«

Amy klatscht. »Ist das nicht aus ›Fröhliche Weihnachten‹? Ich liebe den Film. Können wir ihn uns ansehen?«

Ich schiele zur Sonne, die nun langsam unterzugehen beginnt, und sehe dann zu, wie Luke Chase auf seinen Kindersitz schnallt. »Ich weiß nicht. Darüber muss ich mit eurem Papa reden. Ich habe ja so ziemlich euren ganzen Tag beansprucht.«

»Du warst nicht mal zum Frühstück hier«, sagt Amy.

»Oder Mittagessen«, sagt Chase.

»Oh«, sagt Amy, »vielleicht kannst du morgen zum Frühstück bleiben. Papa macht die allerbesten Pfannkuchen.«

Meine erste Einladung, die Nacht bei Luke zu verbringen, kommt von einer Fünfjährigen. Ich betrachte Lukes Gesicht, auf dem ein gepeinigter Ausdruck liegt, und kichere. »Vielleicht kann ich ein andermal zum Frühstück vorbeikommen.«

»Wenn ihr Kids superschnell in eure Pyjamas schlüpft, können wir *Fröhliche Weihnachten* schauen, aber ich weiß nicht, ob Miss Mary bleiben kann oder nicht. Sie und ich haben heute nur vom Einkaufen gesprochen, und vielleicht hat sie noch Pläne für später.«

»Pläne für was?«, fragt Amy. »Es ist nämlich ein richtig lustiger Film. Dieser Junge schreibt und schreibt all diese Briefe und so und bittet um eine Pistole, und alle sagen, er kann keine haben, weil ...«

»Und dann«, sagt Chase laut, »muss er sich als rosa Hase verkleiden!«

Ich drehe mich um, um Luke ins Gesicht zu blicken, und er zuckt mit den Achseln. »Du darfst gerne bleiben, aber ich würde es verstehen, wenn du nicht kannst.«

»Wie könnte ich es verpassen, ein verkleidetes Kind in einem rosa Hasenkostüm sehen?«, frage ich.

Amy klatscht in die Hände. »Juhu! Du kannst mir helfen, mein Pyjama anzuziehen. Kannst du mir die Zähne putzen?«

Zunächst verschieben Luke und ich all die Geschenke für meine Mädchen in meinen Kofferraum. Aber danach helfe ich Amy tatsächlich beim Zähneputzen, und beim Zuknöpfen ihres flauschigen rosafarbenen Pyjamas ebenfalls. »Ich glaube, von denen muss ich auch ein Paar haben«, sage ich.

Sie sperrt den Mund auf und kräht fröhlich. »Das ist so toll. Jetzt weiß ich, was du zu Weihnachten willst.«

»Das tust du, schätze ich mal«, sage ich ihr. »Aber du brauchst mir nichts zu geben. Ich bin einfach nur froh, dich zur Freundin zu haben.«

»Kann ich dir ein Geheimnis verraten?«, fragt sie.

Ich nicke.

Sie lehnt sich zu mir und flüstert mir ins Ohr. »Ich wünschte, wir würden nicht wegziehen.«

Ich presse die Lippen zusammen und halte mich davon ab, zu sagen, »Ich auch.«

Als Amy und ich das Wohnzimmer erreichen, hat Luke den Film auf dem Fernseher eingestellt. Direkt davor befinden sich zwei große, braune, ans Kino erinnernde Sessel. Der Zweisitzer aus braunem Leder, der senkrecht dazu angeordnet ist, ist noch frei. Luke und Chase sitzen auf den großen Sesseln.

Luke hebt Chase hoch und gibt ihm einen kleinen Schubs. »Ihr beiden müsst euch den Zweisitzer teilen. Die großen Sitze sind für die Erwachsenen.«

Amy quengelt ein bisschen. »Warum kann ich nicht auf Marys Schoss sitzen?«

Luke schüttelt den Kopf. »Du hast Glück, dass du überhaupt spät aufbleiben darfst. Treib es nicht zu weit.«

Ihre Unterlippe schiebt sich vor, aber sie lässt es dabei bewenden. Sie klettert auf den Zweisitzer und Chase folgt ihrem Beispiel, eine blaue Decke in einer pummeligen Hand. Mir fällt auf, dass er darauf beißt, als Luke die Wiedergabe startet. Einige Minuten nach Filmbeginn zieht er eine Decke über unsere Beine und nimmt erneut meine Hand in seine. Es fühlt sich an, als wären wir in der High School und würden unsere öffentliche Liebesbekundung vor den anderen Kids verheimlichen. Ich kichere leise und er wirft mir einen Seitenblick zu.

Einige Minuten später werden meine Augenlider schwer, und Luke legt seinen Arm um mich. Ich schmiege meinen Kopf an seine Brust. Meine Augen schließen sich und ich dämmere weg.

Bis Luke mich wachrüttelt.

Ich setze mich leicht benommen auf. »Ist alles in Ordnung?«

Er hält mein Telefon hoch. »Tut mir leid, dass ich es aus deiner Tasche gezogen habe, aber es hat geklingelt und geklingelt. Ich dachte, vielleicht ist etwas passiert.«

Ich blinzle mehrmals, um meine Augen zu klären, und nehme mein Telefon entgegen. Trudy hat zweimal angerufen. Paisley dreimal. Als mir klar wird, dass Addy ebenfalls unter den Anrufern war, klatsche ich mir gegen die Stirn. »Ich hatte Pläne für heute Abend. Du meine Güte, ich hatte komplett vergessen, dass wir den Mädelsabend auf heute Abend verschoben haben.«

Ich setze mich gerade hin, und die Decke rutscht von meinen Knien auf den Boden. »Meine Schwester und meine zwei besten Freundinnen haben sich bei meinem Haus getroffen, damit wir heute Abend tanzen gehen können.«

Um ein Haar hätte ich geflucht, bis ich realisiere, dass sowohl Amy als auch Chase mich neugierig beobachten. Ich beiße mir auf die Zunge und blicke nach unten auf meine Kleider. Jeans und ein grauer Pulli. So kann ich unmöglich zum Tanzen ausgehen. Ich würde an einem Hitzschlag sterben.

Ich stehe auf. »Es tut mir so leid, aber ich muss los.«

Amy rennt durch den Raum und packt mein Bein. »Geh nicht. Bitte geh nicht.«

Ich gehe gleichzeitig mit Luke in die Hocke, und Amy lässt mein Bein los, damit ihre Hand nicht zwischen Wade und Oberschenkel zerquetscht wird.

»Häschen«, sagt er, »Mary muss gehen. Sie ist viel länger geblieben, als wir geplant hatten, und wir müssen dankbar für die Zeit sein, die wir hatten.«

Amys Unterlippe bebt. Einen Schritt hinter ihr beißt Chase in seine Decke. »Kannst du morgen wiederkommen?«

»Ich weiß nicht. Es gibt da ein paar Dinge, die ich nachholen muss.«

Chase lässt seine Decke fallen. »Warum arbeitest du viel?«

Ich stehe auf. Das ist mein Stichwort. »Nun ja«, sage ich. »Ich mag, was ich bei der Arbeit tue.« Und jetzt, nach einem Tag mit diesen süßen Kindern, fühle ich mich deswegen bereits schuldig.

»Bitte komm morgen.« Amy nimmt meine Hand. »Mein Papa lässt uns bald wegziehen, und bevor das passiert, will ich dich so oft sehen, wie ich kann.«

Ich drücke ihre Hand. »Ich hatte heute so viel Spaß, aber ich muss morgen noch einige weitere Einkäufe für meine Schwester und ihren Sohn und ein paar Freunde machen. Wenn dann noch die Arbeit dazukommt, bezweifle ich, dass ich es hierher zurück schaffe.«

Ihre Miene verdüstert sich und meine Laune ebenfalls, trotzdem schlüpfe ich in den Mantel. »Aber du hast so viel, worauf du dich freuen kannst. Weihnachten liegt direkt vor der Tür.«

»Kannst du bitte mitkommen, wenn wir die Geschenke zu unserer Familie bringen?«, bettelt Amy. »Du hast mir geholfen, alles auszusuchen. Du musst kommen.«

Ich nicke. »Ich werde es wirklich versuchen, okay? Ich möchte es gern. Das ist das Beste daran, Santas Helfer zu sein.«

Amy strahlt mich an, aber als ich auf die Tür zugehe, lässt sie meine Hand ohne weiteren Widerstand los. »Viel Spaß mit deiner Schwester.«

Ich lächle sie an. »Falls sie mir verzeiht, dass ich so spät komme, werde ich das ganz sicher haben.«

»Wenn sie wütend bleibt, kannst du zurückkommen«, sagt Chase. »Ich werfe dir keine Bälle mehr an den Kopf. Versprochen.«

Ich tätschle seinen Kopf und greife nach dem Türknauf. »Danke, dass ihr heute so nett zu mir wart. Ich habe mich blendend amüsiert.«

Als ich durch die Tür trete, höre ich, wie der Film weiterläuft. Luke schlüpft nach mir hinaus, joggt die Stufen hinab und greift nach meiner Hand, bevor ich ihm entkommen kann.

»Wo gehst du hin?« Seine rauchige Stimme überwältigt mich.

»Die Mädels werden gar nicht begeistert sein«, sage ich.

Er zieht mich zu sich, und meine Hände steigen nach oben, um sich über seine Brust auszubreiten. Er muss hier draußen erfrieren, so ganz ohne Mantel. Sein Kopf senkt sich langsam zu meinem, die Augen groß und gefühlvoll, und seine Lippen öffnen sich ein ganz kleines bisschen.

Seine Lippen schließen sich über meinen, verbreiten Hitze und Druck inmitten der eisigen Vorweihnachtsluft.

Ich klammere mich an ihn und meine Arme schlingen sich um seinen Hals.

Dann, viel zu schnell, lässt er mich los. »Ich will nicht, dass du zu spät kommst.«

Mein Kopf fühlt sich benommen an. »Nein?«

Er grinst. »Na schön, doch. Ich möchte dich hierbehalten und nie mehr gehen lassen, aber ich möchte nicht, dass deine Freundinnen mich schon hassen, bevor sie mich überhaupt kennenlernen.« Er klatscht mir leicht auf den Hintern, als ich mich zum Auto drehe. »Fahr vorsichtig und hab Spaß. Aber nicht zu viel Spaß.«

Ich blicke über meine Schulter zu ihm zurück, und als ich in seine Augen blicke, bin ich nahezu bereit, meine Freundinnen sitzen zu lassen. Aber sie werden mir so schon endlos in den Ohren liegen, also nehme ich auf meinem aus Flüssigstickstoff hergestellten Vordersitz Platz und lasse den Motor an. Als dieser dröhnend zum Leben erwacht, winkt Luke mir zu und huscht zurück ins Innere.

Meine Finger berühren meine Lippen und ich sitze einen Moment lang nur im Auto. Ich rede mir ein, dass ich das tue, damit die Heizung warmläuft. Aber eigentlich fällt es mir irgendwie einfach schwer, loszufahren.

16

Sunset Cove liegt nicht allzu weit von meinem Haus entfernt, aber es ist bereits sieben Uhr dreißig. Sofort, nachdem ich gegangen bin, rufe ich Paisley an. Ich hätte Trudy oder Addy anrufen sollen, aber Paisley wird mir das größte Verständnis entgegenbringen.

Sie nimmt ab, bevor auch nur das erste Rufzeichen verstummt ist. »Mädel, wir haben ungefähr zwanzig Minuten auf dich gewartet. Wo bist du?«

»Wo habt ihr gewartet?«, frage ich.

Sie schnaubt. »Bei deinem Haus. Als du keine Uhrzeit oder sonst was bestätigt hast, haben wir beschlossen, herzukommen. Wir nahmen an, du würdest uns fahren.«

Wie immer. Manchmal frage ich mich, ob das das Einzige ist, was meine Freundinnen an mir lieben. Ich trinke nie etwas, also kann ich sie immer sicher nach Hause bringen.

»Tut mir leid«, sage ich. »Ich hatte vergessen, dass wir

es auf heute Abend verschoben haben, und ich war bei Luke.«

»Oooh, ich hatte mir Sorgen gemacht, du würdest den Kontakt mit Luke abbrechen. Na ja, wir sind alle so weit. Aber du musst dich mit haufenweise Details revanchieren. Ich hatte seit Monaten kein anständiges Date mehr.«

Ich höre Addy im Hintergrund. »Wer ist Luke? Wie kommt es, dass ich nie von ihm gehört habe?«

»Weil du immer beschäftigt bist«, sagt Trudy. »Aber ich bin ihre Schwester und wir haben die letzten zwei Wochen tonnenweise Zeit miteinander verbracht. Warum habe ich nichts gehört?«

Ich seufze. »Paisley, bring sie auf den neuesten Stand und ich gebe euch die Details, wenn ich dort bin.«

Ich bin fast schon bei meinem Haus angekommen, als ich das Schild sehe. »Veranstaltung des Tierschutzvereins 08:00 Uhr bis 20:00 Uhr.«

Meine Autouhr steht bei 19:40 Uhr und die Mädels sind bereits sauer auf mich, aber meine Hände drehen das Steuerrad in Eigenregie. Ich rolle auf einen Parkplatz und haste durch die Vordertür des Geschäfts, bevor mir klar wird, was ich da eigentlich tue. Ich will keinen Hund. Ich hatte noch nie einen, aber ich hasse es, wenn sie an mir hochspringen und mich ablecken. Würde ich ein Haustier wollen, was nicht der Fall ist, wäre ich absolut ein Katzenmensch.

Ungeachtet dessen stehe ich nun da und starre in ein Laufgitter aus Plastik, in dem acht oder neun quietschvergnügte Hundewelpen herumtollen. Eine dunkelhaarige Frau mit einer Bobfrisur eilt mit dem Feuereifer einer Autoverkäuferin auf mich zu. »Was bringt Sie heute Abend zu uns?« Ihre großen, weißen Zähne strahlen, als sie lächelt und ich wünschte, ich könnte ihre Wattleistung herunterdrehen.

»Äh, ich bin mir nicht ganz sicher. Die Tochter meines Partners wünscht sich verzweifelt einen Hundewelpen.« Mein Partner? Was sage ich da? Ich möchte mir am liebsten mit einer Hand den Mund zuhalten.

»Nun, kommt ihr Freund noch rein, um bei der Auswahl zu helfen? So etwas machen Paare normalerweise gemeinsam.«

»Oh, er will keinen Hund«, sage ich. »Aber ich habe darüber nachgedacht, einen zu besorgen, mit dem sie in meinem Haus spielen kann.«

Das sanftmütige Lächeln verdorrt auf ihren Lippen. »Äh, aber wollen Sie denn einen Hund? Denn das ist eine große Verantwortung und wir unterstützen eigentlich keine Leute, die sich einen Hund holen und dann zurückbringen, wenn sich die Beziehung zum Tier nicht vorteilhaft entwickelt.«

»Warum würde sie sich nicht vorteilhaft entwickeln?«

Der Mund der Frau klappt auf und sie sagt »Ähh ...« und schließt ihn dann wieder.

Ich schließe die Augen. Ich bin ein solcher Idiot. Was mache ich eigentlich hier? Ich trete vom Welpengehege zurück und sehe mich auf der Suche nach irgendetwas, das ich als Ausrede zum Gehen nutzen kann, fieberhaft um.

Meine Augen fokussieren sich auf die wunderschönen braunen Augen eines riesigen, zotteligen, mehrheitlich weißen Hundes. Ich habe keine Lust auf einen süßen, lebhaften Welpen und schon gar nicht auf einen riesigen, haarigen, voll ausgewachsenen Hund. Als sich dann aber unsere Blicke treffen, hebt dieser Flauschball den Kopf und seine Ohren richten sich auf. Mir fällt auf, dass sich das Weiß entlang der Ohren mit Blassbraun und Grau vermischt und auf dem Gesicht zu einer dunkelgrauen Schnauze verdunkelt. Auch entlang des Rückens erspähe ich helle Braun- und Grautöne.

Das ist der hübscheste Hund, den ich je gesehen habe, obwohl er so aussieht, als hätte er seit einem Jahr nichts gefressen.

Ich vergesse die voreingenommene Frau mit dem Bob komplett und durchquere den Eingangsbereich in Richtung des Hundes, der ganz ruhig daliegt und die Demütigung seiner an einem Drahtgitter befestigten Leine ignoriert. Nachdem ich mich erst einmal auf Armlänge befinde, erhebt sich das Tier in eine sitzende Position, die gigantischen Hinterbeine auf dem Boden ruhend, während die ebenso riesigen Vorderbeine ganz gerade gestreckt sind. Sein Gesicht starrt mich weiter direkt an, während die Augen mich schweigend anflehen.

»Lass mich nicht hier«, scheint der Hund zu sagen. Nachdem ich nun nahe herangekommen bin, stechen das verfilzte Fell und die ungepflegten Klauen hervor, und es riecht nach Erbrochenem. Ich rümpfe die Nase.

»Steh«, sage ich.

Der Hund steht auf.

»Sitz.«

Er setzt sich wieder hin.

»Platz«, sage ich.

Das Tier legt sich hin und legt den großen, wunderschönen Kopf auf die schmutzigen Vorderpfoten.

»Was ist mit diesem Hund?«, frage ich laut, damit Mrs. Hundert-Watt-Lächeln mich garantiert hört.

»Oh, sie gehört nicht zu unserem Welpen-Event. Tatsächlich hat sie heute jemand abgegeben, ohne auch nur die entsprechenden Berechtigungen einzuholen. Hunde sollten nur am Hauptstandort abgegeben werden. Sie ist ein Streuner, aber wir nehmen momentan keine erwachsenen Tiere an. Wir hätten sie komplett ablehnen sollen, allerdings ist sie ein Pyrenäenhund.«

»Wie bitte?«, frage ich.

Die Frau schüttelt genervt den Kopf. »Wenn uns ein reinrassiges Tier erreicht, was auf dieses hier zuzutreffen scheint, registrieren wir sie nicht in einem Tierheim, wo nur sieben Tage Zeit blieben, bevor es vergast wird. Wir rufen die verschiedenen Tierrettungen an und finden normalerweise einen Platz für das Tier. Demnächst kommt eine Frau vorbei, um sie abzuholen.«

»Also kommt sie in ein Zuhause, das Pyänenhunde liebt?«

»Der vollständige Name ist eigentlich ›Pyrenäenberghund‹, mit dem Berg.«

»Oh, Entschuldigung. Pyrenäen. Pyrenäenberghund.«

»Das ist besser. Aber nein, sie kommt nicht in ein neues Zuhause. Die Frau, die sie abholen kommt, mag und ist vertraut mit dieser Rasse und besitzt vermutlich schon mehrere davon. Sie wird sie pflegen, bis die Beurteilung gemacht wurde und sie ihr ein anderes Zuhause finden können.«

»Also ist der Hund ein Mädchen?«, frage ich.

Sie nickt. »Falls sie aber nicht innerhalb einer angemessenen Frist einen Platz findet, kommt sie zu uns zurück.«

»Was ist angemessen?«

Mrs. Hundert-Watt-Lächeln zuckt mit den Achseln. »Ein Monat? Durch die Festtage vielleicht etwas länger.«

»Das ist schrecklich«, sage ich. »In einem Monat

schickt man sie zu Ihnen zurück, und Sie töten sie?«

Die Frau sagt, »Wir töten viele Hunde. Tut mir leid, dass Sie das als verstörend empfinden, aber es ist die Realität, die Ihre Straßen sauber und ordentlich hält.«

»Kann ich die Telefonnummer dieser Frau bekommen?«, frage ich. »Vielleicht will ich die Hündin.«

Sie hebt eine Augenbraue. »Sie sagten, die Tochter Ihres Partners will einen Welpen.«

»Das habe ich, und dann sagten Sie, ich sollte mir nur einen Hund holen, den *ich* will. Und diesen hier mag ich.«

Sie presst die Lippen zusammen. »Wir geben den Leuten keine Hunde aus einer Laune heraus. Wir möchten ein solides Engagement sehen. Es ist nicht gut für diese Tiere, herumgereicht zu werden. Sie hat bereits genug Traumatisches durchgemacht.«

Ich ziehe eine Visitenkarte aus meiner Tasche. »Hier sind meine Kontaktinformationen. Geben Sie das der Frau von der Tierrettung. Vielleicht denkt sie anders darüber.«

Die Frau überreicht mir ein Stück Papier mit einer darauf gekritzelten Nummer. »Falls Sie nichts von ihr hören und sich sicher sind, dass Sie einen Hund wollen und bereit, sich um einen zu kümmern, rufen Sie sie doch an.«

»Danke.«

Ich gehe wieder vor dem wunderschönen Hund in die Hocke und flüstere ihr zu. »Ich arbeite viel, und ich hatte noch nie einen Hund. Vielleicht hasst du mein Haus. Aber ich habe meine Informationen hinterlassen, und vielleicht ruft deine Pflegemutter mich an.«

Ich stehe auf und jogge praktisch durch die Tür zurück zu meinem Auto.

Als ich endlich mein Haus erreiche, stürzen sich Trudy, Paisley und Addy in der Sekunde auf mich, in der ich durch die Tür trete.

»Was hat so lange gedauert?«, fragt Trudy.

»Ja, wo lebt er denn?«, fragt Paisley. »In Macon?«

»Und wie konntest du vergessen, dass wir einen Mädelsabend geplant hatten?« Addy stützt eine Hand auf die Hüfte.

Ich setze meine Handtasche auf der Küchenanrichte ab. »Fröhliche Weihnachten euch allen! Es ist so schön, euch zu sehen. Tut mir leid, dass ihr auf mich warten musstet.«

Ich gehe durch die Küche ins Wohnzimmer, wo ich aufs Sofa sinke. Trudy geht hinter mir her, Paisley hüpft und Addy pirscht sich regelrecht an, aber alle erreichen das Wohnzimmer und setzen sich neben mich. Trudy nimmt das andere Ende der Couch, und Addy und Paisley nehmen sich je einen Stuhl.

»Wenn wir tanzen gehen«, sage ich, »besteht keine allzu große Eile. Vor neun Uhr dreißig oder zehn ist nie viel los.«

»An einem Sonntag schon. Dann fängt es früher an, weil man auch früher aufhört. Die Leute haben Arbeit, für die sie aufwachen müssen. Was nicht der springende Punkt ist«, sagt Trudy. »Ich habe eine der Schwestern vom Krankenhaus als Babysitterin engagiert, damit ich dich sehen konnte und nicht, damit ich in deinem Haus sitze und mit den Füßen wippe.«

Paisley verdreht die Augen. »Ein bisschen warten stört niemanden. Und wir haben einige deiner gefrorenen Zuckerkekse gegessen, während wir gewartet haben, also danke dafür.«

Ich lache leise. »Natürlich habt ihr das.«

Addy tippt ungeduldig die Finger gegen die Armlehne ihres Stuhls. »Und jetzt, Details. Wer ist dieser Luke und wie habt ihr euch kennengelernt? Und wann? Paisley war nicht besonders mitteilsam.« Sie macht ein finsteres Gesicht und ich realisiere, dass sie eifersüchtig ist, weil Paisley von jemandem wusste, der ihr unbekannt ist. Eine eifersüchtige Addy ist eine Crabby Abby. Mein Reim bringt mich zum Lächeln.

»Ich habe Luke neulich abends im Bentleys getroffen, als ich auf Shauna gewartet habe.«

»Moment mal, warum hast du im Bentleys gewartet?«, fragt Trudy. »Davon wusste ich nichts.«

Ich seufze. Ich sollte niemandem davon erzählen, aber ich denke, dieses Verbot war eigentlich für die Leute im Büro gedacht. Natürlich muss ich es mit meinen Freunden und der Familie besprechen, um zu einer Entscheidung zu gelangen. »Shauna hat mir eine Beförderung angeboten. Eigentlich ihren Job. Sie zieht zurück nach London.«

Paisley schnappt nach Luft. »Was? Also war die Versetzung in die Buchhaltung ...« sie wedelt mit den Händen in der Luft. »Eine *Lüge?*«

Ich kann mein Lächeln nicht unterdrücken. »Shauna hat mir ein Versprechen abgerungen. Ganz ehrlich, ich kann nicht glauben, dass du es nicht durchschaut hast.«

Paisley verschränkt schnaubend die Arme. »Ich meine, das habe ich. Aber du hättest mir trotzdem davon erzählen sollen.«

Trudy hat unsere Unterhaltung verfolgt wie ein Golden Retriever, der ein Tennismatch beobachtet, aber nun heben sich ihre Augenbrauen. »Nimmst du das Angebot an?«

Sie weiß, dass ich meinen Job liebe; ich liebe es, die Zahlen durchzugehen und Steuererklärungen zu bearbeiten. Ich möchte nicht, dass ihr klar wird, warum ich die Beförderung annehme. Also muss ich hier überzeugend sein.

»Ja«, sage ich. »Ich nehme an. Es ist die Gelegenheit, auf die ich gewartet habe. Mehr Wochenstunden, aber gleichmäßig verteilt und nicht nach der Steuersaison gewichtet.«

Paisley blickt von Trudy zu mir und wieder zurück, sagt jedoch nichts über meine Gründe. Ich weine beinahe vor Erleichterung.

»Gratulation zur Beförderung«, sagt Addy. »Ich bin echt nicht mehr auf dem Laufenden.«

Ich zucke mit den Achseln. »Es ist keine große Sache, ganz ehrlich.«

»Äh«, sagt Trudy, »eben hast du gesagt, es wäre die Gelegenheit, auf die du gewartet hast.«

»Ist es besser bezahlt?«, fragt Addy.

Ich nicke.

»Warum hast du uns nicht eine Gruppennachricht geschickt und geschwärmt und damit angegeben?«, fragt Addy. »Dafür hat man Freunde. Damit wir zusammen feiern können.«

Ich zucke mit den Schultern. »Ich wollte euch nicht nerven, schätze ich mal.«

Addy schüttelt den Kopf. »Na, der Schuss ging nach hinten los. Jetzt bin ich genervt, weil du es mir nicht erzählt hast.«

Ich verdrehe die Augen. »Na ja, finde dich damit ab, denn ich habe an dem Abend beim Warten auf Shauna einen Mann namens Luke getroffen. Er war witzig und ziemlich hartnäckig. Am Ende habe ich ihm meine Nummer gegeben.«

Paisley grinst. »Und er ist superscharf.«

»Moment mal«, sagt Trudy. »Du hast ihn *kennengelernt?*«

Paisley lächelt und wirft die Haare nach hinten. »Ich habe ihr an dem Abend, an dem sie sich kennengelernt haben, mein Kleid geliehen. Dann habe ich ihr pausenlos deswegen geschrieben, und sie zeigte mir ein Foto, das er ihr geschickt hat. Er hat blaue Augen und das schönste Lächeln, das ich je gesehen habe. Oh, und er ist groß. Habe ich erwähnt, dass Mary sagte, er wäre groß?«

Ich rolle mit den Augen. »Die Sache ist die, mit all dem Arbeitszeug und Santas Vertreter, das von Foster diesmal wirklich stillgelegt wird, hatte ich nicht die Zeit, allen ein Update zu gehen. Davon abgesehen – Trudy, du warst mit deinen eigenen Sachen beschäftigt.«

»Wie geht es Troy?«, fragt Paisley. »Ich habe für den kleinen Kerl gebetet.«

Addy wirft die Hände in die Luft. »Was ist mit Troy los?«

Ich starre Trudy bedeutungsvoll an. »Du musst es den Leuten erzählen. Alles, sonst kann dir niemand helfen, Dummerchen.«

Trudy blickt auf ihre schwarzen Stiefel und murmelt etwas, das nicht einmal ich hören kann.

»Ich verstehe dich nicht«, sagt Addy. »Was ist los?«

Ich habe Mitleid mit der armen Trudy. »Chris hat sie verlassen, und kurz nachdem sie von seiner Freundin erfahren hat, entdeckte sie, dass Troy an Diabetes vom Typ I leidet. Die letzten paar Wochen waren hart.«

Eine Träne rollt über Trudys Gesicht. »Aber ich möchte über nichts von dem reden. Ich habe es satt, darüber nachzudenken und mich im Selbstmitleid zu suhlen. Heute Abend muss ich ein wenig Spaß haben.«

Ich stehe auf und wische mit den Händen meine Jeans ab. »Wenn wir schon gerade beim Thema sind, ich gehe mich umziehen. Ihr könnt mich auf dem Weg nach Flare einer Psychoanalyse unterziehen, okay?«

»Oh, wir werden dich analysieren«, sagt Paisley. »Dieser Unterhaltung entkommst du nicht. Ich will wissen, was du eigentlich den ganzen Tag über in seinem Haus getan hast. Ich dachte, das wäre etwas Ungezwungenes und würde nicht halten.«

»Moment«, sagt Trudy. »Wie bitte?«

Paisleys Kinnlade klappt nach unten. »Oh em gee, hast du gestern bei ihm übernachtet? Warst du deswegen dort?«

Ich drehe mich auf der Ferse, um ihre Theorie zu entkräften. »Natürlich nicht. Wir waren nur einige Male zusammen aus.«

»Na ja, was hast du dann getan?«, sagt Paisley. »Eine Verabredung tagsüber ist seltsam.«

Paisley, Trudy und Addy folgen mir zu meinem Schlafzimmer und beginnen damit, jedes Outfit, das ich aus dem Schrank ziehe, zu bewerten.

»Nicht das schwarze Kleid«, sagt Addy. »Das ist für deinen Hautton zu dunkel.«

»Danke dafür.« Ich werfe das Kleid in eine Ecke.

»Nicht das Gelbe«, sagt Paisley. »Damit siehst du wie eine Banane aus.«

»Du meine Güte«, sage ich. »Wo wart ihr Leute, als ich dieses Zeug gekauft habe?«

Addy zuckt mit den Achseln. »Wir sind jetzt hier.«

Schließlich legt niemand mehr Widerspruch ein, als

ich in braune Hosen und ein helles, smaragdgrünes Trägertop schlüpfe und mir dazu einen elfenbeinfarbenen, schulterfreien Strickpulli überwerfe.

»Perfekt«, sagt Trudy. »Nicht zu übertrieben, nicht zu kalt oder zu warm und viel Struktur. Ich liebe es.« Sie wirft mir eine lange Halskette aus schwarzem Leder mit einem riesigen, silbernen Herzanhänger über den Kopf. »Lasst uns gehen.«

Nachdem alle in mein Auto eingestiegen sind – Trudy auf dem Vordersitz, Pais und Addy hinter uns – knüpft Paisley wieder ans vorherige Thema an. »Schluss mit den Ausflüchten. Was hast du heute in Lukes Haus gemacht?«

Meine Finger umklammern das Steuerrad so fest, dass meine Fingerknöchel weiß werden. »Wir waren einkaufen.«

»Einkaufen? Was denn?«, fragt Paisley. »Hochzeitsringe?«

»Meine Güte, Pais«, sagt Addy. »Mach mal langsam.«

Paisley wirft Addy einen wütenden Blick zu, den ich im Rückspiegel sehe.

»Wir haben für unsere Santas Vertreter-Familien eingekauft.«

»Hast du ihn da mit reingezogen?«, fragt Addy.

Ich schüttle den Kopf. »Er hat sich von sich aus dafür angemeldet, bevor wir uns überhaupt kennengelernt haben. Tatsächlich waren wir auf einem Date, bevor mir klar wurde, dass er auf dieser Liste steht. Es später herauszufinden war etwas unangenehm. Das ist einer der Gründe, warum Paisley alles über ihn weiß. Jemand hat ihn als Begünstigten auf die Liste gesetzt, und er hat sich gemeldet, um eine Familie zu unterstützen.«

»Was offensichtlich ein Fehler war«, sagt Paisley. »Er braucht ja keine Unterstützung.«

»Eine Sekunde.« Addys Augen weiten sich. »Wenn jemand dachte, er wäre bedürftig ... hat er Kinder?«

Sie wissen alle, dass das für mich ein Ausschlusskriterium ist.

Ich seufze melodramatisch. »Er ist ein leitender Elektriker und bearbeitet Großaufträge wie das Citibank-Gebäude in der Innenstadt, das gerade fertiggestellt wird. Aber er reist für die Arbeit herum, also leben er und ja, seine zwei Kinder, in einem Wohnmobil. Darum dachte eine wohlmeinende Frau aus seiner Kirche, er würde etwas Hilfe brauchen.«

Ich wappne mich innerlich, bereit für die kommende Flut an kritischen Bemerkungen. Ich weiß, dass sie es gut meinen, also werde ich damit fertig.

Niemand sagt ein Wort.

Ich war vorbereitet auf Witze, gut gemeinte Kritik oder sogar Schelte. Aber Schweigen? Denken sie, er hört sich dermaßen furchtbar an?

»Seine Kinder sind eigentlich irgendwie süß«, sage ich.

»Du findest alle Kinder süß«, sagt Trudy. »Sogar Troy, und er ist ein Alptraum.«

Ich tätschle ihre Hand. »Troy ist kein Alptraum. Er ist lebhaft.« Und wahrscheinlich nicht ganz so gut erzogen, wie er es sein sollte, aber diesen Gedanken auszusprechen würde niemandem helfen.

»Du willst keine Kinder. Niemals«, sagt Addy wenig hilfreich.

»Nein, das weiß ich«, sage ich, »aber die Sache ist die ...«

»Wow, du ziehst ihn in Erwägung, obwohl er Kinder

hat?« Paisley lächelt verschmitzt. »Du hast dich verknallt. Wie eine kleine Babykatze. Das Kätzchen hat ein Schätzchen.«

»Nein, so ist es nicht, Pais. Ich sagte es dir ja bereits, er zieht in etwa drei Wochen weg. Also spielt es keine Rolle. Ich kann ihn mögen und mit seinen Kindern interagieren, und es kann überhaupt nichts Ernstes daraus werden.«

Trudys Finger umklammern fest meine freie Hand. »Wo zieht er als Nächstes hin? Du kannst nämlich nicht weg.« Aus ihrer Stimme spricht die Panik, und ihre Augen starren mich verzweifelt an. »Ich brauche dich. Troy und ich, wir brauchen dich beide.«

Ich drücke ihre Hand ebenfalls. »Ich ziehe nicht weg, Trudy. Das verspreche ich. Er geht nach Kentucky, und ich werde nicht mit ihm gehen. Ich bin für dich da, egal was passiert. Das werde ich immer sein.«

»Heute bist du mit ihm und seinen Kindern einkaufen gefahren?«, fragt Addy. »Etwa den ganzen Tag lang?«

»Nein, nur für einen Teil des Tages. Ich bin nach dem Mittagessen hingefahren, danach waren wir für Santas Vertreter einkaufen, und dann gingen wir am Abend noch essen.«

»Wo seid ihr hin?«, fragt Paisley. »Irgendwo, wo es gut ist?«

Ich werfe die Haare in den Nacken. »Wir hatten die zwei Kinder dabei, also sind wir zu Chuck-e-Cheese.«

Addy lacht. »Oh Mann, du musst ihn wirklich mögen.«

Ich unterdrücke mein Grinsen, da sie richtig liegt. Das tue ich, wahrscheinlich viel, viel zu sehr.

»Alles, was sich seine Tochter zu Weihnachten wünscht, ist ein Hündchen«, sage ich, »und sie kann keines haben, weil sie in einem Wohnmobil leben. Es ist schwierig, einen Hund zu halten, wenn man so viel reist. Und es ist einfach nicht genug Platz da. Und Leute, auf meinem Heimweg habe ich heute so eine Art Adoptionsevent für Hundewelpen gesehen. Bin sogar dort vorbei und habe mir die Hunde angeschaut. Ich weiß, das klingt verrückt ... aber als ich das Schild vom Tierschutz gesehen habe, fühlte es sich an wie, ich weiß nicht, eine Art von göttlicher Botschaft oder etwas in der Art.«

Erneutes Schweigen.

»Okay Leute, sagt etwas.«

Paisley schüttelt ganz langsam den Kopf, was ich nur knapp aus dem Augenwinkel heraus sehe. »Mädchen, ich weiß nicht, was ich sagen soll. Wir haben uns ja gewünscht, dass du jemanden für immer und ewig findest, aber.«

»Das hört sich für mich auch alles ziemlich verrückt an.« Trudys Augen weichen meinen aus.

Ich fahre auf den Parkplatz hinter unserem Lieblingsnachtclub. Flare hat immer gute Musik, und Zigaretten sind nirgendwo auf dem Gelände erlaubt. Was irgendwie witzig ist, da der Name nach einem Lokal klingt, das ganz im Zeichen der Flammen steht.

»Wir sind da«, sage ich.

»Ja«, sagt Trudy, »das sind wir.«

Sie steigen alle aus und rennen praktisch vom Auto davon. Oder vielleicht flüchten sie vor mir. Ich gehe langsam, um sicherzustellen, dass es nicht vereist ist – vorbei an der Girlande, die sich um das Geländer rankt, das von der Rampe zum Vordereingang verläuft.

Die glitzernden Lichter, falschen Stechpalmenblätter und die aus dem Inneren dröhnende Musik sollten bei mir Glücksgefühle entfachen. Aber ich kann nicht aufhören, darüber nachzudenken, dass ich keinen Hund bekommen kann. Und das nur, weil Amy einen will, was absolut verrückt ist. Aber vielleicht könnte ich für mich selbst einen Hund beschaffen.

Und dieser abgemagerte, flauschige Weiße ist möglicherweise perfekt für mich. Ich war mir meiner Einsamkeit nicht bewusst, bevor ich über Lukes bevorstehenden Umzug nachzudenken begann.

Ich schlüpfe durch die Vordertür und mache mich auf den Weg zur Tanzfläche. Meine Freundinnen stürzen sich immer schnurstracks darauf. Nur sind sie nicht da. Ich kneife im Halbdunkel die Augen zusammen, bis ich sie endlich aufspüre, zusammengedrängt um einen Stehtisch in der hinteren Ecke. Ich nähere mich ihnen vorsichtig, wobei ich der umherstolpernden und lallenden Junggesellinnenabschiedsfeier am benachbarten Tisch ausweiche.

»Was ist los?«, frage ich. »Zu müde zum Tanzen?«

Addy verzieht das Gesicht. »Wir haben über diese ganze Sache mit Luke nachgedacht, und du weißt, dass wir dich gernhaben. Also meinen wir es nur gut.«

Mein Gesicht nimmt einen mürrischen Ausdruck an. »Wenn du mit einem Vorwort einleitest, kann es nichts Gutes sein.«

Paisley hebt die Hand, als wären wir in der ersten Klasse. »Äh, fürs Protokoll, ›wir‹ schließt mich nicht mit ein. Ich bin nicht ihrer Meinung.«

Addy wölbt eine Augenbraue. »Na schön, ich und Trudy. Wir finden, du musst Luke den Laufpass geben.«

Ich werfe die Hände in die Luft. »Ihr habt mir seit der Trennung von Foster in den Ohren gelegen, ich solle mich mit jemandem verabreden.«

Trudy schüttelt den Kopf. »Stimmt, aber nicht so.

Nicht einen Kerl, der *Kinder* hat, was du nicht willst, und *in ein paar Wochen wegzieht.*«

Addy nickt. »Genau. Du vergisst Mädelsabende, gehst zu Chuck-e-Cheese und suchst nach Hunden, die du adoptieren kannst? Nichts davon passt auch nur ansatzweise zu ›Mary‹. Dieser Kerl verändert dich, und das letzte Mal, als ich so etwas gesehen habe, war ...«

Trudy stößt Addy einen Finger in die Rippen und sie keucht. »Was sollte denn das?«

Trudy klatscht sich gegen die Stirn. »Sag nicht Foster, fang nicht damit an. Erinnerst du dich daran? Wir waren gleicher Meinung.«

Meine Kinnlade klappt hinunter. »Luke ist kein bisschen wie Foster.«

Meine Schwester hebt eine Augenbraue. »Na ja, er ist nicht reich und stammt nicht aus Atlanta. Und er lebt in einem Wohnmobil, also ja, sie unterscheiden sich genau auf die falsche Art. Aber deine Reaktion auf Luke ist so ziemlich dieselbe. Mit Foster hast du das Laufen aufgegeben und fingst mit dem Fahrradfahren an. Du hast Kaffee zugunsten von Tee aufgegeben. Hast dir angewöhnt, jeden Sonntag zu brunchen.«

Addy rümpft die Nase. »Du hast es aufgegeben, *du* zu sein, damit du Fosters Version von dir sein konntest.«

Ich stampfe mit dem Fuß auf. »Hör mal zu. Nichts von dem ganzen Mist macht mich zu der, die ich bin. Ich kann mit dem Typen, mit dem ich mich verabrede, etwas Neues versuchen und es tatsächlich mögen, weißt du. Aber letzten Endes war ich immer noch ich. Wir haben nicht zusammengepasst, also haben wir es beendet.«

»Es hat dich zerstört«, sagt Paisley mit einer so leisen Stimme, dass ich sie kaum höre. Natürlich ist der Junggesellinnenabschied hinter mir auch nicht gerade hilfreich. Die mutmaßliche zukünftige Braut trägt ein langes Band um die Hüfte und kippt ein Glas Wein hinunter, welches definitiv schon eines zu viel ist. Unter ihrem dröhnenden Gelächter und dem grauenhaften Dance-Remix von *Das ist sicher der Weihnachtsmann* kann ich kaum meine eigenen Gedanken hören und schon gar nicht ein schlüssiges Argument vorbringen.

»Das ist die falsche Musik«, sage ich. »Spielt Tanzmusik oder Weihnachtsmusik. Aber weihnachtliche Tanzmusik?« Ich tue so, als würde ich mich übergeben.

»Du hast recht«, sagt Addy, »aber du versuchst, das Thema zu wechseln.«

Ich lehne mich gegen den Tisch, bis mir bewusst wird, wie klebrig dieser ist, aber da ist es bereits zu spät. Meinen Pulli ziert nun ein Ellbogenfleck unbekannter Herkunft. Ekelhaft. »Schau mal, Foster hat versucht, mich zu verändern. Er hat gebettelt, mich angefleht und bedrängt, damit ich zustimme, Kinder zu bekommen. Aber ich wollte keine und habe nicht nachgegeben.«

»Luke hat zwei Kinder«, sagt Trudy. »Und du bist dabei, dir einen Hund zuzulegen?« Sie schließt die Augen und schüttelt langsam den Kopf. »Das macht uns Sorgen. Er ist nicht gut für dich.«

»Was ist mit dir, Trudy? Hast du Chris schon gesagt, dass du mit ihm fertig bist?«

Ihre Augenbrauen ziehen sich zusammen und der Mund verdichtet sich zu einer dünnen Linie.

»Du kannst mir nicht erzählen, ich solle einem absolut wundervollen Mann den Laufpass geben, wenn du noch nicht mal deinen wertlosen Fremdgeher-Mann aufgegeben hast.«

»Ich versuche, dir dabei zu helfen, dass du genau dieses Unglück vermeidest, das ich durchmache«, sagt Trudy. »Und was Chris angeht, kannst du mich nicht unter Druck setzen, weil wir ein gemeinsames Kind haben. Das ist etwas anderes.«

Kinder machen alles komplizierter. Das weiß ich schon viel zu gut.

Addy berührt meine Hand. »Wir sind deine Freundinnen, Mary. Wir lieben dich. Wir versuchen, dir zu helfen, also versteh's nicht falsch.«

»Es spielt keine Rolle«, sage ich langsam. »Ich weiß euren Beitrag zu schätzen, aber Luke zieht weg. Warum kann ich mich nicht ein paar Wochen lang mit jemandem verabreden und dann zur Normalität zurückkehren? Nächste Woche habe ich eine Festtagsparty, und dann ist es Weihnachten. Warum soll ich mir die Mühe machen, es zu beenden, wenn es ein paar Wochen später automatisch vorbei ist?«

»Weil du die Kontrolle übernimmst«, sagt Trudy. »Genau das, was ich mit Chris machen soll, wie du immer wieder sagst.«

»Was ist mit dir?«, frage ich Paisley. »Du hast kein Wort gesagt.«

Paisley sieht mir in die Augen. »Ich bin nicht einverstanden, dass du Luke fallen lassen solltest, nur weil er Kinder hat oder dich dazu bringt, zu Chuck-e-Cheese zu gehen. Aber ich habe den Mund gehalten, weil ... na ja, du magst ihn so sehr, Mary. Ich habe mich so darauf gefreut, das zu sehen, aber jetzt wissen wir, dass er wegzieht? Ich finde schon, dass du es zu deinen Bedingungen beenden solltest. Sonst beschäftigt er dich jedes Mal, wenn er für Besuche von Familie oder Freunden in die Stadt kommt.

Und zwischen zwei Jobs. Wenn daraus nichts werden kann, und da bist du scheinbar steinhart, solltest du ihn jetzt gehen lassen. Bevor er dir noch schlimmer zusetzt.«

»Wenn ich in der Zeit zurückreisen könnte«, sage ich laut und konkurriere mit den kichernden Brautjungfern und der schrecklichen Weihnachtsmusik um Aufmerksamkeit, »Würde ich immer noch meinen Ex daten, obwohl ich wüsste, wie es enden wird. Obwohl sich alles zum Schlechten entwickelt hat, bereue ich ...« Die Musik verstummt, und plötzlich ist es still. Als ich den Satz beende, erfüllt meine Stimme meine ganze Umgebung. »Nicht eine einzige Minute, die ich mit Foster verbracht habe.«

Die Brautparty wendet sich langsam uns zu, und alle sieben Gesichter nehmen seltsamerweise meines ins Visier. »Oh. Mein. Gott.« Die Braut lallt, ihre Worte sind undeutlich. »Du bist Mary Scheiß-Wiggin.«

Ich bin in die Grauzone eingetreten. Woher kennt dieses Mädchen meinen Namen? Die Musik setzt erneut ein, nun mit einer Tanzversion von Stille Nacht. Ich könnte den Horror dieser neu abgemischten Version unmöglich mit Worten beschreiben. »Äh, ich bin Mary Wiggin«, rufe ich. »Und wer sind Sie?«

Die zukünftige Braut trägt eine Krone aus funkelnden rosafarbenen Steinen, die schief auf einem riesigen, gebauschten Nest blonder Locken sitzt. Ihre dunkelbraunen Augen blitzen, während etwas von ihrem Lippenstift verzweifelt an ihren beiden Vorderzähnen festklebt. »Ich bin Jessica Hansen. Ich heirate Foster Bradshaw.«

Meine Kinnlade klappt nach unten und ich spreche, ohne nachzudenken. »Aber das kann nicht sein. Sie haben getrunken!«

Sie wankt auf mich zu und ihre Freundinnen stolpern hinter ihr her. Auf dem Plattenboden der Tanzfläche klacken die Stöckelschuhe der ganzen Gruppe laut genug, dass ich sie durch die Musik höre. »Ich kann trinken, was ich will. Ich bin dieses Jahr dreiundzwanzig geworden.«

Ich mustere sie von Kopf bis Fuß. Sie trägt ein Etuikleid in Kaugummirosa, das ihre Figur zur Schau stellt, und entweder steht ihr eine vom Hautkrebs gezeichnete Zukunft bevor oder sie investiert einen Haufen Geld in Bräunungsspray. So oder so sehe ich, warum Foster von ihr gefesselt ist. Aber sie unterscheidet sich so sehr von mir, dass ich mich frage, ob ich Foster überhaupt gekannt habe.

»Hallo?«, blafft sie mir ins Gesicht. »Was gibt dir das Recht, mir zu sagen, was ich zu tun habe?«

Die versprengten »Genau«, »Du sagst es« und »Nur zu, Mädchen!« von ihrer Clique ärgern mich.

»Du bist schwanger«, sage ich. »Dein Baby bekommt das fetale Alkoholsyndrom, wenn du während der Schwangerschaft trinkst, du Idiot. Du bist so jung, dass du in der High School vielleicht noch keine Sexualkunde hattest, aber das ist so ziemlich Regel Nummer zwei direkt nach den doppelten Verhütungsmitteln. Was das angeht, hast du scheinbar auch nicht wirklich aufgepasst.«

Statt in Panik zu verfallen oder rot zu werden, wie ich es erwarten würde, wird sie noch mürrischer. »Nicht, dass es dich irgendetwas angehen würde, aber ich bin nicht schwanger.« Sie streckt die Nase in die Höhe und stolziert davon. Ihre Freundinnen durchbohren mich mit bösen Blicken, während sie auf Zwölf- bis Fünfzehn-Zentimeter-Absätzen durch den Raum wanken.

Wie gerufen erscheint der Barkeeper mit unseren Getränken.

»Ich habe dir eine Cola mit Zitrone bestellt«, sagt Trudy. »Wie immer.«

Ich zwinge mir ein Lächeln auf. »Danke.«

Niemand spricht das Thema Luke mehr an. Tatsächlich stürzen sich Addy, Paisley und Trudy allesamt schnurstracks auf die Tanzfläche, nachdem wir unsere Getränke geleert haben. Wir tun so, als wären Fosters Verlobte und ihre Freundinnen nicht hier – was nicht ganz einfach ist angesichts ihrer blöden Schärpen, die sie als »Braut« und »Brautjungfer« kennzeichnen. Aber wir halten durch.

Als wir uns dann aber auf den Heimweg machen, habe ich nahezu drei Stunden lang an nichts anderes gedacht als Luke und meine Trennung von Foster. Nachdem wir alle auf die Sitze meines Autos gerutscht sind, drücke ich den Knopf für die Sitzheizung und räuspere mich dann.

»Vielleicht habt ihr recht. Foster zu verlieren hat mich umgeworfen. Das will ich nicht noch einmal durchmachen. Hätte jemand mir gesagt, dass Foster Kinder will und ich ohne sie keine Chance habe, hätte mir das eine Menge Zeit und Herzschmerz erspart.«

Addy tätschelt mein Knie. »Das ist die richtige Entscheidung, weißt du. Wir lieben dich alle. Wir wollen das Beste für dich.«

Ich nicke. »Das weiß ich. Vielleicht war Luke der Lückenbüßer, den ich gebraucht habe und nach den Festtagen muss ich bereit sein für jemanden, mit dem ich wirklich eine Beziehung eingehen kann.«

Trudy und Addy versichern mir beide, dass das wohl die Wahrheit ist. Ich setze sie zu Hause ab, erst Trudy und dann Addy. Da Paisley sie abgeholt hat, steht nur ihr

Wagen bei meinem Haus, also wird sie die Nacht bei mir verbringen. Ich schwöre, das Trinken ist so ein Mordsaufwand, dass ich keine Ahnung habe, warum sich überhaupt jemand die Mühe macht. Sie umarmen mich fest und sagen mir, ich hätte die intelligente Wahl getroffen und ich weiß, dass sie recht haben. Als ich dann mein Haus erreiche, habe ich von meinem Telefon einen Signalton gehört. Ich fahre in die Garage und nehme vor ihren Augen das Telefon in die Hand.

Ich lächle, als ich sehe, dass die Nachricht von Luke ist. ICH HOFFE, DU HATTEST EINEN LUSTIGEN MÄDELSABEND. DU BIST SO SCHNELL GEGANGEN, DASS ICH NICHT MEHR NACHFRAGEN KONNTE. PLÄNE FÜR MORGEN?

Ich schließe die Augen und setze das Telefon ab. Paisley reißt es aus dem Getränkehalter an sich. »Ooh, der Loverboy höchstpersönlich.«

»Gib das her«, sage ich, müde und urplötzlich genervt.

Sie wackelt mit den Schultern. »Dir wäre es nur recht, wenn ich raushüpfe und mir meinen Weg ins Innere schlängle, damit du ihm mit einer Textnachricht den Korb geben kannst. Du großer Angsthase.«

Bevor ich ihr das Telefon wieder entreißen kann, beginnt sie damit, eine Nachricht zu verfassen. Als ich es ihr dann endlich aus der Hand winde, hat sie bereits Abschicken gedrückt.

NOCH KEINE PLÄNE. WORAN HATTEST DU GEDACHT?

Drei winzige Punkte zeigen an, dass Luke eine Antwort tippt. Paisley und ich starren beide wie ein Hund, der ein Eichhörnchen beäugt, auf das Telefon. Schließlich erscheint die Nachricht.

LASS MICH ABENDESSEN FÜR DICH KOCHEN. HABE EINEN BABYSITTER GEFUNDEN. WIR KÖNNEN BEI DIR ODER BEI MIR.

Paisley blickt mich kopfschüttelnd an. »Du kannst nicht zu jemandem nach Hause gehen, nicht, wenn du mit ihm Schluss machst. Das wäre zu unangenehm. Du musst ein Restaurant vorschlagen.«

Sie hat recht. KÖNNEN WIR STATTDESSEN AUSGEHEN? ICH WILL MICH NICHT MIT DEM AUFRÄUMEN BEFASSEN.

KLAR, schreibt Luke, STAPLEHOUSE. TREFFEN WIR UNS DORT? ODER SOLL ICH DICH ABHOLEN? 18:30 OK?

»Äh, wie will er ins Staplehouse reinkommen?«, fragt Paisley. »Das ist etwa einen Monat im Voraus ausgebucht.«

Ich zucke mit den Achseln. »Vielleicht weiß er das nicht. Er ist nicht von hier. Aber auch wenn wir nicht reinkommen, könnten wir immer noch in ein anderes Lokal in der Nähe.«

DAS IST OK. WIR TREFFEN UNS DORT.

»Falls er ins Staplehouse reinkommt, solltest du vielleicht nicht mit ihm Schluss machen.« Paisley grinst, dann nimmt ihr Gesicht einen ernsten Ausdruck an. »Addy und Trudy meinen es gut, aber sie sind nicht du und sie haben keine Ahnung, nicht wirklich. Bist du sicher, dass du das willst?«

»Nein, und das ist genau der Grund, warum ich es tun muss.«

17

Ich ziehe ein dunkelblaues Etuikleid an, das mich am ganzen Körper umschmiegt, und dazu mein Lieblingspaar dunkelbrauner Frye-Stiefel. Bei meiner Ankunft beim Staplehouse geht Luke draußen auf und ab und telefoniert mit jemandem.

»Das habe ich bereits gesagt. Das will ich nicht.«
Eine Pause.
»Weil ich solches Zeug hasse, wie Sie ja wissen.«
Pause.
»Es ist so. Sie kümmern sich um diesen Teil, und ich werde meinen Teil dazu beitragen. Ich habe den Prototyp, und er ist perfekt. Aber die Verkaufspräsentation werden Sie ohne mich durchziehen müssen.«

Luke blickt in meine Richtung und bemerkt mich, woraufhin sich auf seinem Gesicht ein Lächeln ausbreitet, das seine Stirnfalten glättet. »Schauen Sie, ich muss gehen. Wir können uns am Morgen weiter unterhalten.«

Eine Pause.

»Na gut. Ja, aber nicht jetzt. Morgen. Sie ist hier.«

Luke legt auf und streckt mir die Hand entgegen. »Du siehst aus wie eine junge Emilia Clarke. Jetzt brauchst du nur noch einen Drachen auf der Schulter.«

»Den Drachen habe ich zu Hause gelassen«, sage ich. »Ich weiß ja, wie du über Haustiere denkst.«

»Oh«, sagt er. »Da hätte Amy ihre Freude daran gehabt.« Er nimmt meinen Arm und führt mich durch den Vordereingang, wo ich erwarte, abgewiesen zu werden.

»Mr. Manning, bitte treten Sie ein.« Der Oberkellner begrüßt uns in einem schwarzen Anzug und winkt uns hinein.

Was superschräg ist.

»Wie hast du uns hier reingebracht?«, flüstere ich.

Er drückt meinen Arm. »Ich bin zwar kein geschniegeltes Treuhandfonds-Baby wie dein Ex, aber jedes Lokal in der Stadt hat Lampen, und ich leiste Qualitätsarbeit. Ich habe damals vor der Eröffnung mitgeholfen, hier alles zu verkabeln. Ich kenne den Besitzer und den Chefkoch.«

»Tatsächlich hat Mr. Manning der Giving Kitchen geholfen, als wir noch ganz am Anfang waren. Keiner von uns wird je seine grenzenlose Großzügigkeit vergessen.«

Nun bin ich schwer beeindruckt. »Vielleicht gibt es Karma wirklich«, sage ich. »Ich hatte eine Menge Kunden, die mir Fruchtkuchen oder einen Teller Kekse mitgebracht haben. Vielleicht sollte ich mein Angebot erweitern.«

Luke prustet. »Halte dich an mich, dann brauchst du das nicht zu tun.«

Ich spüre einen leichten Stich im Herzen, da ich weiß, dass ich aus einem bestimmten Grund hier bin, der keinem von uns beiden gefallen wird. Warum hat Paisley nicht zugelassen, dass ich es mit einer Textnachricht hinter mich bringe? Ich werde ihr gegen das Schienbein treten, wenn ich sie das nächste Mal sehe. Kräftig. So kräftig, dass ein blauer Fleck bleibt.

Nach dem Setzen habe ich keine Ahnung, was ich sagen soll. Ich könnte jetzt mit ihm Schluss machen, bevor uns auch nur ein Brotkorb serviert wurde, aber das erscheint mir furchtbar. Davon abgesehen habe ich noch nie hier gegessen und möchte es gerne mal probieren. Oder ist das noch schlimmer?

»Wie war dein Mädelsabend?«, fragt er. »Was habt ihr unternommen? Da du ja nichts trinkst, bin ich schon etwas neugierig.«

Ich zucke mit den Achseln. »Erst malen wir uns die Zehennägel an, dann flechten wir uns gegenseitig die Haare.«

»Kommt das vor oder nach den großen Kissenschlachten?«

»Also merkst du es jetzt, wenn ich scherze?«

Er tippt sich mit einem Finger seitlich gegen den Kopf. »Mach dich bereit, dich von meiner Observationsfähigkeit aus den Socken hauen zu lassen. Mir ist aufgefallen ... deine Haare sind nicht geflochten.«

Bevor ich antworten kann, legt ein Kellner eine Speisekarte in meine Hände. Ich werfe einen Blick auf die Worte, dann ziehen sie meine gesamte Aufmerksamkeit auf sich. Keine Preise, keine Kategorien. Nichts, was für mich auch nur annähernd einen Sinn ergibt. Es ist nur eine Liste mit zehn oder fünfzehn Wörtern.

»Äh«, sage ich, »Was um alles in der Welt ist das?«

Luke grinst. »Das ist ein Degustationsmenü. Du

bekommst zehn oder elf Gänge, jeder davon so gut, dass du dir wünschst, es gäbe noch mehr davon.«

»Warte mal, wir können uns nicht aussuchen, was wir essen?« Ich beiße mir auf die Lippe. »Das ist bizarr.«

Er breitet die Hände vor sich aus. »Wir können wieder gehen, wenn du möchtest. Ich denke aber, du wirst genug davon mögen, um satt zu werden, auch wenn dir nicht alles zusagt.«

»Es wäre vielleicht gut für mich, ein paar neue Dinge auszuprobieren«, sage ich. »Ich neige dazu, jedes Mal, wenn ich auswärts esse, denselben Burger mit Pommes zu bestellen.«

Ich frage mich unwillkürlich, was Trudy und Addy davon halten würden. Ist das der Beweis, dass er versucht, mich zu verändern? Sollte ich deswegen aufgebracht sein?

Die Sache ist die, ich bin es nicht.

Wir unterhalten uns und lachen, und jedes Mal, wenn seine Finger flüchtig meine berühren, erhöht sich meine Herzfrequenz und mein Mund wird trocken. Wir sind beim Kombucha-Gang angelangt, haben nur noch zwei Dessertgänge vor uns und ich beschließe, dass ich nicht länger warten kann. Ich öffne den Mund, um mit ihm Schluss zu machen, aber er ist schneller.

»Ich habe über deine Santas Vertreter-Problematik nachgedacht und darüber, wie dein Ex-Freund dir effektiv den Hahn zudreht.«

»Es ist eigentlich nicht ...«

Er hält eine Hand hoch. »Lass mich ausreden. Ich glaube, du musst den Weg über seinen Vorgesetzten nehmen. Der Typ macht seine Arbeit nicht, und du musst seinen Chef informieren.«

»Vielleicht ist er auch einfach nur abgelenkt oder ist es

leid, mich in seinem Büro zu haben.« Ich denke über meine Begegnung mit Jessica am vorigen Abend nach, ihr höhnisches Grinsen und darüber, dass sie meinen Namen kannte. Vielleicht kommt der eigentliche Impuls nicht einmal von Foster selbst.

»Was auch immer der Grund ist – wenn du dieses Programm liebst, gib es nicht kampflos auf.«

»Ich kann nicht dagegen ankämpfen, Luke. Ich habe die finanziellen Mittel nicht, und nachdem ich mit meinem neuen Job angefangen habe, wird mir auch die Zeit fehlen.«

»Das ist alles eine Frage der Aufgabenübertragung. Wenn du den Ball ins Rollen bringst, wette ich, dass du Freiwillige auftreiben kannst, die mithelfen.«

Ich seufze schwer. »Dafür bräuchte ich ein Wunder.«

»Dann geh und bitte Foster um Hilfe. Ausgenommen, er ist ein echtes Monster.«

»Nein, er ist ganz in Ordnung.«

»Warum habt ihr beiden eure Beziehung beendet, wenn ich fragen darf?«

Ich muss unter Luke einfach einen Schlussstrich ziehen. Ich will mich nicht mit all dem befassen, nicht wenige Augenblicke, bevor ich ihm den Laufpass gebe. Es ist eine Zeitverschwendung, aber vielleicht muss Luke Bescheid wissen.

»Er wollte Kinder«, sage ich ausdruckslos. »Ich nicht.«

»Das war alles?« Luke hebt die Augenbrauen. »Und keiner von euch beiden wollte nachgeben?«

Ich presse die Lippen zusammen. »Wie es scheint, nicht. Obwohl, jetzt heiratet er in einigen Tagen und ich habe während unseres Mädelsabends zufällig seine

Verlobte kennengelernt. Sie war richtig, richtig betrunken.«

Luke schnalzt mit der Zunge. »Es ist nie von Vorteil, sich komplett volllaufen zu lassen, aber wenn es ihr Junggesellinnenabschied war, ist sie wohl entschuldigt.«

»Du verstehst es nicht«, flüstere ich. Ich habe keine Ahnung, warum es mir so schwerfällt, es auszusprechen, aber das tut es. »Foster hat mir erzählt, sie wäre schwanger und er hätte ihr deshalb so schnell einen Antrag gemacht. Sie haben sich erst vor einigen Monaten kennengelernt.«

»Und sie war betrunken?« Er lehnt sich in seinen Stuhl zurück. »Das ist nicht gut. Eigentlich ...«

Ich nicke langsam. »Das habe ich ihr auch gesagt. Ich habe sie vor dem fetalen Alkoholsyndrom und den Schaden, den es bewirken kann, gewarnt. An diesem Punkt sagte sie mir dann, sie wäre *nicht* schwanger.«

Luke pfeift fassungslos.

»Ich weiß nicht, ob das bedeutet, sie hat ihm etwas vorgemacht, damit Foster ihr einen Antrag macht oder ob sie das Baby verloren hat. Ich frage mich, ob ich etwas zu Foster sagen sollte.«

»Auf keinen Fall«, sagt Luke.

Seitlich von uns taucht ein Kellner auf und richtet den Blick gezielt auf Luke. »Sir? Brauchen Sie etwas?«

»Wie bitte?« Luke blickt zu mir und dann wieder zum Kellner. »Oh, weil ich gepfiffen habe? Entschuldigung, ich habe nicht Sie gerufen. Ich wurde nur von etwas überrascht, das ist alles.«

Der Kellner vollführt eine halbe Verbeugung und nimmt unsere Gläser. Er blickt auf meines herab. »Hat Ihnen das Kombucha nicht gemundet?«

»Ich trinke keinen Alkohol«, sage ich.

»Es kann kaum alkoholisch genannt werden«, beharrt der Kellner.

Ich starre ihn ruhig an. »Ich schätze Ihre Meinung, aber für mich persönlich ist ›kaum‹ mehr als genug. Danke.«

»Du hast es ernst gemeint, als du sagtest, dass du nichts trinkst, hm?«, fragt Luke.

Ich schüttle den Kopf. »Ich werde nie Alkohol trinken.«

»So, wie du niemals Kinder haben möchtest?«

»Oder wir könnten darüber reden, dass du deiner Tochter keinen Hund kaufen möchtest. Wir haben alle klare Linien in den Sand gezeichnet.«

Luke runzelt die Stirn. »Hunde sind nicht dasselbe wie Kinder.«

»Nein, sind sie nicht. Und übermäßiger Alkoholkonsum ist auch nicht mit einem Umzug alle paar Monate zu vergleichen. Aber beides kann einem Kind schaden, was dazu führt, dass es keine richtigen Beziehungen eingehen kann.«

Lukes Mundwinkel sinken nach unten. »Was willst du damit sagen? Dass ich so schlimm bin wie ein alkoholsüchtiger Vater, weil mein Job mich von einem Ort zum anderen führt?«

»Wie lange ziehst du schon umher, Luke? Dein ganzes Berufsleben lang?«

»Was hat das mit alldem zu tun?«, fragt er.

»Ich weiß, dass du nicht deine ganze Karriere lang so umhergezogen bist. Tatsächlich würde ich die Vermutung riskieren, dass du seit ungefähr vier Jahren ständig umziehst.«

Luke zerknüllt seine Leinenserviette in einer Hand.

»Wer hat dir das erzählt?«

Ich streiche meine Serviette auf dem Tisch glatt und versuche, Ruhe auszustrahlen. »Amy. Sie sagte, du ziehst ständig um, seit ihre Mutter gestorben ist.«

Hätte ich gewusst, welch verletzten Gesichtsausdruck Luke mir zeigen würde, hätte ich den Mund gehalten. »Hast du irgendeine Ahnung, wie es sich anfühlt, eine epische Liebe zu leben und die perfekte Seelenverwandte zu finden, nur um ihr dann beim Sterben zuzusehen, während sie die eine Sache tut, die ihr euch beide gewünscht habt? Die Familie zu vergrößern?«

Luke wendet den Blick von mir ab – von allem – und bemüht sich sichtlich, die Fassung wieder zu erlangen. »Natürlich tust du das nicht«, sagt er. »Du wirst es nie verstehen, weil du nicht einmal eine Familie willst.«

Der völlig ahnungslose Kellner nähert sich uns mit zwei Tellern und platziert diese vor uns. »Weiße Schokoladentorte mit Hibiskusfüllung und einem Hauch von Ingwer.«

Luke nickt ihm steif zu, und er geht davon.

»Tut mir leid, dass ich es angesprochen habe, Luke. Aber Amy sagte mir, alles, was sie sich zu Weihnachten wünscht, wäre ein Hündchen. Ich sagte ihr, das wäre eher unwahrscheinlich. Dann meinte sie, wenn sie keinen Hundewelpen haben kann, will sie irgendwo in einem Haus ohne Räder leben. Sie möchte Freunde finden und diese auch behalten.«

Ich erwähne nicht, dass sie mich gebeten hat, ihre Mama zu sein.

Luke ringt sichtlich mit jedem Wort, als er weiterspricht. »Amy geht es gut. Sie hat einen Vater, der sie liebt, einen Bruder und die besten Lehrer. Offen gesagt bringe ich ihr eine wertvolle Lebenskompetenz bei: Wie man schnell neue Freundschaften entwickelt.«

Ich räuspere mich. »Was alles schön und gut ist. Du bist ihr Vater und ich bin mir sicher, du weißt es am besten. Ich wette, du wirst sicherstellen, dass sie eine exzellente Ausbildung bekommt – auch wenn es Hauslehrer in einem Wohnwagen sind. Tut mir leid, dass ich mich eingemischt habe.«

Luke reißt die Augen weit auf, als er meinen Blick erwidert. »Was sollte ich deiner Meinung nach tun, Mary? Bei der Arbeit anrufen und mich aus dem Projekt zurückziehen? Stattdessen hierbleiben?«

Ich öffne überrascht den Mund. »Nein, ich würde nicht im Traum daran denken, dir zu sagen, was du tun sollst. Tut mir leid, dass ich es überhaupt angesprochen habe.«

»Es ist ja nicht so, als würdest du dich deinen Dämonen stellen. Du lässt zu, dass deine Mutter und dein Vater nicht nur deine Kindheit, sondern dein ganzes Leben ruinieren. Du gibst ihnen die Macht, dich außer Gefecht zu setzen.«

»Wie bitte?«, frage ich.

»Du bist eine Scheinheilige«, sagt Luke. »Du machst mir Vorwürfe, weil ich nicht an Ort und Stelle bleibe und vor meinen Problemen davonlaufe, gibst aber jedem einen Korb, der über Kinder reden möchte. Denn du willst nicht die Opfer bringen, die nötig sind, um eins großzuziehen, gibst aber gleichzeitig deinen egoistischen Eltern die Schuld.«

Ich knalle die Gabel auf den Tisch. »Du hast keine Ahnung, absolut keine Ahnung, wovon du redest. Ich will keine Kinder, weil ich sie nicht so schlecht behandeln möchte, wie meine Eltern es getan haben. Das werde ich nicht, aber ich liebe meine Arbeit und ich liebe es, außerhalb meines Zuhauses etwas zu erreichen. Ich kenne mich selbst und setze mir gesunde Grenzen.«

»Oh?«, fragt Luke. »Und welche Art von Grenzen setzt du dir genau?«

Ich schiebe meinen Stuhl zurück. »Ich bin heute Abend hergekommen, um mit dir Klartext zu reden. Ich kann mich nicht mit dir verabreden, Luke, nicht mehr. Wir wollen unterschiedliche Dinge und sind einfach nicht kompatibel.«

»Ich will etwas anderes? Was, mich um meine Kinder zu kümmern? Essen auf den Tisch zu stellen? Und du möchtest eine Heilige sein, die jedem armen Kind der Stadt hilft, aber keines davon genug liebt, um das eigene Leben auch nur ein Stück weit zu verändern.«

Ich beiße die Zähne zusammen. »Ich hätte in einer Textnachricht mit dir Schluss machen sollen. Tut mir leid, dass ich überhaupt hergekommen bin.«

Ich stehe auf, und meine Stimme klingt hölzern, als ich sage, »vielen Dank fürs Abendessen. Ich wünsche dir und deiner Familie das Beste.«

»Und wer läuft jetzt davon?«, fragt Luke.

»Ein Läufer erkennt einen anderen.« Ich mache rechtsum kehrt und marschiere aus dem Speiseraum und durch die Vordertür, bevor die ersten Tränen meine Wangen hinabfließen, heiß und schnell. Der Mann draußen mit dem großen Kessel der Heilsarmee schwingt seinen Arm vor und zurück, vor und zurück.

»Gott segne Sie«, sagt er.

Ich könnte ein paar Segnungen brauchen. Davon hatte ich in letzter Zeit nicht allzu viele. Ich werfe nicht einmal einen Blick auf den Haufen Banknoten in meiner Hand, bevor ich sie in seinen roten Eimer stopfe.

Ich fahre wie fremdgesteuert nach Hause und bemerke kaum die vertrauten Orientierungspunkte, die ich passiere. Als ich endlich in meine eigene Auffahrt einschwenke, halte ich auf eine Eingebung hin beim Briefkasten und schnappe mir die Briefe vom Wochenende. Vielleicht lenkt mich der Stapel Rechnungen ab. Manchmal hilft mir Alltägliches dabei, den Kopf zu klären.

Nach dem Parken werfe ich den Briefhaufen auf meine Kücheninsel und beginne damit, die Briefe durchzugehen. Geschenkcoupons, Rechnung, Rechnung, noch ein Coupon, Flyer, Rechnung. Ein dicker, schwerer, geprägter Umschlag. Ich reiße ihn gedankenlos auf, wobei ich mir in die Finger schneide. Blut befleckt die Ränder des exquisiten Briefpapiers. Eine Hochzeitseinladung. Von Foster und Jessica. In der Ecke ein winzig kleines Gekritzel in Fosters Handschrift: »Entschuldige die Verspätung. Jessica wollte dich nicht einladen, bis ihr klar wurde, dass du eine Begleitung mitnehmen kannst. Hoffe, wir sehen uns dort.«

Das Blut schießt mir in den Kopf und meine Ohren klingeln. Ich bin eingeladen, da ich nun eine Begleitung habe, hä? Ich schließe die Augen und schüttle langsam den Kopf. Konnte ich nicht bis nach Weihnachten warten, um Luke fallen zu lassen? Dafür könnte ich Trudy und Addy die Ohren langziehen. Jetzt muss ich morgen in Fosters Büro und ihm erzählen, dass Luke und ich Schluss gemacht haben.

Ich würde es vorziehen, eine Schüssel Glassplitter zu essen.

Vielleicht könnte ich die Bestätigungskarte zurücksenden und dann behaupten, ich wäre krank gewesen oder hätte mich verletzt. Oder ein Aufenthalt im Krankenhaus! Ich könnte mir sogar einen falschen Gips zulegen, um glaubwürdiger zu wirken.

Ich schüttle den Kopf. Werd erwachsen, Mary. Du kannst das. Morgen marschiere ich einfach in Fosters Büro. Ich werde für Santas Vertreter kämpfen und ihm sagen, dass ich seiner Hochzeit weder als unwillkommener Single noch mit Begleitung beiwohnen möchte. Und wenn er deswegen ein echter Mistkerl ist, kann ich ihm immer noch verraten, dass seine Zukünftige gelogen hat und überhaupt nicht schwanger ist. Ich hoffe, er hat einen guten Ehevertrag abgeschlossen.

Aber wenn ich ehrlich bin, hoffe ich irgendwie, dass er es nicht getan hat.

18

Heather lächelt glückselig, als ich durch die Vordertür des United Way Büros trete und ich frage mich, warum. Es ist zu hell, zu kalt und viel zu früh, um derart gut gelaunt zu sein.

»Morgen«, murmle ich.

»Es ist ein wunderschöner Wintertag«, sagt Heather. »Und in weniger als einer Woche ist es Weihnachten. Wenn du dich im Pausenraum umsiehst, entdeckst du eine Überraschung von mir an alle.«

Ich schließe die Augen und atme einmal ein und wieder aus. Ich muss meine Weihnachtsvorfreude wiederfinden. Ich lasse sie mir von Männern rauben. Erst Luke, dann Foster. Aber nicht mehr. Von heute an werde ich Heathers Weihnachtsstimmung durch mich fließen lassen, bis meine eigene sich erholt hat.

»Danke, Heather. Ich werd's mir ganz sicher anschauen. Ist Foster schon da?«, frage ich.

Sie schüttelt den Kopf. »Er könnte heute ziemlich spät

kommen. Ich glaube, er hatte gestern Abend seinen Junggesellenabschied.«

Natürlich hatte er das. Ich massiere meine rechte Schläfe und folge dem Korridor zu meinem Büro, um etwas Tylenol einzunehmen. Es ist nicht fair, dass ich mich heute Morgen grauenhaft fühle, denn ich hatte wie immer keinen einzigen Drink. Trotzdem habe ich mich wegen meiner Träume von Luke und Foster hin- und hergewälzt, Träume von Luke mit Fosters Kopf oder Fosters Stimme aus Lukes Mund.

Unterm Strich hatte ich noch nie einen so starken Drang, den Wecker auszuschalten, wie heute Morgen. Einmal habe ich die Schlummerfunktion aktiviert und mir die Bettdecke über den Kopf gezogen. Aber ich habe mir nur sechs zusätzliche Minuten gegönnt, weil ich heute viel zu viel zu tun habe und diese Dinge nicht warten können. Außerdem kam heute Morgen meine Putzfee vorbei, um sicherzustellen, dass alles bereit ist, wenn Trudy mit dem Einzug beginnen möchte. Normalerweise lasse ich sie nur einmal im Monat kommen, aber sie hat mich in ihren Zeitplan gequetscht, nachdem sie die Neuigkeiten von Troy hörte.

Ich setze mich auf meinen hohen, schwarzen, lederbezogenen Bürostuhl – ein Geburtstagsgeschenk von Foster letztes Jahr. Danach tätige ich mehrere Anrufe an Trudys Vermieter, um zu bestätigen, dass er ihre Nachricht erhalten hat, obwohl auf dem Mietvertrag Chris' Name steht. Zudem rufe ich die Umzugsfirma an, die ich angeheuert habe, um ihre Habseligkeiten heute einzupacken und zu mir zu bringen. Die Firma bestätigt, dass sie um neun Uhr morgens bei Trudys Haus eintreffen werden.

Nachdem ich den vertrackten persönlichen Kram

abgehakt habe, stürze ich mich auf meine Arbeit für Santas Vertreter. Diese Woche ist die offizielle Check-in-Woche. Ich rufe jede Spenderfamilie an, um sicherzustellen, dass sie passende Geschenke gefunden haben und dabei sind, diese einzupacken. Zudem bestätige ich, dass sie die zugewiesene Familie erreichen und einen Zeitpunkt für die Übergabe vereinbaren konnten, üblicherweise an Heiligabend. Dieses Jahr fällt Weihnachten auf einen Sonntag und Heiligabend auf den Samstag, was gelegentlich zu Komplikationen führt.

Ich arbeite mich durch die Liste vor und unterhalte mich mit einigen Leuten, während ich für andere Sprachnachrichten hinterlasse. Einige von ihnen haben noch keine Geschenke gekauft, werden es aber heute nachholen. Andere haben schon seit fast einer Woche alles gekauft und verpackt. Die Überflieger bringen mich zum Lächeln.

Natürlich rutscht mir dieses Lächeln vom Gesicht, als ich das untere Ende der Namensliste erreiche. Lucas Manning. Aka, Luke Manning. Mit Bleistift als bestätigter Sponsor hinzugefügt. Ich nehme das Telefon in die Hand. Es geht ums Geschäft, nicht um Persönliches. Ich nehme einen tiefen Atemzug, weil ich das schaffen kann.

Das Telefon klingelt.

Lukes tiefe Stimme intoniert »Hallo?«

»Mr. Manning«, sage ich und versuche mein Bestes, distanziert und objektiv zu bleiben. Professionell. »Dies ist ein Höflichkeitsanruf von der Santas Vertreter-Organisation. Wir möchten Sie daran erinnern, dass die Geschenke für Ihre zugewiesene Familie eingepackt und für die Übergabe bereit sein sollten. War es Ihnen möglich, mit der

Familie in Kontakt zu treten, um eine Zeit und einen Ort zu vereinbaren?«

»Mary?«

»Äh, ja, hier spricht Mary Wiggin.«

Lukes Stimme sträubt sich noch mehr als ein Igel in einer Nadelfabrik. »Du lässt mich fallen, dann rufst du am nächsten Tag an und tust so als ... was? Als würdest du mich nicht einmal kennen?«

Ich seufze. »Ich habe einen Job zu machen, Luke, und ich war mir nicht sicher, äh, ich meine, so etwas ist bisher noch nie passiert.«

»Was, mit einem Sponsoren-Vater auszugehen? Oder jemanden in die Wüste zu schicken, weil du Angst hast?«

Meine Hand umklammert den Hörer fester. »Ich habe keine Angst. Ich bin vernünftig.«

»Vernünftig? Bist du neuerdings eine Britin? Lautet dein echter Name Mary Poppins?«

»Luke, ich möchte hier keinen Streit vom Zaun brechen. Ich versuche nur, kurz nach dem Rechten zu sehen, okay? Ich habe am Mittwoch eine Feiertagsparty, zu der ich alleine gehen muss, weil ich eine Beförderung bekomme, die ich nicht haben will. Und für Donnerstag wurde ich zur Hochzeit meines Ex-Freundes eingeladen, was schon unter normalen Umständen beschissen wäre. Jetzt aber graut es mir davor, weil ich keine Begleitung mehr habe, aber er hat eine auf meine Einladung gesetzt. Ich habe weder die Zeit noch die Energie, mich weiter mit dir zu streiten.«

»Ich würde immer noch mit dir hingehen, wenn du mich dabeihaben willst«, bietet Luke mir an. »Tut mir leid, dass ich gestern Abend gesagt habe, was ich gesagt habe. Und ob hilfreich oder nicht, es klingt so, als ob es bei beiden Anlässen unangenehm wäre, alleine hinzugehen. Selbstverständlich müsstest du zu meiner Eröffnungszeremonie am Freitagmorgen kommen, wenn ich dir helfe.«

Ich möchte so unglaublich gerne ja sagen, aber was die Mädchen gesagt haben, trifft immer noch zu. Und er zieht immer noch weg, und und und.

Ich räuspere mich. »So sehr ich mir das wünschen würde, Luke – und ich hätte wirklich nur zu gerne bei beiden Anlässen einen umwerfenden, lustigen, klugen Mann an meiner Seite – ich kann nicht. Ich kann mir nicht angewöhnen, mich auf jemanden zu verlassen, der in ein paar Wochen nicht mehr hier ist. Und ich kann nicht noch mehr Zeit mit deinen Kindern verbringen, wenn sie niemals meine sein werden oder sein können.«

»Die Kinder lieben dich. Es tut ihnen nicht weh, mehr Zeit mit dir zu verbringen.«

Ich schüttle den Kopf, aber durch das Telefon sieht er es natürlich nicht. »Ich denke, das tut es doch. Zumindest zeigt es ihnen auf, was sie verpassen. Hat Amy dir erzählt, was sie sich wirklich zu Weihnachten wünscht?«

»Ich weiß, dass sie einen Hund will. Jeder auf dem Wohnmobilstellplatz weiß es.«

»Amy hat mir erzählt, was sie sich wirklich wünscht, ist eine Mutter. Direkt im Anschluss erwähnte sie ein Haus ohne Räder. Sie sagte, da sie weiß, dass sie das nicht haben kann, bittet sie dich um einen Hund.«

Stille in der Leitung.

»Luke?«

»Ich bin noch da. Tut mir leid, das musste ich verdauen. Zu mir hat sie nie so etwas gesagt. Nicht einmal.«

»Der Sohn meiner Schwester ist krank und sie ziehen

heute bei mir ein. Dazu kommt meine Beförderung, die eine Menge Zeit beansprucht, und diese Woche ist mein letzter großer Vorstoß, um United Way dazu zu bewegen, dass sie Santas Vertreter am Leben erhalten. Von der Hochzeit werde ich mich hoffentlich entschuldigen können. Und so oder so muss ich in der Lage sein, all das im Alleingang zu bewältigen, weil es sowieso notwendig wird, wenn du in ein paar Wochen wegziehst.«

Erneute Stille. Ich spiele mit dem Gedanken, aufzulegen.

»Nun, danke der Nachfrage«, sagt Luke. »Wir haben alle Geschenke gekauft und packen sie noch heute Abend ein.«

»Schön zu hören«, sage ich. »Und du hast mit der Familie gesprochen?«

»Ich habe die Nummer zweimal angerufen. Beim ersten Mal nahm niemand ab und es gab keinen Anrufbeantworter, aber beim zweiten Versuch habe ich den Vater erreicht. Er spricht nur Spanisch, aber ich beherrsche die Sprache ausreichend gut, dass alles klappt. Ich werde die Geschenke am Samstag zur Mittagszeit abliefern. Seine Kinder sind dann bei ihrer Großmutter. Er hat einen Schuppen, in dem wir die Geschenke lagern können.«

»Perfekt«, sage ich. »Vielen Dank. Ich werde es mir merken. Und vergiss nicht, alle Einkaufsbelege aufzubewahren. Die können abgezogen werden.«

Seine Kassenzettel. Ich schlage mir gegen die Stirn. »Oh, Luke, es tut mir so leid. Wir haben nie die Kosten für die Geschenke aufgeteilt, die für meine Familie gedacht waren. Du hast den Kassenzettel. Könntest du mir den Betrag texten, und ich schicke einen Scheck mit der Post?«

»Du hast für Chuck-e-Cheese bezahlt. So sehr es mir auch gefallen würde, dich unter dem Vorwand einer Kostenbeteiligung zu mir zu locken, sind wir quitt. Mach dir deswegen keine Gedanken.«

Keine Chance. Ich erstelle eine grobe Schätzung und sende ihm zwanzig Prozent zusätzlich. »Aha. Okay.«

»Mary?«, fragt Luke.

»Ja?«

»Es ist wirklich schön, deine Stimme zu hören. Was ich gestern Abend gesagt habe, tut mir echt leid. Ich weiß nicht, was du durchgemacht hast, und glaube nicht, dass du wegläufst. Im Gegenteil. Deine Schwester zieht bei dir ein und du nimmst eine Beförderung an, die du nicht willst, um ihr mit ihrem Sohn zu helfen. In meinen Augen könnten du und deine Mutter nicht unterschiedlicher sein.«

Mein Hals schnürt sich zusammen und ich kann kaum atmen, geschweige denn sprechen. Ich würge einige Worte hervor. »Danke, Luke. Mach's gut.« Dann lege ich auf. Einen Augenblick später höre ich das Dröhnen einer vertrauten Stimme aus dem Korridor.

Foster ist hier.

»Ganz genau«, sagt er, während sich seine Stimme vom Gang in den Konferenzraum bewegt. »Bitte hier entlang. Ich zeige Ihnen die Pläne für den neuen ergänzenden Zugang zur Gesundheitsversorgung für Kinder. Wenn wir unsere Mittel entsprechend Ihrem Vorschlag umverteilt haben ...« Foster verstummt, vermutlich aufgrund einer Frage seiner Begleitperson.

»Richtig, ja, ich habe eine Liste von Programmen, die wir einstellen werden. Selbstverständlich. Ich weise Heather an, sie Ihnen unverzüglich zu holen.«

Ich schnappe mir den Stapel Papiere von meiner Schreibtischecke und eile durch den Korridor zu Heathers Arbeitsplatz. Ich muss Fosters Aufmerksamkeit auf mich ziehen. Es ist für mich beinahe schon Zeit zu gehen, aber ich muss für Santas Vertreter plädieren und ihm mitteilen, dass ich es nicht zu seiner Hochzeit schaffe.

Foster wendet sich mir zu, als ich den Schreibtisch der Rezeptionistin erreiche. »Mary?« Seine Augen suchen mein Gesicht nach dem Grund ab, warum ich ihn durch den Korridor verfolgt habe. »Ich bin gerade etwas beschäftigt.«

»Das sehe ich«, sage ich. »Ich brauche nur eine Minute. Ich glaube, du begehst einen Riesenfehler, wenn du dem Unternehmen erlaubst, das Santas-Vertreter-Programm einzustellen. Ich habe Beweise, die meine Behauptung stützen.«

Foster atmet hörbar aus. »Nicht gerade jetzt, Mary, okay?«

»Welche Beweise genau?« Auf der Türschwelle des Konferenzraums steht ein zur Glatze neigender kleiner Mann mit einer dicken, schwarz eingefassten Brille.

Ich blicke von Foster zu dem Mann und wieder zurück. »Äh, Foster?«

»Äh, Mary?«, fragt Foster in einem derart herablassenden Ton, dass meine Hand juckt und ich ihm am liebsten eine verpassen würde.

»Beantworte Mr. Peters' Frage. Er ist den ganzen Weg von Alexandria gekommen, und ich war soeben dabei, ihm eine Liste von Wohltätigkeitsprogrammen zu überreichen, die hinter den Erwartungen zurückbleiben und die wir streichen sollten. Dadurch hätten wir Spielraum für eine größere Initiative, die kranken Kindern zugutekommt.

Also nur zu. Zeig ihm deine Beweise, dass ein paar Weihnachtsgeschenke für Kinder wichtiger sind als etwa eine Beinprothese oder eine Brille, die sie die Wandtafel sehen lässt, damit sie das Lesen und Rechnen lernen können.«

Ich runzle die Stirn. Ich hatte nicht damit gerechnet, dem Vizepräsidenten von United Way eine Präsentation zu liefern. Und nach dieser glänzenden Vorstellung ist es unwahrscheinlich, dass Mr. Peters mir auch nur eine Silbe zuhören wird.

»Mein Name ist Mary Wiggin. Ich stehe seit Jahren an der Spitze des Santas Vertreter-Programms, umsonst. Es hat mir als Kind so viel bedeutet. Bevor ich auf die mitgebrachten Beweise zurückkomme, wollte ich nur sagen, dass ich seit dem Alter von sieben viele Jahre lang eine Begünstigte von Santas Vertreter war. Während der meisten dieser Jahre war es der Gedanke an Weihnachten, der es mir erlaubte, die Schulzeit zu überleben und mich schulisch zu entfalten. Aus diesem Grund habe ich jedes Jahr achtzig bis hundert Stunden meiner Freizeit geopfert, um dieses Programm zu unterstützen. Ich weiß, Hoffnung und Aufregung und Staunen sind nicht ganz so greifbar wie eine medizinische Versorgung, aber Santas Vertreter verbraucht kaum Ressourcen und ich sehe nicht ein, warum die beiden Initiativen ein Nullsummenspiel sein sollten.«

Mr. Peters' Augenbrauen schießen in die Höhe. »Nullsummenspiel?« An diesem Punkt lacht er schallend. »Natürlich sind sie kein Nullsummenspiel, es ist nur so, dass unsere Mittel begrenzt sind. Wenn wir unsere zusammengetragenen Mittel für eine Sache ausgeben, können wir nicht noch in eine andere investieren. Letzte Woche gab ich Foster hier den Auftrag, ausreichend viele

Programme zu streichen, um im Budget Platz für unsere oberste Priorität zu schaffen – kranke Kinder zu unterstützen.«

Foster bewegt sich wieder in Richtung des Konferenzraums. »Wir können uns morgen unterhalten, Mary. Stan und ich haben gerade sehr viel Arbeit vor uns.«

»Lassen Sie sie ihre Beweise präsentieren«, sagt Mr. Peters. »Es würde mich brennend interessieren zu sehen, warum sie glaubt, United Way würde dieses Programm brauchen. Schließlich besteht unser Ziel darin, mit unseren vorhandenen Mitteln das Maximum an Gutem zu erreichen. Sollten wir nicht einer selbsternannten Expertin zuhören, bevor wir entscheiden? Und ehrlich gesagt bewegt ihr Enthusiasmus mich dazu, die Streichung von Santas Vertreter zu überdenken.«

Ich jogge hinter Foster und Mr. Peters in den Konferenzraum und breite meine Notizen, Artikel und Tabellenkalkulationen vor beiden Männern aus.

»Okay, zunächst haben wir diese Tabelle hier, die aufzeigt, wie vielen Kindern geholfen wurde und die Gesamtkosten pro Familie, die für United Way anfallen. Wenn wir unsere Kosten im Durchschnitt berechnen, geben wir pro Familie an Weihnachten nur 11.40$ aus. Es ist extrem kostengünstig, weil es eine eigene Spendensammelaktion beinhaltet. Die Familien, die sich anmelden, kommen für fast alle Kosten auf.«

Mr. Peters summt leise in sich hinein. »Und wo gehen diese elf Dollar hin?«

Ich deute auf eine weitere Tabelle, eine Budgetübersicht. »Wir haben Promotionsmaterial, das wir an Kirchen, Clubs und Schulen verteilen. Es hilft uns dabei, passende Familien zu identifizieren, die wir dann auf ihre

Eignung prüfen. Davon abgesehen haben wir auch Rundschreiben, Unkosten für Papierkram und so weiter. Und ich arbeite zwar umsonst, brauche aber trotzdem eine Assistentin, die mir beim Bewältigen aller Aufgaben hilft. Sie kann es sich nicht leisten, unentgeltlich zu arbeiten. Ich bezahle ihr die Hälfte von dem, was sie in meiner Firma verdient und sie ist die beste Sekretärin, die ich je hatte. Aber ihr Gehalt macht etwa die Hälfte der administrativen Unkosten aus.«

»Wenn ich einverstanden wäre, diese Sache weiterlaufen zu lassen, aber darauf bestehen würde, Ihr Budget um die Hälfte zu kürzen?« Mr. Peters starrt mir in die Augen. »Was dann?«

Ich ringe die Hände auf meinem Schoß, wo ich hoffe, dass es ihm nicht auffällt. Ich müsste Santas Vertreter ohne Sekretärin oder Assistentin durchziehen und ich habe einen neuen Job, für den ich sogar noch mehr arbeiten werde. Ich möchte es am Leben erhalten, aber ich bin nicht Atlas und kann nicht die gesamte Weltkugel auf den Schultern tragen. Mir steigen die Tränen in die Augen. »Ich weiß nicht, Sir. Vielleicht könnten wir es so hinbiegen, dass es funktioniert. Wäre es uns erlaubt, zusätzliche Sammelaktionen durchzuführen und jegliche Mittel daraus für die Bezahlung meiner Assistentin zu verwenden?«

Er schüttelt den Kopf. »Das wäre nicht vorschriftskonform.«

Natürlich ist es das nicht. »Ich könnte die Assistentin stattdessen bezahlen.«

Er schüttelt erneut den Kopf. »Wenn Sie an United Way spenden, muss das Geld in den allgemeinen Fonds. Es widerspricht unserer Charta, Sie selbst für eine Assistentin bezahlen lassen. Tatsächlich könnte dadurch unser 501(c)(3) Status aufgehoben werden.«

Ich schließe die Augen. »Sir, wir sprechen hier von einem sehr kleinen Geldbetrag. Und ich habe noch mehr Beweise für den Nutzen. Schauen Sie sich diese Artikel über unser Programm an. Es ist eine Goldmine für Marketing und Öffentlichkeitsarbeit, Sir. Die Leute lieben die Geschichten und das Gute, das wir tun, erzeugt viel positives Interesse für United Way. Es ist schwierig, diese Effekte exakt in Zahlen auszudrücken, aber es muss die Leute dazu anregen, bei Spenden großzügiger zu sein. Familien lieben es, mitzumachen, und offensichtlich finden die Begünstigten gerne heraus, dass sie jemandem am Herzen liegen. Es fördert genau die Art von gutem Willen und allgemeiner Güte, von denen es in der Welt zu wenig gibt.«

Mr. Peters blättert durch meine Flyer und Zeitungsausschnitte. Er legt seine riesige Hand auf den obersten Artikel und lehnt sich in seinem Stuhl zurück. »Ich sage es Ihnen nur ungern, Mary, da ich Ihre Begeisterung und Leidenschaft bewundere. Aber obwohl das sicherlich nach einem guten Zweck aussieht, muss ich alles als gut, besser und am besten bewerten. Dieses Programm würde ich der ›guten‹ Kategorie zuordnen. Es ist gut, aber unsere Mittel können woanders besser oder sogar am besten eingesetzt werden.«

Ich wusste, dass das kommen musste. Foster hatte mir gesagt, Widerstand wäre zwecklos. Aber irgendwie, jetzt und hier, da ich diesem Mann in die Augen blicke, kann ich nicht ganz glauben, dass er mir eine Abfuhr erteilt. Ich denke an die kleinen Mädchen da draußen, die das ganze Jahr über nichts haben, worauf sie sich freuen könnten.

Ich denke an die kleinen Jungs, die nur um einen Baseball und einen Handschuh bitten. Keinen für ihren Vater, weil sie keinen Vater haben. Ich erinnere mich an die Übergabe letztes Jahr, als eine Mutter zu meinen Füßen zusammengesackt ist und geweint hat. Ihr Mann war krank und seine Pflege mehr, als sie bewältigen konnte. Lebensmittelgutscheine haben sie am Leben erhalten, aber für die Kinder blieb nichts übrig.

»Sie machen einen Fehler, Sir.« Ich sammle all meine Zeitungsartikel, Danksagungsbriefe, E-Mails und Tabellen von seinem Tisch auf. Am Ende hat nichts davon eine Rolle gespielt.

»Aber da Ihre Familie die richtigen Leute kannte und den richtigen Gruppen Geld spendete, ist es ein Fehler, den Sie begehen dürfen. Ich wünsche Ihnen das Beste für Ihr bewundernswertes und beeindruckenderes Ziel, die Körper kranker Kinder zu heilen. Hoffentlich erkennen Sie eines Tages auch den Wert von Hoffnung und Liebe, die Kinderherzen zugetragen werden.«

Ich kehre lange genug in mein Büro zurück, um meine Sprachnachrichten abzuhören, Notizen zu machen, mir meinen Mantel zu schnappen und den Rest meiner Anrufe zu tätigen. Ich werde auch morgen noch den ganzen Tag telefonieren und hoffe, alle haben getan, was sie tun sollten. Falls nicht, übernehme ich in diesem Jahr ein paar Familien zusätzlich. In der Vergangenheit waren es bis zu sechs Familien, aber letztes Jahr hatte ich nur zwei.

Ich schlüpfe mit den Armen in die Ärmel meines marineblauen Cabanmantels und knöpfe ihn zu. Ich bin stolz darauf, dass ich Mr. Peters nicht missbilligend anstarre. Als ich am Konferenzraum vorbeigehe, ist er immer noch in Briefe vertieft und ganz alleine dort drinnen. Daher frage ich mich, wo genau Foster hin ist.

Beim Passieren von Fosters Büro verlangsame ich meine Schritte und suche nach Hinweisen darauf, warum er das Schiff verlassen hat.

Ich bemerke ihre perfekt gelockten, glänzenden blonden Haare erst, als ich weniger als einen Meter von Fosters Bürotür entfernt bin.

»Baby, wann können wir los?«, fragt sie, eine Hand auf dem flachen Bauch. »Ich schwöre, dieses Baby macht mich ständig so hungrig.«

»Ich hoffe nur, du passt am Ende der Woche immer noch in dein Kleid.« Foster grinst auf sie herab. »Meine Eltern haben dafür ein Vermögen ausgegeben.«

Sie ist nicht wirklich schwanger, möchte ich schreien. Sie hat gelogen, um dich dazu zu bringen, dass du sie heiratest. Aber ich sage kein Wort. Vielleicht verdient er jemanden wie sie.

Ich winke Foster zu. »Hey, Boss. Ich bin gerade am Gehen, aber ich wollte dich wissen lassen, dass ich es nicht zur Hochzeit schaffe. Unglücklicherweise wurde mein Budget für hübsche, zum Anlass passende Kleider und Schuhe gekürzt und auf den Toilettenpapier-Fonds umverteilt. Ich hoffe, du hast Verständnis. Den Hintern abzuwischen ist wichtiger, als Freunde zu unterstützen. Ich wünsche euch beiden viel Glück für die Zukunft.«

»Sei nicht so kleinlich, Mary«, sagt Foster. »Das steht dir nicht. Und du weißt nur zu gut, dass die Entscheidungen zum Budget über meiner Gehaltsklasse liegen. Ich mache nur meine Arbeit.«

Als Jessica mich erkennt, blitzen ihre Augen. »Mary Wiggin.«

Ich nicke kaum merklich. »Wie nett, Sie endlich kennenzulernen«, sage ich und fordere sie dazu heraus, etwas anderes zu behaupten.

»Ich habe Foster gesagt, er soll Ihnen keine Einladung mit Begleitung schicken. Sie treffen diesen neuen Typen erst wie lange? Eine Woche? So etwas fällt so schnell wieder auseinander, wie es zusammengekommen ist, wenn Sie verstehen, was ich meine. Wir wollten Sie in einer so frischen Beziehung keinem unangemessenen Druck aussetzen. Und obwohl Sie gerne alleine kommen dürfen, wollten wir nicht, dass Sie sich wie das fünfte Rad am Wagen fühlen.«

Ihre großzügige Auslegung des Wortes ›wir‹ erweckt in mir den Drang, in den großen schwarzen Topf neben Fosters falscher Paradiesvogelpflanze zu kotzen.

Ich kratze mich am Kopf. »Ich glaube, Luke und ich haben etwa zwei Wochen nach Ihnen und Foster begonnen, miteinander auszugehen.« Ich lächle honigsüß. »Aber es ist nicht mein Beziehungsstatus, der mir in die Quere kommt. Tatsächlich schaffe ich es nicht, weil ich im Job befördert werde und meine Schwester mit ihrem Kleinkind bei mir einzieht. Schlechtes Timing, das ist alles.«

»Moment mal«, sagt Foster. »Was ist mit Trudy los?«

»Es ist nichts, wirklich.«

Foster öffnet den Mund, aber bevor er sprechen kann, sagt die mich böse anstarrende Jessica »Also, danke, dass ihr uns informiert habt.« Sie lehnt sich gegen Foster und lässt eine Hand über seinen Arm gleiten, um dann seine Hand zu ergreifen.

»Tut mir leid, dass ich es euch so spät sage, aber ich kann einfach nicht.«

Jessicas Lächeln wirkt erleichtert. Ich schiele zu

Foster, und er hat unter schmerzerfüllten Augen sein Plastiklächeln aufgesetzt. Was bedeutet, dass er ebenfalls erleichtert ist. Wenn sie mich nicht dabeihaben wollen, warum haben sie sich überhaupt die Mühe gemacht, mich einzuladen?

Ich ziehe mein Telefon aus der Handtasche und gebe vor, eine Textnachricht zu lesen. »Bei näherem Nachdenken hat Luke noch nichts vor und wir werden da sein. Mit wehenden Fahnen.«

Jessica hebt eine Augenbraue. »Welch wundervolle Neuigkeiten.«

»Ja.« Ich wechsle zu einem Flüstern. »Wenn wir schon von wundervollen Neuigkeiten sprechen, ich habe gehört, Sie haben etwas Wunderbares mitzuteilen. Als ich es erraten habe, hat Foster mich gebeten, es für mich zu behalten. Aber ich kann Ihnen natürlich gratulieren.« Ich starre direkt in Jessicas Augen. »Hoffen Sie auf einen Jungen oder ein Mädchen?«

Sie schreckt leicht zurück und ihre Miene trübt sich. Zumindest hat sie den Anstand, so zu tun, als würde sie sich wegen ihrer Lüge schrecklich fühlen. Ich erwäge, es Foster zu erzählen, halte jedoch den Mund.

Foster umarmt von hinten ihre Schultern. »Das Geschlecht spielt für uns keine Rolle, solange das Kind gesund ist.«

Ich denke an Troy, der nicht gesund ist, und runzle die Stirn. »Was bedeutet das? Wenn es mit dem Downsyndrom geboren wird, willst du es nicht? Wenn es mit einem schwachen Herzen oder einem anderen Leiden auf die Welt kommt, machst du dich dann aus dem Staub? Was, wenn er oder sie nicht besonders klug oder talentiert ist? Liebst du das Kind dann immer noch?«

Foster führt Jessica aus dem Büro und zurück in Richtung des Konferenzraums. »Was für eine nette Unterhaltung. Wir sind froh, dass du bei unserer Hochzeit dabei sein wirst. Aber jetzt gerade führen Jess und ich Mr. Peters zum Mittagessen aus.«

»Ich muss sowieso wieder an die Arbeit«, sage ich. »Ich hänge weit zurück, da ich nun eine neue Rolle habe, auf die ich mich vorbereiten muss.«

Alles, worüber ich während der ganzen Fahrt zu meiner Steuerberatungsfirma nachdenken kann, ist ... wie um alles in der Welt vermeide ich diese Hochzeit oder gehe alleine hin, ohne ihren Verdacht zu bestätigen, dass ich keine Beziehung für mehr als einen Monat aufrechterhalten kann? Es war so schon ein langer Monat und ich ertrage die Vorstellung nicht, den beiden ohne Begleitung entgegenzutreten. Bäh! Was ist nur mit mir los? Warum konnte ich die Sache nicht einfach auf sich beruhen lassen?

Ich greife nach meinem Telefon und möchte gerade Luke schreiben, als eine andere Nachricht eintrifft.

ALLES OKAY? Fragt Trudy.

WIE LÄUFT ES MIT DEM UMZUG? Schreibe ich zurück.

ALLES WURDE SCHON RÜBERGEBRACHT. DIESE LEUTE WAREN SCHNELL UND ES HILFT, DASS UNSERE HÄUSER NAHE BEIEINANDER STEHEN.

Was für eine Erleichterung. WUNDERVOLLE NEUIGKEITEN.

ICH BRAUCHE DANACH EINE PAUSE.

Ich auch. Während des vergangenen Jahres hat Foster es geschafft, für sich das perfekte Mädchen zu finden:

wunderschön, ins Geld verliebt und eine notorische Lügnerin. Währenddessen bin ich immer noch ein kompletter Single, wenig liebenswürdig und mit meinem Job verheiratet. Eigentlich waren Foster und Trudy schon immer wie Öl und Wasser. Sie wäre vermutlich meine perfekte Begleitung, falls ich hingehen muss, und es fühlt sich so an, als müsste ich.

WÜRDEST DU MIT MIR ZUR HOCHZEIT KOMMEN?

Trudy schreibt sofort zurück. DAS MÖCHTE ICH AUF KEINEN FALL VERPASSEN.

Über mir breitet sich der Friede wie eine warme Decke aus, frisch aus dem Trockner. Ich habe eine Begleitung und muss mir nicht darüber den Kopf zerbrechen, dass ich Luke verärgere oder wieder in dieses Wespennest steche. DANKE, T.

ICH TUE ALLES FÜR DICH. DU BIST DER BESTE MENSCH IN DER WELT. ICH HABE GLÜCK, DASS DU MEINE SCHWESTER BIST.

Anders als bei den höflichen Plattitüden, mit denen Freunde so um sich werfen, weiß ich bei Trudy, dass es von Herzen kommt.

19

Ich hänge meine Autoschlüssel vorsichtig an den Haken neben der Tür, die von meiner Garage ins Haus führt, und gehe nach drinnen. Aber ich komme nur drei Schritte voran, bevor ich mitten in der Bewegung innehalte. Egal, wohin ich mich wende, wird mein Weg buchstäblich von einer Schachtel versperrt.

»Trudy?«, rufe ich.

»Tante May May?« Hinter einer der Schachteln, die meinen Weg in die Küche blockieren, ertönt eine leise Stimme.

»Hey, Troy. Könntest du deine Mama finden und ihr sagen, dass ich nicht in mein eigenes Haus reinkomme?«

»Ja, ja, mach ich.« Troy hüpft davon. Das weiß ich, da ich seine Turnschuhe auf den Bodenplatten quietschen höre, aber auch, weil sein fröhlich hüpfender Kopf in mein Sichtfeld springt, sobald er das Wohnzimmer betreten hat.

Ich versuche, während des Wartens drei aufeinander

aufgetürmte Kisten zu verschieben, aber ohne Erfolg. Ich stehe kurz davor, aufzugeben und außen rum zu meiner Vordertür zu gehen, als ich über den unverrückbaren Kisten Trudys dunkelblonde Haare erspähe.

»Ich muss öfter trainieren«, sage ich.

»Tut mir leid.« Trudy beginnt damit, Kisten aus dem Weg zu schieben. »Ich hatte ja vor, das meiste hiervon in einer Lagereinheit zu verstauen – bis die, die ich angerufen hatte, den Preis verdreifachen wollten.«

Jegliche Preiserhöhung wäre mehr gewesen, als sie sich leisten kann.

»Das ist okay. Ich habe in meiner Garage jede Menge Platz, und auf dem Dachboden sogar noch mehr. Wahrscheinlich ist es besser so. Du und ich können all deine Sachen durchsehen und ausknobeln, was du behalten möchtest und was gespendet werden muss. Das machen wir dann in aller Ruhe.«

Trudy lächelt. »Danke.«

Ein Klopfen an der Vordertür erinnert mich daran, dass ich auf meinem Heimweg Pizza bestellt habe. Ich habe in letzter Zeit zu viel Pizza gegessen, aber ich habe keine Energie – und offenbar auch keinen Platz – um heute Abend irgendetwas zu kochen.

»Äh, wenn du das hier nehmen kannst, beginne ich damit, einige von denen in die Garage zu verschieben. Wir können alles durchgehen und die Sachen, die du nicht reinbringen möchtest, neu verpacken.«

Wir verbringen den Rest des Abends damit, in wechselnder Teamarbeit auszupacken, auf Troy aufzupassen und aufzuräumen. Sobald Troy aber im Bett ist, stürzt sie sich auf mich.

»Und?«, fragt sie. »Hast du mit ihm Schluss gemacht?«

Mein Magen dreht sich um und ich sinke auf die Couch. Das Gefühl von Baumwollbällchen in meinem Hals hält mich vom Sprechen ab, also nicke ich nur.

Sie setzt sich neben mich. »Also hast du direkt nach dem Schlussmachen Fosters Hochzeitseinladung bekommen, richtig?«

»Woher wusstest du das?«

»So laufen solche Dinge immer ab. Erinnerst du dich an damals, als Miss Fitzgibbons mir die Stirnfransen fünf Zentimeter zu kurz geschnitten hat?«

Ich unterdrücke ein Lachen. »Am Tag vor dem Abschlussball. Du dachtest, dein Leben wäre vorbei.«

»In ein paar Jahren wird dir das hier auch lustig vorkommen. Wenn du mich nicht als deine Begleitung nutzen willst, kannst du dich immer noch entschuldigen und die Hochzeit komplett ausfallen lassen.«

Ich reibe mir mit beiden Händen das Gesicht. »Es geht nicht einmal nur um die Hochzeit. Ich habe die endgültige Bestätigung, dass United Way Santas Vertreter nicht erneuern wird, was bedeutet, dass dies mein letztes Jahr ist.«

Trudy legt einen Arm um meine Schultern. »Es ist erstaunlich, dass du es so lange getan hast. Aber vielleicht ist jetzt der richtige Zeitpunkt, in neue Gefilde aufzubrechen.«

Hat sie recht? Sollte ich all die Kinder abschreiben, die eine kleine Aufmunterung brauchen, die Kinder wie ich, die einfach etwas brauchen, das ihnen Hoffnung gibt? Als ich das Wort ergreife, klingt meine Stimme aus irgendeinem Grund sehr leise.

»Nutze ich Santas Vertreter als Möglichkeit, dauerhafte Beziehungen mit den Kindern in meinem Leben zu vermeiden?«

Trudy verengt die Augen. »Wer sagt so etwas?«

Ich zucke mit den Achseln. »Ich, ich habe es gesagt. Warum denkst du, jemand anderes würde so etwas sagen?«

Trudy verzieht das Gesicht. »Das war dieser Luke, nicht wahr?«

»Ich habe ihn möglicherweise angegriffen und gesagt, er würde seinen Kindern keinen Gefallen erweisen, wenn er sie jedes Jahr mehrmals umziehen lässt. Vielleicht wurde es sogar persönlich. Vielleicht habe ich den Sinn des Wohnmobils angezweifelt.«

»Das klingt ziemlich harsch und passt nicht zu dir«, sagt Trudy.

»Jemand musste es ansprechen, denn Amy hasst es und sie liebt ihn zu sehr, um etwas zu sagen.«

»Jetzt setzt du dich für seine Kinder ein. Du formst bedeutungsvolle Beziehungen mit jedem, mit dem du dreißig Minuten Zeit verbracht hast. Und für Troy bist du die beste Tante der Welt.«

Ich lecke mir die Lippen. »Ich war nicht auf Komplimente aus. Ich will es wirklich wissen.«

Trudy ächzt. »Nein, Mary, ich denke nicht, dass du bedeutungsvollen Beziehungen aus dem Weg gehst. Aber du vermeidest es *definitiv,* Mutter zu werden, und das ist dein gutes Recht.«

Diese Frage habe ich meiner Schwester noch nie gestellt, weil ich nicht kritisch klingen wollte. Ich möchte nicht, dass sie denkt, ich würde sie verurteilen, aber ich muss es wissen. »Nach allem, wie unsere Eltern uns aufgezogen haben, wie konntest du jemals ein Kind wollen? Versteh mich nicht falsch, Troy ist wunderbar. Aber hast du keine Angst?«

»Kinder sind so schwierig«, sagt Trudy, »und jeden Tag sind es wieder andere Dinge, die es mir schwer machen, seine Mutter zu sein. Es ist so, als wäre er Treibsand. In einer Windel. In einer Minute gleitet er mir durch die Finger und in der nächsten saugt er mich nach unten.«

»Mensch«, sage ich, »Ich verstehe immer noch nicht, warum du ein Baby wolltest.«

Trudy lehnt den Kopf gegen meine Schulter. »Wir hatten beide schreckliche Eltern. Vielleicht die schlimmsten, die ich je gesehen habe. Ein Elternteil hat uns verlassen und niemals zurückgeblickt. Der andere hat sich jeden Tag besinnungslos betrunken und nicht gemerkt, wann wir weg waren. Aber ich hatte etwas, das besser war als die beiden. Ich hatte eine ältere Schwester, die sich besser um mich gekümmert hat, als sie es konnten. Ich werde nicht einen Haufen Wahrheiten wie auf diesen Glückskeks-Zetteln erfinden, um zu argumentieren, wie erfüllend die Elternrolle ist und wie wundervoll ein süßer Troy. Oder wie sehr ich es liebe und hasse, eine Kleinausgabe von mir aufzuziehen. Tatsächlich glaube ich, der Hauptgrund dafür, dass ich ein Kind in meinem Leben gebraucht habe, war zu lernen, wie ich jemand anderem diene. Mama und Papa waren Egoisten. Sie hat nur gekümmert, was sie wollten, ihre eigenen Wünsche und Sorgen.«

»Papa ist krank«, sage ich.

Sie nickt. »Ja, er ist ein Alkoholiker und das ist schwierig einzuordnen, oder? Ist er selbstsüchtig oder krank? Aber mindestens dieses erste Mal, als er die Flasche gewählt hat, statt für uns zu sorgen, hat er für sich selber geschaut.«

Ich seufze. »Und ich möchte keine Mutter sein, weil

das für mich einfacher ist, also bin ich wie Mama und du nicht.«

Trudy zuckt leicht zurück. »Genau das Gegenteil. Als wir aufgewachsen sind, war ich eine riesige Egoistin.«

»Nein. Du warst keine Egoistin, bevor du Troy hattest. Ich war dabei, erinnerst du dich daran?«

Trudy lacht. »Es ist so lieb von dir, das zu sagen, aber es ist falsch. Ich habe meine ganze Zeit damit verbracht, zu tun, was auch immer ich wollte. Arbeit, Spiele, Unterhaltung. Jetzt mache ich mir für dieses kleine Dämonenkind den Buckel krumm und würde noch viel mehr tun, wenn er es braucht. Der wahre Grund, warum ich ein Kind haben konnte, ist, dass unsere Eltern *nicht* meine Rollenvorbilder waren. Sie waren und sind egoistisch bis auf die Knochen. Nein, mein Vorbild – die Person, die mir die Hoffnung gegeben hat, es besser zu machen – war meine Ersatzmutter. Die beste Mutter, der ich je begegnet bin.« In Trudys Auge formt sich eine Träne.

»Wer?« Vielleicht meint sie Miss Fitzgibbons mit den schrecklichen Haarschnitten. Oder ihre Lieblingslehrerin in der fünften Klasse, die immer noch zu all ihren Theaterauftritten ging, nachdem sie die Grundschule längst verlassen hatte.

Trudy rollt mit den Augen. »Du bist manchmal echt ein bisschen langsam von Begriff. Ich rede von dir, Mary. Du warst die beste Mutter, die man sich überhaupt wünschen kann. Es war dir gegenüber nicht fair und nicht richtig, aber trotzdem bist du immer noch meine stellvertretende Mama. Immer noch mein Vorbild dafür, wie ich eines Tages werden möchte, wenn ich es richtig angestrengt versuche.«

»Du bist nicht meine Tochter«, sage ich. »Ich war nur eine gute Schwester.«

»Na schön«, sagt Trudy. »Dann hast du mir gezeigt, was eine Familie tun sollte. Ich sage ja nur, du brauchst keine Kinder zu haben. Denn du bist bereits die selbstloseste Person, die ich kenne.«

»Das erinnert mich an etwas«, sage ich. »Ich habe das Geld für Troys klinische Studie heute ans Krankenhaus geschickt, also sollte es in Ordnung gehen, wenn er wie geplant morgen damit beginnt.«

Trudy gibt mir eine dicke Umarmung und die Unkosten waren es mir absolut wert – zu wissen, dass es ihr gut geht und Troy die beste Chance erhält.

Die folgenden zwei Tage vergehen wie im Flug, mit all dem Auspacken, Einpacken, dem Nachfragen bei Familien auf beiden Seiten und der Koordinierung der Details für die Übernahme von Shaunas Position.

Ich werfe mich gerade für die Firmenweihnachtsparty in Schale, als das Telefon piept. Ich hebe es auf. Da ist eine Nachricht von Luke.

AMY BESTEHT DARAUF, ICH SOLLE DIR SAGEN, DASS DU IMMER NOCH FÜR DIE ÜBERGABE DER WEIHNACHTSGESCHENKE AN HEILIGABEND EINGELADEN BIST. SAMSTAG @ MITTAG.

Mein Herz schlägt einen Purzelbaum. Ich habe am Sonntag mit ihm Schluss gemacht und ich weiß, drei Tage sind keine besonders lange Zeit, aber für mich fühlt es sich wie eine Ewigkeit an. Ich vermisse ihn und möchte ihn anbetteln, dass er mich heute Abend und zur morgigen Hochzeit begleitet. Ich möchte seine Eröffnungszeremonie sehen und mit seinen Kindern spielen und ihnen sagen, wie toll es ist, dass ihr Papa dieses Gebäude möglich gemacht hat.

Trudy und Addy hatten recht. Ich habe mich viel zu sehr in diese Sache verrannt.

ICH SCHÄTZE DIE EINLADUNG. ICH WÜRDE LIEBEND GERN KOMMEN, ABER ES KOMMEN IN LETZTER MINUTE IMMER NOCH DETAILS DAZU UND ICH BIN MIT MEINEN EIGENEN EINKÄUFEN NOCH NICHT FERTIG. ICH SCHREIBE DIR, FALLS EIN WUNDER PASSIERT UND ICH ES DOCH SCHAFFE.

Ich stecke das Telefon in meine Handtasche und betrete das weitgehend saubere Wohnzimmer. »Wie sehe ich aus?« Ich drehe mich für Trudy und Troy im Kreis.

»Unglaublich!«, sagt Trudy.

»Glitzerig«, sagt Troy.

Ich trage einen dunkelgrünen Geschäftsanzug, aber das Leibchen darunter ist rot und mit Pailletten bestückt. Normalerweise würde ich nicht beides zusammen tragen, aber es ist Weihnachten. Und wie Troy betont hat, glitzert es. Wie ein Kind liebe auch ich glitzernde Dinge.

Trudy gibt mir eine dicke Umarmung, und bevor sie loslässt, flüstert sie mir etwas zu. »Ich hoffe, du liebst diese neue Beförderung, aber ich denke, vielleicht hast du sie wegen mir angenommen. Ich bin mir nicht sicher, warum genau, aber ich verspreche, dass ich dir eines Tages alles zurückzahle, was du für mich aufgegeben hast.«

»Dich in meinem Leben zu haben ist meine Rückerstattung«, sage ich. »Ich liebe dich.«

Meine Fahrt zur Firmenfeier führt mich an der Tierhandlung vorbei, und es macht mich traurig zu sehen, dass es dort heute keinen Tierschutz-Event gibt. Ich denke an diesen wunderschönen Hund. Ich habe über Pyrenäen-Berghunde nachgeforscht, und sie sind exzellente Haustiere. Als ich auf den Parkplatz vor dem Hyatt fahre, wühle ich in meiner Handtasche herum, bis ich die Karte mit der Nummer der Dame von der Tierrettung finde.

Ich kann vielleicht Luke nicht behalten und bin nicht gewillt, meine Karriere Kindern zu opfern, aber für einen Hund könnte ich Platz schaffen. Das weiß ich. Außerdem wird Troy das Tier lieben. Oder? Bevor ich die Zeit habe, mir endlos darüber den Kopf zu zerbrechen, wähle ich die Nummer. Nach mehrmaligem Klingeln nimmt ein Mann ab.

»Hallo?«, fragt er.

»Äh, ja, mein Name ist Mary Wiggin. Ich habe vor einigen Tagen bei der Tierhandlung Pet Smart vorbeigeschaut und dort war eine Hündin, ein Pyrenäen-Berghund und das klingt jetzt vielleicht verrückt, aber ich glaube, ich habe mich in sie verliebt. Ich denke immer wieder an sie. Man sagte mir, Sie wissen vielleicht, wo ich sie finde?«

»Faith«, ruft der Mann, während sich sein Mund still in Mikrofonnähe befindet. Damit bringt er beinahe meine Trommelfelle zum Platzen.

»Hallo?«, sagt eine Frau.

Ich erkläre erneut den Grund für meinen Anruf. »Sie sprechen von Andromeda. Sie wurde gechippt, aber wir haben die früheren Besitzer gesprochen und die sagten, sie wäre ein guter Hund, aber der Mann leidet an Krebs und wegen der Behandlungen waren sie zu oft abwesend. Sie haben sie einer Freundin gegeben, die sie offenbar freigelassen hat.«

»Das ist schrecklich«, sage ich. »Ich interessiere mich sehr für sie. Was müsste ich tun, um sie zu adoptieren?«

Faith führt mich geduldig durch den gesamten Prozess. »Könnten Sie morgen gegen Mittag vorbeikommen, um sie sich anzuschauen?«

»Oh«, sage ich. »So bald?«

»Sie ist zu höflich, um hier mit meinen vier anderen Hunden gut zu gedeihen. Sie bekommt nicht ausreichend Futter und ist bereits furchtbar unterernährt. Wenn Sie es ernst meinen und die Verantwortung übernehmen möchten, können Sie sie morgen nach Hause mitnehmen.«

Wir kümmern uns um die Einzelheiten und ich lege auf.

Ich erwarte, mich beim Gedanken daran, morgen früh möglicherweise eine Hundebesitzerin zu sein, zittrig oder nervös zu fühlen, aber das tue ich nicht. Ich wollte letzte Woche keinen Hund und es ist ja nicht so, als wäre ich noch mit Luke zusammen. Was bedeutet, dass ich mich dafür begeistere, diesen Hund für mich selbst zu adoptieren. Nicht für sonst jemanden oder etwas. Ich mag im alltäglichen Leben nicht fähig sein, eine gute Mutter abzugeben. Ich denke aber, mit einem großen Fellknäuel komme ich klar.

Niemand hatte erwartet, dass ich zur Firmenfeier mit Begleitung kommen würde. Als ich also die Schultern straffe und hineingehe, zuckt niemand auch nur mit der Wimper. Der Abend verläuft problemlos, sogar perfekt. Ich schütte mir nichts auf die Kleider, und bevor ich meinen dritten Buchhaltungswitz zum Besten gegeben habe, werde ich auch schon auf die Bühne gerufen.

»Einige von euch mag es überraschen, das zu hören«, sagt Shauna, »Aber ich übernehme die Führungsposition unserer Zweigstelle in London. Damit kehre ich in mein Zuhause zurück, in die Nähe meiner Schwiegereltern.« Sie verzieht das Gesicht, und alle lachen. »Aber eigentlich ziehe ich sie meiner eigenen Familie vor.«

Alle lachen, mit Ausnahme von mir selbst. Sollte ich je heiraten, bin ich mir sicher, dass dieser Punkt absolut zutreffen wird. Ihr Witz geht mir ein bisschen zu nahe.

»Obwohl wir uns über die Rückkehr nach Großbritannien freuen, bricht mir die Vorstellung, euch alle zu verlassen, das Herz.«

Shauna greift hinüber und nimmt meinen Arm, um mich dann in die Nähe des Mikrofons zu zerren. »Ursprünglich sollte ich der Unternehmensführung bei der Auswahl von externer Hilfe helfen. Ich habe sie davon überzeugt, dass sie meinen Job einem unserer eigenen Mitarbeiter anbieten sollten.«

Alle klatschen Beifall. Achtzig Steuerberater, über fünfzig Männer und Frauen des Betreuungspersonals und jede Menge Lebensgefährten.

Shauna hebt die Hand, um meinen Arbeitskollegen Stille zu gebieten. »Wie ihr aufgrund ihrer Anwesenheit auf der Bühne sicher schon erraten habt, ist es mir eine Freude, euch zu informieren, dass Mary Wiggin nach ein klein wenig Überredungskunst und etwas sanftem Druck eingewilligt hat, meinen Platz einzunehmen. Ich bin mir sicher, ihr werdet sie alle willkommen heißen und während der Übergangszeit mit Geduld und Verständnis unterstützen.«

Wieder klatschen alle, noch lauter als zuvor, falls das überhaupt möglich ist.

Nach der Ankündigung fließen die Getränke und ich bin plötzlich von einer Gruppe ungeübter, alberner und vergnügter Tänzer umringt. Ich mache mich auf den Weg zum Ausgang, wobei ich unterwegs immer wieder Hände schüttle und Glückwünsche entgegennehme. Ich habe die Hintertür beinahe erreicht, als Shauna mich stoppt.

»Gehst du schon?«, fragt sie.

Ich nicke. »Heute war für unsere Firma der letzte Tag vor Weihnachten, aber ich habe morgen einen vollgepackten Arbeitstag vor mir.«

»Stimmt, deine wohltätige Sache.« Sie nickt. »Nun, ich habe eine schlechte Nachricht. Ich habe vor einigen Stunden eine E-Mail von der Firmenleitung erhalten. Sie haben für die Firmenboni einen Vesting-Plan eingeführt.«

Ich stecke mir einen Finger ins Ohr und wackle damit herum. Vielleicht steckt dort drin zu viel Ohrenschmalz. »Entschuldige bitte«, sage ich zu Shauna, »aber das klingt so, als wäre der Bonus, den ihr mir versprochen habt, nicht zugänglich. Und zwar jahrelang.«

Shauna presst die Lippen fest zusammen. »Sie hatten dieses Jahr ein Problem mit abgeworbenen Arbeitskräften. Andere Firmen stehlen ihre Talente während der Trainingsphase, wenn noch nicht alles rund läuft. Hat man seinen riesigen Bonus bereits eingesackt, gibt es keinen eigentlichen Anreiz mehr, um zu bleiben.«

»Für wie viele Jahre gilt die Sperrfrist?« Bevor Shauna überhaupt antworten kann, schüttle ich bereits den Kopf. »Es spielt keine Rolle, schätze ich. Ich habe meine Rentenguthaben geplündert, um für die Behandlung meines Neffen zu bezahlen. Ich habe diesen Bonus gebraucht, um Mittel zu überwälzen. Um Strafabzüge und desgleichen zu vermeiden. Jetzt habe ich nicht mehr die Möglichkeit dazu.«

Shauna schließt die Augen und schüttelt den Kopf. Einen Moment später öffnet sie sie wieder. »Mary, es tut mir so leid. Ich hatte keine Ahnung, dass du das geplant hattest, aber mir sind die Hände gebunden. Ich habe nur eine Stimme von zweihundert.«

»Schon gut.« Ich zwinge mich zu einem Lächeln und mache noch einige Minuten lang Small Talk, bevor jemand auf Shauna zugeht, um ihr Fragen zu ihrem Zeitplan zu stellen. Ich nutze meine Chance, um mich davonzuschleichen.

Während der gesamten Fahrt nach Hause gehe ich in meinem Kopf die Zahlen durch. Egal, wie ich es drehe, werde ich wohl ein Eigenheimdarlehen aufnehmen müssen, um die zusätzlichen Strafsteuern für die frühzeitige Auszahlung meines Rentenguthabens zu begleichen.

Als ich die Schnellstraße erreiche, glaube ich, die Dinge in die richtige Perspektive gerückt zu haben. Ich hatte das Geld, um Troy zu helfen und mit dem Eigenheimdarlehen werde ich die Mittel haben, um meine Steuern zu bezahlen. Zudem werde ich in Zukunft mehr verdienen, also kann ich das Rentenkonto wieder auffüllen. Hoffe ich.

Ich setze mein Pokerface auf, bevor ich durch die Garagentür trete. Ich werde Trudy nicht wissen lassen, was passiert ist, denn sie würde sich niemals verzeihen. Die Schuldgefühle, hervorgerufen von einer Verbindlichkeit dieser Größe, würden sie zerstören.

Eine von Shaunas bevorzugten Redensarten kommt mir in den Sinn. »Es ist nur Geld«, sagte sie mir jedes Mal, wenn ich mit einem Klienten eine für ihn ungünstige Steuerveranlagung besprechen musste. Es ist nicht die Gesundheit, nicht die Lebensgrundlage und auch nicht ein geliebtes Familienmitglied in Nöten. Es ist nur Geld.

Als ich durch die Tür trete, bin ich so auf mein eigenes Drama fokussiert, dass mir kaum auffällt, dass Trudy am

Telefon ist. Sie hat sich auf einem meiner Stühle zu einem Ball zusammengerollt, und Tränen kullern ihr über die Wangen.

Höchstwahrscheinlich spricht sie mit Chris. Ich möchte mit der Hand durch den Hörer greifen und ihm auf die Nase boxen, aber das würde uns vermutlich nicht weiterbringen und wissenschaftlich machbar ist es auch nicht.

Trudy schüttelt den Kopf. »Natürlich nicht. Du warst so beschäftigt, dass ich dich nicht aufregen wollte.«

Durch das winzige Telefonmikrofon höre ich, wie er herumschreit und flucht. Ich schreite durch den Raum und reiße es ihr aus der Hand. Chris setzt seine Schimpfkanonade fort, und ich bin froh, das Telefon jetzt an mich genommen zu haben. Er ist komplett entgleist.

»Du denkst also, du könntest alle Entscheidungen zu meinem Sohn treffen? Nun, das kannst du nicht. Du bist erbärmlich, und das wirst du immer sein. Darum bin ich gegangen, weißt du. Es war, als hätte es dich gebrochen, Troy zu bekommen.«

»Bist du endlich fertig?«, frage ich.

»Entschuldige mal?« Chris flucht. »Wer ist das?«

»Dir auch schöne Weihnachten, Chris. Hier spricht Mary, Trudys ältere Schwester.«

»Gib Trudy das Telefon zurück.«

»Ich nehme deine Anfrage zur Kenntnis, aber da du ein gewalttätiger, untreuer Verlierer bist, weigere ich mich, ihr stattzugeben. Tatsächlich werde ich keiner Aufforderung von deiner Seite Folge leisten, weder jetzt noch irgendwann in der Zukunft. Trudy hatte Angst davor, dir von Troy zu erzählen, weil du ihr gesagt hast, sie wäre jetzt eine Spaßbremse. Sie hatte Angst davor, dem Vater ihres Sohnes von seinem Gesundheitszustand zu erzählen. Denn du bist so egoistisch, dass sie sich Sorgen gemacht hat, du würdest sie noch weniger mögen, wenn du von Troys Krankheit weißt. Ich schlage vor, du denkst darüber nach. Allerdings bezweifle ich, dass es bis in dein winziges Gehirn vordringen würde. Jetzt hat sie endlich den Mut aufgebracht, dich anzurufen und in die Wüste zu schicken ...«

»Das kann sie nicht. Ich habe sie schon verlassen.«

»Chris, hast du je das Sprichwort gehört, dass hinter jeder kleinen Schwester eine ältere, verrücktere Schwester steckt? Die Leute lachen darüber, als wäre es ein Witz. Aber für uns ist es die Wahrheit. Ich habe einen Baseballschläger, eine Pistole *und* eine Schaufel und Trudy und ich wurden dazu erzogen, Probleme selber zu lösen. Nur weiter so, dann lasse ich dir die Wahl, was ich bei dir zuerst einsetze.«

»Oh, bitte.« Chris flucht schon wieder. »Als ob ich Angst vor einem kleinen Mädchen hätte. Ich könnte euch beide töten, ohne ins Schwitzen zu kommen, nur hätte ich dann Troy am Hals. Und das will ich nicht.«

»Na schön«, sage ich. »Du hast vielleicht keine Angst vor mir oder Trudy. Aber du wirst dich sehr vor dem Anwalt fürchten, den ich angeheuert habe, um sicherzustellen, dass du für Troy nur eine begrenzte Besuchserlaubnis bekommst. Möglicherweise nur unter Aufsicht, nachdem ich die Aufnahme dieses Gesprächs abgespielt habe. Danke, dass du mit deinen Drohungen und Flüchen so kreativ warst.«

Chris lässt einen Schwall von Flüchen los, die – meinen Worten zum Trotz – kreativer sind, als ich es von ihm erwartet hätte.

»Ich habe nie verstanden, warum gesagt wird, Obszönitäten wären die Krücke der Ungebildeten. Ich kenne eine Menge gebildeter Menschen, und die meisten von ihnen fluchen. Aber nach dem heutigen Gespräch mit dir beginne ich zu verstehen, wie das gemeint war.«

»Du dumme ...«

»Ich glaube, du hast getrunken, Chris. Und von daher führt diese Unterhaltung nirgendwo hin. Aber hier sind die Hauptthemen. Hol dir einen Stift und schreib sie auf. Nummer eins, der neue Anwalt meiner Schwester, Ann Stephens, hat gegen dich eine einstweilige Verfügung erwirkt. Da die Festtage vor der Tür stehen, hat der Richter ihr für volle zwei Wochen stattgegeben. Falls du meine Schwester anrufst, ihr Nachrichten schreibst oder dich meinem Haus näherst, rufe ich die Cops so schnell, dass sich dir der Kopf dreht. Und du wirst so lange eine Verfügung gegen dich erwirken, bis die Scheidung rechtsgültig ist. Für mich wäre das ein Bonus. Nummer zwei, wenn du erst einmal realisierst, dass du meine entzückende Schwester wiederhaben möchtest, weil deine neue Freundin im Vergleich ein dampfender Haufen Scheiße ist, verschwende nicht deine Zeit. Sie ist mit dir fertig, und Scheiße entspricht eher dem, was du verdienst. Nummer drei, du wirst Trudy niemals für ihr Timing, mit dem sie dir von Troys Diabetes-Diagnose erzählt hat, kritisieren. Du hast die beiden verlassen. Du warst damit beschäftigt, mit einer neuen Frau herumzuturnen und hast dich nicht um deine Familie gekümmert. Ich lasse nicht zu, dass du deine eigenen Schuldgefühle an Trudy auslässt. Habe ich mich klar ausgedrückt?«

Chris gibt mir ein mündliches Äquivalent des Mittelfingers und legt auf. Ich schreibe ihm eine Nachricht, um meine drei Punkte zu bekräftigen, und werfe das Telefon dann auf die Kücheninsel.

Ich schaffe es, Trudy vom Stuhl hochzukriegen und in ihr Bett zu bringen. Ich liege neben ihr, bis sie eingeschlafen ist. Dadurch bleibt mir viel Zeit zum Nachdenken.

Ich habe eine glänzende neue Schaufel, die noch nie benutzt wurde, aber weder eine Pistole noch einen Baseballschläger. Vielleicht sollte ich mir von beidem ein Exemplar zulegen.

20

Ich möchte Foster in einer Nachricht mitteilen, ich wäre krank. Um ein Haar hätte ich Luke geschrieben und ihn gebeten, nun doch noch mit mir zu kommen. Statt meines angeblichen Freundes meine Schwester mitzubringen ist peinlich, aber ich bringe es einfach nicht über mich, Luke auf diese Weise zu benutzen. Und falls ich ihn wiedersehe, nun ja. Es ist nicht absehbar, welche erbärmlichen Dinge ich möglicherweise sagen oder tun würde.

»Also gehst du zu dieser Sache?«, fragt Paisley mich am Donnerstagmorgen.

»Moment mal, gehst du?«

Sie grinst kopfschüttelnd. »Ich bin nur ein kleiner Fußsoldat, wie du dich vielleicht erinnerst. Absolut ausgeschlossen, dass ihre königliche Hoheit Prinz Foster sich dazu herablassen würde, mich einzuladen.«

»Die Art, wie er mit dir umgesprungen ist, gehörte

schon immer zu den Dingen, die mich an ihm am meisten gestört haben.«

Paisley sinkt mit einem übertriebenen Seufzer auf einen Stuhl in meinem Büro. Sie drückt sich den Handrücken gegen die Stirn. »Ich habe so viel Schlaf verloren, als ich mich hin und her gewälzt und gefragt habe, was ich tun könnte, um Foster und seine hochnäsige Familie zu beeindrucken. Damit er mich für würdig befindet, deine Freundin zu sein.«

»Nein, das hast du nicht.«

Sie setzt sich gerade hin und grinst. »Nein, habe ich nicht.«

»Ich habe nachgedacht«, sage ich.

»Oh-oh, das bringt dir immer Ärger ein.«

»Klappe.« Ich werfe ihr einen gespielt bösen Blick zu. »Vielleicht kann ich letzte Details bei Santas Vertreter als Ausrede benutzen.«

Paisley schüttelt den Kopf, wobei die rotblonden Locken um ihre Schultern hüpfen. »Keine Chance.«

Meine Unterlippe schiebt sich zu einem kleinen Schmollmund vor. »Das war meine beste Idee. Warum nicht?«

»Schau mal, wenn jemand stirbt, der einem nahe steht, muss man zur Beerdigung gehen. Das ist irgendwie kathartisch. Es hilft einem zu akzeptieren, dass die Person weg ist und die Information zu verarbeiten, damit man loslassen kann.«

»Menschenskind, Foster ist nicht gestorben.«

»Wie schade«, murmelt Paisley. »Aber eure Beziehung ist gestorben, und du hast nicht losgelassen, seit mehr als einem Jahr nicht. Es könnte daran liegen, dass ihr beiden euch wegen deiner Rolle hier periodisch immer wieder gesehen habt. Oder auch nicht. Aber ich denke, ihm dabei zuzusehen, wie er die idiotischste Frau heiratet, die ich diesen Monat getroffen habe – und ich war schon viermal bei Wal-Mart, das will also etwas heißen – hilft dir vielleicht, zu trauern und abzuschließen.«

Trotz Paisleys unerschütterlicher Überzeugung, dass ich gehen sollte, erfinde ich den ganzen Tag über unterschiedliche Ausreden und verwerfe sie dann wieder. Ich habe eine Erkältung. Mein Neffe ist wieder im Krankenhaus, was gelogen ist, aber letzte Woche noch wahr war. Mein Vater leidet an Leberversagen, was mit an Sicherheit grenzender Wahrscheinlichkeit wahr ist, obwohl ich mir nicht sicher bin, wann es passieren wird. Ich habe nicht mehr von ihm gehört, seit ich Weihnachten letztes Jahr einen Korb voller Geschenke und Hygieneartikel überbracht habe.

Nach scheinbar endlosen internen Debatten bezüglich meiner Hochzeitseinladung mit Begleitung beenden Paisley und ich unsere Anrufe in Rekordzeit. Ich starte den Prozess, um einen Eigenheimkredit aufzunehmen, damit ich mir im Frühling die Begleichung meiner Strafsteuern leisten kann. Danach besuche ich eiligst den Laden und erledige einige Einkäufe für Troy und Trudy, meinen Vater und Paisley und Addy. Ich fahre sogar am Pet Smart vorbei und hole mir unverzichtbare Accessoires für große Hunderassen. Eine Transportkiste, Hundefutter, Leckerlis, Kauspielzeug aus Rohleder, Fressnäpfe und eine Leine. Auf dem Weg zur Kasse werfe ich ein Dutzend unterschiedliche Spielzeuge in meinen Einkaufswagen, da ich mir unsicher bin, was Andromeda mag.

Als ich die Adresse erreiche, die Faith mir gegeben hat, und mit klopfendem Herzen und zittrigen Händen

den Bürgersteig entlanggehe, höre ich aus dem Inneren des Hauses das Gebell von dreißig Hunden.

Vielleicht ist das ein großer Fehler. Davon abgesehen habe ich nicht einmal mit Trudy darüber gesprochen, und sie lebt bei mir.

Ich hebe die Hand, um zu klopfen, und lasse sie dann wieder zur Hüfte sinken. Schon wieder – das zweite Mal in einer Woche – öffnet sich eine Tür, ohne dass ich auch nur einmal geklopft hätte,

»Sie müssen Mary sein.« Eine ältere Frau, die Haare zu einem krausen weißen Pferdeschwanz zusammengebunden und in einem Kaftan mit Blumenmuster, öffnet die Tür. Auf ihrem Gesicht bildet sich ein Lächeln und mir fällt auf, dass einige ihrer Zähne dunkelbraun sind. Einer davon sieht brüchig aus, wie alte Schokolade. Ich zucke mit keiner Wimper. Zumindest versuche ich, es nicht zu tun.

Wenn ich die äußere Erscheinung ausblende, ist Faith einer der nettesten Menschen, die ich je getroffen habe. Sie lässt ihre vier anderen monströs großen Hunde nach draußen. Andromeda kommt direkt zu mir und schnüffelt an meinen Oberschenkeln, dann den Knien, wobei sie unaufhörlich mit dem Schwanz wedelt.

Ich gehe in die Hocke und auf Augenhöhe zu ihr.

»Sitz«, sage ich.

Sie setzt sich.

»Platz«, sage ich.

Sie legt sich flach auf den Boden.

»Sie himmelt Sie an«, sagt Faith. »Haben Sie die Papiere mitgebracht, um die ich gebeten hatte?«

Ich nicke und ziehe sie aus meiner Handtasche.

Sie sieht sie durch, während ich die Arme um Andromedas Hals lege. Jetzt riecht sie nach Orangen. So viel besser als der Gestank des Erbrochenen, der ihr an diesem Abend im Pet Smart angehaftet hat.

»Hast du mich vermisst, Mädchen?« Eine riesige rosa Zunge leckt mich vom Kinn bis zur Stirn ab. »Igitt, das ist eklig!«

Faith kichert. »Sie leckt gerne.«

Ich versuche, mir nicht auszumalen, wo ihre Zunge sonst noch war. Nun, da sie sauber ist, wird klar, wie sehr ich ihre Schönheit unterschätzt habe. Sie könnte der schönste Hund sein, den ich je gesehen habe.

»Sie wissen, dass sie mehrmals pro Woche Fellpflege braucht?«

Ich nicke. »Ich habe recherchiert.«

»Die beste Neuigkeit ist, dass sie niemals bellt – nicht einmal dann, wenn sie von den schrecklichen Missetätern aus meiner Meute umzingelt wird. Und sie ist bereits stubenrein. Normalerweise sind die ersten Tage schwierig, aber sie hat perfektes Benehmen an den Tag gelegt.«

Eine Überfliegerin. Ich hätte es mir denken können. Ich kraule sie hinter den Ohren und nach weiteren zwanzig oder so Fragen folgt sie mir zufrieden nach draußen und klettert auf den Rücksitz meines Autos. Natürlich versucht sie ihr Glück mit dem Vordersitz, sobald ich losgefahren bin.

»Nein!«, rufe ich.

Sie ignoriert mich und ich schiebe sie nach hinten. Ich fühle mich deswegen irgendwie schlecht, aber sie ist zu groß, um den Vordersitz in Beschlag zu nehmen. Sie versucht es noch ein halbes Dutzend weitere Male, aber als wir dann die Schnellstraße erreichen, kommt sie endlich zur Ruhe.

Beim Erreichen meines Hauses stelle ich überrascht fest, dass Trudy nicht zu Hause ist. Ich verbringe den Nachmittag damit, Andromeda an die neue Umgebung zu gewöhnen. Sie beschnüffelt jeden Quadratzentimeter des Hinterhofs, aber was sie in all dem Eis und Dreck überhaupt riechen kann, ist mir ein Rätsel. Sie liegt bei meinen Füssen, während ich auf dem Esstisch Geschenke einpacke. Normalerweise setze ich mich dafür auf den Boden, aber ich bin mir nicht sicher, ob Andromeda auf allem herumkauen würde, sobald ich ihr den Rücken zukehre.

Während ich beschäftigt bin, sehen wir uns *Das Wunder von Manhattan* und *Ist das Leben nicht schön* an, und ich schwöre, sie beobachtet alles genau. Sie blickt von mir zum Bildschirm und wieder zurück. Ich habe alles eingepackt, Geschenke für Familie, Freunde und meine zugewiesene Familie mit eingeschlossen. Ich lasse Andromeda drinnen, während ich in Pantoffeln hinausrenne, um den Müll zur großen schwarzen Tonne vor der Garage zu bringen. Bis ich plötzlich realisiere, dass ich ganz unten in einem der Beutel etwas vergessen habe.

Das Plüschpferd, das Amy und ich für das Mädchen ihrer Familie ausgesucht haben, starrt mich vorwurfsvoll aus dem Inneren eines dieser Beutel an. Mein Herz steht still. Ich sollte es zu Lukes Haus bringen. Vielleicht sollte ich es jetzt gleich tun, dann wäre er vermutlich immer noch bei der Arbeit und ich könnte hin, ohne ihm über den Weg zu laufen.

Ausgenommen, er hat das Projekt bereits komplett abgeschlossen. Die Eröffnungszeremonie findet morgen früh statt. Er könnte bis zur Deadline noch arbeiten, oder er könnte sich zu Hause entspannen. Ich stelle ihn mir vor, wie er mit Chase spielt, Bälle fängt oder einen Turm aus Klötzen baut, um ihn dann wieder umzuwerfen. Oder vielleicht liest er Amy ein Buch vor.

Ich schüttle den Kopf, um diese Bilder wieder aus meinem inneren Auge zu entfernen. Ich möchte Amy und Chase gerne wiedersehen, sollte es jedoch nicht. Und ich habe keine Ahnung, wo er jetzt gerade ist. Bei der Arbeit? Zu Hause? Beim Einkaufen?

Oder vielleicht bei einer Verabredung mit einer anderen. Das Herz rutscht mir in die Hose, aber auch wenn es so wäre, hätte ich kein Recht, mir deswegen den Kopf zu zerbrechen. Ich stehe draußen, in Gedanken versunken, bis auch mein Körper beinahe vor Kälte erstarrt ist. Ein Winseln von Andromeda – vielleicht ist sie unglücklich darüber, dass ich sie drinnen gelassen habe – bringt mich wieder zur Besinnung. Pferd oder nicht, ich sollte Luke und seine Kinder nicht wiedersehen. Ich kann es ihnen nicht ohne das Risiko bringen, ihm über den Weg zu laufen.

Abgesehen davon bleibt mir fast keine Zeit mehr. Ich blicke auf meine Uhr und realisiere, dass ich kaum noch eine Stunde habe, bevor ich zu Fosters Hochzeit losfahren muss. Ich muss mich entscheiden, ob ich mich in Schale werfe und zu dieser blöden Hochzeit gehe, wie ich es Paisleys Meinung zufolge tun sollte. Oder ich bleibe zu Hause und täusche eine plötzliche und schwere Krankheit vor.

Ich schwanke noch zwischen beiden Möglichkeiten, als Trudy nach Hause kommt. Sie hat die Haare zu einem fabelhaften französischen Zopf hochgesteckt und trägt eine Tasche von einer Textilreinigung bei sich. Ein Dreijähriger ist nirgendwo zu sehen.

»Wo ist Troy?«, frage ich.

Sie beißt sich auf die Lippe. »Nun ja, ich wollte keine

normale Babysitterin anheuern, er ist ja momentan so kompliziert. Wir haben den Überwachungsmonitor angeschlossen, und die Werte müssen regelmäßig von einem verantwortungsbewussten Erwachsenen ausgelesen werden.«

»Okay ... wo ist er also?«

»Im Haus von Chris' Eltern.«

Ich klatsche mir gegen die Stirn. »Ist das klug?«

»Ich weiß es nicht. Sie sind aufgebracht wegen der Scheidung, aber sie wissen, dass alles davon Chris' Schuld ist. Sie haben sich oft bei mir entschuldigt und darum gebettelt, auf Troy aufpassen zu dürfen, wann immer ich Hilfe brauche.« Sie senkt die Stimme. »Ich denke, sie machen sich Sorgen, dass sie Troy nicht mehr zu Gesicht bekommen. Und sie sind wirklich die einzigen Großeltern, die er hat.«

»Ich hoffe, du hast ihnen wenigstens von der einstweiligen Verfügung erzählt.«

Sie nickt. »Natürlich habe ich das. Sie verstehen, dass sie Chris nicht bei sich haben können. Als ich gegangen bin, saß Troy auf dem Schoss seiner Oma und hat sich *Der Grinch* angesehen. Ich ziehe mich nur schnell um, dann bin ich bereit zum Gehen.«

Wenn Trudy für mich all diese Mühen auf sich nimmt, kann ich keinen Rückzieher machen.

Ich schleppe mich zu meinem Kleiderschrank zurück und schlüpfe in meine bevorzugte Gesellschaftskleidung, ein Etuikleid aus champagnerfarbener Seide mit einem seitlichen Schlitz, der bis zur Mitte meines Oberschenkels reicht. Dieses Kleid kombiniere ich mit meinem einzigen Paar Louboutin-Schuhe, fast schon langweilig klassische schwarze Stöckelschuhe mit auffälligen Akzenten, die sie aufpeppen. Dunkle Schuhe bilden einen schönen Kontrast zur Champagnerfarbe des Kleids.

Trudy gerät ins Schwärmen, als sie mich sieht. »Oh Mary, niemand wird mehr auf diese lügende Verliererin achten, nachdem du hereingekommen bist. Foster wird sich wünschen, er wäre nicht so widerspenstig gewesen.«

Ich bezweifle es zwar, hoffe aber definitiv, dass sie Recht behält. Sogar jetzt und heute noch kann ich dieses Gefühl nicht abschütteln, dass Foster mir eine Nachricht zukommen ließ, als er Schluss gemacht hat. Ohne ein Versprechen von Kindern war ich ihm nicht gut genug.

Ich schnappe mir gerade meine Handtasche, als ich aus dem Wohnzimmer einen markerschütternden Schrei höre. Ich haste auf das Geräusch zu, wobei mir beinahe das Herz aus der Brust springt. Ist Chris hier? Hat er eine Pistole? Ich hätte niemals jemanden bedrohen sollen, der derart verrückt ist. Was habe ich mir nur gedacht?

Als ich das Wohnzimmer erreiche, steht Trudy in zwölf Zentimeter hohen Absätzen auf der Rückenlehne des Sofas und klammert sich an meinen hauchdünnen Vorhängen fest, als hinge ihr Leben davon ab. Vor dem Sofa steht Andromeda mit heraushängender Zunge und wedelndem Schwanz.

»Ups, ich hatte vergessen, es dir zu sagen.« Ich lege die Nase in Falten und ziehe die Schultern hoch. »Ich habe mir heute Morgen einen Hund zugelegt, den, von dem ich euch erzählt hatte. Sie kommt von der Tierrettung. Ihr Name ist Andromeda, und sie ist das süßeste Wesen, das du jemals sehen wirst.«

»Dieses Ding ist ein *Hund?*«, *fragt* Trudy. »Bist du dir ganz sicher?«

»Sie ist ein Pyrenäen-Berghund, und die sind für ihre

Kinderfreundlichkeit bekannt. Also mach dir keine Sorgen wegen Troy.«

Trudys Brust hebt und senkt sich sehr schnell, aber nachdem sie über meine Worte nachgedacht hat, normalisiert sich ihre Atmung und sie klettert vom Sofa. »Jetzt komme ich mir dumm vor, aber es wäre mir nie in den Sinn gekommen, dass das ein Haustier sein könnte. Ich dachte, ein Wolf wäre irgendwie ins Haus gelangt.« Sie stützt die Hände auf die Hüften. »Du hasst Tiere.«

»Ich hatte nie welche, und es schien mir, als würden sie eine Menge Arbeit machen. Aber als ich aus einer Laune heraus in diesen Pet Smart gegangen bin, war sie von einer Familie, die sie nicht mehr haben wollte, abgegeben worden. Obwohl sie ein wunderbarer Hund ist.«

Ich setze mich in meinem schicken Kleid auf den Boden und Andromeda legt sich neben mich, ihr Kopf auf meinem Schoß. Ich streichle ihren wunderschönen Kopf und kraule die Ohren. »Ich hätte auch nie gedacht, dass ich mir ein Haustier zulege. Aber ich schwöre, sie kennenzulernen, das war wie Schicksal. Ich vermisse Luke viel mehr als gedacht. Eigentlich vermisse ich auch seine Kinder. Einen Hund zu haben, hilft meinem Herz, sich nicht ganz so leer zu fühlen.«

Trudy lässt sich auf das Sofa plumpsen. »Als du Foster verlassen hast ... weißt du, was du nie, absolut gar nie, gesagt hast?«

»Nein. Was denn?«

»Du hast mir nie gesagt, du würdest ihn vermissen.«

Ich schrecke zurück. »Das kann nicht richtig sein. Ich war am Boden zerstört, als es vorbei war.«

Trudy lächelt. »Das warst du. Aber du sagtest Dinge wie ›Ich werde nie jemanden finden, der sich nur mit mir zufriedengibt. Jemanden, dem es egal ist, ob wir Kinder haben. Jemanden, der glaubt, ich wäre genug.«

»Das habe ich gesagt«, gebe ich zu. »Aber vermisst habe ich ihn auch.«

Trudy schüttelt den Kopf. »Du hast dich bei United Way nicht wohl gefühlt. Hast darüber lamentiert, wie elend es sich anfühlt, dauernd alleine zu sein. Aber du hast nie, wirklich nie gesagt, du würdest ihn vermissen. Nie, dass dein Herz wehtun würde, wenn du an ihn denkst. Nichts dergleichen.«

Ich verenge die Augen. »Willst du mir sagen, ich hätte Foster nie geliebt?«

Sie zuckt mit den Achseln. »Ich weiß nicht, was du gefühlt hast. Ich sage dir nur, was ich gesehen habe. Ich schätze, du wirst es vermutlich wissen, wenn du ihn heute siehst. Bist du depressiv und weinerlich, wenn du ihn den Wandelgang entlanggehen siehst, wirst du wissen, dass du ihn geliebt hast und loslassen musst. Und wenn es dir dabei gut geht, tja.«

Bewaffnet mit der Hoffnung, dass Foster mir vielleicht nie so viel bedeutet hat, wie ich es gehofft hatte, schließe ich die süße Andromeda mit ihrem Futter und Wasser in der Wäschekammer ein und mache mich auf den Weg zur Hochzeit.

Trudy und ich beobachten die Zeremonie aus der Sitzreihe ganz hinten. Foster ist katholisch, und entweder trifft dies auch auf seine baldige Frau zu oder sie hatte nichts gegen eine traditionelle katholische Hochzeit einzuwenden. Die Messdiener gehen mit Weihrauch den Wandelgang entlang und schwenken diesen hin und her. Der Priester redet endlos von der Macht Gottes und darüber, wie wir seinem Beispiel folgen sollten. Nur ist Gott meines Wissens nicht verheiratet.

Und es stört mich nicht im Geringsten, dass er eine sehr junge, sehr unreife und – ungeachtet ihrer vorgetäuschten Schwangerschaft – sehr attraktive junge Frau heiratet. Tatsächlich hoffe ich, dass sie glücklich werden. Ich werde nicht mehr im United Way-Büro sein, wo er es mir unter die Nase reiben kann. Und selbst ohne den Kontaktabbruch denke ich nicht, dass ich mich daran stören würde. Wenn ich mir Foster jetzt ansehe, der eineinhalb Jahre lang mein Partner war, fühle ich absolut gar nichts.

Das aufregendste Ereignis während der Zeremonie ist die Achtzigjährige vor mir, die einnickt und zu schnarchen beginnt. Drei verschiedene Leute müssen sie anstoßen, bevor sie aufwacht. Keine schlechte Art, verheiratet zu werden, schätze ich.

Der Hochzeitsempfang danach ist eine andere Geschichte.

Wir sitzen an einem Achtertisch neben Fosters Freunden. Ich stelle allen von ihnen meine Schwester vor. Bei einigen von ihnen hatte ich es vermisst, Zeit mit ihnen zu verbringen, etwa Brittany und David.

Alle sind absolut freundlich zu mir, obwohl ich meine Schwester als Begleitung mitgebracht habe, und das Essen schmeckt fade, aber das macht mir nichts aus.

Nach dem Anschneiden der Torte kommt Foster zu unserem Tisch, um sich zu unterhalten. Die ersten Worte aus seinem Mund lauten, »Wo ist dein Freund, Mary? Ich dachte, er würde kommen, aber stattdessen sehe ich deine Schwester hier bei dir.«

Ich öffne den Mund, um zu antworten, aber bevor ich

dazu komme, fährt Trudy dazwischen. »Lukes Gebäude wird morgen eröffnet. Er muss noch bei einer Reihe von Punkten auf der Mängelliste die Arbeit seines Teams überprüfen, also hat er mich angerufen und gebeten, für ihn einzuspringen.«

Foster runzelt die Stirn. »Er hat deine Telefonnummer? Ich glaube nicht, dass ich sie je hatte, und Mary und ich waren viel länger zusammen.«

»Was soll ich sagen?«, fragt Trudy. »Ich mag ihn viel mehr, als ich dich je gemocht habe.«

Foster schnaubt. »Du sagst mir also, er hat einen Tag vor der Eröffnung eines hundert Millionen Dollar teuren Gebäudes noch nicht alles fertiggestellt, und jetzt macht er dort was? Elektrische Anschlüsse neu installieren?«

Trudy leckt sich die Lippen. »Ich sage dir gar nichts, Foster, und das muss ich auch nicht. Schau mal, du hattest nie einen richtigen Job – jedenfalls keinen, den du dir selbst verdient hättest. All deine Jobs wurden dir von deinem Daddy in die Hände gelegt. Aber für diejenigen von uns ohne einen bequemen Treuhandfonds kommt die Arbeit manchmal an erster Stelle – vor anderen Dingen, die wir lieber tun würden. Sogar an dem Tag, bevor die Arbeit abgeschlossen ist.«

»Dann passt er perfekt zu Mary«, sagt Foster. »Das Mädchen, das die Arbeit ihrem Freund vorzieht und nicht einmal Kinder haben will, weil sie zu sehr in ihren Job verliebt ist.«

»Hast du es nicht gehört?«, frage ich. »Luke hat zwei Kinder. Liebenswerte, bezaubernde Kinder.«

Fosters Kinnlade sackt nach unten. »Was?«

»Vielleicht war am Ende gar nicht mein Job das Problem. Vielleicht hatte ich andere Blockaden, die mich davon abgehalten haben, einer Hochzeit mit dir zuzustimmen, und das war nur eine Ausrede. Eventuell ist mir die Unsicherheit in unserer Beziehung in die Quere gekommen, nicht, dass es noch eine Rolle spielen würde. Ich bin so froh, dass du für dich die perfekte Partnerin gefunden hast, und wünsche dir nur das Beste.«

Foster gerät ins Straucheln. »Sie passt perfekt zu mir.«

Trudy hustet in ihre Serviette. »Hey Romeo, ich unterbreche unsere humorvollen Sticheleien ja nur ungern, aber vielleicht solltest du mal nach deiner perfekten Frau sehen. Seit du hier mit uns quasselst, hat sie mindestens drei Chardonnays runtergekippt.« Sie senkt die Stimme zu einem Flüstern. »Ich habe gehört, das ist schlecht fürs Baby.«

Rund um den Tisch reißen alle die Augen weit auf, und Foster rennt regelrecht durch den Raum zu Jessica, die mit einem Weinglas in der Hand dasteht.

Diese beiden haben einander verdient.

Einen Augenblick später hat sich unser Tischgespräch wieder erholt und es scheint, als wäre Foster nie dazugekommen, um mir Beleidigungen an den Kopf zu werfen. Trudy hat ihn so effektiv in die Schranken gewiesen, dass Fosters Worte von mir abgeperlt sind wie Wasser von einer Glasoberfläche, und mir geht ein Licht auf. Mir ging es nicht nur darum, ihm zu widersprechen. Unsere Beziehung war unstet. Habe ich meine Angst vor Kindern als Ausrede benutzt?

Als sich die Hochzeitsgesellschaft allmählich auflöst, legen Trudy und ich einen wilden Spurt durch den Schneeregen zu meinem Auto hin. Das Wetter war in letzter Zeit grässlich. Als wir den Wagen erreichen, schalte ich den Scheibenwischer ein, der die Eisstückchen dann von der

Scheibe schleudert. Bevor ich vom Parkplatz fahre, zieht Trudy ihr Telefon hervor. Als sich ihre Miene verfinstert, weiß ich, dass sie eine Nachricht vom Verlierer höchstpersönlich erhalten hat.

»Was sagt er jetzt wieder?«, frage ich.

»Chris sagte mir früher, seine größte Angst wäre, dass ich mich so wie unsere Mutter entwickle. Dass er ständig darauf warten würde, dass ich ihn mit Troy sitzen lasse. Aber er ist derjenige, der gegangen ist.«

Ich biege auf die Hauptstraße ein. »Ich denke, wir haben bereits festgestellt, dass Chris ein Schwachkopf mit schlechtem Urteilsvermögen und noch schlechteren Erkenntnissen ist.« Ich möchte Trudys Hand in meine nehmen, aber die Straßen sind gerade sehr vereist, also halte ich meine Hände auf der Zehner- und der Zweierposition.

Ihre Stimme ist so leise, dass ich ihre nächsten Worte kaum verstehe. »Ich habe nie geglaubt, wie unsere Mutter zu sein, aber vielleicht bin ich wie Papa.«

Ich schüttle den Kopf. »Du gleichst keinem von beiden. Du hast dir einen lausigen Ehemann ausgesucht, aber abgesehen von dieser Fehleinschätzung bist du nicht mal ansatzweise wie Papa. Du kümmerst dich um deinen Sohn, bringst Opfer für alle anderen und stellst sie immer an die erste Stelle. Du bist eine Künstlerin, die aus einem heruntergekommenen Ort etwas Wunderschönes macht. Mehr noch, du würdest deine Liebsten nie im Stich lassen, und niemals einfach gehen.«

»Alles, was du über mich gesagt hast, gilt auch für dich, Mary.«

Ich denke während des größten Teils der Fahrt nach Hause darüber nach, was einfach ist, da Trudy schweigend aus dem Fenster starrt. Ich hatte furchtbare Angst davor, einem Kind nicht gerecht zu werden, wenn ich eines hätte. Glaubte, ich könnte nicht gleichzeitig meine Karriere weiterverfolgen und Kinder großziehen, da meine Mutter nicht beides getan hat. Sie ist abgehauen.

»Du findest, ich bin überhaupt nicht wie unsere Mutter?« Ich hasse es, wie unsicher meine Stimme klingt. Vielleicht besagt meine wahre Furcht, ich wäre als Mutter genauso schlecht, wenn ich meine Karriere nicht opfere.

Trudy schüttelt den Kopf. »Sollte Fosters bekloppte Frau tatsächlich je schwanger werden, sind die beiden keine tollen Eltern. Ich gebe jeden Tag alles dafür, trotzdem würde ich sagen, ich bin höchstens Durchschnitt.«

»Sag nicht so etwas. Du machst deine Sache mit Troy großartig und hast alles für ihn aufgegeben.«

Trudy sagt »Nein, nein, nein. Ich bin nicht auf Komplimente aus. Ich sage dir nur, du wirst besser sein als ich, und ich bin so ungefähr okay. Um Längen besser als unsere Eltern.«

»Du bist jetzt schon Längen, Breiten und Höhen besser als die beiden.«

Trudy lacht. »Das stimmt traurigerweise, aber als ich dir vorher gesagt habe, dass ich dich als meine wahre Mutter sehe, war das kein Witz. Du hast mehr als zwanzig Jahre lang alles für mich getan. Hast mir beigebracht, zu lesen und mir mit meinen Hausaufgaben geholfen. Hast mein Mittagessen gekocht, meine Snacks vorbereitet und all meine Formulare für die Schule unterschrieben. Du bist mit mir von Tür zu Tür gegangen, um für jede Spendensammlung Sachen zu verkaufen. Du hast meine Haare gekämmt, mich gebadet und mir mit dem Schreiben von

Aufsätzen geholfen, auch wenn die ziemlich schrecklich waren. Eine Autorin bist du definitiv nicht.«

»Hey, die Geschichte über den kleinen Luftfleck war brillant.«

»Was immer du sagst«, meint Trudy. »Aber du hast mich aufgeweckt, mir die Zähne geputzt und mir Gutenachtgeschichten erzählt. Und nebst all dem Teilzeit gearbeitet und deine eigenen Schularbeiten erledigt. Du bist an einem College in der Nähe geblieben, statt dieses schicke Stipendium in Brown anzunehmen. Du hast mir geholfen, durchs College zu kommen, während du schon zur Graduiertenschule gegangen bist, und ...« Trudys Stimme erstickt und sie wischt sich über die Augen.

»Hey«, sage ich. »Ist schon okay, ich hab's verstanden.«

Trudy schafft es nicht, mir in die Augen zu blicken. »Du hast mir gesagt, Chris wäre ein Idiot und ich solle nicht mit ihm ausgehen. Aber als ich dich ignorierte, hast du mir dabei geholfen, eine Hochzeit zu planen, für die du bezahlt hast, und dich nicht einmal beschwert. Du hast es sogar geschafft, Papa nüchtern zu bekommen und ihn dazu gebracht, dass er mich durch den Wandelgang begleitet. Als ich Troy bekommen habe und alles zu viel war und ich keinen Job hatte ... mich wie eine Verliererin gefühlt habe ... warst du da, um mir mit ihm zu helfen und mir zu versichern, dass ich fähig bin, alles Notwendige zu tun. Und jetzt, nachdem du mit Chris recht hattest und Troy krank ist, bist du immer noch da.«

Ich lege einen Arm um Trudy. »Ich werde immer für dich da sein.«

Sie nickt. »Das weiß ich, tief in meiner Seele. Ich sehe, wie du diesen anderen Kids hilfst, Kindern, die du nicht einmal kennst. Wie du versuchst, anderen Kindern wie uns etwas Hoffnung zu bringen, und ich bin so stolz auf dich. Mary, du kannst alles tun. Das weiß ich, weil ich gesehen habe, wie du *alles* schaffst. Ich wollte nicht zu dir ziehen, weil ich mich schäme, eine Last zu sein. Schon wieder. Aber als ich einen Platz gebraucht habe, wo ich hinkonnte, hast du dein Zuhause ohne Vorbehalte für mich und Troy geöffnet.«

»Du bist bei mir immer willkommen, das weißt du doch.«

»Und du hast für Troys Aufenthalt im Krankenhaus bezahlt und für seine neue medizinische Behandlung auch. Ich werde nie die Worte finden, um dir dafür zu danken. Tatsächlich ist das Einzige, das du meiner Meinung nach nie tun wirst, auf irgendeine Art wie unsere Eltern zu werden.«

Ich umarme Trudy fest und denke über ihre Worte, ihre Überzeugung nach. Sollte ihr starker Glaube an mich berechtigt sein, habe ich bei Luke möglicherweise einen katastrophalen Fehler begangen. Ich kann nicht aufhören, an ihn zu denken. Oder an seine Kinder. Aber ich habe sie bereits ziemlich heftig von mir gestoßen.

Nicht, dass es eine Rolle spielen würde, wie ich mir in Erinnerung rufe. Sie verreisen ja in zwei Wochen.

Beinahe wünsche ich mir, ein bisschen mehr wie meine Mutter zu sein. Denn dann würde das hier sehr viel weniger wehtun.

21

Ich bahne mir einen Weg durch die überfüllten Straßen Atlantas in Richtung der Eröffnungszeremonie für das neue Citibank-Gebäude, ein hübsch verpacktes Plüschpferd in der Hand. Nach dem trübseligen Schneeregen gestern ist es nun ein überraschend schöner Tag, beinahe zehn Grad und sonnig draußen.

Ich drängle mich mit »Entschuldigen Sie« und »Darf ich mich vorbeiquetschen?« zu einer Stelle relativ weit vorne in der Menge. Es ist weit hergeholt, aber ich hoffe, Luke zu sehen. Und mit dem ungewollt bei mir behaltenen Geschenk in meiner Hand hoffe ich darauf, eine Ausrede zu haben, damit ich ihn sprechen kann.

Während Bürgermeister Overtons Rede halte ich erfolglos nach Luke Ausschau. Nach dem Bürgermeister ergreift auch der Präsident der Citibank das Wort. Handelsverkehr für Atlanta, ein neues Zeitalter für Banken, bla bla bla. Was ist mit dem Beleuchtungsmann? Er muss doch dort sein, oder? Meine Augen gleiten suchend über die Leute, die auf den erhöhten Stufen hinter dem Podium sitzen. Vielleicht brauche ich eine Brille, denn ich kann ihn nirgendwo ausmachen.

Nach dem Durchschneiden des Bandes beginnt eine Band zu spielen. Ich wippe im Takt der Musik mit dem Fuß und frage mich, ob ich noch woanders nachsehen könnte, bevor ich das Handtuch werfe und wieder gehe. Ich wende mich gerade zum Gehen, als ich ihn endlich sehe. Luke steht auf der Tanzfläche und wirbelt eine hinreißende Blondine herum, deren perfekt gelockte Haare unter einer bezaubernden Strickmütze hervorlugen. Sie trägt umwerfende kniehohe Stiefel über engen schwarzen Hosen und eine glitzernde graue Tunika, die sich perfekt an ihre Kurven anschmiegt.

Ich stehe da und beobachte die beiden wie gebannt, unerklärlicherweise unfähig, den Blick abzuwenden. Möglicherweise muss ich mir die Augäpfel herausreißen, damit ich gehen kann. Ich stelle mir vor, wie ich zum Wagen zurück sprinte, damit ich mich nicht als schluchzendes, aufgelöstes Etwas in den Augen jedes Passanten lächerlich mache. Ich beginne, mich wegzudrehen, als Lukes Augen auf meine treffen, und über sein Gesicht huschen zu viele Emotionen, als dass ich auch nur eine davon einordnen könnte. Seine Augen weiten sich und er stolpert ein wenig, woraufhin seine Partnerin ihm einen missbilligenden Blick zuwirft. Sie gestikuliert und sagt etwas, das ich nicht hören kann. Er dreht sich zu ihr und ich nutze meine Chance, um davonzuflitzen.

Ich sitze in meinem Auto und atme ein und aus, ein und aus. Wer war sie? Ich stelle fest, dass ich Luke nicht gut genug kenne, um auch nur eine Ahnung zu haben. Ich brauche gut fünfzehn Minuten, um mit meinem Wagen den Parkplatz zu verlassen, was aber wahrscheinlich gut ist. Es war mir egal, dass der Mann, mit dem ich eineinhalb Jahre lang eine Beziehung geführt habe, letzten Abend eine andere geheiratet hat. Ich wünsche ihnen sogar, dass sie glücklich werden.

Im Gegensatz dazu wünsche ich dieser blonden Frau nichts Gutes. Tatsächlich ergreift mich ein seltsamer, wilder Drang, direkt zurück ins Stadtzentrum zu marschieren und ihr die Augen auszukratzen. Was aus vielerlei Gründen lächerlich ist, in erster Linie, weil ich nicht einmal weiß, was sie Luke bedeutet.

Nachdem ich mich beruhigt habe, fahre ich nach Hause, betäubt und erfüllt von einem Kummer, den ich mit niemandem teilen kann. Meine Freunde und Familie würden ihn missbilligen, wodurch ich mich noch schlechter fühle. Ich fahre in die Garage meines Hauses und lehne den Kopf gegen das Steuerrad. Sobald ich hineingegangen bin, muss ich mit Trudy reden und mit Troy spielen. Es macht mich so glücklich, dass sie bei mir wohnt, aber ich vermisse die Ruhe und die Freiräume, die ich einmal hatte.

Falls Luke seine Meinung ändern sollte und sich hier eine beständigere Arbeit suchen möchte, und falls ich mich dazu entschließe zu versuchen, seine Kinder und meinen Job in Einklang zu bringen ... mir fällt ein, dass ich nie mehr meinen Frieden, Ruhe oder ein aufgeräumtes Haus hätte. Bumm, plötzlich Familie.

Ich komme kaum mit der Schwester und dem Neffen klar, die ich schon habe.

Aber der Gedanke, Luke nie wiederzusehen oder – noch schlimmer – ihm irgendwie über den Weg zu laufen und zu sehen, dass er verheiratet ist und eine andere Amys Hand hält ... diese Vorstellung hasse ich sogar noch mehr.

Ich setze mich gerade hin und greife nach dem Griff meiner Tür, halte jedoch inne, als ich die Notifikation einer eintreffenden Textnachricht höre. Meine Hände zittern, als ich das Telefon aus meiner Tasche ziehe. Was idiotisch ist. Wahrscheinlich ist es Paisley, die die Zeit für die morgige Übergabe bestätigt hat. Oder vielleicht fragt Trudy, wo ich hingegangen bin. Oder Addy, die bestätigt, dass Trudy und ich an Heiligabend in ihr Haus eingeladen sind.

Nur ist es keine von ihnen. Die Nachricht stammt von Luke. Ich schließe die Augen, unerklärlicherweise nervös darüber, was er mir zu sagen hat. Als ich mich endlich dazu zwinge, nachzusehen, bin ich mir nicht sicher, wie ich antworten soll.

WO BIST DU HIN?

Meine Finger erstarren. Was sage ich? Am Ende entscheide ich mich für die Wahrheit. Mehr oder weniger. ZUHAUSE. ICH WAR NUR DA, UM DIR DAS PLÜSCHPFERD ZU BRINGEN, DAS AMY FÜR EURE FAMILIE AUSGESUCHT HAT. Was echt bescheuert klingt. Er weiß, wo ich wohne, also ist ihm auch bewusst, dass die Fahrt zu seinem Wohnmobil für mich noch einfacher gewesen wäre. Natürlich denke ich erst daran, nachdem ich bereits Senden gedrückt habe.

WARUM HAST DU ES MIR NICHT GEGEBEN?

Nun ist es Zeit für die echte Wahrheit. Wenn ich nicht wenigstens ein bisschen aufrichtig sein kann, wird er nie realisieren, dass ich die Meinung geändert habe. JA, TUT MIR LEID. ICH HABE DICH MIT EINER

ANDEREN FRAU GESEHEN UND EIN BISSCHEN DIE NERVEN VERLOREN.

Er antwortet mit einem »lacht so sehr, dass er weint« Emoji.

ZU SCHADE. MEINE COUSINE WOLLTE DICH WIRKLICH KENNENLERNEN. AMY REDET STÄNDIG VON DIR.

Mein Herz schlägt ein perfektes Rad. Seine Cousine. Amy vermisst mich.

NUR AMY? Ich tippe die Worte, kann mich dann aber nicht dazu bringen, Senden zu drücken. Ich starre darauf und zähle bis zehn, dann beginne ich, sie wieder zu löschen.

Bevor ich dazu komme, poppt eine neue Nachricht von Luke auf. BIST DU NOCH DA?

Als zwei große, pelzige Pfoten gegen das Glas meines Autofensters schlagen, zucke ich auf meinem Sitz zusammen und mein Daumen drückt Senden. NUR AMY? Mein Jammerlappen-Einwand schießt durch den Äther auf sein Telefon, und ich kann nichts tun, um ihn aufzuhalten.

Ich fluche.

Die Augen der hinter Andromeda stehenden Trudy weiten sich. »Tut mir leid, dass ich dich erschreckt habe.« Ihre Stimme ist gedämpft, aber ich verstehe sie. »Troy, Andromeda und ich haben das Garagentor gehört, aber du bist nie reingekommen. Wir wollten sichergehen, dass es dir gut geht.«

Familie ist neugierig. Familie ist nervig. Familie ist ein Test für die eigene Selbstbeherrschung.

Und zumindest weiß ich, dass ich jemandem nicht egal bin. Ich gebe vor, nicht wegen einer Nachricht an Luke auszuflippen, in der ich ihn im Grunde frage, ob er mich vermisst.

Ich öffne die Tür und folge Trudy die Stufen zu meinem Haus hoch, wobei ich ständig auf ein Pingen meines Telefons warte. Troy wartet ganz oben, die pummeligen Ärmchen ausgestreckt, und wippt auf den Zehen. »Tante May May. Heb mich hoch!« Er ist so süß, dass ein Teil von mir hofft, dass er niemals die erstaunlichen Geheimnisse des Buchstabens r entdeckt.

Ich werfe meine Tasche in die Waschküche und schwinge Troy in meine Arme hoch. »Wenn du noch mehr an Gewicht zulegst, werde ich anfangen müssen, dich statt Troy Tank zu nennen.«

»Warum Tank?«

»Tanks sind wie richtig große, schwere Lastwagen. Das Wort fängt auch mit dem Buchstaben T an, genau wie dein Name, aber es bedeutet, dass du ein großer Junge bist.«

Als er grinst, fällt mir auf, dass sein Mund voller Goldfisch-Cracker ist. Die Krümel rollen dort drinnen herum wie nasse Wäsche in einem schleimigen Trockner. Eklig.

Aber das ist nicht einmal der Grund, warum ich ihn absetzen und auf meinen winzigen Telefon-Bildschirm starren möchte. Aber ich werde nicht diese jämmerliche Person sein, die über ihr iPhone gebeugt auf eine Antwort wartet. So ein aufmerksamkeitsbedürftiges Wrack bin ich nicht. Nein. Ich habe eine Schwester und einen Neffen, und die beiden heißen mich begeistert zu Hause willkommen. Ich werde mit ihnen spielen und vielleicht sehe ich später, wenn ich nichts Besseres zu tun habe, nach, ob Luke je geantwortet hat. Vielleicht, oder vielleicht auch nicht.

Ich sehe mich im Raum um, und ein Lächeln hebt meine Mundwinkel. Ich war so beschäftigt, dass mir dieses Jahr kaum Zeit für Weihnachtsdekorationen geblieben ist. Heute haben sich Trudy und Troy für mich darum gekümmert.

»Ich hoffe, es macht dir nichts aus«, sagt Trudy. »Ich habe die Deko in der Garage gefunden, als ich die Sachen aus meinen Schachteln umgestellt habe.«

»Ich bin hin und weg«, sage ich. »Du hast meinen armseligen Baum dekoriert, die Girlande aufgehängt und all meine anderen Kinkerlitzchen und Krippenfiguren aufgestellt, und die Schilder auch. Moment, was rieche ich da? Ist das eine Weihnachtsbowle?«

Trudy deutet auf Troy und der strahlt übers ganze Gesicht, wobei pappeartige Klümpchen von Goldfisch-Glibber aus seinem Mundwinkel tröpfeln. »Ich habe gefragt und gefragt, bis Mama sie macht.«

»Ich habe auch mit der sämigen Muschelsuppe angefangen.« Trudy beißt sich auf die Lippe, als sorge sie sich darüber, mich verärgert zu haben.

»Hey, ich habe ja gesagt, mein Zuhause ist dein Zuhause. Also mach dir keinen Kopf. All das ist wunderbar.« Wir essen seit vielen Jahren an Heiligabend Muschelsuppe, seit eine Nachbarin uns welche gebracht hat. Als Neunjährige war das die beste Mahlzeit, die ich je hatte. Die Nachbarin gab uns das Rezept, und dem sind wir seither treu geblieben.

»Ich weiß, es ist hart, plötzlich noch jemand anderen im Haus zu haben. Und noch härter, wenn diese Person ein Kleinkind hat, das Chaos anrichtet, Dinge vollkritzelt und überall Spielsachen herumliegen lässt. Und dann sind wir auf dich losgegangen, als du eine Sekunde im Auto alleine sein wolltest. Tut mir leid.«

Meine Brust fühlt sich schwer an, weil ich genau das versucht habe. »Ich liebe dich, Trudy, und ich bin so froh, dich hier zu haben. Das meine ich ernst.«

»Möchtest du etwas von der Bowle als Friedensangebot?«, fragt Trudy.

»Liebend gern.« Ich setze Troy auf einen Stuhl und bin dabei, mich neben ihn zu setzen, als ich ein kaum hörbares Ping von meiner Tasche in der Waschküche vernehme. Ich rotiere mit einer Bewegung, die sogar Trinity aus der *Matrix* beeindrucken würde, auf einem Fuß und sprinte regelrecht in die Waschküche.

So viel dazu, dass ich keine erbärmliche Person bin, die auf eine Textnachricht wartet.

»Geht es dir gut?« Trudy hebt eine anklagende Augenbraue. »Was ist los? Warum hast du so lange im Auto gewartet?«

Ich wische über das Telefon und lese seine Nachricht. ICH DENKE JEDEN TAG AN DICH. ICH HABE NICHT SO VIEL VON DIR GESPROCHEN WIE AMY, DENN ALS ERWACHSENER IST MIR BEWUSST, WIE JÄMMERLICH DAS WÄRE.

Ich lache, aber dann fällt mir der Fuß auf, der vor mir auf den Boden tippt. »Was ist?«, fragt Trudy.

»Seit der Hochzeit gestern Abend glaube ich, dass mein Kinder-Moratorium vielleicht von der Angst herrührt, dass ich mit ihnen keinen guten Job machen würde. Dass ich wie unsere Mutter bin. Aber du scheinst zu glauben, das wäre nicht der Fall und dass ich eine gute Mutter wäre.«

Trudy setzt sich auf den Boden und Troy hüpft über

die Bodenfliesen, wobei etwas von der Bowle über seine Tasse schwappt. Hinter ihm folgt Andromeda, die den verschütteten Punsch aufleckt wie ein Roomba-Wischmopp mit einem zotteligen Schwanz. Hunde genießen Vorteile, die ich noch nie zuvor bedacht hatte.

»Schätzchen, nein. Bleib am Tisch. Schau nur, du verschüttest ja alles«, sagt Trudy.

»Du hast es.« Troy deutet auf die beiden Tassen in Trudys Händen.

Trudy gibt nach und bewegt den Arm, damit Troy auf ihren Schoß klettern kann.

»Wem schreibst du?«, fragt sie.

»Dem Weihnachtsmann?« Troys Augen werden groß und sein Mund klappt auf.

Ich schüttle den Kopf. »Nein, nicht dem Weihnachtsmann, sorry.«

Er atmet schwer aus. »Ich finde ihn nie.«

Ich runzle die Stirn. »Hast du ihn dieses Jahr nicht gesehen?«

Troy schüttelt langsam den Kopf. »Ich war krank und wir sind umgezogen.«

»Ich habe Santa vor Jahren gefunden«, sage ich langsam. »Und ich habe seine Nummer auf meinem Telefon gespeichert. Es würde mir nichts ausmachen, ihm zu schreiben, was du willst.«

Trudys Augen füllen sich mit Tränen und ich sehe zu, wie sie sich abwendet.

Troy und ich unterhalten uns einige Minuten lang und arbeiten die Details seiner Liste aus. Diese schicke ich dann in einer Textnachricht an Trudys Telefon. Eine Spielzeugpistole, ein nicht zu kleiner Basketball und ein Sitzsack. Ich bin mir sicher, dass wir für alles Platz finden.

Trudy wischt sich über die Augen. »Danke für deine Hilfe, Mary.«

»Jederzeit.« Ich tippe gegen Troys Nase. »Also, Mr. Naseweis, nimm deine Tasse wieder nach drüben und trink sie am Tisch aus. Bis du achtzehn Jahre alt bist, kannst du nirgendwo sonst essen, nur am Tisch.«

Seine Augen werden groß. »Bist du so alt?«

Ich nicke. »Ja, genau so alt.« Andromeda leckt meine Hand, und ich verdrehe die Augen. »Na schön, das war vielleicht geflunkert. Ich bin dreißig, okay? Aber wer zählt schon mit?«

Trudy lacht und Troy verengt misstrauisch die Augen, kehrt aber trotzdem zum Tisch zurück, wobei er nur noch ein paar Tropfen verschüttet.

»Ich muss jeden einzelnen Tag aufwischen«, sagt Trudy. »Das weißt du doch, oder? Denk einfach daran, falls du Luke wieder schreibst.«

»Danke für die Erinnerung, aber er ist nur nett.« Aus irgendeinem Grund möchte ich Trudy gegenüber nicht zugeben, dass ich mir von ihm einen Meinungsumschwung erhoffe. Dass ich darauf hoffe, dass Amy und Chase vielleicht doch bleiben. Vielleicht, weil ich nun einen Hund habe, und wenn ich mit Luke dort weitermache, wo wir aufgehört haben, werden sie annehmen, ich hätte mir den Hund für ihn zugelegt. Vielleicht, weil es eventuell nichts ist. Vermutlich ist es das auch nicht.

Oder vielleicht bin ich egoistisch genug, etwas zu wollen, das nur mir gehört und weder mit einem Hund, einer Schwester noch einem Neffen geteilt werden, die wenige Zentimeter von meinem Gesicht entfernt sind und versuchen, einen Blick aufs Telefon zu erhaschen.

»Ich gehe mit Andromeda spazieren.«

»Wir müssen uns einen Spitznamen überlegen«, sagt Trudy. »Denn jedes Mal, wenn wir den Hund erwähnen, vier Silben auszusprechen, ist fast noch schlimmer als Gertrude.«

»Nichts ist schlimmer als Gertrude. Mama hat dir ganz schön etwas aufgehalst, bevor sie gegangen ist, oder?«

Trudy lacht. »Wie wäre es mit Dromy?«

»Es passt zum Thema.« Es ist ein alter Dauerscherz, dass jeder, der in meinem Leben von Bedeutung ist, einen Namen braucht, der mit y endet. Paisley, Addy, Trudy, Troy und ich bin selbstverständlich Mary. »Aber das ist nicht besonders süß und klingt nach einem Jungen.«

»Also, was dann?«, fragt Trudy.

Ich schiele nach unten auf Andromedas zotteliges, graubraunes und weißes Gesicht sowie ihre schwarze Nase. »Wie wäre es mit Andy?«

»Andy, Andy, Andy«, sagt Troy.

»Ich glaube, wir haben einen Gewinner.« Trudy lächelt.

»Andy und ich sind bald wieder da. Ich möchte sehen, wie groß ihre Lust zum Joggen ist.«

Ich bin gerade eben um die Ecke gejoggt und dabei schlammigen nassen Flecken ausgewichen, als mein Telefon erneut einen Notifikationston von sich gibt. WAS MACHEN WIR JETZT MIT DIESEM PFERD?

Als ich innehalte, zieht und zieht Andromeda an ihrer Leine und winselt ein wenig, aber ich nehme mir die Zeit für eine Antwort, bevor ich weiterjogge. ICH KANN ES HEUTE ABEND VORBEIBRINGEN UND AUF DEINEN STUFEN DEPONIEREN. Ich laufe weiter, und meine arme, knochige Hündin springt gemeinsam mit mir los. Dabei tollt sie so viel herum, wie die von mir gekaufte Leine es ihr erlaubt.

ABER DANN WÜRDE ICH DICH NICHT SEHEN.

Meine Herzfrequenz erhöht sich dramatisch, aber das Laufen hat damit nichts zu tun.

DU KANNST ZUM ABENDESSEN KOMMEN, WENN DU MÖCHTEST. MEINE SCHWESTER UND IHR SOHN LEBEN JETZT BEI MIR, ALSO WERDEN SIE HIER SEIN. DU KANNST AMY UND CHASE MITBRINGEN.

Diesmal folgt die Antwort sofort. WELCHE ZEIT, UND WAS DÜRFEN WIR MITBRINGEN?

KANNST DU BRÖTCHEN MITBRINGEN? SECHS UHR, OKAY?

WIR WERDEN MIT BRÖTCHEN DA SEIN. WAHRSCHEINLICH ABER NICHT MIT PAUKEN UND TROMPETEN. WENN ICH GLÜCK HABE, TRÄGT CHASE HOSEN.

Er ist so albern, aber wie es scheint, mag ich alberne Dinge. Während meines restlichen Fünf-Kilometer-Laufs grinse ich wie eine Geisteskranke, aber immerhin scheint sich Andy nicht daran zu stören.

22

Die arme, ausgezehrte Andy macht etwa einen halben Kilometer vor meinem Haus schlapp und wir legen die letzten paar Blocks sehr, sehr langsam zurück. Ich fühle mich etwas schuldig, aber es ist gut zu wissen, dass ihre Obergrenze bei viereinhalb Kilometern liegt. Ich pfeife *Jingle Bells,* als wir zur Mittagsstunde durch die Vordertür treten.

»Warum bist du plötzlich so gut gelaunt?«, fragt Trudy.

»Ich hätte dich erst fragen sollen, und das tut mir leid.« Ich versuche es wirklich, kann das Lächeln aber nicht ganz von meinem Gesicht verbannen.

»Was ist los?« Trudys Gesicht verfärbt sich leicht grün. »Kommt Chris her? Hat er dich angerufen?«

»Du meine Güte«, sage ich. »Nein, nichts dergleichen. Tut mir so leid, dass ich dir Angst eingejagt habe. Ich habe mit Luke hin und her geschrieben und nun ja, ihn zum Abendessen eingeladen.«

Trudy lässt die Schüssel in ihrer Hand fallen, und diese

fällt klappernd zu Boden. Glücklicherweise war sie aus Plastik und leer.

»Man sieht klar, wie begeistert du bist.« Ich lache. »Tut mir leid, dass ich nicht mit dir darüber gesprochen habe. Bist du sauer?«

»Überhaupt nicht. Es ist dein Haus«, sagt Trudy. »Du brauchst nicht meine Erlaubnis, um jemanden einzuladen.«

»Jetzt ist es auch dein Haus«, sage ich. »Wenn es dich aufregt, kann ich ihm schreiben und absagen.«

»Überhaupt nicht. Eigentlich freut es mich wirklich, ihn kennenzulernen. Aber Paisley und Addy bekommen die Krise, wenn du sie nicht auch einlädst.«

»Na ja, möglicherweise müssen sie sich mit der Krise einfach abfinden. Ich habe keine Nerven für Addys negative Einstellung und Paisley mag ihn eigentlich, aber sie ist ein Großmaul und ich habe keine Ahnung, wo wir stehen.«

Trudy nickt. »Stimmt. Für den Augenblick ist Schweigen Gold.«

»Er bringt seine Kinder mit«, sage ich.

Troy klatscht. »Kinder, Kinder, Kinder.«

»Wie alt sind die noch mal?«, fragt Trudy.

»Er hat einen vierjährigen Jungen namens Chase und eine altkluge Fünfjährige.«

»Party, Party, Party!«, schreit Troy.

»Er bringt Brötchen«, sage ich, »Aber ich kann schnell holen gehen, was auch immer wir sonst noch brauchen.«

Trudy gibt mir eine Liste und ich mache mich auf den Weg zum Auto. Andromeda kratzt am Garagentor, nachdem ich dieses geschlossen habe, also öffne ich es wieder. »Du kannst nicht mitkommen, Andy.« Ich kraule ihr die Ohren. »Aber ich komme wieder. Irgendwann verstehst du, dass ich immer wiederkomme.«

Sie leckt mir die Hand und legt sich dann mit einem elenden Gesichtsausdruck vor dem Tor hin und lässt den Kopf schmollend auf den Pfoten ruhen. Ich zerzause die Haare auf ihrem Kopf und sie niest.

»Tut mir leid, dass ich schon so bald wieder gehe.« Ich greife zum obersten Regal und schnappe mir einen Rohlederknochen. Als ich diesmal das Tor schließe, zerkaut sie ihn begeistert zu Brei.

Ich erreiche Super Target schnell, und während ich die Dinge von Trudys Liste kaufe, halte ich nach einem Geschenk für Amy und Chase Ausschau. Und Luke. Bei ihm ist es am schwierigsten, und ich finde nichts, das genau dazu passt, was ich für ihn empfinde. Am Ende gehe ich frustriert und verwirrt zur Kasse.

Was empfinde ich für ihn?

Ich möchte ihn jeden Tag sehen. Ich will, dass er mich küsst. Ich mag seine Kinder. Ich mag es, dass er mich bei wichtigen Dingen unterstützt und was für ein guter Vater er ist. Ich mag es, dass er höflich und großzügig ist und hartnäckig, aber nicht anmaßend. Ich mag, dass er lustig ist und Dr. Seuss zitiert.

Der Kinderaspekt macht mich nicht mehr nervös. Tatsächlich freue ich mich darauf, Amy wieder zu sehen, und Chase ebenfalls. In Gedanken schreibe ich mir eine Notiz, alle Bälle zu verstecken.

Aber sie ziehen in wenigen Wochen weg und es gibt keine Möglichkeit zu erfahren, wann oder ob sie zurückkehren. Normalerweise würde ich sagen, dass ich ihn unabhängig davon, ob er hier ist oder nicht, im Winter und zu Frühlingsbeginn nicht sehen könnte. Ich wäre viel zu beschäftigt mit Steuererklärungen. Jetzt aber, nach meiner Beförderung, werden meine Monate mehr oder weniger die gleichen sein.

Als ich dann mein Haus erreiche, ist es an der Zeit, das Dessert vorzubereiten. Troy und Trudy haben mich um meine Schoko-Sahnetorte gebeten und es dauert eine Weile, die zu machen, backen, abzukühlen und zu glasieren. Während des Backens hören wir Weihnachtsmusik und ich stolpere fünfzehn Mal über Andromeda. Ich sollte mich daran erinnern, sie Andy zu nennen, aber mein Herz ist voll.

»Mein Haus ist so viel schöner mit dir und Troy darin«, sage ich Trudy. »Ich weiß, es ist einfacher, einen Ort für sich selbst zu haben. Aber jetzt gerade bin ich so froh, dass du da bist.«

»Du freust dich nur, weil Luke herkommt.« Trudy zwinkert mir zu.

»Es ist nicht nur das«, protestiere ich. »Es geht darum, meine Familie hier bei mir zu haben.«

Trudy umarmt mich, dann rennen wir beide in unsere jeweiligen Schlafzimmer, um in vorzeigbare Kleidung zu wechseln. Ich wähle ein grünes und rotes Karo-Oberteil, mit Goldfäden durchwirkt, und dunkelgrüne Leggings. Dieses Outfit kombiniere ich mit meinem Lieblingspaar kniehoher Stiefel ohne Absatz. Es bleibt mir sogar noch Zeit, mein Make-up aufzufrischen.

Trudy pfeift anerkennend, als ich wieder herauskomme. »Wow! Hoffentlich weiß Luke, wie viel Glück er hat, dass du ihn magst.«

Ich rolle mit den Augen. »Du bist so parteiisch. Aber danke.«

Trudy hat sich auch ganz schick herausgeputzt. In dem

Jahr nach Troys Geburt ist sie all das überschüssige Gewicht der Schwangerschaft wieder losgeworden. Sie hasst das Laufen, verfolgt aber während seiner Schlafpausen gewissenhaft kurze Trainingsvideos. Sie hat sandbraune Haare mit Strähnchen und dieselben grünlichen Augen wie ich. Sie ist größer als ich und auch etwas kurviger, was einfach nicht fair ist, und Grübchen, für die ich töten würde.

»Du siehst auch wunderhübsch aus, Trudy. Du verdienst etwas Besseres als ...« Ich möchte Chris' Namen nicht vor Troy aussprechen. Ich bin mir nicht sicher, wie viel er versteht. »Na, du weißt schon. Und irgendwann findest du den Richtigen, das weiß ich.«

Trudy packt Troy unter den Armen und schwingt ihn zu ihrer Hüfte hoch. »Ich habe schon den Einzigen, den ich brauche und den ersten und letzten Mann, den ich je ohne Vorbehalte geliebt habe.« Sie knutscht Troy das ganze Gesicht ab, und sein Gekicher erfüllt den Raum.

Er lacht so sehr, dass ihm der Rotz über das Gesicht läuft, als ich die Türklingel höre. Mir dreht sich der Magen um und ich möchte weglaufen und mich in meinem Zimmer verstecken. Als ich Luke das letzte Mal gesehen habe, habe ich schreckliche Dinge gesagt. Ich sagte, er würde den Bedürfnissen seiner Kinder nicht gerecht. Was weiß ich schon darüber, Kinder großzuziehen oder einen Ehepartner zu verlieren? Ich bin so eine Idiotin. Was, wenn er nur hergekommen ist, damit Amy Ruhe gibt, und um das blöde Geschenk abzuholen?

Trudy winkt mich zur Tür hinüber. »Mach schnell, da draußen ist es kalt.«

Was denn sonst? Ich durchquere den Raum zur Vordertür und ziehe sie auf. Einen Augenblick lang kleben meine Augen an Lukes unerhört attraktivem Gesicht fest. Seinen Haaren, die mich an dunklen Honig erinnern und von Dunkelgrau durchzogen sind, dazu ein Gesicht, das üblicherweise lächelt.

»Hallo«, sagt er. »Frohe Weihnachten.«

Ich kann mich nicht davon abhalten zu grinsen, und er lächelt zurück. Hinter mir höre ich das Klacken von Andys Klauen auf den Bodenplatten, dann ein Quieken auf Hüfthöhe. »Du hast einen Hund? Aber du sagtest doch, du hättest keinen!«

Ich möchte mir am liebsten gegen die Stirn schlagen. Ich hätte Luke warnen sollen. Er wird glauben, ich hätte den Verstand verloren. »Nun ja, bis gestern hatte ich noch keinen.«

Amy umarmt Andromedas Hals. »Das ist der hübscheste Hund, den ich mein ganzes, komplettes Leben gesehen habe. Ich habe nicht mal gewusst, dass es auf der Welt so schöne Hunde gibt!«

Ich grinse, und Luke tut es ebenfalls.

»Sie heißt Andromeda, aber wir nennen sie Andy. Wir sind uns ganz zufällig begegnet und ich habe herausgefunden, dass ihre Familie sie nicht mehr wollte. Sie sagten, sie hätten keine Zeit, sich um einen Hund zu kümmern. Sie wäre getötet worden, hätte man sie nicht noch vor dem Wochenende adoptiert. Eine nette Frau von der Tierrettung war einverstanden, sie zu sich zu nehmen, bis man ein Zuhause für sie findet. Aber die anderen Hunde haben ihr ganzes Futter gefressen und sie herumkommandiert. Als ich diese traurige Geschichte hörte – und mir gegenüber hat sie sich perfekt verhalten – beschloss ich, sie zu adoptieren.«

»Also hilfst du ihr nur vorübergehend?«, fragt sie.

»Nein, sie ist mein neuer Hund. Ich bin kein Fan von Hundewelpen. Die kauen und bellen zu viel, sind zu schreckhaft und nicht stubenrein, also pinkeln sie überall hin. Aber diese reizende Dame ist nur drei Jahre alt und hat tadellose Manieren. Wenn sie erst etwas Gewicht zugelegt hat, wird sie so ziemlich perfekt sein, denke ich. Ich habe sie heute zum Joggen mitgenommen und sie hat es etwa viereinhalb Kilometer lang großartig gemacht. Wenn sie noch etwas kräftiger wird, schafft sie es eventuell ein Stück weiter. Wir werden sehen, schätze ich mal. Ich möchte nicht, dass ihre Pfoten schmerzen.«

»Oh, Papa, hast du gesehen? Ich habe ja gesagt, Mary ist perfekt. Sie hat sogar einen Hund adoptiert.«

Chase versteckt sich hinter Lukes Bein. »Hey, Kumpel, möchtest du Andy streicheln?«

Er nickt, und ich strecke die Hand aus. Er nimmt sie und lässt zu, dass ich ihn nach vorne ziehe, wo er Andy streicheln kann. Er greift nach ihrem Fell und ballt die Finger zu Fäusten, und sie winselt. Als er loslässt, knurrt oder schnappt sie nicht und dreht nicht einmal den Kopf. Ich bin beeindruckt.

»Vielleicht müssen wir ein paar Regeln zum Umgang mit einem Hund besprechen, Chase, okay? Mit meinem Neffen Troy musste ich dieselben Regeln durchgehen. Und wenn wir gerade dabei sind, er ist drinnen und wartet auf euch beide. Er kann es kaum erwarten, euch sein Zimmer und seine Spielsachen zu zeigen.«

Ich stehe auf und mache alle miteinander bekannt, danach gehe ich einige Basis-Verhaltensregeln für den Umgang mit Hunden durch. Troy, der den ganzen Tag über von diesem Besuch geplappert hat, entwickelt plötzlich eine schüchterne Seite und versteckt sich volle fünf

Minuten lang hinter der Couch, bevor wir ihn hervorlocken können. Aber am Ende erwärmen sich Chase und Troy füreinander und rennen zu seinem Zimmer hoch. Ich nehme am Küchentisch Platz, und Luke und Trudy folgen meinem Beispiel.

»Ich bin mir nicht sicher, ob wir Amys Hände rechtzeitig zum Abendessen von Andy losreißen können«, sage ich. »Apropos, ist das Essen schon fast bereit? Trudy?«

»Sicher, ja. Die Suppe köchelt seit einer Weile bei geringer Hitze. Die Früchte sind aufgeschnitten, ich habe Gläser bereitgestellt und der Esstisch ist gedeckt.«

»Perfekt, danke.«

Luke schlägt sich gegen das Knie. »Oh, die Brötchen!«

»Hast du sie vergessen?«, frage ich. »Ist kein Ding. Ich toaste einfach ein paar Brotscheiben.« Ich stehe auf und gehe auf den Schrank zu.

»Sie sind gleich im Auto«, sagt er. »Ich bin nur eine Minute weg.«

»Oh, und vergiss das Plüschtier nicht.« Ich deute darauf. »Es ist verpackt und sitzt auf dem Beistelltisch dort.«

Luke nickt, und als er zur Vordertür geht, rufe ich den Jungs zu. »Chase! Troy! Hände waschen, es ist Zeit zum Essen.«

Amy rührt sich nicht. Sie liegt immer noch auf dem Teppich neben dem Sofa, einen Arm über Andy gelegt. Ich hocke mich neben ihr hin, fest entschlossen, sie zum Händewaschen zu bewegen. »Süße, Andy geht nirgendwo hin und ihr seid offensichtlich vernarrt ineinander, was großartig ist. Aber könntest du die Hände waschen, damit wir essen können?«

Amy setzt sich auf und atmet aus. Sie tätschelt Andys

flauschigen Kopf und steht dann auf. »Das wird so schwer für mich.«

Meine Augenbrauen ziehen sich zusammen. »Was wird schwer?«

Sie geht langsam mit mir zum Badezimmer. »Zu meinem Haus zurückzugehen, nachdem ich hier war.« Sie wickelt ihre Arme um meine Hüfte und drückt mich fest. »Warum kannst du nicht einfach meine Mama sein?«

Also hat sich an diesem Wunsch nichts geändert. Ich sinke auf die Knie und höre, wie sich die Vordertür öffnet, also muss es schnell gehen. »Liebes, ich bin mir sicher, dein Papa hat viele nette Freundinnen, und eines Tages möchte er vielleicht, dass eine von ihnen deine Mama wird. Aber diese Entscheidung muss wirklich er treffen.«

»Und du auch, oder?«, fragt sie. »Ich habe nämlich nie andere Freunde getroffen, die Mädchen sind. Papa bringt auch nie Freunde nach Hause, nur dich.«

Mein Herz hebt ab und ich möchte durchs Zimmer tanzen. Was bescheuert ist. Wenn er sich nicht sicher ist, ob er mich mag oder nicht, würden ihn meine grauenhaften Tanzmoves garantiert ins Nein-Camp verfrachten.

»Amy, ich habe es dir schon einmal versprochen und ich verspreche es noch einmal. Egal, was auch passiert, ich werde immer deine Freundin sein. Ihr zieht bald weg, aber wenn du Atlanta wieder einmal besuchst, bist du herzlich eingeladen, ein bisschen hier bei mir zu bleiben oder zum Abendessen vorbeizukommen.«

»Wenn du nicht jemand anderen heiratest«, murmelt sie.

Sie ist viel zu aufgeweckt für ein so kleines Kind. »Nun ja, dann könnte es ein bisschen komisch sein.«

»Nicht für mich.«

»Du hast so vieles, auf das du dich momentan freuen kannst«, sage ich. »Genießen wir es, zusammen zu spielen und beim Hund zu sein, so lange wir es können, okay?«

»Ich habe Santa einen Brief geschrieben«, flüstert sie.

»Oh?«, frage ich.

»Ich habe ihn gefragt, ob du meine Mama sein könntest und wir uns einen Hund holen. Das perfekte Hündchen.«

»Na ja, vielleicht bekommst du ein Hündchen«, sage ich. »Wer weiß das schon?«

Sie schüttelt den Kopf. »Ich glaube, Santa hat gewusst, dass es etwas gibt, das besser ist als ein Hündchen. Andy ist der beste Hund, den ich je getroffen habe. Jetzt brauche ich nur noch das andere.« Ihre Mundwinkel kräuseln sich zu einem Lächeln und sie huscht davon, um sich die Hände zu waschen, während gleichzeitig die kleinen Jungs in den Raum stürmen. Jeder von ihnen hält einen Lastwagen in der Hand.

Troy und Amy lieben die Muschelsuppe, aber Chase versucht sie nicht einmal.

»Das sieht eklig aus«, sagt er.

Ich mache ihm ein Sandwich mit Erdnussbutter und Marmelade. »Hier bitte schön, Kleiner.«

Er strahlt mich an.

»Du wirst diesen Präzedenzfall noch bereuen«, sagt Luke. »Wenn sie bei uns das Abendessen nicht mögen, gehen sie hungrig ins Bett.«

»Das kannst du nicht ernst meinen«, sage ich.

Er nickt. »Das ist die einzige Möglichkeit, sie dazu zu bringen, dass sie neue Dinge essen.«

»Sind sie hungrig genug, essen sie, was man ihnen anbietet«, sagt Trudy.

Ich fühle mich plötzlich ausgeschlossen, als wäre ich hier die Einzige, die nichts von Kindern versteht und kein Recht auf eine Meinung hat.

Ich stehe auf und hole den Kuchen aus dem Kühlschrank, damit ich niemandem in die Augen blicken muss. Die Glasur war ein wenig zu dünnflüssig, also habe ich ihn in die Kälte gestellt, um sie zu festigen. Ich beginne damit, den Kuchen zu zerteilen und die Stücke herumzureichen. Als Chase ihn sieht, schlingt er sein Sandwich mit drei Bissen hinunter.

»Moment, mach mal langsam«, sage ich. »Du könntest ersticken.«

Chase kaut und schluckt. »Ich liebe Schokokuchen.«

Luke lacht. »Ehrlich gesagt liebt Chase jede Art von Kuchen.«

»Dann bin ich ja froh, dass ich diesen fürs Dessert ausgewählt habe«, sage ich.

»Mary kocht nicht allzu oft das Abendessen«, sagt Trudy. »Als wir Kinder waren, hat sie es immer gehasst. Aber sie ist eine Gourmet-Dessertköchin.«

»Hey, jetzt setzt die Messlatte mal nicht zu hoch.« Ich trage die Kuchenstücke zum Tisch und platziere sie vor der versammelten Runde.

Amy nimmt einen großen Bissen und gurrt. »Oh, Mary. Können wir etwas davon für den Weihnachtsmann aufheben? Ich wette, er hat Kekse total satt, und das ist wirklich gut!«

»Ich denke, das lässt sich machen«, sage ich. »Ich gebe deinem Papa ein paar auf den Heimweg mit.«

»Warte!« Diesmal kommt der Einspruch von Chase. »Sehen wir dich denn morgen nicht? Wir haben eine große Party!«

Ich tätschle seine klebrige Hand. »Es ist wundervoll, dass du mich dabeihaben möchtest, aber ich muss morgen auch an einer Party sein.«

Sein Gesicht wird traurig. »Oh nein.«

Amy meldet sich zu Wort. »Kannst du das nicht auslassen? Wir ziehen bald um.«

Mein Herz zieht sich zusammen und ich möchte ihnen sagen, dass ich nicht hingehen werde, aber das kann ich nicht. »Es tut mir so leid, Amy. Aber ich bin sicher, ich sehe dich wieder, bevor ihr wegzieht.« Ich blicke zu Luke, und er greift hinüber, um meine Hand in seine zu nehmen.

»Wenn es nach mir geht, wirst du das auf jeden Fall.«

»Na gut«, sagt Amy. »Aber du wirst traurig sein, wenn du hörst, wie gut Onkel Pauls Kürbiskuchen und Papas Rippchen sind.« Ihre Augen weiten sich. »Nicht so gut wie dein Kuchen, aber echt nah dran.«

Die Rippchen und der Kuchen sind mir nicht ganz so wichtig, aber ich wünsche mir, ich könnte gleichzeitig an zwei Orten sein. Nach dem Abendessen lassen wir die Kinder eine Weile spielen, während wir uns unterhalten.

»Erzähl mir von diesem Onkel Paul«, sage ich zu Luke, als ich aufstehe und zum Sofa gehe. »Ist er dein Bruder?«

Luke folgt mir, und als ich mich setze, setzt er sich direkt neben mich. »Was Geschwister angeht, hast du eine Schwester. Ich habe einen Bruder.«

»Und?«, frage ich.

»Und was?« Er legt seinen Arm um mich.

»Ist er älter oder jünger? Größer oder kleiner? Steht ihr euch nahe? Was macht er, und wo wohnt er?«

»Alarmiere den Notruf«, sagt Luke zu Trudy, die uns zum Sofa gefolgt ist. »Ich werde von der Gestapo verhört!«

Ich verdrehe die Augen. »Echt jetzt. Du hast meine

Schwester gerade kennengelernt, und ich habe von Paul nur gehört.«

»Ich bin älter als er, um fünf Jahre. Ich wollte es nicht zugeben, denn dann müsste ich auch eingestehen, dass ich vierzig bin.«

»Oh nein.« Ich halte meine Hand gegen seine Stirn. »Du hast mir nicht gesagt, dass du im Sterben liegst.«

Er nimmt meine Hand. »Ich wollte dich nicht abschrecken, aber irgendwie habe ich es trotzdem geschafft.«

»Ich bin stärker geworden«, sage ich. »So schnell lasse ich mir keine Angst mehr einjagen. Nicht, dass die Gefahr besteht, wenn du ja in etwa zwei Wochen wegfährst.«

Er nickt. »Für Angst bleibt nicht mehr viel Zeit, fürchte ich.«

»Aber noch genug, damit du mir von diesem jüngeren Bruder erzählen kannst.«

Er lehnt sich grinsend auf seinem Stuhl zurück. »Er ist klüger als ich, mit großem Vorsprung. Ich konnte immer gut mit den Händen arbeiten, und seine Nase steckte ständig in einem Buch. Wenn er nicht gelesen hat, verbrachte er viel Zeit im Wissenschaftslabor, wo er Dinge in die Luft gejagt hat.«

»Klingt nach einem echt komischen Kauz«, sagt Trudy. »Aber ich bin mir nicht sicher, ob ich dir glaube. Ältere Geschwister sind manchmal ein bisschen zu kritisch.«

»Ihr seid beide herzlich eingeladen, morgen zu kommen. Dort könntet ihr ihn persönlich treffen«, sagt Luke. »Er lebt in Atlanta, also trifft man ihn ziemlich oft an. Er verreist immer wieder für die Arbeit, aber wenn er hier ist, kommt er mit meinen Kindern spielen.«

»Hat er Kinder?«, frage ich.

»Oh, ich weiß, was du im Schilde führst.« Luke legt den

Arm um mich. »Er klingt nach einem besseren Kandidaten, als ich es bin, ist es das? Er ist von hier, plant keinen Umzug und hat keine Kinder, und er ist hoch intelligent. Nun, ich habe Neuigkeiten für dich, Schwester. Du bist für mich reserviert.«

»Ich bin nicht die letzte Geflügelkeule.« Ich täusche Verdruss vor, aber eigentlich schwebe ich auf Wolke neun. »Du kannst mich nicht reservieren.«

»Dann schau mal zu.« Luke lehnt sich nach vorn, während Amy auf dem Boden mit Andy kuschelt und Trudy im Stuhl neben uns sitzt, und küsst mich mitten auf den Mund. Als er sich zurückzieht, seufze ich unwillkürlich. Ich habe Luke vermisst. Und zwar sehr.

»Meine Reservation«, sagt er. »Du kannst es bezeugen, oder?« Er schielt zu Trudy hinüber, und sie kichert.

»Ja, ich hab's gesehen. Tut mir leid, Mary, aber du wirst nie mit seinem Bruder Paul ausgehen können. Das würde die Regeln der Geschwisterethik verletzen.«

»Puh«, sagt Luke. »Ich bin froh, haben wir das geklärt.«

Ich lehne meinen Kopf gegen seine Schulter. Es dauert nicht lange, und meine Augenlider werden schwer. Luke und Trudy unterhalten sich und lachen, aber ich bin so müde, ich möchte mich nur zusammenrollen und mich mit Luke an meiner Seite schlafen legen.

Sanfte Hände schütteln mich wach. »Bin ich eingeschlafen? Schon wieder? Tut mir leid.«

Lukes Atem auf meinem Gesicht lässt mich wünschen, ich könnte die Augen wieder schließen. »Du hast in zwei Jobs gearbeitet. Ich mache dir keinen Vorwurf.«

Ich reibe mir die Augen und stelle fest, dass ich nicht die Einzige bin. Amy schläft, den Kopf auf Andys Bauch gebettet. Luke hebt sie hoch und Andy setzt sich auf, um ihn dann aus trauervollen Augen zu betrachten.

»Weißt du, bevor deinem Besuch bei mir«, flüstere ich, »War ich Andromedas Lieblingsmensch. Ich habe das Gefühl, dass das nicht mehr zutrifft.«

»Keine Sorge. Du bist immer noch jemandes Lieblingsmensch.« Lukes Lippen streifen meine, ganz vorsichtig, um Amy nicht anzustupsen. »Danke für die Einladung.«

Ich schlüpfe in ein Paar Hunter-Stiefel, mache mir aber nicht die Mühe, eine Jacke anzuziehen. Ich hebe Chase hoch, und Trudy überreicht mir eine Tupperware-Box mit Schokoladenkuchen für Santa. Als ich nach draußen zum Truck gehe, stelle ich fest, dass die Außentemperatur schon wieder gesunken ist. Ich schnalle Chase an, während Luke Amy beruhigt, die von der eisigen Nachtluft aufgeweckt wurde, bevor er sie in ihrem Sitz sichert und ihr sagt, dass alles gut wird.

Ihr Wimmern wandelt sich zu Tränen, als ihr klar wird, dass sie gehen. »Ich will nicht gehen, Papa. Ich will bei Mary bleiben. Bitte! Ich bin ganz still, dann weiß sie nicht mal, dass ich da bin.«

Ich gehe zu ihr und gebe ihr eine Umarmung und einen Kuss. »Ich bin mir sicher, wir sehen uns bald.«

»Morgen?«, fragt sie.

Ich beiße mir auf die Lippe. »Ich bin mir nicht sicher. Ich muss eine Übergabe machen und einige in letzter Minute gekaufte Geschenke einpacken.«

»Dann am Weihnachtstag?« Ihre winzigen Hände packen meine, und sie drückt sie fest. »Bitte?«

»Du willst mich nur wegen meinem Hund sehen«, witzle ich.

Sie schüttelt mit großer Ernsthaftigkeit den Kopf. »Ich

hätte dich immer noch gern, auch wenn du Andy nicht hättest.«

Ich möchte sie losschnallen und ganz lange an mich drücken. Es fühlt sich an, als würden ihre Worte die Fragmente meines gebrochenen Herzens zusammenkitten. Ich küsse sie auf die Stirn. »Es ist jetzt Zeit für dich zu gehen, aber ich verspreche, wir sehen uns bald. Und bis dahin habe ich etwas von meinem Kuchen in einen Behälter unter Chase' Füßen gepackt. Okay?«

Sie nickt und ich wende mich wieder dem Haus zu. Nachdem sich die Tür vor Amy geschlossen hat, ergreift Luke mich sanft, dreht mich herum und zieht mich in seine Arme, statt in den Fahrersitz zu klettern. Diesmal ist er alles andere als langsam. Er küsst mich eindringlich und seine Lippen bedecken meine, während seine Arme mich vollständig umschließen. Der Boden dreht sich unter meinen Füßen, mein Herz klopft in einem Stakkato-Rhythmus und meine Arme ranken sich um seinen Hals. Ich möchte, dass er niemals aufhört.

Aber natürlich tut er es irgendwann. Er kann seine Kinder nicht ewig in einem Truck mit angelassenem Motor sitzen lassen. Ich stehe draußen, während er rückwärts aus meiner Einfahrt rollt, und ignoriere die eiskalten Windstöße so lange, wie ich sein Fahrzeug noch sehen kann. Nachdem er außer Sicht ist, gehe ich nach drinnen zurück. Mir fällt auf, dass das eingepackte Plüschpferd immer noch auf meinem Beistelltisch sitzt.

Ich schreibe ihm sofort für den Fall, dass er noch einmal umkehren möchte. DU HAST DAS SPIELZEUGPFERD VERGESSEN.

Zehn Minuten vergehen. Danach weitere fünf. Keine

Antwort. Was vermutlich positiv ist und ihn als verantwortungsvollen Fahrer auszeichnet.

Schließlich hört sie einen Ping. OH JE. DAS BEDEUTET VERMUTLICH, DASS DU MIR MORGEN BEI DER ÜBERGABE HELFEN MUSST.

MOMENT, HAST DU DAS ETWA ABSICHTLICH GETAN?

Er antwortet mit einem einzigen Wort: COSTANZA.

Ich zeige es Trudy. »Was zum Teufel bedeutet das?«

Eine schnelle Google-Suche zeigt mir, dass George Costanza ein Charakter aus einer alten Sitcom namens Seinfeld ist. Trudy und ich bleiben die halbe Nacht wach und sehen uns Episoden an, bis wir herausbekommen, was er damit gemeint hat. In einer Episode hinterlässt George einen Wecker beim Haus einer Frau, die er mag. Er gibt zu, dass diese Teil seines Plans ist. Die Damenwelt ist vielleicht nicht sofort von ihm angetan, wenn er aber genügend Zeit mit ihnen verbringt, sind sie ihm am Ende zugetan. Er lässt Dinge absichtlich unbeendet, damit er einen Grund hat, die Frauen zu sehen. Dies tut er immer und immer wieder, bis sie seinem bizarren und plumpen Zauber erlegen sind.

Ein niedlicher Vergleich, aber Luke ist auf keinen Kunstgriff angewiesen. Er ist mir bereits ans Herz gewachsen. Ich glaube sogar, er ist mehr als das – möglicherweise habe ich mich verliebt.

23

Mein Übergabetermin für Santas Vertreter ist für sieben Uhr morgens angesetzt. Die Mutter der Mädchen möchte die Spielsachen verstecken, bevor ihre Töchter aufwachen. Als ich erfüllt von einem Hochgefühl der Begeisterung zurückkehre, nehme ich Andy auf einen kurzen Dreikilometerlauf mit.

Als ich sie beim Haus ablade, um nochmals drei Kilometer zu laufen, starrt sie mich missmutig an.

»Gestern hast du keine fünf Kilometer geschafft. Nur Geduld, wir trainieren, bis wir es länger schaffen, okay?«

Sie lässt den Kopf auf die Pfoten sinken und atmet dramaturgisch aus. Was für eine Diva!

Als ich endlich zum Duschen nach Hause zurückkehre, ist es neun Uhr morgens. Ich verbringe zwanzig Minuten damit, das Geschenk, das ich für Luke ausgesucht habe, zu besorgen. Ich bin stolz auf meine Idee, aber ein wenig nervös vor Sorge, dass er es möglicherweise nicht versteht. Ich packe die für Amy und Chase ausgesuchten Geschenke ein und tue das Bestmögliche mit Lukes seltsam geformtem Geschenk. Danach verbringe ich den Rest des Morgens damit, Zuckerkekse für die Party zu backen, die heute Abend in Addys Haus steigt. Bereits seit einem Jahrzehnt backe ich für Heiligabend Zuckerkekse.

Ich blicke auf meine Uhr. Viertel vor zwölf. Mir bleibt gerade noch genügend Zeit, Luke für seine Übergabe zu treffen. Ich schreibe ihm eine Nachricht.

TREFFE ICH DICH BEI DEINER ÜBERGABE?

Er antwortet augenblicklich. »MITTAGESSEN DANACH?«

WAS IST MIT DEINEN KINDERN? Frage ich.

MEINE COUSINE HAT SIE BIS UM ZWEI.

ICH DACHTE, AMY KOMMT MIT?

Drei kleine Punkte. Ich warte. DANN FAND ICH HERAUS, DASS DU HINGEHST, UND WOLLTE MEHR ZEIT MIT DIR. OHNE DIE ZWERGE. MÖGLICHERWEISE HABE ICH SIE MIT PFEFFER-MINZ-EISCREME BESTOCHEN. ICH SCHÄME MICH NICHT.

Mein Lächeln ist so breit, dass mein Mund zu schmerzen beginnt, aber ich möchte nicht zu eifrig erscheinen. ICH TREFFE DICH AM ÜBERGABEORT UND DANN SEHEN WIR WEITER.

Ich lasse ihn im Glauben, er müsse erst noch Überzeugungsarbeit leisten.

Ich parke hinter seinem Truck, und als ich aus meinem Auto hüpfe, steigt Luke ebenfalls aus. Er trägt eine braune Lederjacke über einem goldenen Polohemd und dunklen Jeans. Ich bin so abgelenkt von seiner Präsenz, dass ich beinahe vergessen hätte, mir das eingepackte Pferd zu schnappen.

Er wartet, bis ich ihn erreicht habe, und ergreift dann Besitz von meiner Hand. »Äh, wie tragen wir all diese Geschenke, während wir uns an den Händen halten?«

Luke nimmt mein Gesicht in seine Hände und küsst mich sanft. »Na gut, na gut, ich lasse dich los. Aber nur für einen Augenblick.«

Wir tragen die Schachteln der Reihe nach hinein. Mir fällt auf, dass mehrere davon für die Eltern bestimmt sind, und Lukes Großzügigkeit beeindruckt mich immer mehr. Mit dem bevorstehenden Umzug und dem Weihnachtsfest für seine eigenen Kinder hat er mit Sicherheit hohe Unkosten. Ungeachtet dessen übertrifft er alle Erwartungen.

Nachdem wir fertig sind, rennt der Vater der Familie zu uns und umarmt mich mit wässrigen Augen. »Vielen Dank, *muchas gracias. Díos te bendiga.*«

»Gern geschehen«, sage ich. »Wir helfen gern.«

Luke nimmt meine Hand, um mich zurück zu meinem Wagen zu begleiten, und diesmal entziehe ich mich ihm nicht. »Du hast meine Frage nie beantwortet. Hast du Zeit für ein Mittagessen?«

»Klar«, sage ich. »Solange wir schnell sind.«

Er strahlt. »Wähl das Lokal. Ich bin mit allem einverstanden.«

»Wie wäre es mit Boston Market?«

Seine Augenbrauen heben sich. »Ich gebe dir die Carte blanche, und du wählst ein Fast Food-Restaurant?«

. . .

Ich zucke mit den Achseln. »Ich mag ihr Festtagsessen. Truthahn, Soße, Kartoffelbrei und Süßkartoffeln. Zimtäpfel und das Beste von allem, ihr Maisbrot.«

Er zieht mich für eine Umarmung zu sich. »Dann also Boston Market.«

Wir fahren getrennt hin, da wir auch so angekommen sind. Luke und ich geben unsere Bestellung auf, danach tragen wir unsere Tabletts zu einem freien Tisch. An Heiligabend sind nicht allzu viele Leute hier.

»Ich weiß, es ist Weihnachten. Aber besteht die Chance, dass ich und die Kids morgen vorbeischauen könnten?«, fragt Luke. »Ich weiß, an dem Tag ist viel los, aber wir würden dich alle sehr gerne sehen. Amy hat heute Morgen sogar eine Tasche gepackt. Sie hat mir mitgeteilt, dass sie bei dir bleiben wird, wenn ich zu meinem neuen Job fahre.«

Ich schüttle den Kopf. »Nein, das hat sie nicht gesagt.«

Luke schürzt die Lippen und atmet tief aus. »Das hat sie tatsächlich.«

»Na ja, tut mir leid, dass sie dir das Leben schwer macht. Ich weiß, ich war dir gegenüber auch schon hart, aber ich verspreche, dass ich sie nicht zu einem solchen Blödsinn ermuntere.«

»Das ist mir bewusst. Aber sie hat mir geholfen, etwas für dich auszusuchen, und wir würden gerne vorbeikommen, um es dir zu geben. Ganz kurz, wenn du sehr beschäftigt bist.«

Ich grinse. »Ich habe auch etwas für euch. Keine große Sache, und ich hoffe wirklich, dass du dich nicht aufregst, wenn du siehst, was ich für die Kinder gekauft habe.«

»Solange es keinen Herzschlag hat, bin ich einverstanden.«

Ich runzle die Stirn. »Oh-oh. Ich bin mir nicht sicher, ob man Elefanten retournieren kann. Ich glaube, das Zelt, unter dem ich diesen gekauft habe, hatte ein Schild mit der Aufschrift ›keine Rücknahme, kein Umtausch‹.«

Luke genehmigt sich einen Bissen von meinen Zimtäpfeln.

»Hey«, protestiere ich. »Das sind meine! Du hättest dir eigene holen sollen.«

»Es macht mehr Spaß, sie von dir zu klauen.«

Seine Augen blitzen und sein Lächeln erfüllt mich mit Freude, so dass die Worte einfach unzensiert aus meinem Mund purzeln. »Ich liebe dich.«

Lukes blaugraue Augen weiten sich, und sein Mund öffnet sich mehrere Zentimeter. Er blinzelt mich wiederholt an. Ich möchte mich zu einem winzigen Ball zusammenrollen und einfach in einer Spalte im Boden verschwinden, aber ich kann nirgendwo hin.

»Tut mir leid«, sage ich. »Ich ...«

Er platziert eine Hand auf meiner, und die andere über seinem Herzen. »Sag das noch einmal.«

»Tut mir leid.«

»Nicht das, Dummerchen. Der andere Teil.«

Ich blicke zur Wand und dann wieder zu ihm. »Ich glaube nicht ...«

Er drückt meine Hand. »Bitte.«

Ich seufze und zwinge die Worte über meine Lippen. »Ich glaube, ich liebe dich, Luke Manning, Retter der Schranklichter, frenetischer Aufräumer, phänomenaler Vater.«

Er atmet durch die Nase ein und schließt die Augen. Als er sie wieder öffnet, strahlt er mich an. »Ich liebe dich auch, Mary Wiggin, Nummerngenie, Philanthropin, Ersatzmutter für so viele und hingebungsvolle Mutter.«

»Ich will nicht, dass du wegziehst«, sage ich, »Und ich weiß, das ist egoistisch von mir. Ich weiß, Du wechselst gern die Gangart und zeigst deinen Kindern die Welt. Es tut mir leid, dass ich gesagt habe, du wärst ein schlechter Vater, weil du mit ihnen umherziehst. Ehrlich gesagt bist du ein toller Vater. Ich wollte nur, dass du hierbleibst, und wusste nicht, wie ich dich darum bitten sollte. Also habe ich versucht, es so zu drehen, dass es um etwas anderes geht.«

Nun nimmt er auch meine andere Hand. »Du hattest recht. Ich war verletzt, fühlte mich angegriffen und wollte es nicht hören. Als meine Frau gestorben ist ... wir haben nicht herausgefunden, dass sie Krebs hat, bevor sie mit Chase bereits im dritten Trimester war. Sie hat sich stur geweigert, irgendetwas zu tun, bis er geboren war – sogar zusätzliche Tests hat sie verweigert. Sie durfte ihn nicht einmal kennenlernen.«

Er schließt die Augen, lässt jedoch meine Hände nicht los. »Ich habe sie so sehr geliebt, Mary. Sie zu verlieren hat mein Herz dahingerafft, es pulverisiert. Ich habe mich um meine Kinder gekümmert und gearbeitet und nichts sonst. Etwa vor einem Jahr beschloss ich, dass ich es vermisse, Erwachsenendinge zu tun. Ich habe begonnen, mit Freunden und Familie auszugehen, aber sie haben immer wieder versucht, mich mit Leuten zu verkuppeln. Lächerliche Leute. Frauen, die klammerten. Nervtötende Personen. Es hat mich verrückt gemacht.«

»Das klingt danach, als wärst du deinen Freunden wichtig, aber ich war auch schon in einer solchen Situation. Verkuppelungen sind ätzend. In den letzten zwei

Monaten bin ich mit einem Computerfreak ausgegangen, der so unbeholfen war, dass er mir in den ganzen zwei Stunden, die wir zum Abendessen da saßen, nicht einmal in die Augen gesehen hat. Dann einen Tierpräparator, der mir jedes einzelne Tier, an dem wir vorbeigekommen sind, unter die Nase gerieben und erzählt hat, wie er es nach dem Tod präparieren würde. Und dann noch ein aalglatter Firmenanwalt, der über nichts anderes geredet hat als Geld. Ich bin mir ziemlich sicher, er hatte selbst nicht mehr den Überblick über die Dinge, die er ausgeschmückt hat und die nicht wirklich in seinem Leben passiert sind. Entweder das, oder er hat wirklich eine Woche, nachdem er in einem Grundsatzverfahren vor dem Verfassungsgericht argumentiert hat, den Mount Everest bestiegen. Was voraussetzen würde, dass in seinen Adern das Blut einer Bergziege fließt.«

Luke lässt meine Hände los und isst weiter. »Oh, Mann. Bevor ich dich kennengelernt habe, bin ich mit einer Ballerina ausgegangen, die nichts anderes gegessen hat als Gemüsesticks und Fruchtsäfte. Dann eine Psychologin, die mich den ganzen Tag über analysiert hat, was peinlich und absolut lächerlich war. Und dann war da noch diese Frau namens Mary Kay, die mir allen Ernstes ein Hautpflege-Set für meine Hände gegeben hat. Ich bekomme immer noch etwa einmal pro Woche Textnachrichten von ihr, in denen sie die Schnäppchen der Woche anpreist.«

Ich lache. »Ich denke, meine Freunde haben es schon vor Jahren aufgegeben, mich mit Leuten zu verkuppeln, die sie für eine passende Partie hielten. Jetzt bin ich wie dieser Trick mit der Pasta. Kennst du den? Mit dem man testet, ob die Nudeln gar sind?«

Luke schüttelt den Kopf.

»Man wirft Nudeln gegen die Wand und wenn sie kleben bleiben, sind sie fertig. Sie haben einfach damit begonnen, mich mit jedem zu verkuppeln, der Single war. Darunter sogar ein paar Männer, deren Scheidung noch nicht abgeschlossen war.« Ich verziehe das Gesicht. »Bei der Mehrheit von denen, die ich im letzten Jahr kennengelernt habe, war unsere einzige Gemeinsamkeit der Status als Single.«

Luke lacht in sich hinein. »Eigentlich war eine meiner Bekanntschaften nicht einmal Single. Nach der Hälfte des Desserts hat sie erwähnt, wie verständnisvoll ihr Ehemann ist.« Er wischt sich den Mund ab. »Ich habe sozusagen sofort die Beine in die Hand genommen.«

»Das ist ein Scherz, oder?«

Er nimmt meine Hand in seine. »Die grauenhaften Dates während des vergangenen Jahres waren so schlimm, dass ich ein Loch graben und mich darin verkriechen wollte.«

»Ich bin froh, dass du es nicht getan hast«, sage ich.

»Ich auch.« Er grinst mich an. »Ich war seit mehr als vier Jahren nicht mehr so glücklich. Du bist wie das Puzzlestück, von dem ich nicht wusste, dass es fehlt.«

»Ich bin in deiner Gegenwart auch glücklich. Und es ist dir zwar kein Trost, aber das mit deiner Frau tut mir leid. Ich kann mir nicht einmal annähernd vorstellen, wie sich das für dich angefühlt haben muss.«

»Ich bin froh, dass du das nicht kannst. So einen Schmerz wünsche ich niemandem.« Er deutet auf meine übriggebliebenen Makkaroni mit Käse und die Zimtäpfel. »Bist du fertig?«

Ich nicke. »Nur zu. Aber nächstes Mal weißt du, dass du dir selber welche bestellst.«

Er nickt verlegen. »Das mache ich. Und da wir gerade von Schmerz sprechen, wie war die Hochzeit deines Ex?«

»Eigentlich«, sage ich, »Hat es mir geholfen, dort hinzugehen.«

»Oh? Wie das?«

»Das wird mich jetzt nicht besonders gut dastehen lassen ... nicht im Vergleich zu deiner Erklärung, wie tief deine Liebe für deine Frau war, aber ... mir wurde klar, dass ich Foster nie wirklich geliebt habe.«

»Wirklich?«

Ich blicke auf meine Hände hinab. »Nicht so, wie ich für dich empfinde.« Ich zwinge mich, nach oben und in seine Augen zu blicken. Sie strahlen mich an, was mich mit neuem Mut erfüllt. »Ich habe ein Gedankengebilde von Foster geliebt, aber weder ihm noch mir selbst vertraut. Es macht mich immer noch nervös, dass sich herausstellen könnte, dass ich wie mein Vater oder meine Mutter bin. Sie waren die schlechtesten Eltern aller Zeiten. Aber mehr noch, ich habe nicht geglaubt, dass Foster mich unterstützen würde.«

Luke hebt eine Augenbraue. »Ich dachte, der Kerl wäre ein verwöhnter reicher Junge.«

Ich schüttle den Kopf. »So ist es nicht. Ich meine Unterstützung, indem er mir hilft, meine Ziele zu erreichen. Mein Vater hat meine Mutter oder mich und Trudy nie unterstützt, und meine Mutter nie meinen Vater, oder irgendeinen von uns.« Ich starre wieder nach unten auf meine Hände und meine Stimme wird leiser. »Ich habe Foster nicht zugetraut, dass er da wäre, wenn ich ihn brauche. Oder dass er es akzeptieren würde, wenn ich nicht die wäre, die ich für ihn sein sollte – sondern die, die ich wirklich bin.«

»Du sagst, du hättest es nicht bedauert, demjenigen zuzusehen, der dir entwischt ist?«

Ich fahre mir mit der Hand durch die Haare. »Äh, nein. Eigentlich konnte ich mich nicht entscheiden, wen ich mehr bemitleide. Das Mädchen, das seinen Freund belügt, damit er ihr einen Antrag macht oder den Typen, dessen Verlobte nicht wirklich schwanger ist. Sie konnte die Lüge nicht einmal lange genug aufrechterhalten, um nicht an ihrer eigenen Hochzeit herumzustolpern und sich besinnungslos zu trinken.«

»Ich wünschte, ich wäre da gewesen, um das zu sehen«, sagt Luke.

Ich drücke seine Hand. »Ich auch, aber ich bin auch froh, dass ich Trudy mitgenommen habe.«

»Autsch«, sagt er.

»Nein, nicht so. Aber es hat mir gut getan, mich der Tatsache zu stellen, dass ich ihm nicht vertraut habe, und ich war in seiner Gegenwart nicht ich selbst. Dadurch wurde mir klar, dass ich bei dir ich selbst war.«

Luke lehnt sich über den Tisch und mein Herzschlag beschleunigt sich, weil ich glaube, dass er mich küssen wird. Allerdings tut er es nicht. Seine Stirn berührt meine und seine hinreißenden Augen sind mir so nah, dass er einem Zyklopen ähnelt. »Ich bin froh, dass du beschlossen hast, mir zu vertrauen.«

Dann zieht er sich wenige Zentimeter zurück und küsst mich. Ich vergesse, wo wir sind, bis sich eine Person hinter uns räuspert.

»Entschuldigung«, sagt Luke verlegen.

Ich blicke auf meine Uhr und keuche. »Oh Mann, ich

muss wieder zurück. Trudy und Troy warten sicher auf mich.«

Luke trägt unsere Tabletts mit den leeren Plastikbehältern und benutzten Servietten zum Abfalleimer und begleitet mich dann nach draußen und zu meinem Wagen. Bevor ich auf dem Fahrersitz Platz nehmen kann, beugt er sich nach unten und küsst mich wie ein Kind in einem Süßwarenladen – begierig, beharrlich und voller Freude. Als er endlich von mir ablässt, ist mir schwindelig. Seine Hände stützen mich.

»Ich bin froh, dass du versehentlich gesagt hast, dass du mich liebst«, sagt er. »Aber ich spreche diese Worte ganz bewusst aus und werde sie wiederholen, wann immer ich dich sehe. Ich liebe dich, Mary. Fahr vorsichtig und denk bei deiner Familienfeier an mich.«

Ich berühre seine Lippen mit meinen Fingerspitzen. »Gib deinen Kindern eine Umarmung von mir.« Ich klettere auf meinen Sitz und lasse den Motor an. Luke klopft sanft gegen das Fenster, bis ich es hinunterlasse.

»Ich glaube, du hast etwas vergessen.«

Ich schaue mich vor und hinter mir um, kann jedoch nichts sehen. Ich habe meine Schlüssel und die Handtasche. »Ich denke nicht«, sage ich.

Er neigt den Kopf. »Ich liebe dich, Mary.« Er macht große Augen und nickt einmal. »Und an dieser Stelle sagst du ...«

Ich kichere. »Stimmt. Ich liebe dich auch, Luke. Du superheißer, ungeheuer höflicher und nervtötend hartnäckiger Mann.«

Als ich diesmal das Fenster hochkurble und den Motor anlasse, zeigt er mir dieses umwerfende Grinsen und winkt, während ich wegfahre.

24

Heiligabend bei Addy ist genau so wie immer, wenn man davon absieht, dass ich mich fühle wie ein aufgeblasener Ballon. Anstelle von Helium ist es Freude, die mich erfüllt. Ich schwebe vom Abendessen zu der kleinen Weihnachtsaufführung mit Familie und Freunden, die wir jedes Jahr veranstalten. Troy ist der süßeste Schäfer und Addys Zwillinge geben perfekte weise Frauen ab, die zwischen sich eine Puppe als fehlende Dritte halten. Ich spiele meine übliche Rolle der Erzählerin und da Paisley es sich nicht nehmen lässt, ständig Witze zu reißen, dauert das Ganze deutlich länger, als es sollte. Aber keines der Kleinkinder löst sich in Tränen auf, was ich als Sieg zähle. Danach esse ich viel zu viele Desserts, und als wir uns *Kevin – allein zu Haus* anschauen, ist der Film lustiger als sonst.

Der leuchtende Heiligenschein der Liebe, der Addy und ihren Mann umgibt, irritiert mich dieses Jahr nicht. Die Person, die die beiden am meisten lieben, sitzt genau hier unter ihrem Dach, ihre beiden Töchter sind sicher und glücklich, und sie sind zufrieden.

Als wir die Weihnachtslieder anstimmen, vermisse ich Luke. Als wir Geschenke auspacken, vermisse ich Luke. Als wir uns alle eine gute Nacht wünschen, vermisse ich ihn sogar noch mehr.

Als ich dann mit Paisley, Trudy und Troy im Schlepptau meinen Wagen erreiche, ist es still genug, dass ich mein Telefon piepen höre und es augenblicklich hervorziehe.

Vor einer Stunde hat mir Luke die erste Nachricht gesendet. VERMISSE DICH.

Vor vierzig Minuten hat er mir dann noch eine geschrieben. SCHICK MIR EIN FOTO. ICH VERMISSE DEIN WUNDERSCHÖNES GESICHT.

Zehn Minuten später dann die dritte und letzte Nachricht. PAUL GLAUBT, ICH HÄTTE DICH ERFUNDEN. HILF MIR MAL. LIEBE DICH.

Ich halte mein Telefon vor mir und knipse ein Bild.

»Was machst du da?«, fragt Trudy.

Ich weihe sie und Paisley in die Details meiner Verabredung zum Mittagessen und des versehentlichen Herausplatzens mit »Ich liebe dich« ein.

»Ach du meine ...«, sagt Paisley.

»Schau mal, es könnte immer noch sein, dass nichts daraus wird. Nicht viele Beziehungen überstehen die Belastungsprobe der Distanz, und Luke zieht weg, wie ihr euch vielleicht erinnert?«

»Bitte ihn, zu bleiben«, sagt Paisley.

»Das kann ich nicht.« Ich schüttle den Kopf. »Das muss er selbst entscheiden. Er ist ein großer Junge.«

»Du machst mich fertig«, stöhnt Paisley.

Ich texte Luke das Bild mit dieser Nachricht. ICH BIN REAL, UND DIE NEUGIERIGEN GEISTER HIER MÖCHTEN DICH EBENFALLS SEHEN.

NEUGIERIGE GEISTER? Fragt Luke. WER GENAU IST BEI DIR? SOLLTE ICH EIFERSÜCHTIG SEIN?

Auf meinem Gesicht macht sich ein Lächeln breit.

»Ich habe ihn schon gesehen«, sagt Trudy.

»Na ja, ich seit vielen, vielen Tagen nicht mehr«, meint Paisley.

ICH BIN BEI PAISLEY, TRUDY UND TROY. Ich füge ein lachendes Emoji ein. ICH WOLLTE NICHT SAGEN, DASS ICH DEIN GESICHT VERMISSE. ICH HABE MICH IN ZURÜCKHALTUNG GEÜBT.

ZURÜCKHALTUNG WIRD ÜBERBEWERTET, schreibt Luke zurück, jedoch ohne ein Bild zu senden.

Ich rufe das Foto von Luke mit seinen Kindern auf und lege es als Hintergrundbild fest.

»Der Weihnachtsmann kommt«, sagt Troy. »Wir gehen nach Hause!«

»Tante Mary ist damit beschäftigt, ohnmächtig umzukippen, Liebling. Hab etwas Geduld.«

Ich betätige die Gangschaltung und fahre aus Addys Einfahrt.

Trudy verdreht die Augen. »Ich kann nicht glauben, dass ihr beiden ›Ich liebe dich‹ sagt, bevor ihr auch nur euer erstes Bild als Paar geschossen habt.« Sie schüttelt den Kopf. »Es ist offensichtlich, dass keiner von euch beiden auf Instagram aktiv ist.«

»Nein.« Ich neige den Kopf und runzle die Stirn. »Er vielleicht. Ich habe nicht gefragt.«

Einige Minuten später piept mein Telefon. Paisley und

Trudy beschweren sich nicht einmal, als ich einen Stopp einlege, um nachzusehen, Troy hingegen schon.

»Nach Hause«, sagt er. »Jetzt.«

»Wir sind nach Hause unterwegs«, sage ich. »Ich muss nur etwas nachsehen.«

Ich wische über mein Telefon, um das Foto von Luke mit Amy und Chase zu sehen, die sich neben ihm anschmiegen. Ihre Gesichter strahlen allesamt, und es fühlt sich an, als würden sie es nur für mich tun. Einige Sekunden danach erscheint ein anderes Bild von Luke mit einem größeren, schlaksigeren Kerl. Glänzende kastanienbraune Haare ohne eine Spur von Grau und dieselben graublauen Augen, aber nicht ganz so bestechend attraktiv.

»Ich wette, das ist Paul«, sage ich.

»Zu schade«, meint Trudy.

Ich drehe den Kopf herum, um sie auf dem Rücksitz anzustarren. »Was ist zu schade?«

Sie verengt die Augen und wirft noch einen Blick auf das Bild. »Nichts, schätze ich. Außer, dass sein Bruder um Längen besser aussieht.«

Paisley und ich tauschen einen Blick aus. Schön zu wissen, dass wir auf derselben Wellenlänge sind, was Lukes Aussehen betrifft.

»Äh, na ja«, sage ich. »Ich denke, ich werde die Enttäuschung ertragen.«

Die Mädchen bringen mich dazu, unser Gespräch am Mittagstisch immer und immer wieder zu wiederholen, bis wir mein Haus erreichen. Glücklicherweise schläft Troy tief und fest, als ich in der Garage parke. Während Trudy ihn leise von seinem Sitz befreit, wende ich mich Paisley zu.

»Bist du sicher, dass ich dich nicht nach Hause fahren soll? Mit Trudy in meinem Gästezimmer und Troy im Büro ist es hier etwas voller als sonst.«

Paisley schüttelt den Kopf. Sie hat hier in Atlanta keine Familie, also hat sie die letzten drei Jahre regelmäßig bei mir geschlafen. »Ich hab's dir ja schon gesagt, das Sofa ist okay.«

Nachdem Trudy Troy ins Bett gesteckt hat, helfen wir ihr alle dabei, die Weihnachtsgeschenke für das Kind bereitzulegen.

»Es ist ganz schön aufregend, dass er dieses Jahr alt genug ist, um es zu verstehen«, sage ich. »Oder zumindest das meiste davon.«

Trudy lächelt. »Lukes Kinder sind übrigens herzallerliebst, falls ich es noch nicht erwähnt habe.«

»Ich wünschte, ich hätte sie kennenlernen können«, sagt Paisley.

»Na ja, wenn du morgen lange genug hierbleibst, wirst du das.«

»Du würdest mich nicht mal mit einem Brecheisen hier herauskriegen«, sagt Paisley. »Vielleicht sollte ich heute Abend Popcorn machen, damit ich vorbereitet bin.«

Ich klatsche eine Hand gegen ihre Schulter. »Sehr witzig.«

»Ich mache keine Witze. Das hier ist besser als ein Hallmark-Film.«

Schließlich gehe ich endlich ins Bett, aber bevor ich ganz eingeschlafen bin, höre ich ein Ping. Normalerweise hätte ich das Telefon ignoriert, aber mein Herzschlag beschleunigt sich, da es Luke sein könnte.

SÜSSE TRÄUME, ENGEL.

Ich reibe mir die Augen, damit ich gut genug sehen

kann, um eine Antwort zu schreiben. EIN ENGEL BIN ICH NICHT, ABER ICH HABE VOR, GUT ZU TRÄUMEN.

DANK DIR WACHEN ALL DIESE KINDER MORGEN MIT DEM GEFÜHL AUF, DASS SIE JEMANDEM WICHTIG SIND.

Als ich an den Weihnachtsmorgen für die Kinder denke, denen wir geholfen haben, werden meine Augen feucht. Daher ist es gut, dass diese Unterhaltung schriftlich stattfindet. ES IST NUR ... ICH HAB'S VERGEIGT. UNITED WAY BEENDET DAS PROGRAMM.

Lukes Antwort folgt schnell. DAS WAR NICHT DEINE SCHULD. AUSSERDEM GLAUBE ICH, DASS SICH NOCH ALLES ZUM BESTEN WENDET.

Zum ersten Mal seit langer Zeit wage ich zu hoffen, dass er tatsächlich recht haben könnte.

Am folgenden Morgen werde ich viel, viel zu früh vom begeisterten Gequietsche eines kleinen Jungen geweckt. Ich habe mich noch nicht einmal aufgesetzt, als er auf mein Bett klettert und damit beginnt, mir das Gesicht zu tätscheln. »Wach auf, wach auf, wach auf! Santa ist da!«

»Er ist nicht hier«, sage ich. »Meinst du, dass er Geschenke dagelassen hat?«

»Ja, ja, ja!«

Ich blinzle mehrmals und schnappe mir meinen Morgenmantel, während ich aus dem Bett stolpere.

Der Weihnachtsmorgen vergeht wie immer viel zu schnell.

Ich habe kaum die Unordnung vom Frühstück beseitigt und angemessene Kleidung angezogen, als ich ein

Klopfen an der Tür höre. Ich blicke auf die Uhr. Neun Uhr morgens.

Ich gähne auf dem Weg zur Tür, nur ein klein wenig enttäuscht, dass ich mir bei einem Besucher vorerst kein Schläfchen gönnen kann. Trotzdem hoffe ich, dass es Luke ist.

Bitte lass es Luke sein.

Lukes großes Grinsen ist das Erste, das mir auffällt. Das Zweite ist, dass er einen Weihnachtsmannhut trägt. Und das Dritte, dass Trudy verrückt ist.

Er ist das Schärfste, das ich je gesehen habe.

Es fühlt sich an, als hätte ich Jahr um Jahr gewartet und endlich jemanden gefunden, der dieselbe Magie verkörpert, die Santa immer angehaftet ist. Er erfüllt mein Herz mit demselben Elan, derselben Aufregung und der gleichen Liebe. Vor Jahren fand ich heraus, dass Santa nicht wirklich existiert, und habe es zu meinem Job gemacht, zugunsten von anderen Kindern, die Hoffnung brauchten, seinen Platz einzunehmen. Aber als Luke heute vor meinem Haus steht, dämmert mir eine wundervolle Erkenntnis.

Ich habe endlich meinen Santa gefunden.

»Hereinspaziert.« Ich winke Amy, Chase und Luke hinein.

Troy hüpft auf und ab und kreischt etwas von seinen Geschenken, während Luke mir einen hastigen Kuss gibt. »Frohe Weihnachten, Mary.«

»Da sind immer noch Geschenke unter deinem Baum«, sagt Amy mit einem Glitzern in den Augen. »Für wen sind die?«

»Du schlaues kleines Mädchen«, sage ich. »Eines davon ist für dich.«

»Ist es das Große?« Sie reibt sich die Hände und wippt auf und ab. »Ich hoffe, es ist das Große.«

Ich erinnere mich daran, einmal so klein gewesen zu sein, dass ich den Wert von Geschenken anhand ihrer Größe einschätzte. Aber nur vage. »Das ist es, Hexchen.«

Sie rennt durchs Zimmer, um es sich zu nehmen, hält aber dann auf weniger als dreißig Zentimetern Entfernung inne und dreht sich herum. »Papa, kann ich es jetzt gleich öffnen?« Sie deutet auf Luke.

Ich wedle mit den Händen, als möchte ich sie in die Flucht schlagen. »Natürlich, nur zu.«

Sie reißt das Geschenkpapier ab, um eine bemalte rote Holzkiste mit goldenen Zierleisten zu enthüllen. Der Lack glänzt immer noch.

»Was ist es?«, fragt sie.

»Öffne die Verriegelung«, sage ich.

Sie hantiert damit herum, bis sie den Mechanismus durchschaut hat. Dann aber hebt sie schwungvoll den Deckel hoch, woraufhin Kleider und Krönchen und Handschuhe herauspurzeln. Sie kräht vor Freude.

»Neulich ist mir aufgefallen, dass du keine Kiste mit Sachen hast, um dich schick anzuziehen. Als kleines Mädchen war eine solche Kiste mein Lieblingsspielzeug.«

»Sind das deine alten Kleider?«, fragt Amy, die Augen groß und staunend.

»Nein, meine alten Kleider waren eklig. Die habe ich schon lange weggeworfen. Aber das ist meine alte Kiste zum schick machen. Ich habe sie meinen Prinzessinnen-Schrank genannt. Ich habe mir gedacht, du möchtest sie vielleicht haben.«

Ich sehe zu, wie sie mehrmals die Worte »Prinzessinnen-Schrank« formt, als versuche sie ihr Bestes, um sie im

Gedächtnis zu bewahren. Dann springt sie hoch und rennt zu mir, um meine Hüfte zu umarmen. »Ich danke dir so sehr!«

»Gern geschehen.« Die nächsten Worte flüstere ich. »Denkst du, dein Papa wird mir verzeihen, wie viel Platz du dafür brauchst?«

Amy beißt sich auf die Lippe, und Luke legt einen Arm um sie. »Uns fällt schon etwas ein, oder?«

Sie nickt.

»Chase?«, sage ich. »Du bist als Nächster dran, Schatz.«

Er reißt das Geschenkpapier ab wie ein Profi. Als er die Spielzeugpistole mit zusätzlichen Pfeilen enthüllt, jubelt er und streckt eine Faust in die Luft. »Eine Pistole, Papa! Sie hat mir eine eigene Pistole geschenkt!«

»Oh nein«, sage ich, »seid ihr eine ›waffenlose‹ Familie?« Ich möchte mich in einer Ecke zusammenrollen und verstecken. Ich hätte zuerst fragen sollen. Warum habe ich das nicht?

Diesmal legt Luke seinen Arm um meine Schultern. »Nicht absichtlich. Ist schon in Ordnung, und offensichtlich bin ich im Rückstand mit einem Spielzeug, das er sich verzweifelt gewünscht hat.«

Ich stoße einen tiefen Seufzer der Erleichterung aus. »Dann bist du als Nächstes dran.«

Luke lehnt sich hinüber und zieht das letzte Geschenk hervor. Das Geschenkpapier könnte nicht hässlicher aussehen. Das Geschenk hat eine ungewöhnliche Form und ich wollte es nicht ruinieren, also habe ich eine halbe Papierrolle daruntergelegt, nach oben gefaltet und oben mit einer Schleife zusammengebunden. Luke nimmt sich zunächst die oben angebrachte Karte.

Er liest sie schweigend, aber ich weiß, was darin steht.

Frohe Weihnachten, Luke. Ich wusste nicht, was ich dir kaufen sollte. Aber trotz aller Bemühungen, andere Menschen auf Distanz zu halten, wächst du mir immer mehr ans Herz. In Liebe, Mary.

Er öffnet die Schleife und das Geschenkpapier sinkt auf beiden Seiten der von mir ausgesuchten großen, blattreichen Philodendron-Pflanze zu Boden. Ich mag, dass sie glücklich aussieht, unbeschwert und voller Leben.

»Sie beansprucht eine Menge Platz. Aber ich denke mal, wenn du beim neuen Job angekommen bist, kannst du sie die meiste Zeit in den kleinen Verandabereich stellen.«

Luke zieht mich in seine Arme hoch und wirbelt mich herum. »Du wächst mir auch ans Herz, Mary.« Er küsst meine Nasenspitze.

»Papa, können wir ihr jetzt die Geschenke geben?« Amy grinst, die Hände auf beiden Seiten zu Fäusten geballt. Vor lauter Aufregung vibriert sie beinahe.

»Moment«, sage ich, »Geschenke? Mehrzahl?« Ich schüttle den Kopf. »Ich habe für jeden von euch nur ein kleines Ding besorgt. Ich weigere mich, mehr als ein Geschenk zu öffnen.«

Amy ergreift meine Hand, und ihre Augen betteln mich an. »Wir haben ganz viel Zeit dafür gebraucht. Bitte? Bitte mach alles auf.«

»Wie viele sind es denn?«, frage ich.

»Nur drei«, meint Luke. »Eines von jedem von uns, und du musstest drei für uns besorgen. Also ist es fair.«

Ich hebe eine Augenbraue, und Luke zieht eine lange, flache Schachtel hervor. Ich nehme sie von ihm entgegen und schüttle sie. Ich bin wirklich gut darin, Dinge zu erraten. »Die Form passt zu Kleidungsstücken, aber das

Geräusch ist seltsam. Zu schwerfällig.« Ich blicke von Luke zu Amy und wieder zurück. »Hast du mir ein Buch gekauft?«

Er schüttelt den Kopf. »Nicht ganz.«

»Das da ist von mir.« Chase' Lächeln ist ungefähr fünf Kilometer breit.

»Danke, Schätzchen.« Ich ziehe das Geschenkpapier weg und öffne die Schachtel. Darin ist ein Stapel Papiere, in der Mitte gefaltet.

»Äh«, sage ich. »Was ist das?«

»Lies es«, sagt Luke.

Ich lasse den Blick über die Papiere schweifen, und während ich das tue, klappt meine Kinnlade nach unten. »Hier geht es um die Gründung einer Stiftung, Luke. Vorfinanziert bis zu einer Viertelmillion Dollar.«

Luke deutet auf den Namen, der auf den Papieren steht. »Mein Rechtsanwalt war der Meinung, ›Santas Hilfsgesellschaft‹ würde den Zweck widerspiegeln, und dass später niemand mehr kommen und sich beschweren kann. Er sagte, wir können den Namen noch während drei Tagen ändern, wenn du ihn hasst oder bei Santas Vertreter bleiben möchtest.« Luke knöpft seine Jacke auf und enthüllt ein grünes Hemd, auf dem vorne die Worte Santas Hilfsgesellschaft aufgedruckt sind, dazu das Bild eines stilisierten Zeichentrickelfen.

Amy öffnet den Reißverschluss ihrer Jacke, und sie trägt dasselbe grüne Hemd.

Chase zieht seinen Pulli hoch, wobei er diesen mitsamt dem Hemd beinahe ausgezogen hätte. Luke lacht und hilft ihm, und selbstverständlich trägt auch er das passende Outfit in Grün.

»Das ist viel zu viel«, sage ich.

Luke setzt die Schachtel ab. »Na komm schon, es ist steuerlich absetzbar.«

»Luke«, sage ich. »Darum geht es nicht.«

»Na komm schon. Sag einfach danke und öffne meins als nächstes.« Amy überreicht mir eine kleine Box, viel schmaler als die erste, aber genauso lang.

»Das letzte Wort ist noch nicht gesprochen, Luke.« Ich zeige mit dem Finger auf ihn, bis er mir in die Augen sieht und nickt.

Sein Gesicht wirkt ernsthafter, als ich es je gesehen habe. »Natürlich nicht. Ich habe dich als Präsidentin eingesetzt, und ich bin der Vizepräsident. Wir werden wohl noch einige Zeit darüber sprechen. Zumindest war das mein Plan.«

Ich hatte keine Ahnung, dass Elektriker genügend Geld für eine solche Spende verdienen. Ich öffne die nächste Schachtel. Darin sind zwei Schlüssel, ein kleiner und ein großer, beide an einem silbernen, ovalen Schlüsselanhänger mit der Gravur »siegreich« befestigt.

»Äh, dazu brauche ich vermutlich eine Erklärung.«

»Du musst eine bessere Detektivin werden.« Luke zwinkert. »Darunter sind Papiere.«

Ich ziehe die Dokumente heraus und beginne zu lesen. Es handelt sich um eine Rechtsgarantie für ein Haus, und die Adresse erscheint mir vertraut. Ich blättere zur nächsten Seite, und da ist ein Foto – des Hauses, von dem ich seit zwanzig Jahren träume. Des Hauses, das nicht einmal zum Verkauf stand. Das mit dem Pool, dem wunderschönen Garten, den perfekten Böden und mit Katzensilber gesprenkelten Arbeitsoberflächen. Das alte weiße Haus aus der Kolonialzeit, nach dem ich mich schon ein Leben lang sehne.

Ich lese die Urkunde noch sorgfältiger durch.

Irgendwie gehört es jetzt mir.

»Was? Wie denn?« Ich bringe es nicht fertig, eine gute Frage zu formulieren. »Das ist viel zu viel, Luke, das kann ich nicht annehmen.«

Luke umarmt Amy und Chase und flüstert dann. »Ihr beiden geht mal eine Minute spielen, damit ich mit Mary reden kann, okay?«

Ich schnappe mir meine Jacke, und Luke und ich gehen hinaus auf die Veranda. »Ich hätte es dir wahrscheinlich vor den Geschenken sagen sollen«, sagt er. »Aber ich hasse es, dieses Gespräch zu führen.«

»Ach du meine Güte, du bist ein Drogendealer oder so etwas.« Mein Magen fühlt sich an, als wäre er voller Steine. »Oder ein Schmuggler? Ein Dieb?«

Er lacht, tief und laut. »Nichts dergleichen. Aber gut zu wissen, dass du sofort zu dieser Annahme gelangt bist.«

»Was dann?«

Er wirft die Hände in die Luft. »Als wir beide jung und dumm waren, wollten mein Bruder Paul und ich ein Geschäft gründen. Durch meine Arbeit in echten Jobs habe ich Dinge identifiziert, die die Welt braucht. Dann hat Paul in seinem Labor geforscht und versucht, diese Dinge herzustellen. Bei unserer Zusammenarbeit an einem bestimmten Projekt entstand die Hauptkomponente von LED-Lampen. Das war unser erster Erfolg. Seither haben wir mehr als einhundert neue Erfindungen erschaffen und patentiert, die Mehrheit davon von elektrischer Natur.«

Ich erinnere mich daran, wie er Foster sagte, er hätte die LED-Lampe erfunden. Ich glaubte, er würde scherzen, also habe ich seither nicht einmal mehr daran gedacht.

»Aber ...« Ich gerate ins Stocken. »Du lebst in einem Wohnmobil.«

Luke legt einen Arm um mich. »Nachdem Beth gestorben ist, waren mir Geld, Besitztümer und Häuser egal. Alles, was ich wollte, war, mich ausreichend betäubt zu fühlen, dass ich über nichts nachdenken musste. Aber dann hast du mir dieses große weiße Haus mit den Säulen gezeigt und erklärt, was es dir bedeutet. Als du davon gesprochen hast, warum du es liebst, ich weiß nicht ... ich musste es einfach mit meinen eigenen Augen sehen. Also rief ich meinen Immobilienmakler an, um einen Termin zu vereinbaren.«

»Aber – es war nicht einmal auf dem Markt. Du kannst keinen Termin für etwas vereinbaren, das nicht zum Verkauf steht.«

Er macht tsk. »Oh Mary, für den richtigen Preis steht alles zum Verkauf. Aber wie sich herausstellte, hatten die Bennetts bereits seit Jahren darüber nachgedacht, ihren Besitz zu verkleinern. Ich musste kaum mehr als den Schätzwert bezahlen.«

Darauf fällt mir nicht einmal eine Antwort ein.

»Hast du Fragen? Irgendetwas?«

»Also bist du so ungefähr ein Milliardär?«

Er lacht erneut herzhaft. »Nicht einmal annähernd.«

»Wie viel besitzt du dann?«

Er zuckt mit den Achseln. »Das schwankt ständig, weißt du. Aber als ich das letzte Mal nachgesehen habe, waren es um die 600 Millionen.«

Er könnte Foster einhundert Mal kaufen und wieder verkaufen.

Mir steht der Mund offen.

Ich stehe auf und drehe mich um, um in mein bescheidenes Zuhause mit drei Schlafzimmern zurückzukehren. Luke springt nach mir auf die Füße und rutscht auf den Stufen aus, woraufhin er rückwärts in einen Busch und auf den Hintern fällt. Ich sollte nicht lachen, kann es mir jedoch nicht verkneifen. Mr. Richy Rich höchstpersönlich, wie er vornübergebeugt in einem braunen Stechpalmenbusch feststeckt.

Nachdem mein Kicheranfall verklungen ist, biete ich ihm meine Hand an und helfe ihm, aufzustehen. Als er dann wieder aufrecht steht, lässt er meine Hände nicht los. Er zieht mich nahe zu sich heran und küsst mich, bis ich nicht mehr denken kann. Zahlen existieren nicht, Geld ist nicht real und nichts zählt mehr außer Luke, und ich, und seine süßen Kinder. Als er mich endlich loslässt, fällt er auf ein Knie und hält eine große schwarze Schachtel in die Höhe.

Wäre die Schachtel klein, würde ich vermuten, er macht mir einen Antrag. Unter den gegebenen Umständen überreicht er mir auf eine wirklich seltsame Weise ein großes Geschenk. Vielleicht hat der Sturz sein Hirn geschädigt.

»Du hast schon viel zu viel getan«, sage ich. »Was sonst könntest du mir überhaupt noch geben?«

Er zieht eine Augenbraue hoch. »Ich würde kaum die Frau und das Haus meiner Träume finden, nur um ihr das Haus dann zu kaufen und zu einer Arbeitsstelle in den mittleren Westen zu ziehen.« Ich nehme die Schachtel und packe sie aus. »Auf dieser Tasche steht Prada.«

Er nickt. »Da ist eine Notiz dabei.«

Ich löse einen gelben Post-it-Zettel von der wunderschönen schwarzen Tasche. »Die perfekte Mama-Tasche.«

Mein Herz rast. »Du hast mir eine Mama-Handtasche gekauft?«

Er grinst. »Die Tasche soll nur zeigen, dass ich Vertrauen in dich und deine Fähigkeiten habe. Schau mal hinein.«

Ich greife hinein und ziehe eine kleine blaue Schachtel mit der Aufschrift *Tiffany's* heraus.

Luke zieht mich in seine Arme. »Falls du sie hasst, kannst du dir etwas anderes aussuchen gehen, aber ich wollte dich überraschen. Du hattest nie das Leben, das du verdienst. Nicht einmal annähernd.«

»Ich liebe mein Leben.«

Er küsst meine Stirn. »Und das ist es, was ich am meisten an dir mag. Das Leben hat dir einen Müllhaufen gegeben, und du hast die Ärmel hochgekrempelt und dich an die Arbeit gemacht. Du hast dir selbst das Leben geschaffen, das du verdienst, und dich – soweit ich es sagen kann – nie auch nur beschwert, dass du alles alleine machen musstest.«

»Oh, beschwert habe ich mich definitiv.«

Ich öffne die blaue Schachtel und schnappe nach Luft, als ich darin einen riesigen Smaragd entdecke, flankiert von zwei großen, glitzernden Diamanten.

»Ist das wegen unserem Witz?«

Er runzelt die Stirn. »Welcher Witz?«

»Grüne Eier mit Speck?«

Er lacht kopfschüttelnd. »Ich habe dem Juwelier gesagt, dass ich etwas möchte, das genau zu deinen Augen passt. Der hier ist ein wenig zu grün, aber ich nahm an, dass du darüber hinwegsehen wirst.«

Meine Knie werden schwach, daher bin ich froh, dass Lukes Arme mich immer noch festhalten. Er steckt mir den Ring an den Finger, und ich tue nichts, um ihn aufzuhalten.

»Du hast dich immer um alle anderen gekümmert und nie um dich selbst gesorgt. Ich weiß, für uns beide war es noch keine sehr lange Zeit, aber ich habe zugesehen, wie du immer und immer wieder Opfer für andere bringst. Ich habe gesehen, wie du dich um deine Schwester kümmerst, deinen Neffen und hunderte von Kindern, die du nicht einmal kennst. Ich habe gesehen, wie du mit meinen Kindern umgehst, und liebe dich dafür und noch für mehr. Bitte, bitte lass dich von dieser Geldsache nicht verrückt machen. Gib mir eine Chance, gib uns eine Chance, und ich enttäusche dich nicht.«

Hinter mir öffnet sich die Tür, und Amy streckt den Kopf hindurch. Eine Sekunde später erscheint Trudys Kopf darüber. »Hat er schon?«, fragt Amy.

Trudy flüstert, »Er macht es jetzt gerade.«

»Also, was hat sie gesagt?«, fragt Amy.

»Ich habe noch gar nichts gesagt.« Ich schniefe.

Amy quietscht. »Aber der Ring ist an ihrem Finger!« Sie duckt sich wieder hinein, und Trudy strahlt mich an, bevor sie ihr folgt.

»Sie freuen sich nur, das ist alles.« Luke lässt die Hände sinken. »Den habe ich jetzt einfach so an deinen Finger geschmuggelt, bevor du etwas dazu sagen konntest, ich weiß. Besteht die Chance, dass du mir noch eine Antwort geben kannst?«

Ich packe Luke bei den Schultern und ziehe ihn gegen mich. Ich presse meine Lippen gegen seine und versinke erneut in meinen Gefühlen. Er ist ein guter Mann, ein wundervoller Vater, und er arbeitet hart. Was spielt es also für eine Rolle, ob er sündhaft reich ist und mit seinem Geld massiv überzogene Geschenke kauft?

Jedem steht eine Charakterschwäche zu.

»Ja«, sage ich. »Ich heirate dich und ziehe in diese große, alte, weiße Villa mit deinen Kindern. Unter einer Bedingung.«

Lukes Lächeln teilt sein Gesicht beinahe in zwei Hälften.

»Du musst anrufen und deinen Job in Louisville absagen.«

Er atmet theatralisch aus. »Oh, bitte. Man könnte glauben, du kennst mich überhaupt nicht.« Er zwinkert. »Das habe ich gestern schon erledigt.«

Meine Augenbrauen heben sich. »Bevor du meine Antwort kanntest?«

»Du hast gesagt, du liebst mich. Auch wenn du beim ersten Mal nein gesagt hättest, dachte ich mir, damit kann ich arbeiten.«

Ich boxe ihn gegen die Schulter, und er hebt mich hoch und wirbelt mich herum. Der Ring dreht sich an meinem Finger, schwer beladen mit dem enorm großen Smaragd.

»Oh, hey«, sage ich. »Vielleicht sollten wir den abnehmen, bis wir die Größenanpassung machen lassen können.«

»Tut mir leid«, sagt er. »Mein Bruder ist ein hoffnungsloser Junggeselle, aber einen Ratschlag hat er mir gegeben.«

»Welchen?«

»Er sagte, ›stell sicher, dass der Ring nicht zu klein ist. Keine Frau möchte herausfinden, dass du glaubst, ihre Finger wären fett.‹«

Ich werfe den Kopf in den Nacken und lache. »Ich kann es kaum erwarten, deinen Bruder kennenzulernen.«

Amy schießt aus dem Haus wie eine Flipperkugel. »Ich hab ihn ausgesucht, ich hab ihn ausgesucht. Papa hat gesagt, wenn ich es gut mache, bist du dann vielleicht meine Mama. Santa hat mir keine Mama gebracht, aber das ist wahrscheinlich, weil er schon gewusst hat, dass ich dich will.«

Ihre Augen, verzweifelt und doch voller Hoffnung, erfassen meine. Ich sage ihr nicht, dass Santa – *mein* Santa – ihr am Ende doch eine Mama mitgebracht hat, denn ich glaube nicht, dass sie es verstehen würde. Das würde niemand. Aber bevor ich darüber nachdenken kann, was ich sonst noch sagen möchte, nimmt Luke den Ring wieder an sich und legt ihn in die Schachtel.

Amys Unterlippe zittert. »Hast du ihn nicht gemocht?«

Ich ziehe sie in meine Arme und drücke sie fest. »Du hast einen wundervollen Job gemacht, Liebes, aber der Ring ist ein bisschen groß.«

Sie schließt die Augen und seufzt. »Das ist Papas Schuld.«

Ich schwinge sie von einer Seite zur anderen. »Ja, das ist es.«

»Papa sagt, die weißen Steine sind die, die Mädchen immer wollen. Aber mir gefiel der Grüne, weil er zu deinen Augen passt und anders ist, genau wie du. Ich glaube nicht, dass du haben möchtest, was alle anderen Mädchen wollen. Also haben wir einen Kompimiss gemacht.«

»Kompromiss?«, frage ich.

»Ja!« Sie nickt. »Genau. Was denkst du?« Sie blickt mir in die Augen. »Oh, und ich möchte dich nicht drängen oder so, aber Papa meint, wenn du ja sagst, müssen wir nicht umziehen. Wir können stattdessen in einem Haus ohne Räder wohnen.«

Ich denke über den absurd großen Ring nach. »Ich glaube, ich liebe den Ring.« Und ich kann es kaum erwarten, ihn allen zu zeigen, denen ich begegne.

Chase ist der Nächste, der nach draußen rennt. »Was sagt sie?«

Luke hebt mich hoch und trägt mich ins Haus. Ich schlage erneut nach seinem Arm. »Du kannst mich nicht über die Türschwelle heben. Wir sind ja noch nicht einmal verheiratet.«

»Ich übe schon mal. Verklag mich doch.«

Luke und seine Kinder bleiben während des restlichen Tages, und es sind die absolut schönsten Weihnachten, die ich je hatte. Das verrate ich auch Luke.

»Oh, Mary«, sagt er, »Das ist erst der Anfang.«

EPILOG

Ich stecke ellbogentief in den Abschlussberichten zum Monatsende, als hinter der Tür zu meinem Büro ein Räuspern ertönt. Ich blicke hoch.

Anstelle einer weißen Flagge streckt mir Luke einen braunen Beutel entgegen. »Ich komme mit Essen.«

Der Duft von Philly-Käsesteak lässt mir das Wasser im Mund zusammenlaufen. Ich blicke auf die Uhr. Es ist beinahe zwei. Wie gut kennt er mich eigentlich? »Ich habe nie eine Mittagspause eingelegt.«

»Was für ein gewaltiger Schock«, sagt er.

Ich winke ihn hinein und verschiebe einen Stapel Papiere, um den Randbereich meines Schreibtisches freizuräumen. »Isst du mit mir?«

Er nickt.

»Also im Prinzip eine Verabredung?«

Er hebt eine Augenbraue. »Oh nein, so läuft das nicht. Ich bin nur ein Lieferant für Essen, der selber Hunger hat.

Das hier zählt nicht als eine der *drei* wöchentlichen Verabredungen, von denen du versprochen hast, dass du dir während der Steuerperiode Zeit dafür freischaufelst.«

»Es ist Essen, für das du bezahlt hast, und wir unterhalten uns, während wir essen.«

Er reißt den Beutel an sich und drückt ihn gegen seine Brust. »Ich werde diesen Beutel nehmen und alles alleine essen, also hilf mir mal.«

»Na gut«, sage ich. »Es ist nicht eine unserer Verabredungen.« Ich täusche Verärgerung vor, aber eigentlich liebe ich es, wie erbittert er unsere gemeinsame Zeit verteidigt. Trotz der chaotischen Umstände unseres Kennenlernens kennt er mich gut genug, um sich dafür einzusetzen, was für mich am besten ist. »Und jetzt gib mir ein Sandwich.«

Er überreicht mir eines, und es ist immer noch warm. Mein Magen knurrt beschämend laut.

»Es ist Januar.« Er verzieht das Gesicht. »Wie sollen wir denn eine Hochzeit planen, wenn du schon im Papierkram versinkst, bevor die Leute überhaupt ihre K-1 abgeschickt haben?«

Ich lache. »Meinst du die 1099er? Die K-1er sind nicht fällig, bis ...« Ich realisiere, dass er einen Witz gemacht hat. Er hat einfach nur den Namen irgendeines Formulars um sich geworfen. »Na schön. Sprechen wir über die Hochzeit, während wir essen.«

»Hast du dir schon die Farben ausgesucht?«, fragt Luke. »Und wir müssen uns für einen Veranstaltungsort entscheiden. Plus eine offizielle Verabredung.«

Ich verenge die Augen zu Schlitzen. »Hast du etwa eine Liste mitgebracht?«

»Du machst die Listen, nicht ich. Ich weiß nur, dass wir mit der Planung aufs Gaspedal drücken müssen, falls du wirklich diesen Frühling verheiratet werden möchtest.«

»Der Zeitpunkt ist einfach so schlecht«, sage ich. »Neuer Job, die Steuersaison und wie sich herausgestellt hat, hat meine ehemalige Chefin auf dem Weg zur Tür ein paar Dinge schleifen lassen ...«

»Störe ich?« Paisleys Kopf ist im Türrahmen kaum sichtbar. Der kecke Ausdruck auf ihrem Gesicht ist mir vertraut.

»Du hast die Sandwiches gerochen, nicht wahr?«

Sie lächelt und stellt sich auf die Türschwelle. »Die Sache ist die, ohne Essen in meinem Bauch könnte ich eine Beschwerde wegen gefährlicher Arbeitsbedingungen einlegen ...«

Luke greift in den Beutel und bietet ihr ein in weißes Papier gewickeltes, zylinderförmiges Etwas an. »Ich habe ja gewusst, dass du das Mittagessen auch auslässt.«

»Er ist *perfekt*«, sagt Paisley. »So perfekt, dass es wehtut. Habe ich das heute schon erwähnt? Ich würde mir gerne einen Mann bestellen, der genau so ist.«

»Übrigens«, sagt Luke. »Wenn wir gerade davon sprechen, jemanden wie mich zu bestellen ...«

Ich setze mein Sandwich ab und glätte das Papier, neugierig, worauf er hinauswill.

»Jemand wie du? Ich dachte, wir würden versuchen, deinen Bruder mit Trudy zu verkuppeln.«

»Deine Schwester ist noch nicht für neue Verabredungen bereit«, sagt Luke. »Aber ja, ich denke, sie wird perfekt zu Paul passen. Das eilt aber nicht. Er ist absolut unbedarft.«

Wovon spricht er dann? »Wenn du nicht Paul meinst

...«

»Hör auf, deinem fantastischen Verlobten ins Wort zu fallen.« Paisley thront auf einem Stuhl in der Ecke. »Lass ihn von meinem zukünftigen Ehemann erzählen.«

Luke lacht leise. »Darüber weiß ich nichts. Aber als Paul mir sagte, er hätte keine Zeit, mein Trauzeuge zu sein, habe ich meinen besten Freund angerufen, um zu sehen, ob er für einen Besuch herkommen könnte, damit ich in persönlich fragen kann. Während des Gesprächs erschien mir Trig so niedergeschlagen. Mir wurde klar, dass er keine ernsthafte Beziehung hatte, seit ... na ja, ich erinnere mich nicht daran, dass er je eine gehabt hätte.«

»Das ist nicht besonders vielversprechend.« Paisley verzieht das Gesicht. »Du willst mich also mit deinem gebrochenen, beziehungsunfähigen Freund verkuppeln?«

»Wann war deine letzte ernsthafte Beziehung?«, frage ich.

Sie ächzt. »Darum geht es nicht.«

»Trig ist großartig«, sagt Luke. »Er arbeitet hart. Die Damen scheinen ihn für gutaussehend zu halten, und er hat eine eigene Firma.«

»Was ist dann mit ihm los?« Paisley runzelt die Stirn, »Warum hat ihn sich noch niemand geschnappt?«

Luke verlagert sein Gewicht auf dem Stuhl. »Tja. Die Sache ist die, seine Eltern sind ziemliche Hitzköpfe. Seine Mutter ist so ungefähr ... der Steve Jobs der, äh, Finanzbranche. Und sein Vater der ultimative reiche Erbe, der es nicht lassen kann, Geld auszugeben. Die beiden kommen nicht miteinander aus, und aufgrund ihres schrecklichen Beispiels hat er verständlicherweise Angst davor, zu heiraten oder sich zu binden.«

Paisley steht auf. »Lasst mich nach dieser leidenschaftlichen Empfehlung die Erste sein, die danke, aber nein danke sagt. Das Sandwich verdient meine Hochschätzung.« Sie eilt zur Tür.

»Also ist Paisley aus dem Spiel«, sagt Luke, »aber wenn du irgendwelche anderen Freundinnen hast – vielleicht eine, die extrem attraktiv ist und seine Aufmerksamkeit auf sich zieht, aber ihm garantiert einen Korb gibt – wäre das toll.«

»Entschuldige mal«, sage ich. »Hast du mich mit jemandem verwechselt, der einen Haufen kichernder Freundinnen hat? Ich habe genau drei. Paisley, Trudy und Addy, aber die ist verheiratet.«

Luke seufzt.

Paisley kommt auf der Türschwelle zum Stehen und dreht sich langsam herum. »Sagtest du extrem attraktiv und garantiert einen Korb geben?« Auf ihrem Gesicht liegt dieser verschlagene Ausdruck, der einen ihrer genialen Einfälle ankündigt.

Luke blinzelt. »Äh, ja. Ich dachte, du wärst die richtige Wahl, aber ...«

»Och«, sagt Paisley. »Danke, dass du mich für extrem gutaussehend hältst.« Sie durchquert den Raum und lässt sich wieder auf den Stuhl in der Ecke sinken. Diesmal lehnt sie sich ganz langsam gegen die hölzerne Rückenlehne, um dann einen dramatischen Seufzer von sich zu geben. »Ich habe auch keinen Haufen Freundinnen, aber ...« Sie blickt zu mir.

Ah! Ich habe so viel von ihr gehört. Der Gedanke hätte mir auch kommen sollen. »Deine Freundin Geo.«

Sie deutet auf mich. »Ganz genau.« Danach drehte sie sich mit dem Stuhl, bis sie Luke zugewandt ist. »Meine beste Freundin seit dem College ist eine Schönheit wie aus einem Film oder vom Laufsteg. Neben ihr fühle ich mich hässlich wie die Nacht. Und das ist nicht gelogen.«

Lukes Stirn legt sich in Falten. »Okay.«

»Und sie hat Verabredungen abgeschworen. Und zwar endgültig. Die Frau wird ein Dutzend Mal pro Woche irgendwohin eingeladen, von Paketboten, Parkplatzwächtern, Männern von der Straße, und gibt allen den Laufpass. Immer. Ohne Ausnahme.«

Luke beugt sich nach vorn und reibt sich die Hände. »Jetzt verstehen wir uns.«

»Sie ist klug. Sie arbeitet hart, und das Beste: Sie ist eine Eventmanagerin.«

Das hatte ich komplett vergessen. »Ich kann nicht glauben, dass du sie nicht schon früher ins Gespräch gebracht hast. Ich werde keine Zeit haben, diese Hochzeit selbst zu planen – und du bist auch zu beschäftigt mit der Arbeit, um allzu viel beizutragen.«

Luke stellt Blickkontakt her und strahlt mich an. »Und da Trig mein Trauzeuge ist, werden sie haufenweise Gründe haben, Zeit miteinander zu verbringen.«

Paisley hebt die Hand.

Ich schwöre, sie schafft es immer, mich zum Lachen zu bringen. »Pais, du kannst einfach frei von der Leber weg reden, weißt du. Ich bin nicht deine Lehrerin aus der dritten Klasse.«

»Es gibt da ein winziges Problem«, sagt Paisley. »Geo ist die *Beste*. Ich wette, sie würde eine Traumhochzeit für dich planen. Es ist nur ...«

»Nur was?«, fragt Luke. Seine Geduld mit Paisleys Melodrama ist bemerkenswert, Gott hab ihn selig.

»Sie plant niemals Hochzeiten. Das ist eine ihrer festen Regeln.«

»Was bedeutet, dass es für die beiden keine Möglichkeit gibt, aufeinanderzutreffen«, grummle ich. »Das ist eine blöde Regel. Werden Hochzeiten schlechter bezahlt als andere Events?«

Paisley zuckt mit den Achseln. »Sie hat ihre Gründe. Es steht mir nicht wirklich zu, sie anderen mitzuteilen.«

Luke wirkt völlig unbekümmert. Er lächelt sogar. »Wenn ich während des letzten Jahrzehnts etwas gelernt habe, dann das, dass Leute immer etwas tun, von dem sie sagen, dass sie es niemals tun würden ... für den richtigen Preis.« Er nimmt einen riesigen Bissen von seinem Sandwich.

Ich seufze. Wenn sich Luke einmal etwas in den Kopf gesetzt hat, wird es schwierig, ihn davon abzubringen. »Arrangiere ein Treffen, Pais, und wir kümmern uns um den Rest.«

※

Falls Sie an *Gefundene Liebe – mit dem Witwer* Ihre Freude hatten und Lust auf mehr haben, hurra! *Mit dem Trauzeugen* (Geo und Trigs Geschichte) wird sofort nach Abschluss der Übersetzung erhältlich sein. Darin enthalten sind weitere Details zu Mary und Lukes Hochzeitsplanung (die eigentliche Hochzeit spielt sich im dritten Buch ab, *Gefundene Liebe – mit dem Chef*) und Sie werden sehen, warum Geo keine Hochzeiten plant und Trig an Bindungsängsten leidet.

Melden Sie sich hier für meinen Newsletter an:

https://www.subscribepage.com/bridgetebakerdeutsch

ENDE (fürs Erste)